COLLECTION FOLIO

Serge Brussolo

Hurlemort

Le dernier royaume

Denoël

Serge Brussolo, né en 1951, a commencé à publier au début des années 80 et s'est rapidement imposé comme un phénomène littéraire par sa fécondité (plus d'une soixantaine de romans à ce jour) et la puissance d'un imaginaire qui trouve le plus souvent sa source dans les terreurs de l'enfance.

Roman à suspense, historique, fantastique, littérature avec un grand *L* : il pratique aujourd'hui toutes les formes narratives et leur imprime sa marque, celle d'un grand écrivain. Ses nombreux lecteurs savent qu'il les surprendra toujours et attendent ses livres avec impatience.

« Ulula mordeque acrius quam belua »

Devise des barons
de Hurlemort

Prologue

C'était un vilain livre d'heures acheté jadis à un colporteur arrivé au village à demi mort de froid. Le bonhomme, qui claquait des dents et soufflait sur ses engelures, avait accepté de troquer l'album contre une soupe aux pois et un cube de lard posé sur un morceau de pain tranchet. Comme nul ne savait lire, on s'était contenté de caresser les grandes lettres d'or de la couverture de bois, et les doigts des paysans avaient peu à peu emporté la dorure bon marché de la calligraphie, ternissant l'inscription. Le marchand avait marmonné que le titre signifiait à peu près : *Travaux des mois, et signes du Zodiaque*. Selon lui, c'était la copie du livre d'heures personnel d'un très haut et très noble personnage, dont ici, au hameau, on ignorait le nom. Le bonhomme avait insisté : une telle œuvre d'art valait plus qu'une écuelle de soupe additionnée d'un bout de cochon fumé. Dans les villes, les gens de bien possédaient tous des livres d'heures, et des almanachs de bonne santé, et des... Il avait fini par se taire, comprenant qu'on ne savait même pas de quoi il parlait. « Mais, avait-il bafouillé, vous avez bien une clepsydre pour mesurer le temps ? » On s'était dévisagé, le sourcil haut. Une clepsydre, qu'est-ce que c'était ?

« Un... sablier rempli d'eau », avait tenté d'expliquer l'étranger. Cette fois on avait ri. Pourquoi aurait-on eu besoin d'une machine aussi invraisemblable pour mesurer quelque chose qui ne tenait ni dans un sac ni dans un seau ? Ah ! C'étaient bien là des menteries de coureur de chemins ! Dégoûté, le colporteur s'en était allé en grommelant, persuadé d'avoir rencontré des barbares. Ce en quoi il n'avait pas tout à fait tort.

Pendant des années, on s'était résolu à explorer le livre sans chercher à déchiffrer les inscriptions. Le soir, à la veillée, on se rassemblait autour d'une table pour contempler les vignettes ornant chaque page. C'était un honneur de tourner les feuillets, et cette mission était confiée à une femme dont les mains fines, rompues aux travaux d'aiguille, pouvaient manipuler les rectangles de papier craquant sans leur causer préjudice. Les hommes n'osaient y toucher, redoutant de déchirer le support, mince comme un pétale de fleur séchée, et au travers duquel on voyait briller les lueurs du foyer.

Ceux qui ne jouissaient plus d'une très bonne vue demandaient qu'on leur décrive les illustrations que tout le monde connaissait d'ailleurs par cœur. Et chacun, se penchant sur le livre, tentant de rivaliser avec son voisin, finissait par voir des choses que l'artiste n'aurait pu faire entrer dans l'étroite ogive de la vignette. On aimait ces petits personnages comme des amis au caractère inaltérable car ils souriaient et semblaient heureux, alors même qu'ils se livraient aux occupations les plus rudes. On s'extasiait sur la vérité des images. C'est vrai, c'était bien comme cela que tout se passait ! L'enlumineur n'avait rien oublié, tout y était : les outils, les vêtements, et cela si petit, si fignolé, qu'il y avait quelque chose de magique dans chaque dessin. La vie... la vie y paraissait plus belle, oui, c'était ça. Plus noble aussi. Et les faux, les fourches, de meilleure qualité. Il n'y avait pas de souillures sur les habits, ni de reprises...

On prenait grand soin du livre car c'était le seul du village. On l'enfermait dans un coffre bien clos afin que les souris ne viennent pas le grignoter, et l'on se désespérait quand des taches de moisissure répandaient leur semis roussâtre sur ses feuillets.

Plus tard, quand Céline sut lire, elle fut la première à déchiffrer les légendes inscrites au bas des pages. Et on lui en tint rigueur.

Janvier, disait le livre, *le paysan sèche ses chausses au coin du feu. C'est le signe du Verseau.*

Février, le bûcheron entre dans la forêt. Il abat les arbres avec sa grande cognée. C'est le signe des Poissons.

Mars, le paysan soigne sa vigne. C'est le signe du Bélier...

Céline s'abîmait dans la contemplation des dessins qu'on l'autorisait à scruter à la stricte condition qu'elle se laisse attacher les mains derrière le dos à l'aide d'une cordelette. On serrait fort la ficelle, sans se soucier de lui entailler la peau des poignets, et lorsqu'on la libérait elle conservait des heures durant la marque violacée des liens imprimée dans sa chair. Mais tout le monde s'en fichait.

Lorsqu'on la pressait de lire, elle trichait, faisait durer le plaisir en prétextant que les mots étaient durs à déchiffrer. C'était faux, mais cela lui donnait le temps de détailler les minuscules visages des dessins.

C'est vrai qu'ils avaient l'air heureux ces paysans propres. Bien trop propres pour être réels. Ici, à Hurlemort, personne ne souriait comme ça en partant pour la corvée d'abattage dans la bise de février... Pourquoi aucune image ne montrait-elle le paysan en train de battre sa femme, ou ses enfants en train de crier famine ? Pourquoi également n'y voyait-on jamais de pendus, avec, sur les épaules, des corbeaux occupés à leur picorer les yeux ? On avait beau chercher, on ne rencontrait pas davantage de vignette retraçant les malheurs des filles violées, éventrées par les soudards qui déferlaient sur la campagne... N'y avait-il pas là une sorte de mensonge ? Céline riait sous cape en imaginant la tête qu'auraient faite les gens si elle avait posé la question à voix haute.

Avril, continuait le livre, *le seigneur fait promenade au milieu des fleurs. C'est le signe du Taureau.*

Mai, le seigneur s'en va chasser, faucon sur le poing. C'est le signe des Gémeaux.

Chaque fois que Céline égrenait une phrase, les villageois la reprenaient en chœur, la répétant entre leurs dents, et cela faisait un grand bourdonnement de prière dans la pénombre de la maison.

Juin, le paysan fait les foins... Juillet, le paysan moissonne. Août, le paysan bat le blé...

Les images succédaient aux images, mais on prenait le temps de se recueillir devant chacune d'elles. C'était un bon gros réconfort de voir ces petits bonshommes lancer des fourchées de foin au-dessus de leur tête en souriant. Les habits du seigneur inspiraient le respect et l'incrédulité. Comment pouvait-on être si richement paré ? Ici, à Hurlemort, on n'avait jamais rien vu de pareil. Depuis longtemps les barons ne possédaient plus de quoi coudre sur leurs pourpoints or et pierreries. Ils allaient les chausses trouées et le cul au vent, comme tout un chacun. Quant aux faucons, ils s'étaient résolus à les manger tels de vulgaires chapons, encore heureux d'avoir quelque chose à se mettre sous la dent !

Septembre, annonçait le livre, *le vigneron foule le raisin et chante le glou-glou des barriques.*

Octobre, le paysan sème le grain et dresse l'épouvantail pour éloigner la gourmandise du corbeau...

Il fallut plusieurs mois pour que les villageois connaissent par cœur la signification des symboles tracés à l'encre noire, mais quand cela fut fait, ils ne laissèrent plus jamais la jeune fille s'approcher de l'almanach. Céline s'en moquait, sa mémoire avait retenu jusqu'aux plus infimes détails des vignettes. Le livre vivait en elle, elle n'avait qu'à fermer les yeux pour le feuilleter, pour voir bouger les bonshommes des enluminures. Souvent, au moment de s'endormir, elle descendait à l'intérieur des images, pénétrant dans cette campagne heureuse où personne ne jurait ni ne pleurait jamais. Alors, elle se promenait elle aussi au milieu des fleurs, lançait le faucon dans le ciel bleu. Elle était née en mai, sous le signe des Gémeaux, et bien plus que les deux nourrissons entremêlés au bas de la page du cinquième mois de l'année, elle avait fini par considérer le faucon comme l'emblème de la configuration astrale ayant présidé à sa naissance. C'était idiot, mais il y avait quelque chose de fascinant dans cet oiseau encapuchonné qui ne sortait de la nuit que pour fondre à travers le ciel et satisfaire sa faim lancinante. Pour elle, la vignette du seigneur partant chasser était la plus belle de toutes. Elle aurait aimé voler, comme l'oiseau de proie dont le pinceau de l'artiste n'avait oublié aucune plume.

« Novembre, récitait-elle lorsqu'elle était seule, le paysan gaule les glands pour nourrir les cochons. Décembre, le paysan saigne le porc... C'est le signe du Capricorne. »

Mais de janvier à décembre, Céline aimait le monde qui s'étendait aux alentours. Elle l'accueillait avec ses moites odeurs de terre détrempée, ce parfum de four entrouvert des prairies quand le soleil trop vif change l'herbe en paille. Elle se grisait du tenace relent de moisissure qui flotte à la lisière des sous-bois, trahissant la présence des champignons. Oui, de janvier à décembre, elle aimait la colline dont la grosse bosse se dressait au milieu des pâturages, et rien, ni le vent, ni la neige, ni les averses de l'automne, ne l'empêchait de courir vers ce rendez-vous magique.

La geste des loups

I

Céline s'était enfuie de la maison. Une fois de plus elle se retrouvait en train de courir le long de l'interminable route en lacet qui menait à la colline. Son cœur battait sous son sein et la salive s'asséchait dans sa bouche, lui mettant sur les lèvres un goût de poussière. Elle regarda instinctivement par-dessus son épaule pour s'assurer que personne ne la suivait. Mais elle était seule, et comme d'habitude elle fut surprise de ne découvrir sur ses talons aucune horde humaine armée de fourches ou brandissant des pierres. « Cela arrivera bien un jour, pensa-t-elle sans ralentir son allure. Quelqu'un se mettra bien en tête de me lapider... »

Peut-être était-ce pour cela qu'elle se déplaçait toujours en courant, comme un garçon, les jupes troussées sur ses jambes brunes, révélant plus de peau qu'il n'est décent pour une fille.

« Cours, pensa-t-elle. Cours, ma petite, cela te sauvera la vie tôt ou tard ! »

Elle était à bout de souffle quand elle atteignit le bas de la colline mais elle ne s'arrêta pas. Elle aimait affronter le mur élastique des hautes herbes couvrant la butte de l'Heaumière. C'était comme d'escalader la bosse d'une grosse bête poilue assoupie au soleil depuis des siècles et des siècles. Une bête paresseuse dont la sieste risquait de se prolonger jusqu'au Jugement dernier. L'herbe drue semblait trop verte et trop vivace pour appartenir au simple règne végétal. Il y avait de la vie en elle, une vie indomptée qui la faisait se rebeller dès qu'on tentait de s'y frayer un chemin. Elle se dressait, se hérissait, à la manière de ces animaux ombrageux qui répugnent à la caresse et s'échappent d'un coup de reins pour ne pas être dorlotés. Céline aimait la sauvagerie inhospitalière du monticule, les gifles que les broussailles lui envoyaient au visage. À mi-pente, on avait déjà les joues brûlantes ; et les bras, les épaules, vous cuisaient. La colline se défendait des humains, leur opposant une barricade d'orties, puis un rempart de ronces. Celui qui ne connaissait pas le secret des passages y laissait bien vite l'étoffe de ses chausses et la peau de ses cuisses. Mais Céline était menue, nerveuse, avec une taille si souple qu'elle aurait pu sans mal suivre une troupe de bohémiens et s'initier à ces acrobaties dont les baladins sont si prodigues, elle ne craignait pas les rebuffades de la végétation.

Elle avança, avec sur son joli petit visage une expression d'entêtement presque comique. Les jupons troussés, elle déclara la guerre à la colline, sauta, rampa, emprunta les chemins cachés des lièvres. Elle se faufila en se mordant les lèvres dans une brèche ouverte au milieu des ronces. Les épines s'accrochèrent à ses vêtements comme pour la retenir. Elle entendit craquer les coutures mais tint bon. Comme cela arrivait la plupart du temps elle finit le parcours à demi nue, déshabillée par les ronces. Elle décida de s'en moquer. Là où elle allait, personne ne pourrait la voir. Quand elle rentrerait au village, ce soir, sa sœur, la grande Odile, pesterait en levant les bras au ciel contre cette sauvageonne qui ne se souciait pas d'épargner ses cottes et ses jupons.

« Ne compte pas sur moi pour ravauder tes loques, ma fille, gronderait-elle. Tu ne sauras donc jamais te conduire ? Si tu continues de la sorte, tu iras bientôt le cul à l'air ! » Elle se trompait en croyant effrayer sa cadette, être vue nue n'aurait pas gêné Céline.

Une fois franchie la barrière de ronces, l'herbe accueillit la jeune fille dans sa touffeur moelleuse. Plus l'on s'élevait vers le sommet, plus sa caresse se faisait légère, vous récompensant d'avoir supporté les premières épreuves.

Ce n'était plus de l'herbe, c'était de la plume, et qui faisait courir sur votre peau un chatouillis dont on ne se lassait pas.

Comme c'était jour de grande chaleur, Céline acheva de se déshabiller, abandonnant sur une pierre sa chemise qu'avait trempée la sueur de l'escalade, et continua nue, les bras tendus, le visage renversé vers l'éblouissement du ciel. Elle savait que personne ne pouvait la voir et qu'elle était la seule à oser affronter la butte de l'Heaumière qu'on disait infestée de vipères.

Elle marcha, et la caresse duveteuse des végétaux sécha doucement sa transpiration. À cette hauteur l'air était saturé d'insectes, de pollen et de spores charriés par le vent. Tout ce bouillonnement aérien s'entrecroisait dans la lumière, et les libellules, les abeilles, tournaient sans fin, des luisances métalliques sur les ailes. « C'est la soupe, pensa la jeune fille. La grande soupe de l'été. » Elle se dressa au faîte du monticule, les bras plaqués contre le corps, serra les lèvres pour ne pas avaler les bêtes ailées, et se laissa bombarder par tout ce que transportait la tempête. Elle frissonna quand un frelon ricocha sur l'un de ses seins, puis quand les taons vinrent lui vrombir aux oreilles leur chanson furibonde. Alors elle leva les bras pour saisir le vent. Les paumes ouvertes, elle le sentit filer entre ses doigts, comme les mèches d'une immense chevelure invisible. Au ras du sol, dans la vallée, jamais on ne percevait la texture du vent, le grain de sa peau. Ce n'est qu'en haut de la colline qu'on pouvait avoir l'illusion de planter les ongles dans sa crinière. Son écheveau se dévidait à l'infini, doux d'abord, puis, au fil des heures, il vous étrillait et vous rougissait les joues. Même les oiseaux étaient forcés de s'y abandonner. Céline s'amusait de les voir lutter à contre-courant, battant des ailes à s'en décrocher les plumes.

Au bout d'un moment elle suffoqua et céda à la bourrasque, avoua sa défaite en se laissant tomber sur le dos, bras et jambes jetés à la dérive. Elle resta là une éternité, pleine d'un vertige qui lui donnait l'illusion que la colline s'était mise à tourner comme un toton, les oreilles empourprées par le froissement grondant de la tourmente. Ici c'était un autre monde où les odeurs s'offraient, entêtantes, jamais nauséeuses.

Quand elle eut enfin retrouvé son souffle, elle roula sur le ventre, adoptant la posture des lézards qui cuisent sur les pierres. Elle écarta une brassée d'herbe et regarda le monde, aux alentours...

Les gens du village désapprouvaient cette manie. Ils y voyaient une sorte de curiosité blasphématoire, comme si, à grimper ainsi sur le dos des montagnes,

Céline allait finir par surprendre quelque secret divin. Comme si, en contemplant les nuages, elle mettait le nez dans des affaires qui n'étaient pas les siennes. C'est vrai que, d'en bas, les choses étaient plus rassurantes. De quelque côté qu'on le tourne, le regard s'arrêtait au bout du champ, butait sur la muraille de la forêt. Devant, derrière, à droite, à gauche... les arbres étaient partout, et leurs troncs serrés formaient une palissade dont on aurait oublié d'émonder les branches. Personne ne se plaignait de cet état de choses. Il y avait le village, et tout autour la forêt, immense, tel un rempart contre tout ce qui pouvait venir de l'extérieur, de là-bas, d'on ne savait trop où, en fait... Pour Céline c'étaient les barreaux d'une cage entre lesquels elle rêvait de se faufiler. Elle aurait pu, elle était assez mince pour cela. Du haut de la colline, elle prenait davantage conscience de la puissance de la forêt. Ce pelage vert et crépu qui couvrait la peau de la terre et s'étendait à l'infini. Les branches, en s'imbriquant, avaient fini par construire un toit végétal qu'on devinait impénétrable. Une laine, aux boucles serrées. La fourrure d'un très vieil animal qui n'entend pas se laisser tondre. On ne voyait rien, on ne savait rien de ce qui se passait sous les frondaisons. Ce monde échappait totalement au regard. Secret, il faisait peur. Le village, ses champs, son château à demi ruiné, avaient taillé une tonsure au milieu des bois. Comparée à l'immensité feuillue, la clairière était fragile, précaire, on la sentait menacée par la végétation. Souvent, Céline se disait que si les hommes labouraient avec autant d'ardeur, c'était moins pour se nourrir que pour se défendre contre les assauts de la forêt décidée à récupérer son bien. Un jour, si l'on n'y prenait garde, les arbres partiraient à la conquête du village, grignotant sournoisement l'espace défriché par les laboureurs. D'abord ce serait l'avant-garde des mauvaises herbes et des buissons, puis le chiendent, les orties, qui feraient reculer les paysans. Enfin les murailles d'épines chasseraient l'homme, le refoulant, ouvrant le passage aux racines. La forêt mangerait lentement le village, les arbres se mettraient à pousser au milieu des chaumières dont ils crèveraient le toit. On racontait, du reste, que cela s'était produit ailleurs.

« À Hugonet-le-Pont, c'est ce qui est arrivé, murmurait Odile en hochant la tête. Les hommes y étaient trop feignants pour aller aux champs tous les jours. Alors la forêt a cessé d'avoir peur, elle a grignoté les terres. Et les gars d'Hugonet ont pensé que les champs rétrécis, c'était moins de travail à abattre, et ils n'ont rien fait pour dompter les bois, pour les faire reculer. La forêt, c'est comme un chien, il faut constamment lui faire savoir qui est le maître, sinon elle finit par vous sauter à la gorge. À Hugonet, ils ne se sont pas assez méfiés. »

Et le hameau avait disparu, avalé par les taillis. Les ronces avaient chassé les paysans des maisons, faisant d'eux des vagabonds offerts à la gourmandise des loups.

Cela pouvait se produire à Hurlemort, pour peu qu'on n'y prenne pas garde. La forêt était d'une immobilité trompeuse, mais elle avait pour elle la patience des bêtes de proie, capables d'épier leur victime des jours durant. Elle attendait son heure. Elle grignotait, de-ci de-là. Tant qu'on claquerait du fouet, elle resterait assise sur son cul, à grogner et à montrer les dents, mais si l'on commettait l'erreur de la croire domptée, c'est alors que tout irait mal.

Les gens du village n'aimaient pas prendre conscience de l'étendue des bois. Leur puissance les épouvantait. Odile ne se privait pas de condamner les escapades de sa jeune sœur.

« Un jour, disait-elle, tu surprendras quelque chose que tu ne devais pas voir, et le Bon Dieu te rendra aveugle pour te punir. C'est un péché d'orgueil de se rapprocher ainsi du ciel. C'est comme si tu voulais poser tes doigts sales sur les nuages. »

Céline n'avait pas les mains sales, et puis elle aurait bien aimé caresser les nuages. Les algarades d'Odile ne l'effrayaient pas. La colline l'attirait, mais aussi les bois. Elle y aurait volontiers plongé comme au fond d'un étang. Elle, c'était la tonsure du village qui la mettait mal à l'aise. Cette enclave étriquée, cette tache de peau nue sur le crâne d'un gros moine assoupi. En bas le vent était moite, humide, il manquait de force. Les odeurs stagnaient comme la pluie.

« Un jour, pensa la jeune fille, le ciel sera très clair, et je verrai le bout du monde. »

Comment c'était le bout du monde ? Est-ce qu'on avait dressé une barrière pour interdire aux gens de trop s'en approcher et de tomber dans le vide ? Est-ce que le vertige vous attirait irrésistiblement vers le bas ? C'était peut-être à ça que servait la forêt : à empêcher les gens d'aller visiter le bout du monde et de sauter dans l'abîme ? Les dieux avaient planté là cet obstacle pour préserver les hommes des méfaits de la curiosité. Les hommes et les femmes. Et Céline. Surtout Céline.

Pourtant elle ne pouvait résister au besoin d'escalader la colline et de tenter de percer le voile de brume qui masquait l'horizon. Quand le soleil lui emplissait la tête de bourdonnements, elle s'abattait, vaincue, et s'endormait tandis que fourmis et coccinelles se lançaient à l'assaut de ses fesses nues. Leurs chatouillis ne la dérangeaient pas. Le ciel devenu rouge, elle se redressait en titubant et cherchait ses vêtements à tâtons, s'effrayait parfois de tarder à retrouver l'endroit où elle les avait jetés. Au village on la regardait drôlement, mais c'était normal puisqu'elle portait la marque. À son âge, quinze ans, elle aurait dû être mariée, avoir engendré, préparer la soupe d'un époux grognon et se débattre au milieu de mioches toujours pendus à ses jupes. Odile s'était mariée à quatorze ans, elle avait déjà accouché de six enfants dont quatre étaient morts en bas âge, emportés par la fièvre des marais.

« Les gosses, disait-elle, le plus souvent ils ne sont que de passage. Il vaut mieux ne pas s'y attacher, sinon on en perdrait la vue à trop pleurer. »

Des gens de passage... C'était vrai. Dans la journée ils riaient, criaient, trottaient dans la boue, se barbouillaient de crotte de poule, puis ils se couchaient fiévreux, et leur mère les découvrait au matin, raides et froids contre son sein, emportés dans la nuit par une maladie dont on ne savait rien. Ne pas s'y attacher, non. Odile avait appris à rester dans l'expectative. À vingt ans c'était une fille précocement vieillie, à la poitrine molle, distendue, aux mains aussi calleuses que celles d'un homme. Elle vivait les yeux baissés, prisonnière d'une torpeur qui semblait ne jamais la quitter, insensible aux cris des marmots dont elle ne se rappelait l'existence qu'au moment où elle disposait les écuelles sur la table. Les mioches ? Des voyageurs pressés qui ne restaient jamais très longtemps... À la fin on finissait par mélanger les noms et les visages, c'est ce que la mère Méloir, la doyenne du village, avait avoué une fois à Céline : « Maintenant que je suis vieille, je ne sais plus très bien combien j'en ai eu : quatorze ? quinze ? Je ne les regardais pas trop, pour ne pas me laisser prendre au piège de l'affection. Ils sont partis les uns après les autres, alors que je commençais à peine à m'habituer à eux. C'est la vie, n'est-ce pas ? »

Mais Céline était *marquée*, elle ne connaîtrait donc jamais la vie des femmes de Hurlemort. Quand elle entendait grogner Aubin, le mari de sa sœur, elle ne regrettait pas vraiment son sort.

Au village on la regardait de travers, on parlait dans son dos, mais on n'essayait pas réellement de lui faire du mal. Elle n'était pas considérée comme une sorcière, plutôt comme une sorte de talisman qu'on doit préserver à toute force. Contre son gré ?

Parfois ce n'était pas désagréable, parfois c'était agaçant. Alors elle courait se réfugier sur la colline, là où personne ne pouvait la voir.

Couchée à la pointe du gros caillou, elle les regarda s'agiter en bas. Elle vit Aubin le Lourd arpenter son champ, cueillir ses fruits. Elle vit Odile chasser les cochons de la maison en leur distribuant des coups de pied. Hommes ou femmes, ils avançaient le dos courbé, comme s'ils pesaient trop lourd pour se tenir droits, pour s'élever au-dessus du sol. Elle se dit qu'un jour ou l'autre ils finiraient par se déplacer à quatre pattes, pour être plus près de cette terre qu'ils disputaient avec tant d'âpreté aux bois des alentours.

Puis elle se leva et regarda autour d'elle, pivotant sur ses talons joints. Elle ne distingua aucun autre village à l'horizon. Nulle part ailleurs elle n'apercevait de tonsure analogue à la leur. Il y avait Hurlemort, la forêt, et au-delà ?

Des routes de jadis, on disait qu'elles avaient cicatrisé comme les blessures d'un soldat. Faute d'être foulées par le pied de l'homme, elles s'étaient suturées, disparaissant sous l'herbe, les taillis. Personne ne venait jamais à Hurlemort, et il y avait maintenant des années qu'on n'y avait pas vu un colporteur. Aucun marchand n'osait s'aventurer au sein d'une contrée aussi perdue. Faute de relations avec le monde extérieur, on ne savait plus très bien ce qui se passait au-delà de la forêt. D'ailleurs on se moquait un peu de ces querelles de seigneurs, de ces coutumes si différentes qu'elles en devenaient stupides, de ces langues auxquelles on ne comprenait goutte. Chaque village avait ses propres unités de mesure, ses poids, sa monnaie parfois, si bien qu'on finissait par se perdre dans un labyrinthe d'équivalences.

La forêt avait cela de bon qu'elle avait préservé le village des exactions des routiers. Et c'était déjà beaucoup. Ici, on n'avait jamais vu de filles violées par les soudards, d'hommes empalés sur les piquets de leurs propres clôtures, de bébés rôtis au bout d'une hallebarde par des mercenaires soucieux de savoir si « la viande de marmot valait celle du cochon de lait ». La mère Méloir avait vécu cela, elle. Un jour, elle avait été violée par tant d'hommes qu'il avait fallu la recoudre. C'est du moins ce qu'elle racontait. Odile affirmait avoir vu la cicatrice, une fois qu'elles se baignaient entre femmes dans la rivière, un soir de fenaison.

La forêt avait mangé les routes, coupant la voie aux caravanes marchandes. On avait dû apprendre à vivre en reclus, sans l'aide des autres. Mais était-ce plus mal ? grognait Aubin le Lourd quand il était tout embrumé d'hydromel et se mettait à battre l'air de ses gros bras courtauds. La forêt n'aimait pas qu'on coupe ses arbres, elle menait une guerre d'usure pour récupérer les terres qu'on lui avait volées, mais elle n'avait pas que de mauvais côtés. En détournant les visiteurs, les marchands, elle avait protégé le village des épidémies. La peste était restée de l'autre côté de la palissade des troncs centenaires, elle avait feulé, craché, en flairant la chair fraîche, mais elle n'avait pu se frayer un chemin au travers des ronces. Oui, mauvaise, méchante, la forêt faisait également office de chien de garde.

Céline s'ébroua soudain, prenant conscience que le temps avait passé comme dans un rêve. Il était tard, il lui fallait redescendre sur terre. Sans courir cette fois, elle reprit le chemin de la maison. Une fois au bas de la colline l'air lui sembla plus rare, avec un arrière-goût de purin.

Alors qu'elle ne s'y attendait pas, des garnements jaillirent de derrière un tas de pierres. Ils ricanaient et brandissaient vers elle leurs paumes nues qu'ils avaient barbouillées de curieux gribouillis exécutés au charbon de bois.

« Les mains du diable ! scandaient-ils. Les mains du diable ! Dis, la Céline, est-ce qu'elles bougent toutes seules la nuit sous les couvertures ? Hein ? Est-ce qu'elles te caressent la motte pour te donner du bonheur ?

— Salopiauds ! » leur cria la jeune fille, et elle se baissa, faisant mine de ramasser une pierre. Les gosses s'éparpillèrent en poussant des piaillements effarouchés.

« Salopiauds ! » cria encore Céline, mais sa voix manquait de force.

II

Elle atteignit la chaumière alors que la nuit tombait déjà, et à peine eut-elle franchi le seuil que sa sœur se mit à crier.

« Tu rentres encore à la brune, tu veux exciter les commérages, c'est ça ? » hurlait Odile d'un ton strident qui vous agaçait les gencives comme une pomme acide. « Tu trouves qu'on n'en raconte pas assez sur toi ? Tu veux qu'on dise que tu chevauches les balais ? Une pucelle ne doit pas traîner dans les terres à la nuit tombée, je te l'ai répété combien de fois ? »

Céline s'assit au coin du feu et se mit à jouer avec les enfants de sa sœur. Les marmots ne l'aimaient guère mais elle avait décidé une fois pour toutes de n'y pas prêter attention. Elle les taquinait comme on agace un chiot du bout d'une brindille, sans même y penser.

Avec le temps elle avait pris l'habitude de s'isoler dans un recoin de sa tête, là où les jérémiades d'Odile ne l'atteignaient plus.

« C'est ça ! ricana la grande femme sèche, fais ta châtelaine, va !

— Laisse-la, grogna Aubin. Sinon la damoiselle va nous jeter un sort ! C'est qu'elle serait bien foutue de me nouer l'aiguillette, cette garce ! Y a pas plus vicieuses que les nonnettes en chaleur.

— Il ne faut pas parler de ces choses ! balbutia Odile en se signant. Et puis les voisins pourraient t'entendre et bâtir des fables, nous n'avons pas besoin de ça. »

Ce fut une veillée maussade, seulement peuplée du raclement des écuelles qu'on poussait sur la table. Céline regardait les mains d'Aubin : courtes, grasses, avec leurs ongles si durs qu'ils semblaient taillés dans la corne d'une chèvre. La terre les noircissait en permanence. En quelques années Aubin avait perdu en hauteur ce qu'il avait gagné en largeur. Il épaississait, prenait l'allure d'une barrique. Un torse énorme écrasant de petites jambes torses. La barbe, sur ses joues, crissait tel le poil d'un sanglier. Odile, par comparaison, fondait à la manière d'un cierge. Sa chair avait quelque chose de cireux, et les traits de son visage s'affaissaient, tirés vers le bas par une main invisible et méchante qui la forçait à grimacer sans même qu'elle en ait conscience.

« Demain j'irai au château, dit tout à coup Céline pour rompre le silence. Il faudra préparer un panier avec des provisions.

— Encore ? grogna Aubin. Tu nous crois donc assez riches pour nourrir les fainéants ?

— Non, rétorqua la jeune fille. Je vous crois assez charitables pour ne pas laisser mourir de faim les gens de notre seigneur.

— Ils n'ont qu'à prendre une de leurs fichues épées de guerre et s'en servir pour retourner la terre autour des douves, cracha le paysan. Ils n'ont qu'à remplir un heaume de graines et semer tout autour du château pour faire pousser de quoi manger. Je suis sûr qu'avec un bouclier on peut fabriquer un bon soc de charrue.

— Allons, tu ne penses pas ce que tu dis, intervint Odile. Ce sont des gens de guerre, ils ne peuvent toucher à la terre autrement que pour y creuser des tranchées ou des tombes.

— Ce sont des bons à rien, insista Aubin. Des mendiants qui ne savent même pas dire merci. Ils mériteraient qu'on les laisse crever.

— Tu ne dirais pas ça si le baron était encore là, observa Céline. Il me semble que tu relevais la tête beaucoup moins haut quand on le voyait passer sur son cheval. »

Aubin demeura la bouche ouverte, ravalant un juron.

« Le baron, ricana-t-il. Y aurait à causer là-dessus...

— Tiens-toi à ta place, coupa Odile qui avait blêmi. Ce sont là des choses qui ne nous regardent pas. C'est assez de malheur comme ça. Les affaires du château sont les affaires du château, il n'y a pas à y mettre le nez.

— Il me faudra un panier, insista Céline. J'irai faire la quête pour rassembler le plus de provisions possible. Mais les gens deviennent si pingres que j'ai souvent honte de ma récolte. Et puis il y a aussi le frère Médard.

— De mieux en mieux, aboya Aubin. Un moine fou. Il nous faudra vraiment servir d'aubergistes à tous les inutiles de la contrée ?

— Assez ! » tonna Odile, avec ce courage inhabituel que lui donnait la peur. « Tu parles à tort et à travers. Tu veux aussi mettre la religion contre nous ?

— La religion ? gloussa Aubin. Un ratichon à la

tête de travers avec à peine plus de cervelle qu'une chèvre ? »

Le repas était fini et il ne restait plus rien à faire que de se coucher. Céline n'avait pas envie de dormir. L'air de la colline lui avait mis les nerfs à vif, et si elle n'avait pas craint les remontrances de sa sœur elle serait sortie courir à travers champ, à la lueur de la pleine lune. La sève de la forêt se mêlait au sang dans ses veines, faisant tressaillir ses muscles. Elle s'allongea, l'oreille tendue, guettant dans le lointain le glapissement des bêtes nocturnes.

« Les entends-tu hurler, Céline, les loups de guerre ? » lui avait souvent murmuré Odile, jadis, lorsqu'elles étaient encore des fillettes dormant l'une contre l'autre dans le grand lit familial.

En ce temps-là, comme aujourd'hui, toute la famille se partageait la même paillasse, s'entassant sous un unique édredon. On se fourrait là-dedans tout nu, le père sur le côté droit, la mère au milieu, les enfants se partageant le côté gauche. L'énorme édredon bourré de plume d'oie à la tenace odeur de basse-cour recouvrait tout le monde, isolant la famille du froid qui s'installerait dans la maison dès que les dernières braises du foyer se seraient éteintes. Sous cette carapace de grosse toile, léguée par les grands-parents et constellée de coutures, on se serrait, peau contre peau, essayant de se communiquer une chaleur animale qui finissait par vous emplir d'un engourdissement bienheureux. La mère dormait collée contre le père, Odile contre la mère, Céline contre Odile. C'était là l'ordre prescrit par le clergé. Un ordre qui sauvegardait la décence chez les pauvres, condamnés à s'entasser dans une seule et unique couche. Toutes les familles ne le respectaient pas.

Céline était heureuse de reposer loin du père dont elle n'aimait pas l'odeur et la peau toujours grasse. La mère sentait l'oignon, Odile le sucre de pomme ou le cidre qu'elle avait pressé tout le jour. Le soir venu, les parents s'abattaient sur la paillasse bourrée d'herbe séchée et ne mettaient jamais très longtemps à sombrer dans le néant. Les deux fillettes, elles, chuchotaient sous l'édredon, bouche contre oreille, pelotonnées tels des écureuils dans le trou d'un arbre.

« Les entends-tu hurler ? murmurait alors l'aînée. Les entends-tu hurler, Céline, les loups de guerre ? »

Et Céline passait une oreille à l'extérieur, au-dessus du rempart de la couette, guettant les bruits de la nuit.

D'abord il y avait les ronflements du père, le crac-crac des braises en train de refroidir sur la pierre de l'âtre. Il y avait le dandinement des bêtes à l'autre bout de la pièce. L'âne qui frottait sa gale aux poutres, et dont le crin dur et ras faisait un bruit de brosse, la vache qui poussait des soupirs à fendre l'âme, comme si elle était travaillée par de secrets tourments.

« Écoute-la ! ricanait Odile. On dirait la mère Méloir quand elle raconte ses souvenirs ! »

Céline mordait la toile de l'édredon pour endiguer son fou rire. Elle avait l'imagination facile et n'avait pas de mal à se représenter Bastine Méloir à quatre pattes, mâchonnant du foin en narrant pour la millième fois comment elle avait été violentée par quarante routiers en sa seizième année. Par-dessus tout, elle aimait ces chuchotis nocturnes, à l'heure où les adultes s'abattent, fauchés par la fatigue, et semblent des carcasses promises à une mort prochaine. Elle avait la certitude obscure qu'il était important de veiller, de monter la garde pour écarter le malheur ou les choses qui rôdent par la campagne dès que s'éteignent les derniers feux, et que la forêt écarte ses troncs pour livrer passage aux êtres qui la hantent. Du haut de ses huit ans, elle se voulait sentinelle, guetteuse d'ombres. Elle écoutait bouger la nuit au-delà des murs épais de la bicoque. Alors elle entendait hurler les loups sous le couvert, les loups qui lançaient leur plainte vers cette lune dont ils apercevaient l'éclat dans la trouée du toit de feuillage les surplombant.

Et Odile se mettait alors à raconter la légende du seigneur Guillaume, trop pauvre pour lever une armée, acheter armes et cuirasses, et qui avait imaginé de se défendre des pillards en dressant les loups du voisinage comme il l'aurait fait de vulgaires molosses.

« C'était un homme rude, disait Odile. Déjà vieux, avec sur les joues et le corps un poil rêche et blanc qui étrillait la peau des filles qu'il attirait dans son lit. La barbe lui couvrait le visage, le crin lui sortait par les oreilles, et il avait les sourcils si touffus qu'on lui voyait à peine les yeux. Les gens le craignaient, certains prétendaient qu'il avait du sang de garou dans les veines... »

Guillaume avait dressé une armée de vieux mâles. Nul ne savait comment, mais il avait su se faire obéir de ces fauves dépeceurs de brebis et d'agneaux. Souvent on le voyait, allant à pied par la campagne — car depuis longtemps il n'avait plus assez d'or pour s'acheter un cheval — drapé dans une cape noire, entouré de sa meute affamée qui claquait des mâchoires.

« Il allait se poster au carrefour des routes, soufflait Odile. Il guettait les pillards, les brigands, les soldats en maraude, et quand ceux-ci faisaient mine de prendre le chemin du village, il lâchait sur eux ses loups de combat en leur criant : “Tue ! Tue et mange !” Et les bêtes lui obéissaient, cassant la nuque des routiers, leur arrachant la peau. Guillaume les avait dressées à se méfier des cuirasses et des cottes de mailles. Elles étaient devenues habiles et savaient où planter les crocs à coup sûr pour occire l'ennemi. Ce n'est pas pour rien qu'on les appelait les loups de guerre. Guillaume leur avait posé un collier de fer frappé à ses armes autour du cou, pas pour les tenir à l'attache, non, mais pour signifier qu'il les considérait comme de vrais soldats. Pendant des années on les a vus arpenter la campagne, lui et ses bêtes, faisant patrouille à proximité des routes. Dans les derniers temps de sa vie, il était devenu si velu et si rude qu'on aurait dit un loup déguisé en homme et dressé sur ses pattes de derrière. Il ne parlait plus à personne, aucune fille n'allait plus faire le ménage au château car la meute s'était installée dans la bâtisse et se promenait librement dans les couloirs. »

Odile racontait, se laissant peu à peu gagner par l'excitation d'une histoire qu'elle connaissait pourtant par cœur, sa voix devenait sifflante, et sa bouche moite contre la tempe de Céline.

« Moi je n'aurais pas eu peur, murmurait la petite. Je serais allée au manoir, j'aurais caressé les loups entre les oreilles.

— Idiote, coupait sa sœur. Ils t'auraient croquée. Tu ne sais pas de quoi tu parles. C'étaient des bêtes énormes, couvertes d'un pelage si rude qu'il vous écorchait la main si on faisait mine de le toucher. Des monstres engraissés à la chair d'homme, rusés comme de vieux soldats, sachant parfaitement éviter la pique et la lance, connaissant toutes les astuces du maniement des armes. Je ne devrais pas te raconter ça, tu es trop jeune, mais on dit que, sur la fin, le vieux Guillaume s'accouplait avec les plus belles femelles de la horde. Aux derniers jours de sa vie il avait perdu la raison. Il avait oublié le langage des hommes et communiquait avec la meute en hurlant comme elle... Quoi qu'il en soit, c'est grâce à lui si le village a été épargné. Peu à peu les brigands ont déserté la contrée, ils avaient peur de ces loups trop malins qui ne craignaient même plus le feu et se moquaient des torches brandies. »

Céline frissonnait, imaginant la course des bêtes de guerre aux yeux écarlates, bondissant dans la neige à longues foulées, s'en revenant d'une expédition le poil rougi du sang des pillards. Elle les voyait presque, ces sentinelles de la nuit qui avaient déserté la forêt pour vivre dans un château fort et montaient la garde aux créneaux, leurs oreilles pointues dressées dans le vent.

Un jour, le vieux Guillaume était mort, et les loups, privés de chef, avaient regagné les bois. La sauvagerie avait repris possession de leurs cervelles rudimentaires, ils s'en étaient allés, abandonnant à regret la dépouille de leur maître.

« Le baron Guillaume, haletait Odile, on l'a retrouvé dans la grande salle du château, couché sur le dos, les yeux grands ouverts et un air terrible sur le visage. Ceux qui l'ont porté en terre disent qu'il était tout nu sous sa cape, que son corps était complètement recouvert de fourrure et qu'il avait des griffes au bout des doigts. »

À ces mots Céline se serrait étroitement contre son aînée, enfouissant son petit nez dans l'aisselle chaude de la conteuse. Une peur délicieuse s'emparait d'elle, grossissant les bruits de la nuit. Elle entendait soudain hurler les loups dans le lointain, elle détectait leur approche quand ils s'avançaient dans les rues du village pour frotter leur pelage ras au bas des portes.

« Écoute ! balbutiait Odile, victime de ses propres légendes. Ils sont là, de l'autre côté du battant. De temps en temps ils se rappellent qu'ils ont servi les hommes, jadis, alors ils viennent aux ordres, comme des chiens, attendant qu'un nouveau chef se lève pour les emmener chasser, là-bas, au carrefour des routes. »

Elle évoquait les plus vieux mâles de la horde, ceux qui portaient encore au cou le collier de fer aux armes du baron. Ils avaient le poil blanc à présent, et le collier était rouillé, mais parfois, par bouffées, leur revenaient des images des courses de jadis. « Tue ! Tue et mange ! » L'ordre résonnait encore à leurs oreilles, alors ils hurlaient, nostalgiques, s'étonnant de ce que personne ne leur réponde, s'agaçant de toujours trouver porte close.

On ne leur faisait pas de mal, on ne posait pas de pièges, jamais on n'organisait de battues. Pour les remercier des services passés, on leur abandonnait parfois un vieux mouton, une brebis trop maigre, qu'on s'en allait attacher à un piquet à la lisière de la forêt. Mais le soir on s'enfermait, et l'on posait sur la toile huilée des fenêtres des volets de bois solidement emboîtés.

Chaque nuit, quand la lune se levait dans le ciel, le chant des loups l'accompagnait, obsédant. Interminable gémissement coupé de hoquets rageurs, plainte mélancolique et effrayante dont on ne savait si elle trahissait une peine secrète, ou un appel au carnage.

C'est à cause de cette mélopée nocturne qu'on avait

surnommé le village Hurlemort. Primitivement, le hameau avait été baptisé la Heaumière, du nom de sa colline, mais ce patronyme s'était peu à peu effacé des mémoires, et aujourd'hui peu de gens daignaient l'utiliser.

À une époque où l'herbe folle n'avait pas encore complètement recouvert le tracé des routes, et où les colporteurs se risquaient encore à commercer avec les gens du hameau, ils avaient appris aux paysans qu'aux alentours on considérait « ceux de Hurlemort » comme des animaux étranges, à peine civilisés.

Céline aimait cet héritage encombrant, ce pacte un peu louche qu'on évoquait à la veillée, par bouts de phrases inachevées. Souvent, alors que les adultes étaient rassemblés, elle avait fait semblant de dormir pour surprendre les secrets du vieux Guillaume. C'étaient surtout les hommes qui se plaisaient à évoquer les étranges débauches du baron et des jeunes louves. Les femmes, elles, se signaient, ou se cachaient le visage dans leur tablier, les pressant de se taire.

On avait beau retourner l'histoire dans tous les sens, on ne savait trop qu'en penser. Certains se laissaient aller à prononcer les mots de « sorcellerie » ou de « malédiction », mais tous tombaient d'accord pour reconnaître que cette « magie » avait épargné au village les pires calamités. « Et je sais de quoi je parle », déclarait Bastine Méloir avant d'entamer encore une fois le récit du viol collectif dont elle avait été victime bien des années auparavant.

Les loups étaient comme les grands bois, protecteurs et menaçants. On ne savait s'ils allaient vous lécher la main ou l'emporter d'un coup de dents.

Quand les vieux mâles, ceux qui avaient combattu aux côtés du baron, seraient morts, le pacte s'en trouverait probablement dissous et l'on aurait tout à redouter des jeunes fauves n'arborant pas, eux, le collier de fer de la vassalité.

En attendant, Céline écoutait la chanson de la meute et s'efforçait de l'imiter. Elle aurait voulu que sa voix puisse monter jusqu'à la lune en un interminable gémissement, mais ses cris n'avaient pas plus d'ampleur qu'un glapissement de chiot.

À Hurlemort certaines mères bouchaient les oreilles des bébés avec des boules de suif les nuits de pleine lune, car on prétendait que les nourrissons bercés par le chant de la horde perdaient la faculté de parler et ne pouvaient plus s'exprimer qu'en hurlant à leur tour.

Fornicotin, l'idiot du village, avait été victime de ce mal mystérieux. Sa mère n'ayant pas pris la précaution de le rendre sourd lorsque la meute entamait son concert, il n'avait jamais pu par la suite acquérir la maîtrise de la parole. Âgé de dix-sept ans, il ne savait s'exprimer qu'en jappant douloureusement, et faisait peine à voir.

Pendant deux ou trois ans, Céline et Odile avaient ainsi bavardé dans l'obscurité, remâchant des légendes qu'elles savaient toutes deux par cœur mais qu'elles ne cessaient d'agrémenter de nouveaux détails, puis Odile avait grandi et l'on avait parlé de la marier à Aubin, le fils du voisin. Dès lors ses rêveries avaient changé de cours pour devenir secrètes, et chaque fois que Céline avait tenté de faire renaître leurs anciens conciliabules l'aînée avait soupiré : « Oh ! Fini avec toutes ces bêtises, je ne suis plus une gamine. »

Enfin les parents étaient morts, comme beaucoup d'autres dans le village, d'une épidémie qui les avait tués en l'espace de deux jours, les laissant raides sur leur paillasse, le visage plus gris qu'une vieille pomme de terre. Céline n'avait pas eu trop de chagrin ; en huit années la mère lui avait envoyé trop de méchantes torgnoles, quant au père, elle avait toujours eu peur de ses mains moites, trop promptes à palper la chair de ses filles à travers l'étoffe des robes. Céline savait qu'elle n'avait pas été aimée. Sa nature de fille marquée avait toujours embarrassé ses parents. C'était là un privilège plutôt douteux dont on se serait bien passé. « Ça aurait tout de même pu tomber sur d'autres que nous, avait-elle souvent entendu soupirer sa mère.

— Bah, grognait le père, on dit que chaque famille du village doit y passer à son tour. C'est comme pour les idiots, tout le monde doit un jour payer son écot. »

D'abord Céline avait détesté être comparée à Fornicotin, ce crétin baveux qui glapissait comme un chiot enroué en courant derrière les moutons, puis elle en avait retiré un orgueil étrange, qu'elle ne savait pas bien expliquer. Elle avait décidé que la marque l'empêcherait de devenir comme les autres, une matrone aux grosses jambes, aux tétons de nourrice. Jamais elle n'appartiendrait à la terre comme tous ceux du village, c'est-à-dire en esclaves, en prisonniers. La plaine les avait transformés, jetant sur leurs corps un enchantement qui les rendait lourds, malhabiles. Quand ils marchaient, c'était sans grâce aucune, les pieds chaussés de plomb, rasant le sol comme s'ils avaient peur d'en perdre trop longtemps le contact. Céline avait décidé qu'elle ne serait jamais de la plaine... Elle serait des collines et des bois, surtout des bois. Mais elle n'en avait jamais parlé à personne, surtout pas à sa sœur qui, à peine mariée, avait dû apprendre à vivre et à travailler avec un ventre perpétuellement enflé. Aubin et elle s'étaient installés dans l'ancienne maison des parents, et Céline partageait leur lit en se tenant le plus loin possible de son beau-frère, prenant toujours soin d'interposer entre leurs corps les enfants du couple. Cette promiscuité n'était pas toujours facile à supporter, notamment lorsque Aubin entreprenait de se satisfaire d'Odile et qu'il annonçait ses intentions à la cantonade en criant : « Vous, les mioches, dormez, et toi, la pucelle, inutile de chercher à t'instruire puisque tu n'auras jamais de mari. »

Céline attirait contre elle les gosses du ménage et essayait de penser à autre chose tandis que le paysan faisait trembler toute la paillasse.

Aubin ne l'aimait guère.

« Sous prétexte qu'elle est marquée, grognait-il, il faut l'entretenir à ne rien faire. C'est une bouche inutile, et qui me coûte les yeux de la tête.

— Tu es injuste, risquait timidement Odile. Elle s'occupe des petits. »

Mais Aubin haussait les épaules. Il se moquait bien qu'on s'occupe de ses rejetons. D'ailleurs, les caresses des femmes amollissent les hommes, c'est bien connu.

Céline s'ébroua, rejetant le poids des souvenirs. Elle avait chaud, elle avait soif. Le feu de la colline continuait à brûler en elle, et le vent tournait encore dans sa tête, bouleversant ses idées.

Elle se redressa sur un coude, au bord de la paillasse, pour regarder dormir la famille. Ce vilain alignement de têtes molles aux bouches béantes lui pinça le cœur. Odile, où se cachait l'Odile de jadis, si fraîche, si coquette, toujours à mâcher de la menthe pour se parfumer l'haleine ? Etait-ce cette presque vieille femme qui, souvent, gémissait en dormant et laissait échapper un sanglot de petite fille ?

Mon Dieu, le temps avait donc passé si vite ?

« C'est Aubin, pensa Céline. C'est Aubin qui l'a abîmée », et une sourde envie de vengeance la submergea. C'était à cause des hommes, sûrement. Il y avait dans leur laitance un poison qui faisait vieillir les femmes. Un venin insidieux qui ôtait peu à peu à la plus belle des filles toute sa joliesse, un venin qui, à chaque piqûre, lui creusait d'autres rides sur le visage, lui faisait tomber les seins et rendait sa chair flasque. Ils ne lui faisaient pas l'amour, non, ils la piquaient, comme une vipère jaillie des fougères. Et dès que leur vilaine salive coulait dans les veines de leur victime, le temps se mettait à filer plus vite. La jeune épousée devenait matrone, puis la matrone vieillarde. Tout cela sans qu'elle ait vraiment conscience de la succession des couchers de soleil. Sa vie se consumait en une journée, comme celle de certains insectes qui, nés à l'aube, agonisent à la tombée de la nuit.

« Il faut se garder des hommes, songea Céline. Oh oui ! Se défier d'eux comme on se défie du serpent. »

III

Le lendemain elle quitta la maison avec à son bras le panier que sa sœur s'était efforcée de remplir le plus possible. « Tâche qu'Aubin ne t'aperçoive pas », murmura Odile au moment où sa cadette franchissait le seuil de la chaumière. « Il ferait encore des histoires. Tu sais qu'il aime à se montrer plus méchant qu'il n'est en réalité. »

La jeune fille s'éloigna sans répondre. À peine était-elle sortie des limites du village qu'elle sentit monter en elle l'envie de retourner sur la colline pour y renouveler ses forces.

« Je suis comme les fées, pensa-t-elle. Il faut que j'aille me tremper régulièrement dans la source de jouvence. »

En chemin elle croisa des paysans qui retournaient la terre. Elle longea le champ d'où montait une forte odeur de tourbe remuée, et s'efforça de ne pas regarder les travailleurs, mais les yeux des hommes s'attachaient à chacun de ses pas.

« Hé ! Compagnons ! cria quelqu'un. Voyez donc ! La Céline qui se baguenaude pendant que vous vous cassez les reins à retourner la terre. Voyez ! Ça n'est bon à rien, même pas à donner du plaisir à un honnête homme, et ça vient nous narguer ! »

Les mâles s'excitaient déjà, la figure rouge et suante. Leurs grosses mains s'emparèrent du manche des outils pour se livrer à des pantomimes obscènes. La jeune fille se mordit les lèvres et se retint de presser le pas. Elle ne voulait pas leur laisser voir sa peur. De l'autre côté du talus les manouvriers s'énervaient. Des cailloux commencèrent à pleuvoir autour d'elle, sans la toucher.

« Cul cousu ! scandaient les plus jeunes. Cul cousu ! »

Une pierre lui érafla l'épaule sans lui faire vraiment mal. Bientôt elle fut hors de portée, mais la peur resta ficelée autour de son estomac comme un cordon étranglant une bourse de cuir.

Alors qu'elle coupait au travers des buissons pour se rapprocher de la colline, elle dérangea un couple occupé à faire l'amour. De la fille, elle ne vit que la tache blanche de deux cuisses, mais le garçon se redressa pour l'injurier. C'était Valère, « l'anguille », un jeune coq, bon nageur de surcroît, et qui prétendait lutiner les sirènes au fond des torrents.

Céline tourna la tête pour ne pas le regarder car il s'exhibait sans honte, les chausses rabattues sur les chevilles.

« Tu veux venir nous contempler ? lui cria-t-il. Au moins tu sauras exactement ce que tu perds ! Viens, viens, la Céline. Tu compteras les coups ! Peut-être même que tu n'auras pas assez de tous tes doigts ? »

Céline ne lui accorda pas un regard. La végétation l'avala, la protégeant de la méchanceté des hommes. Dès qu'elle fut seule, elle se sentit bien, à l'abri. La colline était à nouveau là, faisant peser sur elle son ombre protectrice.

Les vieux affirmaient que Hurlemort ne figurait sur aucune carte, et que c'était bien ainsi. Il leur plaisait d'avoir été oubliés des clercs arpentant les campagnes, une corne d'encre et un rouleau de parchemin sous le bras, pour en reproduire le tracé approximatif. Ceux qui s'y étaient risqués, s'étaient vite perdus dans la forêt ou avaient rebroussé chemin en entendant chanter les loups, et c'était tant mieux. Il était bon que Hurlemort reste caché dans le blanc des cartes, tel un fantôme sous son drap. Personne n'avait eu à s'en plaindre jusqu'ici.

Comme chaque fois qu'elle grimpait sur le dos de la colline, Céline fut soudain reprise par la certitude qu'ils étaient seuls au monde. Elle s'assit au milieu des sauterelles et tourna lentement sur elle-même. À la sortie du village s'étendait la tache stérile du cimetière qui grandissait d'année en année. Les tombes y étaient petites, car elles abritaient pour la plupart des enfants. Céline, outre ses parents, y avait trois frères et deux sœurs qu'elle n'avait jamais connus, et dont elle n'avait pas retenu les noms. Benoît, Anselme, Laniette, et qui encore ? Elle ne savait pas vraiment où ils se trouvaient, car les intempéries avaient peu à peu effacé les marques placées sur les pauvres tumulus, mêlant toutes les dépouilles du hameau dans un même anonymat. C'était un grand cimetière pour un si petit village. Beaucoup des bosses avaient perdu leur croix sous la caresse râpeuse des bourrasques, et à certains endroits la terre ravinée laissait entrevoir les contours des méchantes cassettes de bois servant de cercueil aux enfants. Le frère Médard, ce grand moine un peu fou bâti comme un boucher, qui vivait en ermite sur le cairn de Bastonne, venait parfois bénir les sépultures et arracher les mauvaises herbes. On le laissait faire. Au village, quelques-uns soutenaient que les bébés n'avaient pas vraiment d'âme, et qu'il était donc inutile de prier pour eux. « Est-ce qu'on prie pour les moutons ? » ricanait Aubin. Dans les autres villages, les prêtres affirmaient au contraire que les bêtes avaient bien une âme, et que c'étaient les femmes, en réalité, qui n'en possédaient point. Mais ici, à Hurlemort, on nourrissait des idées différentes. Odile elle-même avouait n'avoir point d'opinion vraiment formée quant à la question. À son avis, l'âme venait aux enfants quand ils commençaient à parler. Jusque-là, ils étaient semblables aux bêtes. Ainsi Fornicotin qui ne savait qu'aboyer n'avait-il pas plus d'âme qu'un chien. C'était en grande partie pour cette raison qu'il ne fallait pas trop se désespérer de la disparition des enfants en bas âge. Fort de cet avis, on estimait que le frère Médard en faisait un peu trop. D'ailleurs, un jour, il faudrait prendre une décision. On ne pouvait pas laisser le cimetière s'agrandir à l'infini et manger les champs. On creuserait une grande fosse et l'on y mêlerait toutes les dépouilles, comme cela se faisait ailleurs. Est-ce que ça changerait quelque chose puisqu'on avait oublié l'emplacement exact des défunts ? Ainsi on ne se retrouverait pas par erreur en train de prier sur la tombe d'un voisin, qu'on avait au demeurant détesté de son vivant.

Céline savait que ses parents étaient morts à trente et quelques années, ce qui était un âge acceptable pour faire ses petits paquets. La vieille Bastine Méloir atteignait cinquante ans, mais peut-être se vantait-elle ? Et puis, comme elle ne connaissait pas exactement sa date de naissance, on ne pouvait être sûr de rien.

Céline se demandait parfois quel effet cela faisait de vivre si longtemps. Est-ce qu'on ne finissait pas par trouver l'attente insupportable ? Est-ce que les souvenirs ne vous alourdissaient pas la tête au point de la faire pencher de côté ?

La colline favorisait chez elle les pensées insolites, les fantasmagories adolescentes. On lui avait répété bien des fois que les filles ne sont pas équipées pour réfléchir, mais la chaleur la faisait chaque fois glisser dans l'engourdissement d'une sieste où se mettaient à éclore les interrogations les plus saugrenues.

Les sauterelles allaient, venaient, s'entrecroisant devant son visage. Céline les regarda, essaya de les compter, ne faisant rien pour résister au sommeil. Elle s'installa, bras en croix, la nuque posée sur la dalle fendillée du vieux cadran solaire enchâssé au sommet de la butte. C'était une pierre blanche, poreuse, dont la flèche de fer avait disparu, et qui ne servait plus à rien. Les chiffres romains qu'on y avait gravés étaient en partie effacés par les pluies, de même que l'inscription latine dont on ne parvenait guère à reconstituer que les derniers mots : *ultima necat...*

Céline, qui avait appris à lire avec le frère Médard, ne se lassait pas de les déchiffrer à voix basse, caressant les blessures de la pierre du bout de l'index. Les hautes herbes dissimulaient d'autres tronçons. Il n'était pas rare qu'au détour d'un buisson on pose le pied sur une grande figure à demi enterrée. Un morceau de visage surgissait du sol, un œil, un nez de marbre, une tête casquée dont le ruissellement des averses avait fait fondre les traits, les réduisant à une ébauche adoucie dont les courbes paraissaient presque molles. L'ermite disait qu'il s'agissait de ruines romaines, de la représentation d'anciens guerriers, voire d'anciens dieux. Il n'était pas bon de les regarder et, lorsqu'on croisait leur route, il fallait s'en écarter bien vite en se signant et en disant son chapelet. Mais il ne déplaisait pas à Céline d'être épiée par ces cadavres de marbre dont on ne savait s'ils se réduisaient à quelques tronçons épars, ou s'ils étaient encore entiers, intacts, dans leur gangue de terre. Parfois elle était tentée de creuser tout autour, de leur dégager une oreille, la bouche, pour qu'ils soient plus à l'aise. Certains d'entre eux dardaient sur vous un œil terrible, et la jeune fille évitait de les enjamber pour ne pas sentir leur regard filer sous sa robe.

« Des dieux païens, marmonnait Médard, ce colosse indolent, si chauve qu'on ne distinguait plus trace de tonsure sur son crâne couturé d'une cicatrice violette. Des dieux païens plantés là par les légions venues de Rome. La foudre les a déracinés. Le ventre de la colline en est farci. Beaucoup de ces statues sont impudiques, elles montrent leurs parties honteuses ou s'exhibent en des poses lascives. Ne les approche pas. Il se peut qu'un reste de puissance magique dorme encore en elles. »

C'est vrai qu'elles avaient l'air incroyablement vivantes, ces têtes de marbre fêlées, dont les yeux vides et blancs semblaient vous suivre dans vos déplacements. Céline avait toujours un peu de mal à leur tourner le dos, et pourtant elle aimait les savoir là, comme des amis muets, des guetteurs embusqués dans les hautes herbes.

La chaleur lui plombant la tête, elle eut tout à coup l'illusion de les entendre deviser à voix basse. Leurs paroles résonnaient dans la terre, courant de racine en racine. Ils parlaient en latin bien sûr, mais pas un latin d'église. Plutôt un latin vulgaire, à la prononciation gourmande et ponctuée de rires sourds. Un latin d'hommes au sang chaud, qui sentaient la sueur, le vin, la buffleterie au lieu de la fumée des cierges, de l'encens. Leurs voix vibraient, filant au long des sillons, rayonnant à travers la campagne. Céline n'ignorait pas que la forêt dissimulait d'autres statues, d'autres sanctuaires mangés par la végétation. Lorsque le christianisme s'était répandu sur la terre, les anciens dieux avaient dû battre en retraite. Encerclés par les crucifix, les églises, les soldats en robe de bure, ils s'étaient repliés, dans la fumée des bûchers, cherchant un lieu d'asile, une tanière où survivre en attendant des jours meilleurs. Les déesses aux seins nus, les boucs à face humaine couronnés de pampres et de raisin, les chasseresses portant carquois et coiffées d'un croissant de lune, et tant d'autres encore, d'une grande beauté ou à demi bestiaux, mi-homme mi-cheval, mi-femme mi-poisson... Il leur avait fallu fuir devant l'irrésistible avance des moines austères qui jamais ne riaient et tenaient les plaisirs de la chair en grande exécration. Il leur avait fallu se replier en désordre, incrédules et déjà vaincus, ne comprenant pas qu'on leur préférât une religion si contraire aux appétits du corps, une croyance où la peau des femmes était considérée avec autant de défiance qu'une charogne porteuse de peste. Ils avaient dû s'échapper tandis qu'on abattait leurs temples blancs, solaires, lumineux, pour dresser d'obscures églises aux allures de citadelles. Et partout l'encens, l'eau bénite, la maigre hostie de farine, là où ils avaient instauré l'usage du vin épais mêlé de miel et des viandes rôties. Une religion à la sombre figure les chassait, une religion sans rires, dépourvue de danses, et où les femmes, les hommes cachaient leurs corps comme s'ils en avaient honte. Effrayés, perdus, ils avaient sauté de leurs piédestaux fendillés pour chercher refuge dans les bois, au cœur même de cette nature dont ils avaient symbolisé durant tant de siècles les forces vives. Dans les taillis, sous la voûte feuillue, si serrée qu'elle installait les ténèbres en plein jour, ils s'étaient heurtés aux divinités gauloises, celtes, qui comme eux fuyaient le nouveau dogme. Gargan, Belen, et tant d'autres, aux visages à demi effacés par l'oubli. Ils étaient là, tous, essoufflés et hagards, la chair couverte de meurtrissures et d'estafilades, tous fuyards, tous proscrits, et se jetant des coups d'œil désemparés. Tant de solitude après tant de gloire, tant d'obscurité après tant de lumière... Les bois, l'oubli, une demi-vie larvaire dans la lumière verte du couvert. La grande forêt de Hurlemort les avait accueillis en son sein, leur offrant l'hospitalité qu'on réserve aux guerriers blessés dont le sang fait déjà rouiller la cotte de mailles. La forêt était devenue leur terre d'asile, leur ultime retraite, leur dernier royaume. Encerclés, ils s'étaient retranchés derrière le rempart des troncs centenaires, osant à peine bouger, à peine respirer, de peur que les moines à face de cire ne les voient et ne décident de faire des bois environnants un gigantesque bûcher dont la fumée s'élèverait si haut qu'elle noircirait le ventre des nuages.

Bercée par la fièvre d'un début d'insolation, Céline eut brusquement l'illusion qu'elle les voyait enfin, ces proscrits divins, se cachant entre les arbres, s'enfouissant dans les taillis au moindre bruit, plus craintifs que des biches et pourtant si amers.

Elle les sentit là, tout près, remâchant leurs rancœurs, ressassant leur défaite. À la peur avait succédé le fiel. Irritables, ils étaient devenus méchants, un rien pouvait les faire se retourner contre vous.

Il leur avait fallu apprendre à cohabiter, ce qui n'avait jamais été leur fort. Sans fidèles, sans rites, sans offrandes, ils avaient vite perdu leur belle apparence de jadis pour devenir des vagabonds à la peau couleur de terre. Divinités gauloises et romaines faisaient piètre ménage, et la mauvaise humeur de tous gâtait l'atmosphère des sous-bois. Chaque algarade avait des répercussions sur le climat. Une dispute faisait venir la pluie, une bouderie provoquait une vague de gelées prématurées. Lorsque le ton montait, on voyait s'accumuler les nuages noirs au-dessus de la forêt, comme un gros champignon vénéneux. « Aujourd'hui les dieux sont en colère, marmonnaient les vieilles. Ça se dispute encore dans les taillis ! »

On n'osait point trop se plaindre cependant. La forêt était vaste, mais pour des divinités ayant jadis régné sur l'immensité de la planète, c'était tout de même une prison bien étroite, et l'on comprenait sans peine que des querelles de territoire pussent éclater.

Quand la foudre tombait sur les chênes, faisant se fendre les troncs, on savait que la coupe était pleine et que les dieux se faisaient la guerre. On ne les nommait jamais, du reste. L'Église l'interdisait, et puis on ignorait l'identité exacte des réfugiés. Qui était passé entre les mailles du filet ? Qui était mort ? On ne voulait pas manifester de préférence. Les Proscrits constituaient une foule invisible et instable avec laquelle il fallait compter.

« C'est comme une bataille de chiens enragés, murmurait Bastine Méloir. Il ne faut surtout pas s'en mêler. »

Mais les conséquences étaient innombrables et manifestes. Il suffisait d'un peu d'attention pour remarquer qu'au fil des ans les événements étranges s'étaient multipliés. La cohabitation divine avait fâcheusement influencé les bêtes de la forêt dont l'intelligence s'était développée de manière inacceptable. Il était aujourd'hui presque impossible de prendre un lièvre au collet ; les oiseaux ne se laissaient plus abuser par les vieux stratagèmes de la pierre en équilibre sur un bâton. Tous les animaux faisaient preuve d'une malignité qui laissait le meilleur des braconniers totalement démuni. Le gros Mathurin racontait qu'un matin d'hiver il avait été vertement apostrophé au bout de son champ par un lapin qui parlait latin. La bestiole avait débité une tirade incompréhensible avant de lui présenter son cul blanc et de lui crotter à la face. On avait hésité à se moquer de Mathurin, d'un naturel peu enclin à la fantaisie. Un autre prétendait avoir déterré avec sa charrue un buste de marbre qui, mécontent, lui avait mordu les orteils. Chaque fois qu'il narrait cette aventure, il défaisait ses chausses, exhibant un pied puant entaillé par une cicatrice en arc de cercle.

« Es-tu sûr au moins de n'avoir pas tout simplement trébuché sur un piège ? marmonnait Bastine Méloir.

— Pas sur un piège, s'entêtait le bonhomme. Sur une tête de marbre portant une couronne de laurier. »

À la suite de cet incident, il avait tracé ses sillons en

contournant le lieu où reposait l'irascible statue, ce qui donnait à son champ un aspect bizarre et zigzagant, comme s'il avait été labouré par un homme ivre. Il ne fallait pas plaisanter avec les habitants de la forêt. Ici, à Hurlemort, on était loin des cathédrales qu'on ne connaissait du reste que par les images enluminées du frère Médard. Il n'y avait pas d'église, l'ermite célébrait la messe au seuil de sa cahute de pierre, sur une roche moussue. Dieu semblait loin. On avait entendu parler de lui, mais on ne le voyait guère à l'ouvrage. Quant au Christ, accroché à sa croix, il semblait bien dolent, le pauvre, et pas vraiment en état de faire des miracles. Peut-être que si on le décrochait de son perchoir, et si on le soignait, il irait un peu mieux ? hasardaient les femmes, soucieuses de ne pas trop décevoir le moine. Cette paresse de la foi plongeait Médard dans de sourdes colères.

« Vous êtes des attardés des temps barbares, grognait-il en se mouchant dans sa bure. Vous avez donné asile aux proscrits du paganisme, et vous vous êtes faits leurs complices. De plus méchants que moi vous le reprocheront un jour, songez-y ! »

On hochait docilement la tête sans bien comprendre tout ce qu'il disait. On avait de l'indulgence pour lui. C'était un colosse qui prétendait avoir participé à on ne savait quelle expédition punitive en Terre sainte, et en était revenu faible comme un enfant, le crâne fendu par les Sarrasins. Il était sujet à de fréquentes torpeurs et à des hallucinations saugrenues. La mère Méloir, qui savait tout, ou presque, avançait que ses supérieurs l'avaient expédié à Hurlemort parce qu'ils jugeaient encombrant ce héros de la foi. Peut-être aussi, ajoutait-elle, avec le secret espoir que les loups le mangeraient en chemin, faisant enfin de lui un martyr acceptable. Mais Médard avait traversé la forêt sans rencontrer la meute. À moins que celle-ci, inspirée par les dieux déchus, n'ait décidé de faire une bonne farce aux petits chrétiens en laissant la vie à ce demi-fou somnolent dont les sermons fleuraient fréquemment l'hérésie.

Les invectives de Médard n'allumaient aucun frisson au long des échines. Dieu, c'était bien, ne pas avoir d'ennuis avec les voisins, c'était mieux. Et ici, les voisins habitaient la forêt.

Céline frissonna, comme chaque fois qu'elle sortait de ses pensées la réalité lui parut glaciale et fit grimper la chair de poule sur ses bras. D'un seul coup elle manqua d'air. Quelque chose l'oppressait. L'image du couple surpris dans les buissons surgit du brouillard de sa conscience. Les cuisses blanches de la fille renversée, et surtout le long corps de Valère l'Anguille, semé de taches de son. Elle se passa la main devant les yeux, se frotta les paupières comme si ce geste puéril allait suffire à effacer le souvenir. Elle crut qu'elle avait la fièvre, qu'elle avait attrapé froid à rester ainsi immobile dans l'atmosphère humide de rosée. Elle respirait mal. Elle se leva, cédant à la peur soudaine d'être épiée. Valère et la fille l'avaient-ils suivie jusqu'ici ? Non, c'était peu probable. D'où provenaient alors les regards qu'elle sentait s'appesantir sur ses épaules. Des statues de marbre ? Elle saisit le panier et dévala le chemin serpentant au milieu des ronces. Frère Médard la protégerait du maléfice, il fallait aller le voir sans tarder. Ses bénédictions écarteraient les pensées impures qu'elle sentait rôder aux alentours.

Et pourtant... Les cuisses blanches de l'inconnue, de cette fille couchée en un si total abandon. Ces jambes ouvertes en une béance satisfaite, un peu lasse...

IV

Essoufflée, elle atteignit la caverne qui servait de repaire à l'ermite. Elle avait marché trop vite et deux taches rouges lui brûlaient les joues.

« C'est moi, cria-t-elle, Céline. Vous êtes là ? »

Elle ne savait pas vraiment comment s'adresser au moine. Devait-on lui dire « mon père » ? Elle ne pouvait s'y résoudre. Elle ne conservait pas d'assez bons souvenirs de son géniteur pour souhaiter affubler l'ermite de ce titre douteux. En fait, elle se sentait peu attirée par la religion, mais cet homme vivant comme un ours au fond d'un trou de pierre attisait sa curiosité.

Elle s'agenouilla, raviva le feu qui charbonnait sous la petite marmite. Les gros bouillons s'évertuaient à ramollir une maigre soupe d'orties. « De la soupe d'âne », comme on disait ici.

Un gémissement monta de la grotte, déformé par la résonance. Sans doute le saint homme sortait-il d'une période de prostration ? Il restait parfois si longtemps agenouillé sur les pierres qu'il ne parvenait plus ensuite à se redresser. Genoux et reins verrouillés par l'ankylose, il se traînait alors vers la lumière comme un blessé sur un champ de bataille. Il restait ainsi une heure durant, attendant que ses os retrouvent leur souplesse.

Prévoyant qu'il en irait de même aujourd'hui, Céline tira de sa cotte un pot d'onguent propre à guérir les douleurs articulaires. Au moment où elle débouchait le récipient, une curieuse petite bête noire se hasarda sur le seuil, fit le gros dos et retourna se cacher dans les ténèbres. La jeune fille tressaillit mais s'appliqua à ne point montrer son trouble. Dans l'obscurité de la grotte, les yeux de la bestiole continuaient à scintiller. C'était un peu inquiétant.

Pour se donner une contenance, Céline puisa quelques victuailles dans son panier et les déposa sur une pierre plate. Ces préparatifs achevés, elle posa les mains sur ses cuisses et attendit sagement que l'ermite veuille bien se montrer.

Du frère Médard on savait peu de chose, sinon qu'il était apparu un matin d'hiver, seulement vêtu de sa robe de bure, la capuche rabattue sur la tête. La neige fondue avait détrempé son froc, et le gel l'avait amidonné, si bien qu'il avait l'air d'aller prisonnier d'une armure aux articulations rouillées. Il se dressa soudain sur la plaine couverte de glace, grande silhouette courbée avançant d'un pas de somnambule. Au village on se signa, on fit les gestes habituels de conjuration, ne sachant qui était ce fantôme ayant tour à tour triomphé du labyrinthe des routes effacées, de la forêt et des loups. Seul un surhomme ou un démon semblait capable d'un tel prodige. La mère Méloir se cacha derrière son tablier en gémissant : « Vous pouvez être sûrs qu'il n'y a pas de visage sous ce capuchon, et pas de tête non plus, rien qu'un trou noir. » Cette prédiction causa un début de panique, puis le moine remonta la rue principale, et l'on vit ses pieds nus ficelés dans des sandales durcies par le givre, et ses chevilles, ses orteils tout fendillés de crevasses. On fut rassuré : les démons ont rarement des engelures.

Poussant la porte, il rabattit son capuchon, dévoilant sa grosse tête chauve zébrée d'une cicatrice mal recousue... Oui, c'est ainsi qu'il se présenta, large et haut, la tonsure frôlant les solives, occupant d'un seul coup tout l'espace.

Au début, on crut que ce colosse installerait à Hurlemort une religion de fer, prompte à la condamnation. On découvrit vite que ce soldat du Christ perdait à la fois la mémoire et le fil de ses sermons. Ses yeux regardaient au travers des hommes et des choses, sans les voir, comme s'ils demeuraient éblouis par d'anciennes images à jamais imprimées sur leur rétine. Des images qui se superposaient désormais à tous les spectacles de la vie, les estompant sous leurs couleurs trop vives.

Interrogé, il se révéla incapable de raconter son voyage à travers la neige. Il ne savait pas comment il avait franchi la barrière des bois, sa mule était morte de froid ; il avait porté son paquetage sur ses propres épaules. C'était un homme de fer, impressionnant, mais aussi peu dangereux qu'une armure vide, et qui s'interrompait au milieu de ses phrases, oubliant tout autour de lui et laissant les gens dans l'embarras.

Des années auparavant il avait traversé les mers pour accompagner une armée de valeureux chevaliers dans le tumulte d'une quelconque expédition chez les Sarrasins. Il avait vu des choses qu'aucun homme normal ne peut voir sans risquer de devenir fou. Il avait arpenté les déserts, affronté les contrées où le soleil exhale un souffle invisible qui carbonise les fleurs dès qu'elles s'ouvrent, et cuit comme des gigots les malheureux qui commettent l'erreur de s'endormir en pleine lumière. Médard avait combattu les Maures, leur avait cassé la tête de ses poings énormes.

« Ce n'est pas un coup de sabre qui lui a fendu le crâne, observa doctement Bastine Méloir. C'est tout ce qu'il a appris. A trop vouloir connaître on se fait exploser la caboche. Et c'est ce qui lui est arrivé. Il a voulu tout apprendre, et sa pauvre cervelle s'en est trouvée plus bourrée qu'un sac de son, elle a craqué aux coutures et toute sa science s'en est allée. C'est un miracle qu'il ait pu en retenir quelques miettes, juste de quoi savoir parler, sinon il serait aussi démuni que notre pauvre Fornicotin. »

Céline ne trouvait point l'explication trop sotte. Elle aimait le sourire d'enfant du colosse, cette grimace tremblée de garnement pris en faute et qui accepte d'être grondé pour une sottise qu'il a déjà en grande partie oubliée. Médard avait besoin de se remettre les idées en place. On comprit qu'il ne prêcherait guère, préférant se consacrer à la méditation à la manière des ermites. D'ailleurs, ses supérieurs ne lui avaient pas donné de directives précises en ce qui concernait le hameau sis au pied de la colline de l'Heaumière.

Durant six mois on ne le vit presque pas, au point qu'on en arriva à douter de sa présence. À peine arrivé, était-il déjà parti ? En réalité, il s'était glissé dans l'ancien repaire des bûcherons, à la coupe des Fautrier, sur ce qu'on surnommait le cairn de Bastonne. Depuis il vivait là, dans cette caverne artificielle, érigée pierre à pierre, et qui ressemblait à un gigantesque four à pain.

« Un jour, ricanait Aubin, le soleil tapera si fort qu'on le retrouvera cuit à l'étouffée, le saint homme, dans les vapeurs de son propre jus. »

Mais le frère Médard ne craignait ni le chaud ni le froid. Quelque chose s'était rompu dans son cerveau qui le privait de ces sensations. Il pouvait refermer la paume de la main sur une braise ardente sans esquisser l'ombre d'une grimace. Comme il n'était pas dérangeant, on l'avait admis, puis en partie oublié. De temps à autre il reprenait du poil de la bête, disait des messes, faisait des sermons, mais le plus souvent il demeurait assis sur une pierre, sous la pluie ou le soleil, fixant une image invisible.

Quand Céline était allée le voir, la première fois, il avait paru reprendre vie. La fillette avait découvert qu'il vivait en compagnie d'une curieuse bête noire aux oreilles pointues, au corps soyeux et aux griffes acérées. La bestiole était fort imprévisible, tour à tour mendiant les caresses et distribuant des coups de patte en crachant de colère.

« C'est un chat, avait expliqué le moine. On n'en trouve guère encore qu'en Orient. Là-bas on les a longtemps considérés comme des dieux. On leur a élevé des tombeaux grands comme des montagnes, et quand ils mouraient, on les trempait dans une sorte de poix noire et liquide avant de les envelopper de bandelettes pour que leur corps reste intact jusqu'à la fin des temps. »

Céline avait froncé les sourcils et examiné avec circonspection ce dieu poilu que l'on avait traité avec tant d'égards.

« Maintenant les marins les font voyager sur les bateaux, avait continué Médard. Ils sont très utiles pour chasser les rats qui infestent les cales, et cela nous rend bien service. »

Céline ignorait toutes ces choses, mais elle n'en conçut que plus d'admiration pour cette créature souple et soyeuse à peine plus grande qu'un lapin sans oreilles. « Un chat ? » avait-elle répété. « Oui », avait confirmé Médard, et de l'index il avait tracé dans la poussière du sol le mot chat en plusieurs langues. C'est ainsi qu'elle avait commencé son apprentissage de la lecture, au grand dam des gens du village qui jugeaient ce savoir bien arrogant chez une fille de paysan.

Avec le temps Céline découvrit que les images de la peste hantaient le moine. Toutes les nuits il rêvait de villes mortes où les vivants devaient battre des mains pour s'ouvrir un passage dans un épais brouillard de mouches. La chanson des épidémies, confia-t-il à la fillette, c'était pour lui ce zonzon perpétuel et ces mille projectiles ailés qui ricochaient sur votre visage, vous contraignant à marcher les paupières à demi closes, trébuchant sur les paquets de loques encombrant les ruelles des cités contaminées. Il se revoyait, titubant tous les deux pas, tandis que sous sa semelle craquait quelque chose qui pouvait être une simple branche sèche ou un membre amaigri par les fièvres. Au bout d'un moment on ne se donnait même plus la peine de vérifier. Soulever les paupières, ç'aurait été donner aux insectes l'occasion de se promener sur vos globes oculaires. Alors on continuait à marcher dans un bruit d'os ou de sarments brisés. Oui, il en avait traversé des villes blanchies à la chaux, des cités jaillies du désert comme des rochers cubiques aux arêtes adoucies par le simoun. Et partout les mouches l'avaient accueilli de leur bourdonnement irritant. Le plus souvent, il lui arrivait d'aller en tête de la colonne, seul valide sous sa robe de bure raidie de sueur. Derrière venaient les chevaliers. Pauvres chevaliers, prisonniers d'armures que le soleil des sables avait vite changées en marmites cuisant à l'étouffée ces corps musculeux jadis engraissés de bonne chère. Ah ! Ils avaient piteuse figure, les braves enveloppés d'acier, avec ces mouches — toujours elles — qui s'obstinaient à se glisser sous la ventaille des casques, et dont les heaumes amplifiaient les bourdonnements. Ils avaient maigri, fondu, les beaux paladins, et seules les cuirasses qui cachaient leurs côtes saillantes leur permettaient de conserver une illusion de prestance.

Aucun d'entre eux ne s'était attendu à affronter pareille fournaise, et Médard devait souvent tendre la main pour les remettre droits sur leur selle, ou même les empêcher de tomber.

Et le sable, partout, dans les jointures des armures, entre les mailles des cottes, démangeaison insupportable qui donnait envie de se racler la peau jusqu'à l'os.

Le spectacle des villes mortes poursuivait le moine, le dressant sur sa couche. L'espace d'un cauchemar, il revoyait tout : les feux des bûchers, les feux des fièvres malignes. Cette fumée si grasse des cadavres qu'on brûle pour tenter d'endiguer le mal. Il était allé à travers tout cela, lui, Médard le géant, brandissant son grand crucifix de bronze comme une masse d'armes, s'accrochant à cette croix que le soleil chauffait au point de lui cloquer les paumes. Il conduisait son troupeau de fer, berger d'une horde brinquebalante dont il devait sans cesse reformer l'ordonnance. Ses brebis, c'étaient ces chevaliers aux paupières collées par les croûtes, aux lèvres crevassées de soif.

Oh ! des combats, il y en avait eu, mais confus, sans gloire, et il préférait oublier ces paladins pillards engrangeant le butin et violant les femmes au nom de la Sainte Croix. Il avait tué lui-même, abattant son crucifix sur la tête des Maures, s'ouvrant un passage au milieu de l'éclat des cimeterres. Les batailles, c'étaient encore une fois les mouches gloutonnes, se collant tout de suite aux plaies en une vilaine toison bourdonnante. Les mouches, toujours elles...

Aujourd'hui, tout se mélangeait dans son esprit et il n'était plus sûr de rien. Il se souvenait d'un bruit de fer martelé. Épées contre cuirasses, massues contre boucliers. Du métal qu'on cogne, qu'on plie, qu'on tord. Une bataille de forgerons fous se jetant des enclumes au visage. Il en avait reçu une sur la tête et on l'avait laissé pour mort, la figure peinte en rouge. Un barbaresque l'avait recueilli et soigné, un médecin enturbanné qui s'était amusé à l'arracher à la mort.

« Là-bas, ils n'ont pas peur du corps humain », confiait-il à Céline en s'assurant que personne ne pouvait l'entendre. « Ils en savent bien davantage que nos propres docteurs. Ils n'ont pas honte d'aller regarder comment est fabriqué un homme. »

Cette science l'avait sauvé, lui à qui on avait mille fois répété qu'il n'est pas bon d'intervenir dans les desseins du Tout-Puissant, et qu'à trop vouloir maintenir les malades en vie on risque de s'ingérer dans des affaires qui vous dépassent.

« L'important est moins de survivre que de mourir en bon chrétien, lui avait plaisamment expliqué un prélat. Le corps n'est rien, l'âme, l'âme est tout. »

Les Arabes, eux, connaissaient les secrets des organes profonds. Ils pratiquaient l'alchimie, ils avaient rafistolé sa pauvre tête. Son sauveur n'avait pas tenté de le garder en esclavage, il l'avait ramené en territoire chrétien en lui disant : « Va, tu raconteras ce que tu as vu. » Médard savait qu'il avait effectivement vu beaucoup de choses... mais, sur le chemin du retour, il avait oublié quoi. C'est à peine s'il se rappelait le visage du physicien enturbanné qui l'avait ramassé sur le champ de bataille au milieu des armures changées en cercueils bosselés. Peu doué pour la parole, il n'avait pas su exposer à ses supérieurs ses nouvelles convictions. On l'avait accusé d'avoir l'esprit troublé. Des bribes de théories l'assaillaient de manière sporadique. Des lambeaux de connaissance qui voletaient entre les parois de son crâne comme des papillons prisonniers d'une cloche de verre, et dont les ailes poudreuses s'émiettent.

« Le rat noir ! haletait-il. Le rat noir, c'est lui qui amène la peste ! Le médecin maure me l'a dit. Ici, personne ne s'en doute encore, mais lui le savait ! » Il arrachait sa coule et se jetait nu dans la rivière, s'étrillant en gémissant. À la différence des autres ermites, il était d'une grande propreté car il avait pris au contact des Arabes la manie des bains et des étuves. Le chat, ce dieu minuscule et duveteux que Céline essayait vainement d'apprivoiser, lui avait été offert par son sauveur. La petite bête lui avait valu beaucoup de tracas à son retour car les pères de l'église avaient vu en elle un animal d'essence diabolique puisque oriental. « Ils voulaient le brûler, gémissait Médard. Je ne sais plus comment j'ai réussi à le sauver, mais je l'ai sorti de Paris dissimulé au fond d'un tonnelet percé de trous. Pour couvrir ses miaulements, je récitais des prières de plus en plus fort au fur et à mesure qu'il s'énervait. Je crois bien qu'au moment de franchir l'octroi je hurlais à pleins poumons. »

Céline aimait bien Médard, mais luttait contre cet attachement qu'elle devinait sans lendemain. Les yeux du moine s'éteignaient. Il dormait trop. Parfois trois jours d'affilée. Lorsqu'il était plongé dans le sommeil, rien ne pouvait le réveiller, ni les cris ni les bourrades. Il dormait comme on s'entraîne à mourir, et ces absences prolongées désespéraient la jeune fille.

Médard lui avait appris à lire et à écrire, mais depuis ce temps il avait lui-même en grande partie perdu la maîtrise de ces deux disciplines. Il était sujet à des peurs maniaques : les mouches, les puces. Il rêvait de pluies d'enclumes aplatissant la tête des paysans.

Il avouait avoir vu trop de choses contradictoires et ne plus savoir exactement ce à quoi il devait croire. Cependant quand on l'interrogeait sur ces « choses », il restait bouche bée, incapable de répondre. Cette béance de l'esprit avait fait de lui un homme tout prêt à admettre les bizarreries de Hurlemort : les loups, les dieux réfugiés dans les broussailles, la *marque* de Céline, et aussi le pacte de silence qui pesait sur les mystères du château. Il ne s'étonnait de rien. Parfois il avait un sursaut, organisait une messe, bredouillait un sermon d'avertissement, mais sa vitalité retombait vite et l'on continuait comme si de rien n'était. D'ailleurs qu'est-ce que cet homme venu de l'extérieur aurait pu comprendre aux problèmes du village ? La *marque,* le château vide... C'étaient des affaires qu'il convenait de garder secrètes, et dont on discutait à demi-mot, à la veillée, en évitant de se regarder dans les yeux et en s'arrangeant pour que les autres en disent toujours plus que vous. Il fallait être prudent et s'assurer que rien ne transpirerait jamais au-dehors. C'est pour cela qu'on avait découragé les colporteurs, les marchands, et laissé les routes disparaître sous les mauvaises herbes.

Agenouillée à l'entrée de la caverne, Céline fut soudain tirée de ses pensées par un clopinement sourd. Des cailloux s'éboulèrent sur le pourtour de la caverne, trahissant l'approche d'une masse imposante. La jeune fille sonda l'obscurité du regard, essayant de repérer la silhouette du moine au milieu des ténèbres. Enfin Médard apparut, cassé en deux, géant pitoyable ébloui par la lumière du jour, et qui levait une main pour se protéger du soleil.

« Il a l'air d'un prisonnier qu'on vient de libérer du cachot », songea la jeune fille, et son cœur se serra.

V

Ce jour-là Médard avait si faim que Céline lui abandonna toutes ses provisions. Tant pis pour les gens du château, elle en serait quitte pour faire une nouvelle quête et s'attirer encore un peu plus la haine des paysans. Mais c'était une telle joie de voir ce gros ours céder tout à coup au péché de gourmandise qu'elle ne put résister.

Comme tous les hommes habitués à jeûner, l'abondance toute relative de cette nourriture inattendue embruma l'esprit du moine et le fit glisser vers la somnolence. Céline le laissa donc à sa sieste, le dos calé contre une pierre, le chat installé sur sa poitrine, ronronnant. Elle s'éloigna sans qu'ils aient échangé un mot, mais cela ne la gênait pas. Il lui plaisait de veiller à la subsistance de cet ours à qui la bure tenait lieu de fourrure. Elle aimait le surprendre en ses moments d'extrême vulnérabilité, quand elle pouvait lui rendre un peu de ce qu'il lui avait donné.

Désœuvrée, la jeune fille prit sans même s'en rendre compte la direction du vallon de Trembleterre, où personne ne mettait jamais les pieds. Elle se laissait souvent conduire par son corps, laissant ses jambes aller où les portait une secrète envie. Cela la conduisait parfois en des lieux étranges ou inhospitaliers dont elle avait le plus grand mal à sortir.

Tout à coup — alors qu'elle marchait en parfaite somnambule — elle sentit sa poitrine se serrer comme à l'approche d'un danger, et, quand elle releva la tête, elle découvrit qu'elle était profondément engagée à l'intérieur du territoire interdit de Trembleterre. Elle connut un bref instant de peur et l'angoisse la fit haleter. À chaque inspiration l'air humide de la ravine lui emplissait la poitrine de son parfum de marécage.

« Tu ne dois pas venir ici, songea-t-elle. C'est mal, on te l'a répété mille fois. C'est comme si tu provoquais les dieux. Il ne faut pas. »

Mais ses pieds ne répondirent pas à l'injonction, et elle continua à fouler l'humus noir de la tranchée de verdure où chantaient mille ruisselets invisibles. Trembleterre, c'était un écrin où les ombres se faisaient bleues, où le cresson était plus charnu que partout ailleurs. Il y régnait une odeur verte, de sève, de verdure grasse, insolente, tapissant tout de son capiton.

Le vallon éveillait en Céline des idées de paresse, de sieste. Il en montait une brume humide qui lui collait vite le linge au corps, et son parfum lui tournait la tête comme une pourriture délicieuse de fleurs fanées. Elle y perdait la notion du temps, elle s'y asseyait pour une halte, et s'y réveillait à la nuit tombante, nauséeuse, les idées embrouillées. Il y avait là des plantes au suc un peu vénéneux, grisant, qu'il fallait se garder de mâchonner distraitement. On racontait que, jadis, les sorcières du pays venaient s'y fournir, déterrant des racines qu'elles broyaient pour concocter des onguents apaisant toutes les douleurs. D'ailleurs on ne se hasardait guère à Trembleterre. Seuls les garnements s'y rendaient parfois, par défi, par bêtise, pour ébaubir les filles.

Au fond de la tranchée, sous la dentelle des végétations d'eau, on devinait une ombre profonde, une crevasse frangée de lichen, une brisure de la terre, comme l'éclatement d'un œuf sous les coups de bec d'un poussin. Ici l'écorce terrestre avait commencé à craquer. La fêlure avait inscrit ses zigzags sur la roche. Et l'eau des ruissellements s'infiltrait dans cette fente grimaçante et serrée, tombant en cataracte dans un abîme où l'écho se fracassait en éclats mouillés. Car il y avait un gouffre sous l'entrebâillement de la terre. Un gouffre ne demandant qu'à ouvrir les mâchoires pour avaler tout ce qui l'entourait.

Céline, qui avait pourtant l'habitude de côtoyer les mystères des bois, se rendait rarement au vallon, elle en ramenait chaque fois des images précises et vertigineuses qui la poursuivaient longtemps dans son sommeil.

Trembleterre ressemblait à un piège caché sous la douceur des herbes aquatiques, dans un brouillard de libellules.

Est-ce que quelque chose avait essayé de sortir du sol à cet endroit, jadis, à l'époque où bêtes et arbres parlaient encore ? Un géant ? Un ogre ? Un dragon qui s'y était cogné la tête, essayant vainement de s'ouvrir un passage ? Et c'était le dessin exact de cette crevasse qu'elle portait, elle, Céline *la marquée,* inscrite au creux de ses paumes.

Elle s'agenouilla au bord de l'eau. Il lui sembla que quelqu'un riait dans les taillis. Durant une seconde, elle crut percevoir l'écho d'un gloussement.

Quelqu'un l'observait donc ? Mais qui ? Des lutins... ou bien quelque garnement du village ? Valère l'Anguille était bien le seul à oser se risquer ici. C'était à Trembleterre, disait-il, qu'il s'accouplait avec les fées.

Céline se redressa. Elle détestait ce garçon, fat, et dont toutes les filles étaient inexplicablement amoureuses. Était-il là ? Tout près ?

Elle crispa les mâchoires. À Trembleterre elle voulait être seule pour s'interroger sur le mystère qui gouvernait sa vie.

Elle regarda une fois de plus les paumes de ses mains, les comparant à la crevasse dont elle devinait les sombres contours au fond des eaux. C'était bien la même déchirure, le même dessin. Par un inexplicable caprice, une obscure puissance avait tenu à reproduire dans les paumes d'une enfant le tracé d'une fêlure de l'écorce terrestre. Céline n'avait qu'à ouvrir les mains pour lire sur sa chair la carte du vallon.

Elle grelotta, de fatigue et de peur mêlées. Mais le gloussement retentit de nouveau, et la voix de Valère lui lança :

« Hé ! La marquée, si tu as envie de jouir pense à moi. J'ai les doigts assez agiles pour te dorloter la motte sans te débrider la fente. Tu n'as qu'à le demander gentiment. »

Aux rires étouffés, elle devina qu'il n'était pas seul. Ramassant une pierre, elle la projeta dans l'ombre des taillis. Les ricanements s'éloignèrent au milieu d'un bruit de branches cassées.

Elle soupira. Ils ne la laisseraient donc jamais en paix ?

Lasse, elle trempa ses doigts dans l'eau glacée qui lui engourdit les phalanges. Elle aurait aimé pouvoir se nettoyer les paumes à l'aide d'une noisette de glaise, se débarrasser de sa curieuse ligne de vie comme on se nettoie du sang d'un lapin qu'on vient de vider. Mais elle aurait beau frotter rien n'y ferait.

Elle ferma les yeux tandis que l'ankylose gagnait ses poignets, et ses pensées vagabondèrent, l'arrachant une fois de plus à la tristesse.

Céline évitait de montrer ses mains. Plus jeune, elle les cachait derrière son dos dès qu'elle se trouvait en présence de quelqu'un, ou les tenait étroitement plaquées l'une contre l'autre sur son ventre dans une attitude dévote qui faisait d'elle un ange de reliquaire. Cette apparente réserve convenait mal à sa nature bouillonnante, mais on se serait trompé en la mettant sur le compte de l'hypocrisie. Si elle avait souvent l'air en prière c'est qu'elle ne tenait pas à exposer aux regards l'intérieur de ses paumes que zébrait une ligne de vie au tracé insolite. Chez Céline, ce pli de la peau, loin d'emprunter la courbe habituelle et plus ou moins longue qu'il a chez tous les humains, zigzaguait tel un éclair tombant du ciel en une suite de lignes brisées évoquant les cicatrices qu'auraient pu laisser les dents d'acier d'un piège se refermant par accident sur les mains d'une enfant trop curieuse. Ces lézardes, ces cassures aux angles douloureux, inscrivaient dans sa chair un trajet en dents de scie qui faisait froncer le sourcil aux plus avertis. Si l'on avait d'abord choisi l'hypothèse de la cicatrice, il fallait bien vite déchanter, car nul bourrelet, nulle couture ne déformait les paumes de la jeune fille. Sa peau était lisse sous l'index qui l'explorait, et la curieuse ligne de vie se révélait à l'examen une simple ligne de vie.

L'adolescente était née frappée de ce double stigmate, on s'en aperçut le jour même de sa naissance dès qu'elle accepta de desserrer les poings, alors même qu'elle était encore attachée aux entrailles de sa mère. Un éclair de foudre sur chaque paume. Une ligne de vie qui sabrait sa main en diagonale comme une crevasse fait éclater un mur.

« La marque ! chuchota le père en se signant. La marque de Trembleterre... »

Et il faillit lâcher le bébé que la matrone se préparait à bander des pieds jusqu'au menton. La marque de Trembleterre. Les mots lui brûlèrent la bouche comme une étincelle enflammant une flaque d'eau-de-vie. D'un seul coup le bébé, que personne n'osait plus toucher, devint le centre du monde. On le posa en hâte sur la table, tout rouge, tout fripé, maigre grenouille renversée sur le dos, loin de sa mare originelle. La nouvelle fit le tour du village.

La marque... La marque était revenue chez le grand Julien. Quelle guigne ! Lui qui espérait tant avoir enfin un petit gars, c'était une pisseuse... et marquée en plus !

On disait que la malédiction frappait toutes les quatre générations, s'abattant au hasard sur n'importe quelle famille. On ne savait pas ce qui faisait qu'un tel soit choisi plutôt qu'un autre. La malchance ? Le hasard ? Une erreur secrète ? Un méfait envers la nature... Ah ! Il était bien difficile d'avancer une hypothèse. Après on pouvait toujours discuter, ça ne servait à rien. Il y avait inévitablement des malins pour dire : « Il n'aurait pas dû couper le grand chêne au bout de son champ. Il n'aurait pas dû aller ramasser du bois dans le boqueteau d'Andelin. Il n'aurait pas dû cueillir les pommes du verger sauvage... »

Toujours, on se rappelait une faute, un blasphème qui avait paru d'abord sans conséquence. Un fruit pris par bravade ou gourmandise sur un pommier sauvage qu'on disait réservé aux dieux proscrits de la forêt. Une souche arrachée parce qu'elle gênait l'ordonnance des sillons mais qui avait la réputation de servir de trône à une divinité dont on préférait taire le nom. D'autres soutenaient que la marque n'était pas une tare mais un honneur, la preuve indéniable d'une présence supraterrestre aux alentours.

« Hé ! Hé ! » ricanait Bastine Méloir en toisant l'inconscient qui osait lui tenir ce discours. « On voit bien l'ami que ce n'est pas toi qui auras à veiller sur la conduite de la drôlesse. Qui découvre sa fille marquée verra ses cheveux blanchir avant l'âge ! »

Le jour de la naissance de Céline, en cette fin du mois de mai, tout le village défila devant la maison, jetant par la porte ouverte un coup d'œil effrayé à la pauvre petite chose gigotant sur la table. Le bébé avait déjà refermé les poings, mais un simple coup d'œil au visage crayeux du père ne laissait aucun doute quant à la réalité du malheur.

« Pourquoi moi ? gémit le grand Julien. Pourquoi moi ? Qu'est-ce que j'ai fait de mal ? » Et il se frappait la tête, essayant de se rappeler. C'est vrai qu'il n'approuvait pas l'observance des cultes païens, mais il ne faisait rien non plus pour outrager les anciens dieux. Il essayait d'être bon chrétien à sa manière, sans renier les vieilles divinités de la forêt, des rivières, du ciel, de la pluie. Comme beaucoup de ses semblables, il faisait même, çà et là, de menues offrandes : une miche de pain, une jatte de lait abandonnées sur une pierre plate à l'orée du bois. Il espérait ainsi se concilier les grâces des proscrits divins tapis dans les taillis, ou tout du moins désarmer leur méchanceté amère. Diplomate, il signait des trêves pour préserver des calamités son petit territoire personnel. Jusque-là il n'avait pas eu à se plaindre de cette façon de procéder. Alors pourquoi ?

Aujourd'hui, quand les mains du bébé s'étaient ouvertes, il avait cru que la foudre le traversait, entrant par ses oreilles pour lui ressortir par le fondement, lui cautérisant les boyaux tel un grand tisonnier rougi au feu ! Une seconde, il s'était vu sur le point de tomber en cendre comme certains bergers brûlés vifs par la morsure d'un éclair.

Les petites mains, si roses, si bizarrement plissées... Ce zigzag au lieu de la courbe ordinaire. Trembleterre. Le mot avait jailli sur sa langue, renvoi aigre, empoisonné. Il n'était pas aveugle, c'était le dessin exact de la crevasse maudite que la gamine portait inscrit au creux des paumes. Marquée. Comme la fille des Louviens qui s'était pendue à une branche à l'âge de vingt ans, en ayant déjà assez d'une vie faite d'espionnage et d'interdictions. Et la petite Jodèle, qui s'était jetée dans la rivière à seize ans à peine, et la Marivonne... Celle-là, les commères l'avaient tuée à coups de pierres pour l'empêcher de fauter. Elle était morte, le crâne fendu, le sang lui coulant par le nez et les oreilles. « Il s'en est fallu de peu, avaient murmuré les matrones. Elle avait le feu au cul. Tôt ou tard elle aurait sauté le pas, et vous savez ce que ça aurait signifié pour nous ? »

Oui, on savait : le cataclysme, l'apocalypse, la fin de Hurlemort. Les filles marquées pouvaient causer tout cela, quelques-unes avaient réussi à rester sages, domptant tous les élans de leur nature. On les évoquait comme des saintes : la grande Suzon Doux Sourire, qui était devenue si maigre qu'elle ne pouvait plus se lever et qu'on nourrissait à la cuiller. La farouche Madeleine qui avait choisi de vivre en ermite, dans un tronc d'arbre évidé, et jetait des pierres aux garçons qui tentaient de l'approcher. Chacune à sa manière avait résisté à la tentation et assumé sa mission jusqu'au bout. Mais pour deux saintes, combien de folles, de suicidées, d'indociles qu'il avait fallu supprimer avant qu'elles ne commettent l'irréparable ? Toutes elles étaient nées avec la marque au creux des mains. La marque de Trembleterre.

La faille était là, dans le mystère de la campagne, telle une cicatrice mal recousue sur le ventre d'un soldat, une plaie fragile qu'un effort peut rouvrir, provoquant une éventration. La menace de la lézarde pesait sur Hurlemort depuis la nuit des temps, on parlait d'elle le moins possible, comme si le simple fait de la nommer allait l'agrandir. Certains prétendaient qu'elle s'entrebâillait peu à peu, d'autres, au contraire, qu'elle se refermait.

« Cela dépend du comportement de la fille marquée, observait la mère Méloir. Si c'est une pucelle à la nature sage, la faille a tendance à se suturer. Si elle a au contraire une âme de catin, le gouffre se dilate. Il n'y a là rien que de très naturel, et il n'est pas besoin d'être grand clerc pour comprendre la logique du mécanisme. »

Mais — en ce jour sinistre frappé d'un double malheur : une fille, et une fille *marquée !* — Julien ne pouvait s'empêcher de songer au fracas des ruisselets tombant dans l'abîme invisible, là-bas, dans le secret du vallon tapissé de cresson bleu. Avec l'écho, les éclaboussures du torrent roulant sur la pierre fendue finissaient par prendre une sonorité d'épées entrechoquées. Hurlemort, les champs, la forêt, étaient-ils posés en équilibre au-dessus d'un gouffre ? Les vieux se souvenaient du grand tremblement de terre de Malibray, à quelques lieues. On en avait vu des vignettes dans les mains des colporteurs. On savait que la terre avait parfois des convulsions imprévisibles, et qu'elle pouvait gloutonnement avaler une ville et ses habitants. Les enlumineurs représentaient cet engloutissement sous la forme d'une chute directe dans les profondeurs infernales. Au fond de l'abîme crépitaient les flammes, s'agitaient les piques des démons. La chaleur montant de cette immense cheminée vous rôtissait comme un chapon bien avant que vous n'ayez touché le fond du trou. La faille de Trembleterre avait quelque chose de ces mille petits pièges artisanaux qu'on tend à travers la campagne pour améliorer l'ordinaire, pour capturer bécasses et merles. Et si le Diable se servait des crevasses afin de braconner les hommes, lui aussi ? Il préparait sa trappe et attendait : un siècle, deux, trois. Il n'était pas pressé, comme tous les bons chasseurs il connaissait les vertus de la patience.

Céline avait dû grandir en préservant ses mains des contacts les plus rudes. On redoutait qu'en se coupant, elle n'entaillât sa ligne de vie, provoquant un élargissement de la crevasse au fond du vallon. Enfant, elle avait dû s'habituer à conserver les paumes entortillées de charpie, ce qui lui faisait piquer des colères infernales quand elle ne réussissait pas à s'emparer d'un objet précis. Avec les dents, elle essayait alors de se débarrasser de ses pansements, mais on la battait pour l'en dissuader. Il ne fallait courir aucun risque.

« Voilà bien du tracas, soupirait sa mère. C'est comme un poids mort, on ne peut lui réclamer aucun travail, avec ces fichues bandelettes, elle laisse tout tomber.

— Allons, ne vous plaignez pas, grasseyait Bastine Méloir, vous savez bien que vous êtes en train de manger votre pain blanc. Quand elle sera grandette, ce n'est pas seulement la main que vous craindrez qu'on ne lui entaille.

— Ah ! Taisez-vous, commère, grondait la mère de Céline. Elle nous écoute.

— Et alors ? insistait la matrone. Il n'est jamais trop tôt pour s'habituer à une infirmité. »

Céline s'était d'abord longtemps crue malade. On lui avait parlé des lépreux qui ne devaient rien toucher sous peine d'être lapidés. Elle se cachait pour sangloter, persuadée que ses mains allaient bientôt se mettre à pourrir. Elle ne comprenait pas pourquoi on craignait tant qu'elle ne se blesse.

« Tu dois être beaucoup plus sage que tous les autres petits enfants, lui répétait sa mère. Tu devras rester sage toute ta vie. Si tu désobéissais tu provoquerais un grand malheur. Tout le monde mourrait par ta faute. »

Céline, du haut de ses cinq ans, jugeait cela parfaitement injuste. « Mais Galipot, protestait-elle, et petit Pierre, et le gros Bénard, ils font tout le temps des bêtises, eux... »

Ces récriminations exaspéraient sa mère qui finissait par la secouer en la menaçant de l'attacher au pied de la table, ou au fond d'un tonneau vide, comme les chiens qu'on enchaîne à leur niche. « Je dois rester sage », avait-elle commencé à fredonner dans le secret de sa tête. « Je dois rester sage. »

Pour faire plaisir à ses parents, elle s'entraînait à rivaliser d'immobilité avec la petite statue érigée sur la place du village, un bloc grossier taillé par un imagier de passage, ayant ainsi payé sa pitance, et qui évoquait un chien ou un loup hurlant à la lune, la gueule levée vers le ciel. « Loup, je suis plus sage que toi ! » lui lançait-elle en guise de défi. Et elle se plantait contre le mur, espérant se fondre dans les pierres par la perfection de son immobilité. À force de fixer la statue, il lui semblait la voir frémir. « Loup, tu as perdu, triomphait-elle, je t'ai vu remuer ! »

Les autres enfants se moquaient d'elle.

« Qu'est-ce qu'elle fait ? demandaient les gamines en la désignant du doigt. Pourquoi elle bouge pas ?

— C'est la Céline, ricanaient les garçons, elle est folle. Faut pas la toucher. Elle a la main de merde. »

Parfois, ils lui apportaient des bouts de ficelle bouclés en d'approximatifs nœuds coulants, pour qu'elle se pende. Ils se dandinaient devant elle, roulant des yeux et tirant une langue interminable comme si on venait de les hisser en haut d'un gibet.

« Les marquées, elles peuvent pas se marier, disaient-ils. Alors ça leur monte à la tête. Elles se fichent à l'eau ou s'accrochent à une basse branche, et le vent leur trousse le jupon, si bien qu'on leur voit tout le cul. »

Céline avait appris à ne pas céder à ces provocations puériles. Suivant les leçons que lui donnait le petit loup de pierre, elle restait figée, regardant au travers des garnements. Cette indifférence mettait les gosses au comble de la fureur, et il se trouvait toujours l'un d'eux pour esquisser le geste de la frapper. Un second enfant s'interposait, arrêtant le bras du colérique : « Non ! disait-il, tu sais bien qu'on n'a pas le droit. Laisse donc, les matrones s'en chargeront le jour où elle sera près de fauter.

— Oui ! haletait l'autre. Et ce jour-là, je serai le premier à lui jeter la pierre ! »

Quand elle commença à grandir, on substitua des mitaines aux bandages de charpie, mais faute d'avoir pu exercer ses doigts, elle était d'une grande maladresse. Odile, sa sœur, s'extasiait pourtant sur la douceur de ses paumes.

« Montre, disait-elle, montre voir, tu es comme un bébé. Toute douce, toute rose. »

En tant qu'aînée, elle avait déjà des mains rugueuses et déformées de paysanne. Elle frôlait les paumes de la petite fille en murmurant : « Les princesses doivent en avoir des comme ça puisqu'elles ne travaillent jamais. Tu te rends compte ? Tu as des mains de princesse ! »

Céline se rengorgeait, toute fière. Vrai, c'était déjà quelque chose. « Des mains de fainéante, oui, grognait le père lorsqu'il surprenait ces conciliabules. Des mains de bonne à rien, et qui nous coûtent, oui. Qui nous coûtent. »

Chaque fois que Céline s'attablait devant son écuelle, on lui servait le même sermon : « C'est bon, la soupe qu'on n'a pas gagnée ? » grondait le grand Julien, la figure fendue par un mauvais sourire.

Voilà pourquoi chaque fois que Céline se laissait aller au piège du somnambulisme, ses jambes la ramenaient au vallon, dans la touffeur de la cressonnière. Là, sur la pierre fendue qu'usaient les eaux du torrent, elle pouvait lire le texte de sa condamnation. La sentence n'était pas rédigée en latin, non, une puissance maligne l'avait tracée du bout de l'ongle dans la terre meuble, avec tant de force qu'elle en avait crevé le sol.

VI

Devenue jeune fille, Céline avait commencé à sentir peser le regard des villageois sur ses épaules. C'était une gêne irritante à la hauteur de la nuque, une menace devinée d'instinct. Le frôlement d'un papillon laissant un peu de sa poussière multicolore sur sa peau. Elle n'avait pas besoin de tourner la tête pour savoir qu'on la suivait des yeux, elle sentait la curiosité des autres comme on flaire une mauvaise odeur. Elle comprit vite qu'elle ne serait jamais seule, que partout il y aurait un œil pour l'épier, derrière la fenêtre, derrière le trou de la serrure, un œil espionnant ses gestes les plus intimes.

« Elle entre dans l'âge dangereux, entendit-elle dire. C'est maintenant qu'il va falloir la surveiller pour l'empêcher de faire des bêtises. »

À douze ans, dès qu'elle vit son premier sang, les matrones dressèrent autour d'elle un cercle de suspicion. Les garçons du village savaient à quoi s'en tenir, on les avait menacés des pires châtiments dès l'enfance. Celui qui tenterait de ravir le pucelage de la petite Céline serait immédiatement châtré par Mogloir le porcher. Cette fille était intouchable, poser la main sur elle, c'était aller au-devant des pires représailles, voilà ce qu'il fallait se mettre dans la tête une fois pour toutes.

Chaque matin en se réveillant, Céline examinait ses mains, espérant sottement qu'au cours de la nuit un miracle aurait effacé les affreux zigzags qui zébraient ses paumes. Elle pria pour hâter la réalisation du prodige, mais jamais les marques ne s'estompèrent. Au fil du temps, les zébrures s'approfondirent même, à son grand désespoir. Quand la marque allait-elle se décider à s'arrondir pour prendre l'allure d'une belle courbe, comme elle en voyait dans les mains des autres villageois ? Quand ? Elle aurait voulu consulter une bohémienne, l'une de ces filles noiraudes qui savent interpréter les mille lignes plissant le creux des paumes, et lisent dans les rides comme dans un livre ouvert. Qu'aurait-elle appris ? Elle n'osait l'imaginer tant les angles aigus de la marque semblaient annoncer une existence tissée de rebondissements menaçants. Une vie de cassures, pleine de tonnerre et de feu, foudre tombant du ciel pour incendier les forêts.

Les gens évitaient soigneusement son contact. Les enfants fuyaient à son approche, craignant qu'elle ne fût tentée de leur caresser la tête, de leur ébouriffer les cheveux. Une curieuse légende courait à son propos. On racontait que la marque incrustée sur ses paumes se décalquait sur tout ce qu'elle touchait, s'imprimant comme un fer rougi sur le cuir d'une bête. Lorsqu'elle saisissait une cruche, le zigzag apposait son sceau sur la terre cuite, devenant fêlure. Quand elle caressait une bête, la marque roussissait le pelage de l'animal, brûlant profondément sa chair. Les cruches fêlées éclataient avant qu'il soit longtemps, les animaux marqués tombaient malades car la brûlure, refusant de guérir, demeurait toujours vive. Ce conte à dormir debout avait fait le tour du village, et beaucoup de gens étaient convaincus de sa réalité.

« Attention, serinait-on aux gosses. Si la Céline vous touche la tête vos cheveux tomberont, et votre crâne se fendra par le milieu, comme une noix pourrie. »

La jeune fille avait dû apprendre à ne jamais frôler les villageois, et à se déplacer en rasant les murs. Il était fréquent que la rue se vide quand elle apparaissait, aussi préférait-elle de loin la solitude de la campagne. On plaignait la pauvre Odile et son mari condamnés à entretenir cette bouche inutile qui ne pourrait ni se marier ni même espérer se faire putain. Semblable à Fornicotin, l'idiot, elle ne servait à rien, si ce n'est à faire planer une constante menace sur Hurlemort.

Petite, on avait craint qu'elle ne se blesse en jouant ou en manipulant des outils ; grande, on redoutait qu'elle ne cède aux pulsions que la nature fait bouillonner dans le ventre des jeunes gens.

« Vous savez bien qu'elle doit rester pucelle jusqu'à sa mort, avait expliqué Bastine Méloir au conseil des anciens. Si un quelconque jeune coq lui débride la fente, c'est une autre crevasse qui s'ouvrira. Celle de Trembleterre, et elle nous engloutira tous. Vous connaissez la loi : Celle qui porte la marque est étroitement liée au vallon. Elle en est la correspondance vivante. Il est capital qu'aucune clef n'ouvre jamais cette serrure. On l'a envoyée pour nous éprouver, c'est une sorte de défi. Si un gars un peu fou se met dans l'idée de la rendre femme, nous périrons tous, et le pays ne sera plus qu'un gigantesque abîme. »

Les vieux avaient hoché la tête. Ils n'ignoraient rien du problème. La malédiction de la marque pesait sur Hurlemort depuis la nuit des temps. Elle se manifestait de temps à autre, frappant une jouvencelle. Jusqu'à présent on avait eu de la chance. Les marquées n'avaient jamais vécu très longtemps, et le calvaire imposé par leur présence avait été de courte durée. L'espionnage constant auquel elles étaient soumises, l'hostilité latente de la collectivité, finissaient par leur dérégler l'esprit. Elles sombraient alors dans une mélancolie dont personne n'essayait d'ailleurs de les tirer. Lorsqu'on les découvrait, pendues à une basse branche, tirant la langue, ou flottant, la bouche pleine de vase, dans la rivière, on poussait un grand soupir de soulagement, et on se signait en remerciant les dieux d'avoir abrégé la durée de l'épreuve.

Car les marquées excitaient la convoitise des garçons, et il se trouvait toujours un jeune idiot pour rêver de coucher l'intouchable pucelle dans une meule de foin histoire de faire la nique aux barbons. Quand la fille était sage, et consciente du rôle qu'elle avait à jouer dans la communauté, le danger était moindre. Hélas, il n'en allait pas chaque fois ainsi ! À une ou deux reprises on avait eu à souffrir des errements de jeunes dévergondées aux vigoureux appétits et qui n'entendaient pas mener une vie de nonne. Celles-là, il fallait les surveiller, les enfermer le soir telles des prisonnières pour qu'elles n'aillent pas gambader à la pleine lune au bras d'un garçon.

De Céline, on ne savait encore que penser. Elle était d'une nature farouche et solitaire, nullement décidée à baisser la tête et à se faire oublier. On n'aimait guère l'arrogance qui brûlait au fond de ses yeux. Ce pli d'insolence qui marquait le coin de sa bouche en un perpétuel sourire de défi. « C'est comme si elle était contente de porter la marque », s'étonnaient les commères, vrai, ce n'était pas naturel, car jusque-là le terrible sceau avait plutôt été perçu comme un fardeau par toutes celles qui en avaient été affligées.

Céline, jeune renarde aux petites dents aiguës, semblait jouir du pouvoir de destruction latent dont elle disposait. Elle s'affichait sans honte, fixant les honnêtes gens dans les yeux. Il y avait de la sorcière en elle, et cela en agaçait beaucoup. C'était insupportable d'être ainsi à la merci d'une gamine qui n'avait qu'à ouvrir les cuisses pour provoquer la fin du monde. On avait hâte qu'elle se pende, et on n'hésitait pas à le lui faire sentir. Avec un peu de chance il n'y aurait pas d'autre marquée avant dix ans, c'était toujours ça de gagné.

Aujourd'hui, elle avait quinze ans, elle abordait le mauvais âge, celui des tourments de la chair, des appétits forcenés qui font oublier toute prudence et jettent les jeunes animaux les uns sur les autres aux premières chaleurs du rut. On ouvrait l'œil. On rappelait aux garçons l'histoire du beau Johan aux cheveux blonds comme les épis, et dont toutes les filles du village étaient folles. Une vieille histoire, mais qui se transmettait de génération en génération, et que les hommes n'évoquaient pas sans grimaces.

« Cet idiot s'était mis dans la tête de dépuceler la marquée, contait la mère Méloir. Une noiraude toute maigre qui n'était pas belle, et qui serait sans doute restée pucelle même si aucune malédiction n'avait pesé sur elle. Pourtant le beau Johan les Épis s'était juré de l'avoir, sans qu'on sache trop pourquoi, peut-être justement parce que c'était la seule qui lui soit véritablement interdite... »

Cette fois-là on avait frôlé la catastrophe d'un cheveu, et si la fille y avait mis un peu de complaisance, Hurlemort aurait disparu dans les abîmes, avalé par le gouffre qui se cachait sous la terre. Heureusement, la gamine — consciente de ses responsabilités — s'était débattue, avait crié. Les hommes avaient pu intervenir avant que l'irréparable ne s'accomplisse. On avait empoigné Johan, les chausses sur les chevilles, dans toute sa gloire de jeune bouc. On avait compris qu'il convenait de faire un exemple. Un exemple terrible. La peur rétrospective de l'engloutissement avait eu raison des hésitations. La colère décida de la sentence.

Les garçons savaient à quoi elle faisait allusion. Leurs pères les avaient déjà menés voir le pot de terre cuite conservé dans une cahute de berger, à l'écart du village. Ils avaient pu contempler dans la pénombre du trou empestant la moisissure une terrine remplie de gnôle pure, bouchée à l'aide d'un morceau de cuir, et dans laquelle flottaient les organes virils du beau Johan les Épis.

« C'est ce qui vous arrivera si vous touchez à la marquée, leur avait-on dit. On vous châtrera aussi. Mogloir le porcher fera de vous des chapons en un tournemain. Vous avez vu son grand couteau ? Cela ne prend que le temps d'un va-et-vient de la lame. Ensuite on cautérise avec un fer tiré des braises ; si on a de la chance et de la santé on peut survivre mais on se met alors à parler avec une voix de fille, et des tétons de nourrice vous poussent du jour au lendemain. Le beau Johan, lui, il a préféré se jeter dans la rivière avec une pierre au cou. »

À cet endroit du récit, les garçonnets se protégeaient l'entrejambe de leurs mains réunies en coquille, mais certains garnements refusaient de croire à cette fable. « C'est juste des couilles de mouton, ricanaient-ils, c'est des menteries pour nous faire peur. Un attrape-nigaud, rien de plus. »

Bastine Méloir s'inquiétait de l'incrédulité grandissante qui accueillait la narration. Elle se faisait du souci pour l'avenir depuis quelque temps. Pour comble de malchance, la Céline était loin d'être laide. Avec sa petite figure de chat — cette bête du diable —, sa bouche moqueuse, si rouge qu'elle paraissait humide de jus de cerise, et son corps souple à la vitalité inépuisable, elle attirait le regard. Il y avait du feu en elle. On la sentait prête à mordre et à griffer comme ces animaux sauvages qu'on ne parvient jamais à domestiquer complètement. Ce n'était pas une bonne attitude chez une marquée. On aurait aimé plus d'effacement. Quelques-unes parmi celles qui l'avaient précédée, avaient su d'emblée trouver le ton juste, menant une vie de recluses volontaires à l'extérieur du village. Si discrètes, si transparentes, qu'on finissait par oublier leur existence et la menace qu'elles représentaient. Il y avait eu la Lorette, cette grande fille mince comme un cierge, aux yeux toujours baissés, et qui avait demandé à être emmurée vive dans une bergerie, à l'exemple de certaines nonnes. Chaque dimanche, pendant dix ans, on lui avait porté sa ration de nourriture pour la semaine : du pain, de l'eau, une jarre de lait, quelques œufs parfois, et une écuelle de pommes de terre bouillies qu'on lui passait par un trou découpé dans le mur. On ne voyait jamais son visage, à peine sa main. On supposait qu'elle vivait là-dedans à la manière d'une bête dans sa bauge. En voilà une qui avait su se tenir, et dont on gardait un bon souvenir. Une fille qui s'était retirée du monde dès qu'elle avait senti monter en elle les premiers échauffements du corps.

Un jour on avait découvert les provisions intactes, posées au seuil du guichet. À l'odeur on avait su que la Lorette était morte depuis une semaine, et on s'était contenté de boucher cette dernière ouverture avec quelques pierres, un peu de mortier.

Oui, Bastine Méloir se souvenait avec un certain attendrissement de la Lorette, cette grande fille qui avait su lutter contre la tentation et mourir sans trop tarder, délivrant son village de sa pénible présence. Cela c'était la vraie délicatesse. Mais il était inutile d'attendre autant d'application de la part de Céline, celle-là allait leur en faire voir des vertes et des pas mûres, la vieille le pressentait. Elle en avait parlé aux hommes, réclamant des mesures énergiques, mais les villageois avaient hoché la tête, mal à l'aise, incapables de prendre une décision. On l'aurait bien enfermée, la gueuse, la sécurité de la communauté passait avant tout. On l'aurait bien emmurée dans l'une des bergeries croulantes qui se dressaient çà et là sur la plaine, mais on craignait la réaction du frère Médard. Le moine aimait beaucoup la petite qu'il avait prise sous son aile, et c'était un colosse capable de soulever d'une seule main un âne par la peau du dos. Comment réagirait-il ? Sorti de son engourdissement, il pouvait décider subitement de descendre au village, et casser la tête de tout le monde avec son grand crucifix de bronze. Ne racontait-on pas qu'il avait occis une bonne centaine de Maures de cette manière ? Tant qu'il était là, impossible d'envisager de mettre la Céline sous clef. Plus tard, peut-être, quand les langueurs, les fièvres orientales, auraient saisi l'ermite, le tuant ou lui rendant sa faiblesse d'enfant.

« Ah ! avait grondé la mère Méloir. Vous êtes des lâches, c'est à croire qu'on vous a tous escouillés comme le beau Johan. »

Les hommes avaient blêmi sous l'injure, et Bastine était partie, remâchant son fiel.

Oh ! oui, Céline allait leur donner du fil à retordre, elle le devinait comme elle devinait les sautes du temps aux mille douleurs taraudant son vieux corps. Jamais on n'avait vu une marquée courir ainsi la campagne, passer des heures au sommet de la colline de l'Heaumière, au milieu de tout ce fourbi de statues anciennes dont la plupart avaient le mauvais œil.

Bastine aurait aimé gagner le village à sa cause, rendre ses inquiétudes contagieuses. Elle s'était entretenue avec le forgeron d'un projet de ceinture de chasteté fermée par une solide serrure à secret. Mais le bonhomme était un balourd, à peine capable de forger correctement un fer à cheval, comment aurait-il pu fabriquer un objet aussi compliqué ? La nuit, la vieille restait longtemps éveillée sur sa paillasse, rêvant à cette ceinture dont elle imaginait les formes, les charnières, les articulations. Elle essayait de se représenter la serrure, une serrure comme les seigneurs en font poser sur leur coffre à écus. Une serrure commandée par une lourde clef, dont elle seule, Bastine Méloir, serait la dépositaire. Une clef qu'elle porterait en permanence autour du cou, même si elle devait lui meurtrir la poitrine. Il lui semblait que c'était là une idée merveilleuse. Du reste, pendant les croisades, de nombreux chevaliers l'avaient mise en pratique. Alors pourquoi pas ici, à Hurlemort ?

Céline n'ignorait rien de ces manigances, car dans un si petit village rien ne pouvait rester longtemps celé. Elle en riait, avec toutefois une pointe désagréable au creux de l'estomac. L'étau se resserrait. Pour le moment, l'ombre de Médard la protégeait encore. Pour le moment...

VII

Ce matin-là, Céline décida qu'il était temps de porter secours aux gens du castel. Son panier à la main, elle entreprit le tour du village pour mendier des provisions. Comme d'habitude on lui fit mauvaise figure mais elle demeura inflexible, s'enracinant sur le seuil des chaumières jusqu'à ce que les commères se résolvent à lui abandonner un quignon de pain, quelques pommes ou un minuscule morceau de lard. Elle savait jouer de la peur qu'elle inspirait pour forcer les plus réticents.

« Je resterai plantée là tant que tu ne m'auras rien donné ! déclara-t-elle à la grosse Margot. Et si tu continues à m'ignorer, je rentrerai pour te frictionner le bas des reins. J'ai entendu dire que tu avais l'échine coincée, je suis sûre qu'un bon pétrissage te ferait le plus grand bien. »

Terrorisée à l'idée d'être touchée par la maudite, la mégère se dépêcha de lui lancer un morceau de pâté de lièvre enveloppé dans une feuille de chou.

« Tiens, garce, siffla-t-elle, attrape et va donc donner le sein à ta nichée d'enfer !

— Je te trouve bien insultante avec les gens de

notre maître, observa Céline. Je ne sais ce qu'en pensera le baron Gilles lorsqu'il reviendra régler ses comptes. »

Margot fit la grimace. D'un geste rapide, elle poussa vers la quêteuse une demi-tourte à la viande. Céline la remercia d'un sourire et s'en alla frapper chez le voisin. C'était ainsi qu'elle collectait les vivres destinés aux gens du manoir. S'attirant chaque fois injures et malédictions. Quand elle jugea le panier à peu près plein, elle sortit du village et s'enfonça dans les terres. Les provisions pesaient à son bras, mais c'était là un poids qui lui réchauffait le cœur.

Sur la colline jumelle de la butte de l'Heaumière s'élevait le château. De loin, en contre-jour, sa silhouette évoquait celle d'un homme d'armes coiffé d'un casque pointu, et enterré jusqu'aux épaules dans un tumulus dont il essayait de se dégager. Quand on plissait les yeux, l'illusion devenait effrayante.

Comme lorsqu'elle était petite, Céline s'arrêta un moment pour s'embusquer derrière un taillis. Elle aimait examiner le colosse à son insu. Elle le fixa avec tant d'ardeur qu'il lui sembla bientôt le voir bouger. Il remuait les épaules et la tête, d'avant en arrière, luttant pour se dégager de la gangue de terre qui le retenait prisonnier. C'était sûrement un ogre des temps anciens, se raconta une fois de plus la jeune fille. Les paysans avaient profité de son sommeil pour l'ensevelir, l'emprisonnant dans cette colline artificielle bâtie à coups de tombereaux de terre noire. Le géant s'était réveillé trop tard, alors qu'il était déjà dans l'incapacité de bouger. Par la suite, pour dissimuler sa vilaine figure qui effrayait les gens, faisait tourner le lait des vaches et empêchait les poules de pondre, on avait élevé un château sur sa tête, l'en coiffant comme d'une cloche. Mais les années avaient passé, le vent avait émietté la construction, emportant le scellement des pierres dans ses bourrasques. Les blocs avaient commencé leur morne avalanche, basculant les uns après les autres. De temps en temps un moellon s'affaissait, basculant par-dessus les créneaux tel un soldat fléché par l'ennemi. Il ricochait une ou deux fois sur la muraille au cours de sa chute qui s'en trouvait déviée. Parfois il tombait dans les douves, parfois il évitait celles-ci, et se mettait à dévaler la pente, arrachant des mottes de terre, et ne s'arrêtait qu'au bas du glacis, dans le champ le plus proche.

La jeune fille se cacha le visage dans les mains pour regarder entre ses doigts disjoints. Ce n'est qu'en procédant de cette manière qu'on pouvait surprendre la véritable nature du château. Les yeux grands ouverts, on se laissait abuser par les courbes de l'architecture. À contre-jour, Céline, elle, suivait les progrès qu'accomplissait le géant prisonnier pour se dégager. Ses soubresauts détruisaient la maison forte, ses coups d'épaule secouaient les murailles, dilatant l'enceinte jusqu'au point de rupture. Combien de temps lui faudrait-il pour s'échapper de sa prison ? Céline n'en avait aucune idée. Longtemps, cette menace l'avait empêchée de s'approcher de la colline. En grandissant, elle avait cessé d'avoir peur du colosse, mais elle éprouvait toujours un petit pincement à l'estomac lorsqu'elle s'avançait entre les champs, à la rencontre de la grande ombre recroquevillée dans le soleil. La distance diminuant, la construction perdait ses formes fantastiques pour avouer son aspect de ruine. Érigée en cinq ans, par un architecte incapable qui n'avait pas su estimer la résistance des matériaux, la bâtisse déployait de grands efforts pour rentrer sous terre. Elle se tassait, se voûtait. Même son donjon penchait. Un jour il s'abattrait en travers des murailles, saupoudrant la campagne de ses débris. Monter le chemin qui menait à la poterne, c'était courir le risque d'être surpris par une chute de pierres. Un bloc pouvait se détacher à tout instant, ricocher sur le bord des douves, et vous frapper en pleine poitrine comme un projectile lancé par une catapulte. Ces rebonds donnaient l'illusion que le château poursuivait une interminable guerre contre des assaillants invisibles. Au moindre craquement, il fallait surveiller la pente pour sauter de côté au passage de l'avalanche.

Céline escalada lentement le flanc du coteau, attentive, flairant le vent. La côte était rude et lui nouait les cuisses. Le vent lui-même essayait de la rejeter en arrière, de la contraindre à rebrousser chemin. Elle supporta malgré tout sa gifle élastique, et, les yeux larmoyants, essaya d'apercevoir la silhouette de Hugues, le jeune écuyer, dans la découpe des créneaux.

Arrivée au sommet, elle s'arrêta pour souffler à la lisière du pont-levis que ses chaînes rouillées ne permettaient plus désormais de dresser à la verticale. La mousse et les herbes folles s'étaient lancées à l'assaut des grosses planches, faisant de la passerelle un prolongement naturel du chemin. Céline s'immobilisa, levant le nez afin de mieux distinguer les armoiries sculptées au-dessus de la porte d'entrée ogivale.

« De gueules », avait l'habitude de dire Hugues quand il décrivait le blason. « De gueules à un loup de sable passant. L'écu sommé d'un créneau d'argent. »

La jeune fille sourit, charmée par la poésie obscure

du langage héraldique. De gueules, à un loup de sable passant, cela signifiait approximativement qu'une bête noire comme la nuit bondissait en travers d'un écu rouge sang au sommet duquel s'élevait une tour d'acier luisant. Il ne restait plus grand-chose du travail initial des imagiers. Un vague bouclier de pierre dominait le grand portail, rongé, sillonné de fissures, émietté par endroits, comme s'il avait encaissé de front le coup de lance d'un chevalier. Le loup, coupé en deux par une fêlure, ressemblait à une carcasse posée sur l'étal d'une boucherie. La croupe avait l'air de courir derrière le tronc en fuite dans l'espoir de se raccommoder avec lui. La devise familiale, quant à elle, se réduisait à quelques lettres tronquées. Il arrivait que Céline restât plantée une heure sur le pont dormant, la tête levée, fixant les armoiries des seigneurs de Hurlemort. Il fallait beaucoup d'imagination pour parvenir à reconstituer mentalement l'écu dans toute sa gloire. De plus il était imprudent de demeurer trop longtemps sous la sculpture car des morceaux s'en détachaient sous les bourrasques, pleuvant sur vos épaules, vous meurtrissant la peau ou vous entaillant le crâne. C'était le père de Guillaume, le meneur de loups, qui avait décidé, jadis, de transformer sa maison forte faite de simples rondins en un magnifique château de pierre blanche qu'on verrait de loin. Les vieillards du village évoquaient avec bien des soupirs les corvées dont leurs parents avaient été écrasés à l'époque.

Cinq années de labeur obligé, à hisser des blocs, à s'écorcher les mains sur les cordes des palans. Combien de serfs étaient morts à la tâche, écrasés par les éboulis, tués par l'effondrement d'un échafaudage ? Le château était lentement sorti de terre sous la conduite d'un architecte maladroit dont c'était là la première grosse commande.

Cinq années de souffrance pour les paysans, cinq années d'impatience pour le seigneur des lieux. Le maître de Hurlemort avait vidé ses coffres pour satisfaire à sa folie. Il ne s'inquiétait guère de cette banqueroute passagère, songeant qu'il lui suffirait de promulguer un nouvel impôt pour reconstituer son trésor.

Mais les choses étaient allées de travers, et tout de suite la bâtisse avait révélé ses faiblesses. À peine sortie de terre, voilà qu'elle avait l'air de vouloir y retourner. Le vent la bousculait, faisant gémir ses murailles. Trop exposée aux intempéries, elle semblait être devenue la cible des quatre vents qui se ruaient sur elle comme s'il s'agissait d'une quille à renverser. Il avait fallu réparer, et réparer encore, colmatant les lézardes, bouchant les brèches de la maçonnerie émiettée.

« Le château branlant », c'est ainsi qu'on avait longtemps surnommé le castel de Hurlemort. À chaque orage on s'attendait à le voir jeté à bas, mais il tenait bon. Quoique de construction récente, il avait déjà l'allure d'une ruine des temps anciens. Les villageois avaient peu à peu pris l'habitude de récupérer ses pierres au bas de la colline pour construire des bergeries. Ils voyaient dans cette pratique une sorte de juste revanche rachetant les corvées du passé.

Céline ne se pressa pas de franchir la poterne. Elle aimait différer le moment où la construction refermerait sur elle sa pénombre humide. Les mains dans le dos, dansant d'un pied sur l'autre, elle entreprit de faire le tour des douves, ce fossé noir entourant le mur d'enceinte. L'eau croupie s'y prélassait avec des reflets métalliques étranges, et la vase en suspension y était si dense qu'il était inutile d'espérer distinguer le fond. Céline s'installa dans l'herbe du glacis, les pieds surplombant le vide, l'œil rivé à la surface diaprée des eaux mortes. Elle regarda le ballet des insectes, elle écouta le clapotis des grenouilles se déplaçant d'un nénuphar à l'autre. De temps en temps de grosses bulles montaient des profondeurs dans un bouillonnement inquiétant, comme si quelque chose mijotait dans la vase. Hugues prétendait qu'il s'agissait de simples émanations gazeuses qui, parfois, s'enflammaient, donnant naissance à de curieuses lueurs vertes.

« Il y a de tout là-dedans, murmurait-il. De la vase, des poissons, des bêtes mortes... et même des hommes. »

Et pour la millième fois il se mettait à raconter l'histoire des chevaliers qui avaient voulu s'emparer du château, et dont on avait renversé les échelles alors qu'ils grimpaient à l'assaut des créneaux.

« Ils sont tombés comme des pierres, disait-il avec complaisance. Et leurs armures étaient si lourdes qu'ils ont été aspirés par le fond. On n'a jamais pu les repêcher et leurs corps ne sont jamais remontés à la surface. Ils sont toujours là, prisonniers des herbes. »

Pendant qu'il parlait Céline fixait l'eau avec une intensité douloureuse, essayant de distinguer au milieu des moirures de la vase les ombres des chevaliers morts, prisonniers du cercueil de fer de leur cuirasse, tout emmêlés dans la chevelure des plantes aquatiques.

« Parfois les poissons les heurtent, assurait l'écuyer. On entend alors un tintement de métal. Ce sont les armures qui s'entrechoquent. Quand j'étais petit, les soldats du château avaient encore l'habitude de faire boire une pinte de l'eau des douves aux nouvelles recrues. C'était une sorte de baptême. Ils disaient que la chair des chevaliers noyés et le fer des armures dissoutes avaient fini par former un véritable élixir de bravoure. »

Céline haussait les épaules, signifiant qu'elle n'était pas dupe de ces bêtises masculines, pourtant elle aurait donné cher pour entr'apercevoir, ne serait-ce qu'une seconde, le contour d'un casque mangé de rouille. Elle tournait autour du fossé, cherchant les endroits où la pellicule de moisissure était moins épaisse. Parfois, s'enhardissant, elle saisissait une perche et sondait les eaux. Si son bâton avait heurté une armure, elle se serait enfuie ou même évanouie, mais elle ne pouvait s'en empêcher. Ces sentinelles englouties la fascinaient. À d'autres moments, le scepticisme l'envahissait, et elle soupçonnait Hugues de se moquer d'elle. Il avait dix-sept ans et la considérait encore comme une petite fille. C'était un garçon solide mais élancé, aux pommettes saillantes semées de taches de rousseur. Il affichait en permanence un air buté qui, de prime abord, décourageait la conversation. Ses cheveux noirs lui tombaient sur le front, en désordre, et l'on sentait qu'il essayait, en s'enlaidissant, de faire oublier qu'il avait été quelques années auparavant un fort joli page. Il y avait en lui un mélange curieux de grâce et de balourdise qui amusait la jeune fille. Elle trouvait drôle d'entendre cette belle bouche encore enfantine s'exercer en grasseyant à prononcer des mots de soldat. Elle aimait quand il penchait la tête d'une certaine manière et prenait cet air rêveur qui lui faisait entrouvrir les lèvres comme si la réalité ne contenait soudain plus assez d'air pour lui. Elle s'amusait de le voir se caresser les joues et le menton pour surveiller la pousse d'une barbe encore rare. Elle avait beaucoup de peine à le prendre au sérieux malgré ses grands airs et sa morgue. Joue-t-on les fiers quand on se promène en chausses trouées ? Car la livrée aux armes des seigneurs de Hurlemort qu'il s'obstinait à porter s'en allait en morceaux, cuite par l'usure. « Damoiseau, avait envie de glousser Céline, si vous vous asseyez une fois de plus, on va voir vos jolies fesses ! » Elle gardait ces ricanements secrets, car Hugues aurait sans doute mal supporté la moquerie, lui qui se donnait tant de peine pour demeurer présentable.

La jeune fille ne pouvait s'empêcher de le prendre en pitié quand elle l'apercevait, par soleil, pluie ou grand vent, sur le chemin de ronde, les yeux tournés vers la forêt. Elle savait qu'il croyait de son devoir de braver obstinément les intempéries pour assurer un tour de garde dont tout le monde se moquait depuis longtemps. Elle l'avait vu, un jour d'averse diluvienne, redescendre, couvert d'une méchante couverture détrempée, plus mouillé que les chevaliers engloutis par les douves. Ce soir-là elle avait réussi à allumer un maigre feu de brindilles dans l'immense cheminée où l'on avait fait jadis brûler des troncs d'arbres entiers. Elle avait senti son cœur se serrer en voyant se tordre dans les courants d'air les flammèches de sa pauvre flambée. Car, non contentes de ne plus servir à rien, les cheminées permettaient aux bourrasques d'investir le château et de se promener en ululant au long des corridors.

Depuis que le seigneur de Hurlemort avait disparu tout allait mal. L'hiver avait pris le parti de s'installer à demeure, protégé de l'été par l'épaisseur des murailles. Hugues tentait de faire bonne figure et de tenir son rang, mais la chose se révélait de plus en plus ardue. Au début, les villageois avaient continué à déposer régulièrement leur écot de volailles, légumes, tonnelets de cidre et de vin, porcelets et salaisons diverses, sur le pont levis, puis, les mois passant, ces contributions étaient allées en diminuant. Les poules étaient devenues vieilles, les porcelets maigres ou malades, le cidre gâté, le vin aigre et les légumes fanés. En l'absence du baron on ne se sentait aucune obligation envers ses serviteurs, et, très vite, ceux-ci s'étaient retrouvés réduits à la portion congrue. Céline devait insister auprès d'Odile pour obtenir de quoi remplir un panier.

« Sommes-nous vraiment forcés de nourrir ces bons à rien ? grognait Aubin. Ne peuvent-ils pas se débrouiller tout seuls ?

— Hé, quoi ? sifflait Céline. Vous tenez donc à ce qu'ils se plaignent de vous quand Monseigneur reviendra ? »

Cette menace suffisait à faire taire les avares, mais Céline sentait qu'elle n'aurait bientôt plus grand poids. On commençait à se faire à l'idée que le baron Gilles ne reviendrait jamais et que le château resterait seulement peuplé de serviteurs en loques.

De gueules, à un loup de sable passant... la formule était belle, mais plaquée sur cette forteresse éboulée, elle sonnait comme un coup de masse sur une armure vide. Le château n'était plus qu'une coquille offerte aux vents, une pauvre demeure pour un pauvre seigneur en allé on ne savait où, perdu, mort peut-être...

Au village on se moquait de la ténacité de l'écuyer montant la garde sous la pluie et la neige, sentinelle grelottante, qui bientôt irait le cul nu dans ses haillons aux armes des Hurlemort.

Chaque fois qu'elle se rendait au château, Céline prenait soin d'emporter des provisions. Du pain, une terrine de pâté, un cruchon de vin, que le jeune écuyer et ses compagnons feraient durer le plus longtemps possible, rongeant jusqu'à la moindre croûte. Elle connaissait leur grand état de dénuement bien qu'ils ne se fussent jamais laissés aller à proférer une plainte. N'avait-elle pas surpris Lorel, le vieux trouvère, en train de faire bouillir entre deux pierres une marmite d'orties ? Bénin, l'ancien maître d'armes, se risquait quelquefois dans la forêt dont il rapportait des champignons. Mais il était âgé, et ses rhumatismes lui rendaient ces expéditions de plus en plus difficiles.

Saisissant son panier, Céline s'arracha à sa contemplation et entra dans la cour. Elle se rendit tout de suite aux anciennes cuisines, la seule pièce encore habitable de l'immense bâtisse. Trois ombres se tenaient là, qui ne la saluèrent pas. Trois affamés qui ne laissèrent rien paraître de leur état d'inanition permanent, et, quand elle posa son panier sur la table, ils affectèrent de ne pas y prêter attention alors que la salive leur inondait la bouche et que leur estomac faisait entendre des gargouillis sonores. Les voyant si maigres, la jeune fille redouta soudain de les découvrir morts à sa prochaine visite. Hugues avait beau essayer de faire bonne figure, les os de ses pommettes étaient encore plus saillants que d'ordinaire. Quant à ses genoux, ses coudes, ils étaient à présent si pointus qu'ils crevaient le tissu des vêtements.

L'arrivée de la nourriture brouilla encore plus

l'esprit des exilés, et si l'écuyer parvint pendant quelques minutes à tenir une conversation cohérente, les deux vieux, eux, restèrent plantés telles des souches de part et d'autre de la table, fixant le panier de provisions comme s'il était rempli de pièces d'or. Céline, charitable, abrégea leur supplice en se prétendant victime d'une brusque fringale. « Il faut que je mange quelque chose ! » proclama-t-elle, empoignant miche et terrine. Puis elle ajouta, distraitement : « Je ne vais pas me goinfrer toute seule, ce serait pécher. Allons, compères, acceptez une tartine pour me tenir compagnie. »

Ils y consentirent en grommelant, comme si ce caprice de fillette les agaçait, mais leurs mains se tendirent en tremblant vers les morceaux de pain couverts de pâté. Ils étaient dans un tel état de faiblesse qu'une goutte de vin aurait suffi à les griser, aussi Céline prit-elle soin de mouiller largement le fond de piquette qu'elle versa dans les gobelets. Il ne lui déplaisait pas de prendre soin de ces hommes grognons qui, jamais, n'avaient un mot de remerciement pour ses efforts. Elle était séduite par leur fierté dérisoire. Hugues serra les mâchoires pour dissimuler sa faim, et sa pomme d'Adam s'agita drôlement sur le trajet de sa gorge tandis qu'il ravalait la salive lui noyant la bouche. Il avait plus que jamais l'air d'un jeune chien affamé qu'un reste de dressage empêche de se jeter sur les enfants de son maître pour les saigner à mort. Les muscles de ses mâchoires dessinaient des nœuds sur ses joues émaciées, et ses longues mains se crispaient sur son ceinturon jusqu'à devenir blanches. Céline s'attacha à ne pas trop gaver les vieillards, sachant que la nourriture les ferait bientôt basculer dans la torpeur.

Ce qui la frappait par-dessus tout, c'était l'impression de vide béant qui régnait à l'intérieur du château. Les pièces nues, sans coffres ni bancs, ramenaient la construction à l'état de caverne naturelle. Privé de son apparat, le castel semblait soudain le terrier d'une bête gigantesque. Les corridors, les chambres, paraissaient ne pas avoir été construits, mais bel et bien creusés dans le roc. C'est qu'à la brève époque de splendeur du manoir avaient succédé des décennies de misère noire. Les coffres, les armoires, les fauteuils sculptés, avaient tous fini démembrés, hachés menu et jetés dans les cheminées pour allumer dans ces salles immenses et sombres un semblant de chaleur. On avait décroché les grandes tapisseries pendues aux murailles, on les avait découpées pour les transformer en couvertures de fortune. Le château n'était plus aujourd'hui qu'un cailloux creux, un os cent fois rongé, et où il ne restait plus rien dont on pût tirer parti. De là venait cette sonorité caverneuse qui accompagnait votre déambulation, cet écho qui vous précédait telle la galopade d'un fantôme s'enfuyant à votre approche. Céline devait résister à l'envie de crier son nom pour goûter ensuite le plaisir de l'entendre se répercuter d'étage en étage, des oubliettes au sommet du donjon. Dans certains couloirs, le vent s'engouffrait par les ouvertures des cheminées, hurlait, emplissant les pièces de feuilles mortes et d'odeurs du dehors. Progressivement, les derniers occupants avaient dû se barricader contre le froid, organiser leur survie en se retranchant dans une unique pièce. L'hiver prenait pour eux les dimensions d'une formidable bataille. La température était si basse dans certaines salles, qu'il arrivait que la neige s'engouffrant par les meurtrières s'amasse sur le dallage et refuse obstinément de fondre. C'était alors un crève-cœur de voir les trois naufragés emmitouflés dans leurs tapisseries découpées, campant autour d'un maigre bivouac allumé à même le pavement. Au village, on se moquait de leur fidélité. Qu'attendaient-ils pour partir ? Quel espoir les retenait là-bas ? Depuis la disparition du seigneur, la vie s'était arrêtée au château. La bâtisse n'était plus qu'une coquille pleine de vent, et, dans les pièces sans fenêtres, la poussière était telle que les marques de pas s'y imprimaient comme sur la neige. En dépit de tout cela, ou peut-être à cause de tout cela, Céline ne se lassait pas de déambuler à travers le castel. Cette fois-là, comme les précédentes, elle bondit sur ses pieds dès que l'écuyer lui proposa de l'accompagner dans sa ronde.

À peine franchi le seuil de la salle de garde, elle retrouva l'odeur étrange qui flottait entre les murs. Hugues prétendait que c'était celle des loups du vieux Guillaume.

« Tu ne m'as pas écoutée, lui reprocha-t-elle. Tu aurais dû jeter des fleurs coupées sur le dallage. Il y en a plein la forêt et elles ne coûtent rien. »

Le jeune homme haussa les épaules.

« À quoi bon ? » soupira-t-il avec une grimace qui n'arriva pas à l'enlaidir. « On a beau frotter le pavé, brûler de l'encens et des bois orientaux, rien n'y fait. C'est le relent de merde et de pisse laissé par la horde, il a fini par s'incruster dans les pierres. Monseigneur Gilles ne pouvait plus le supporter. Certains jours, il se cachait le bas du visage dans un linge imbibé de parfum. C'est l'odeur de la sauvagerie, l'odeur des bêtes fauves venues de la forêt. Rien n'en viendra à bout. »

Ils marchèrent un moment en silence. Ce que

Céline adorait plus que tout, c'était se recroqueviller dans le coin d'une salle, sans dire un mot, et écouter craquer le château fort. Il suffisait de tendre un peu l'oreille pour percevoir alors la plainte ténue mais ininterrompue de la charpente, des pierres se poussant les unes les autres dans un vaste mouvement d'avalanche. En levant les yeux, on pouvait surprendre la brusque apparition d'une lézarde sur la voûte, ou une chute de plâtras annonçant un éboulement prochain. Sous ses dehors crénelés, cuirassés de mâchicoulis et de poternes, le castel n'était plus qu'un vieux corps malade, grommelant et souffrant. Hugues avait pris sur lui de condamner l'aile gauche dont les parquets étaient pourris par l'humidité. Les caves, crevassées, buvaient le jus noir des douves et se peuplaient lentement de grenouilles. En descendant quelques marches, on entendait leurs coassements amplifiés par les cryptes.

« Nous faisons eau, grogna tout à coup l'écuyer. Comme un navire dans la tempête. »

Céline écouta cette déclaration péremptoire avec le plus grand sérieux, sachant que le garçon n'était guère doué pour le rire et accueillerait la plus innocente plaisanterie avec courroux. Quelques minutes plus tard, ils arpentaient le chemin de ronde, Hugues, les mains nouées dans le dos, comme un chef de guerre étudiant un champ de bataille. La jeune fille trouva que l'écuyer souffrait de la proximité du donjon qui, par comparaison, faisait paraître son corps presque gracile.

« C'est par là, lança-t-il en désignant une avancée de la forêt. C'est par là qu'il est parti. Pendant longtemps la terre a conservé les traces des sabots de son cheval. »

Il se tut, comme s'il regrettait soudain d'en avoir trop dit. Céline connaissait la suite : la pluie était venue qui avait effacé les marques, et il ne subsistait plus rien de l'ultime promenade du baron Gilles, dernier seigneur de Hurlemort. C'était comme s'il n'avait jamais foulé ce chemin, comme s'il s'était évanoui en fumée.

« C'est par là, répéta Hugues en plissant les yeux. Il m'a fait un geste de la main avant de s'enfoncer sous le couvert. C'était inhabituel, et j'ai eu comme un mauvais pressentiment. J'ai failli lui crier de revenir, inventer un prétexte : que la bête était mal sellée, n'importe quoi. Mais je n'ai pas osé. »

Céline n'éprouva aucune surprise. Il en allait chaque fois de même. La promenade des remparts s'était changée en pèlerinage. On aboutissait toujours au même endroit, cette découpe du crénelage d'où l'on pouvait voir la muraille de troncs entre lesquels Gilles s'était glissé.

« Il était trop lourdement équipé, murmura Hugues. Il avait passé sa cotte de mailles, suspendu son écu à sa selle. Il s'était habillé comme un homme qui part en guerre. On ne s'accoutre pas ainsi pour aller traquer le sanglier. Je ne sais pas ce qu'il avait en tête, je n'arrive même pas à l'imaginer, mais j'ai eu aussitôt une méchante impression. »

Ces souvenirs firent se crisper son visage. Céline se dit qu'il ne tolérait sa présence que parce qu'elle l'écoutait radoter sans lui en faire reproche. Connaissant par cœur les discours de l'écuyer, elle feignait pourtant à chaque nouveau ressassement de les entendre pour la première fois. Feignait-elle vraiment, du reste ? Car Hugues ajoutait à la dernière version un détail inédit dont il venait juste de se souvenir, et sur lequel il convenait bien sûr de s'interroger. Ainsi le geste... Ne s'était-il pas trompé sur la signification du geste ébauché par Gilles au moment d'entrer dans la forêt ? S'agissait-il d'un banal au revoir ou bien d'autre chose ? Les doigts n'étaient-ils pas disposés d'une certaine manière, véhiculant un message occulte ?

Agitant ses mains maigres, trop douces pour un écuyer digne de ce nom, Hugues mima tout à coup l'ultime mouvement de Gilles. Comme cela ? Comme ceci ? Ah ! Il ne savait plus. La colère et l'impuissance s'ajoutant à la faiblesse lui firent tourner la tête, et il dut s'asseoir pour ne pas basculer dans les douves du haut des remparts. Céline, le cœur étreint d'angoisse, ne lui vint pas en aide, sachant que la fierté du garçon ne le supporterait pas.

Ce qu'elle appréciait chez Hugues, c'est qu'il était trop préoccupé par la disparition du baron pour prêter le moindre crédit aux croyances des villageois. Ainsi, il se moquait de la marque, et ne voyait dans les paumes zébrées de la jeune fille qu'un caprice de la nature.

« C'est le hasard, coupait-il. D'ailleurs, la marque n'est pas si évidente. Je connais la crevasse du vallon, Monseigneur allait parfois y chasser. Je ne trouve pas que ta ligne de vie lui soit tellement ressemblante. »

Il arrivait qu'après une journée passée au château, Céline se sente presque normale, ce qui était plutôt agréable en fin de compte. Au demeurant, Hugues ne s'étendait guère sur ces histoires de malédictions, ces « superstitions de serfs », comme il avait l'habitude de dire. Très vite, il reprenait le cours initial de ses réflexions : le mystère entourant la disparition du baron, parti à la chasse deux ans plus tôt, et dont on était toujours sans nouvelles. Qu'en pensait Céline ?

Avait-elle un avis ? Une hypothèse à avancer ? La jeune fille n'essayait pas de formuler une quelconque supposition. Au vrai, Hugues ne l'aurait pas écoutée. Depuis longtemps victime de l'isolement, il avait pris l'habitude de faire les demandes et les réponses. Ne posant les problèmes que pour mieux les résoudre lui-même, vous volant les mots sur la langue avant que vous ayez pu les prononcer, vous laissant la bouche ouverte, comme un idiot.

Les visites au château se passaient en longues marches circulaires qui finissaient par vous donner le tournis. On montait de la cuisine aux remparts, on descendait des remparts à l'écurie où deux chevaux, un destrier et un palefroi tremblaient sur leurs longues jambes grêles. Les montures supportaient mal l'atmosphère de la bâtisse. Hugues prétendait que la faute en revenait à l'odeur de loups que les ans n'avaient pu effacer. Les chevaux vivaient dans la crainte de cette horde invisible qu'ils croyaient toute proche, rôdant par les couloirs en quête de viande fraîche. L'angoisse leur tournait le sang et la nourriture ne leur profitait pas. Au castel de Hurlemort, les plus belles cavales se muaient vite en haridelles, et cette malédiction avait fait le désespoir du jeune baron.

« C'est la folie de Guillaume, le meneur de loups, murmurait l'écuyer. Elle a empuanti le château. Il ne faudrait rien de moins qu'un incendie pour l'effacer. »

Comme cela était prévisible, leur errance les amena dans la grande salle du manoir, celle-là même où avaient jadis officié les jongleurs, les trouvères de passage. Aujourd'hui il était difficile d'imaginer qu'on avait pu s'amuser entre les murailles de cette caverne glaciale. La cheminée gigantesque, conçue pour qu'on puisse y rôtir un bœuf entier, n'abritait plus que des cendres grises que le vent vous soufflait sur les pieds en guise de salutations. Sur le manteau de la cheminée, on retrouvait les armoiries écaillées : de gueules à un loup de sable passant. Ainsi que la devise de la famille :

Ulula morde que acrius quam belua

Hurle et mords plus fort que la Bête, que certains clercs pointilleux avaient jugée suspecte, et peut-être même frottée d'un vague satanisme.

Le portrait avait été décroché de la muraille à cause de l'humidité stagnant entre les pierres. Hugues l'avait posé sur un chevalet et couvert d'un drap. Cet arrangement, dans le clair-obscur de la salle, évoquait la silhouette d'un fantôme aux épaules carrées, et faisait hésiter le visiteur.

« Tu veux le revoir ? demanda Hugues en ébauchant un geste en direction du panneau voilé.

— Oui, murmura Céline d'une voix un peu étranglée. Mais pas trop longtemps. Il me fait peur. »

Après avoir jeté un bref coup d'œil à sa compagne, l'écuyer souleva le linge avec un infini respect, comme s'il écartait les courtines d'un lit. Le visage de Gilles, émergeant de la carapace du heaume, frappa la jeune fille par sa pâleur et le brasillement de ses prunelles. Elle eut l'impression de contempler l'image d'un chevalier dont les blessures saignaient sous le fer de la cuirasse, et qui, pourtant, s'efforçait de n'en rien laisser paraître.

La peinture, exécutée par un artiste qu'on avait fait venir d'une quelconque cité, n'était pas d'une grande qualité de pâte et se boursouflait par endroits, au grand désespoir de l'écuyer qui ne savait comment y remédier.

Céline, au seuil du tableau, retint son souffle — une fois de plus —, stupéfiée par cette mince figure où la chair semblait modelée dans la même matière que l'armure. On ne pouvait déterminer s'il s'agissait là d'un artifice volontaire, ou d'une simple maladresse de l'artiste qui n'avait su rendre avec exactitude la texture de la peau. Quoi qu'il en soit, l'effet était saisissant et mettait mal à l'aise.

Pourtant Gilles de Hurlemort était beau. Malgré ses yeux trop grands, sa bouche trop fendue, il émanait de sa personne une avidité douloureuse, un sentiment de vie, une gourmandise sensuelle et exaltée qui donnait envie de lui tendre la main et de dire : « Donne-moi un peu de ta fièvre, partageons cette maladie qui te met le sang aux lèvres. » Cet homme avait l'air d'un brûlé qui vient de toucher le soleil. D'un cadavre à demi carbonisé par un feu intérieur, mais qui s'apprête à expirer en souriant.

Comme cela se produisait à chacune de ses visites, Céline, devant l'image, fut saisie d'un sentiment étrange de peur et de jalousie. Aucun garçon du village n'avait une telle figure, Hugues lui-même, quoique agréable à regarder, perdait toute prestance face à ce portrait pourtant tout cloqué d'humidité. Elle n'aurait su expliquer sa gêne, mais elle fut soulagée lorsque son compagnon consentit enfin à rabattre le linge.

« Il était vraiment comme cela ? demanda-t-elle à voix basse.

— Était ? Pourquoi était ? s'emporta Hugues. Tu ne vas pas déjà l'enterrer, comme ceux du village ? Il n'est pas mort ! Je suis certain qu'il est prisonnier de la forêt... Il lui est arrivé quelque chose, oui. Mais il n'est pas mort ! »

Devant la véhémence de l'écuyer, Céline courba la tête, acceptant l'admonestation. D'ailleurs comment un tel homme aurait-il pu mourir, si ce n'est en combattant contre une armée entière ?

« Il est là-bas, soupira Hugues en désignant le moutonnement serré des arbres. Il nous attend, il nous appelle. Il faudra bien qu'un jour quelqu'un se décide à lui venir en aide. »

VIII

Quand la nuit tomba, le château révéla sa véritable nature de labyrinthe ténébreux. La lumière de la lune ne pénétrant que parcimonieusement par les meurtrières, les salles, les galeries, devinrent en quelques minutes autant de gouffres obscurs truffés de pièges. S'y hasarder à tâtons, ç'aurait été courir le risque de poser le pied sur une planche pourrie, une marche descellée, d'ouvrir une porte béant sur l'absence d'un escalier effondré. On pouvait se tuer cent fois sur le trajet séparant le chemin de ronde de la poterne, aussi, dès que la nuit commença à sourdre des meurtrières, Céline glissa-t-elle sa main dans celle de l'écuyer. Elle fut heureuse qu'il accepte son contact sans ébaucher un mouvement de recul. L'obscurité s'installant, Hugues se mit à chuchoter, comme si, avec la nuit, étaient entrés des prédateurs auxquels il était capital de ne pas donner l'éveil.

« Viens, dit-il. Marche où je marche, ne t'éloigne pas. »

Connaissant par cœur le plan du manoir, il était capable de s'y déplacer les yeux fermés. Sa main droite explora un instant la muraille, identifiant les saillies, les blessures laissées par les combats de jadis. « C'est par là », affirma-t-il. Céline avança, serrée contre lui, goûtant le contact de son épaule osseuse. Elle réalisa qu'elle éprouvait une excitation un peu honteuse à le toucher impunément, elle que tout le monde fuyait depuis l'enfance. Si elle avait pu, elle aurait pétri sa chair comme on enfonce les doigts dans la mie d'un pain sortant du four, avec une volupté gourmande. Il y avait quelque chose de dur et de nerveux dans cette épaule. Sous la peau presque féminine pointait déjà la rude architecture de l'homme. Bientôt c'en serait fini de la grâce du beau page, lui aussi se mettrait à sentir le bouc, et c'était pitié que de penser à un tel gâchis. Hugues n'avait jamais essayé de profiter des errances aveugles pour risquer un geste grivois, comme n'auraient pas manqué de le faire les garnements du village. Céline était à la fois déçue et séduite par cette réserve. Toutefois, il lui semblait qu'il aurait tout de même pu se passer quelque chose à la faveur de la nuit, quelque chose d'un peu doux et de caressant, qui n'aurait pas fait mal.

Après une interminable progression à tâtons revint enfin la lumière. « On y est, déclara l'écuyer. Tu n'as plus besoin d'avoir peur. » En bas, dans l'ancienne salle des gardes, les torches résineuses fichées dans la muraille crépitaient en répandant une odeur de suie. Leurs filets de fumée serpentaient telles des couleuvres dans les interstices des pierres pour s'en aller stagner au plafond en un voile velouté où l'on avait envie d'enfoncer les doigts. L'armure se trouvait là, grand fatras de fer juché sur un portant. L'armure des Hurlemort, leur traditionnel vêtement de bataille, défroque cent fois martelée, cabossée, coquille grinçante au sein de laquelle avaient souffert des générations de guerriers. Dans la pénombre, on ne pouvait déterminer si elle était vide ou si quelqu'un s'y tenait en ce moment même, immobile. Céline s'assit loin d'elle, pour avoir le temps de prendre la fuite si le costume d'acier se mettait soudain à bouger. En réalité c'était une vieille cuirasse, aujourd'hui démodée, qui datait de l'époque dorée des seigneurs de Hurlemort, mais qu'on avait continué à se transmettre de père en fils, faute d'écus pour en commander une nouvelle. Bénin, l'ancien maître d'armes, déployait des trésors d'ingéniosité pour la maintenir en état, la frottant presque chaque jour avec du sable mêlé de vinaigre afin de la débarrasser des taches de rouille tenaces qui refleurissaient à la surface du métal dès qu'il avait tourné le dos. Hugues savait par cœur l'histoire de chacune des éraflures et des bosses marbrant le grand pantin de fer. Il les désignait de l'index, comme des blessures glorieuses, et chuchotait des noms de batailles, des dates, qui n'évoquaient rien pour la jeune fille. L'armure luisait sous l'éclat des torches. De temps en temps les courants d'air la faisaient cliqueter, et Céline tressaillait, persuadée que la cuirasse allait lever le bras, crisper les articulations de son gantelet. Le vieux maître d'armes traitait le costume d'acier avec un infini respect, telle une idole, inspectant ses rivets, ses charnières, les démontant pour les huiler. Jadis fort comme un bœuf, Bénin s'était ratatiné, perdant son impressionnante stature de soudard. Faute d'exercice, ses muscles avaient fondu et pendaient sur son corps. Si la famine n'avait pas régné au château de manière permanente, il serait probablement devenu obèse. Avec l'âge, les innombrables cicatrices qui marquaient son visage s'étaient confondues avec ses rides, gommant peu à peu sa laideur d'ancien soldat à la face ravaudée. Souffrant de rhumatismes, il avait désormais le plus grand mal à soulever une épée, et s'il s'obstinait à esquisser quelques feintes dans le vide, ses poignets enflaient. En fait il ne bougeait plus guère, et ses soupirs sonores faisaient peine à entendre. Céline l'aurait bien aidé à frotter les lames au vinaigre, mais il n'avait jamais accepté son offre, prétendant que les mains d'une femme ne doivent jamais se poser sur une épée sous peine d'en affaiblir la trempe. Croyait-il vraiment à cette fable ? La jeune fille se demandait parfois s'il ne craignait pas en fait que la marque dessinée au creux de ses paumes n'imprime quelque méchante fissure sur les lames dont il avait la garde, les condamnant à se briser au premier choc. Elle avait du reste noté que Bénin, comme les villageois, évitait son contact. En dépit de cette méfiance superstitieuse, le bonhomme lui était sympathique. Elle aimait l'entendre raconter comment, jadis, il s'enfonçait dans la forêt pour y choisir le bois d'une lance. Elle se le représentait, errant, le nez levé, détaillant chaque arbuste, cherchant à deviner sous l'écorce et les feuilles la belle hampe souple de la future lance de tournoi que sauraient faire naître ses outils. Entre ses mains les branches donnaient naissance à des boisseaux de flèches qu'il lui fallait ensuite ébarber une à une, jusqu'à ce qu'elles deviennent parfaitement droites et lisses, sans rien qui puisse faire dévier leur course mortelle. Céline aurait bien voulu qu'il lui fasse visiter la salle d'armes, mais il avait toujours refusé avec rudesse. C'était là des affaires d'hommes, grognait-il, et les pucelles n'avaient point à y fourrer le nez. Que pouvaient-elles comprendre à ces choses ?

Céline s'agita sur son banc. Assis au bout de la table, Lorel le troubadour la regardait en souriant. Il était d'un commerce plus agréable. Vieillissant, ayant cessé de plaire aux belles dames, il avait échoué à Hurlemort par le plus grand des hasards et n'en était jamais reparti. D'immenses yeux bleus, qui paraissaient d'émail peint, trouaient son visage ratatiné, lui donnant une curieuse figure ébahie, toujours en éveil.

Hugues s'était éloigné pour une nouvelle ronde, abandonnant la jeune fille à la compagnie des vieillards. Le troubadour en profita pour se rapprocher de la petite paysanne.

« Ne t'attarde donc point en ces lieux, ma douce, dit-il à Céline dans son curieux parler aux tournures alambiquées. Tu ne sens pas ce relent de maladie ? Il y a une certaine forme de peste ici, elle n'est ni bubonique ni pneumonique, elle s'appelle tout simplement Ennui, mais elle est affreusement contagieuse. File donc avant de l'attraper, toi aussi. File sur tes jolies jambes. »

La jeune fille voulut se forcer à rire, mais le cœur n'y était pas. Lorel était le seul à accepter de sortir du château pour l'accompagner dans sa promenade autour des douves. Ce soir-là, il la saisit obligeamment par le bras pour l'escorter dans sa déambulation comme si elle était quelque gente dame. Céline se laissa entraîner, peu habituée à de tels égards. Elle savait que dans quelques minutes il lui faudrait payer cette gentillesse en écoutant l'éternel radotage du baladin, mais le léger trouble qui s'était emparé d'elle la poussait à toutes les indulgences.

« L'écuyer et le maître d'armes ne m'aiment pas, lui confia le bonhomme dès qu'ils furent dehors. Ils prétendent que j'ai mis de mauvaises idées dans la tête du baron, et que c'est à cause de ces chimères qu'il est parti. »

Céline avait effectivement remarqué que ni Hugues ni Bénin n'adressaient la parole à Lorel, elle jugeait cette querelle un peu sotte. Les trois oubliés n'auraient-ils pas dû s'unir pour affronter la solitude, au lieu de se murer chacun dans leurs ressassements personnels ?

« Je te parlais de l'ennui, dit le trouvère, c'est que je suis capable de le flairer à dix lieues à la ronde. C'est en quelque sorte mon plus vieux complice. C'est lui qui m'a fait vivre des années durant : l'ennui des seigneurs, l'ennui des belles dames. Lorsque j'arrivais, sur ma mule, je le voyais flotter comme une fumée noire au-dessus des castels, et il me disait : "Entre, Lorel, ils t'attendent depuis des mois. Ils se désespèrent, ils ont besoin de chants, d'histoires, de légendes. Tu ne peux pas savoir comme ils sont malheureux depuis que la guerre est finie, la guerre est leur seule joie, leur seul amusement, et quand la paix s'obstine à durer, l'Ennui les prend, leur emplissant la bouche de bâillements." Et j'entrais, le luth et la viole en bandoulière, la tête pleine de contes. »

Il ne mentait pas, il avait bel et bien sillonné tout le pays pour faire oublier aux seigneurs que la vie d'un noble n'est rien sans la guerre, la belle et bonne guerre qui vous jette sur les routes pour faire de vous un héros dont on chantera les hauts faits d'armes. La jolie guerre qui vous permet d'accumuler du butin et de coucher tant de femelles hurlantes sous le poids de votre cuirasse.

« Tu comprends, soupira Lorel en contemplant l'eau noire des douves. C'est une autre race. Ils ne sont à l'aise que dans des costumes de fer, ils n'existent que l'épée à la main. On les a dressés à tuer, et quand ils ne peuvent traquer l'homme, ils se contentent des bêtes. Ils ne chassent pas pour se nourrir, mais pour s'entraîner, et quand ils massacrent un sanglier ils s'imaginent que c'est un Sarrasin. »

Lorel avait beaucoup chanté, raconté. Jeune, il avait bénéficié d'une jolie physionomie qui plaisait aux dames.

« Le seigneur est un ours, expliqua-t-il, se grisant de ses propres paroles. Poilu comme un ours, il en a les manières. Quand il ne porte pas cuirasse c'est un fauve enveloppé de jolies étoffes, mais il suffit d'un peu d'oreille pour, sous la soie, entendre crisser le crin de sa poitrine. Il rit comme on rugit, sa main n'a pas besoin de gant car le maniement des armes l'a rendue de cuir. Ses mouvements sont brusques, sans grâce, faits pour éviter la lame ou le coup de masse, pas pour la danse. Au lit, il se croit encore sur le tas de paille de son dernier viol, et jouit en aboyant comme un chien qui se vide le ventre. La dame, elle, rêve d'un peu plus de finesse, de douceur. Toutes ces choses font froncer les sourcils au baron. C'est la dame qui fait la fortune du troubadour, la dame qui a tant besoin de vers et de sottises enrubannées. »

Lorel avait longtemps tenu les dames sous le charme. Il leur chantait l'amour courtois tandis que les chevaliers culbutaient les paysannes dans les meules de foin autour du château. Il leur parlait de ce jeu exquis dans lequel la femme devient une déesse jouissant du pouvoir de se refuser et d'imposer aux hommes de fer les épreuves les plus effarantes. Ses grands yeux bleus savaient darder un feu respectueux, flatteur, suppliant. Ses longues mains douces savaient danser sur la viole et le luth, les effleurant avec une science prometteuse d'autres délices. Mais les troubadours n'ont pas le droit de vieillir. À vingt-cinq ans, Lorel s'était trouvé pris dans les vapeurs malignes d'une épidémie. Il avait failli mourir, ses dents avaient pourri, et il avait dû les faire arracher par un charlatan qui lui avait à demi brisé la mâchoire. Dès lors on avait cessé de lui sourire. Sa voix s'était gâtée, et sa charmante prononciation progressivement changée en bredouillis. Il avait dû renoncer à charmer les dames pour se contenter des chansons guerrières flattant les barons. Maintenant plus personne ne le trouvait exquis, ses cheveux d'or étaient devenus filasse et avaient pris la consistance de la ficelle. On ne cherchait plus à le retenir en minaudant comme par le passé, on ne le suppliait plus de prendre pension jusqu'aux beaux jours. Désormais il allait de province en province, mendiant l'occasion de dire ses vers. Souvent on le chassait après l'avoir décrété « trop vilain ». C'est ainsi qu'il était arrivé à Hurlemort, pour découvrir un manoir à demi désert, sans soldats, sans serviteurs ou presque. Un château plus vide qu'une vieille épave mille fois récurée par les marées. Un château de misère où s'ennuyait un jeune baron aux coffres vides.

« Un noble qui ne peut plus mener grand train n'existe plus, murmura Lorel. C'est comme s'il était déjà mort. Sans écus, il ne peut prétendre inviter ses voisins, briller, lever une armée. Il n'est plus rien. Et Gilles, je crois, était encore moins riche que ses paysans. »

Ce cul-de-sac n'avait pas rebuté le troubadour. Il aurait bientôt quarante ans. Il se sentait usé, au bord de la vieillesse. Il avait jeté son sac à terre. Le baron Gilles, jeune mais austère, ne lui avait pas reproché sa figure ravagée. Il n'avait prêté attention qu'aux légendes. Aux dragons, aux défis extravagants...

Céline écoutait sans un mot. Elle n'avait jamais fréquenté le manoir au temps du seigneur Gilles. Ce n'est qu'après l'inexplicable disparition de celui-ci qu'elle avait commencé à déposer chaque semaine sur le pont-levis le tribut des villageois. « Tu peux bien faire ça pour nous ! » lui avait lancé un jour Odile. La jeune fille avait vite deviné que les paysans avaient peur d'escalader la colline. L'ombre du vieux Guillaume, le meneur de loups, planait toujours sur le château, et l'on n'aimait guère flâner dans les environs. Là-bas, les bêtes, qui ne voyaient jamais personne, étaient plus hardies que partout ailleurs. Elles ne craignaient ni le feu ni le bâton, et ne se donnaient même pas la peine d'attendre la nuit pour vous attaquer. Céline, inutile à la communauté, semblait toute désignée pour cette corvée. Avec un peu de chance un ours l'emporterait peut-être ?

Elle n'avait pas rechigné. C'est de cette façon qu'elle avait fait la connaissance de l'écuyer et des deux vieux. Oh ! Cela ne s'était pas réglé en un jour, et il lui avait fallu pas mal de patience pour réussir à apprivoiser ces trois ours qui passaient leur journée côte à côte sans échanger plus de trois mots. Au fil des mois, ils l'avaient acceptée, lui laissant franchir l'enceinte, et même l'admettant à l'intérieur de la bâtisse. Céline, par honnêteté, les avait tout de suite prévenus qu'elle était marquée. Hugues avait haussé les épaules (il avait d'autres soucis !), Bénin s'était renfrogné, Lorel avait écarquillé les yeux et souri. Il aimait les fées et les histoires de lutins. Céline l'avait trouvé aimable et un peu fou. Elle regrettait que tant de fantaisie et de gentillesse soient enfermées dans une enveloppe aussi usée. Pourquoi l'écuyer n'avait-il pas hérité de l'esprit du vieux trouvère ? Vrai, les choses étaient mal faites. Le jeune la remarquait à peine, et le vieillard lui souriait de sa bouche édentée.

La main sèche du bonhomme se crispa sur son bras nu, la ramenant à la réalité. Elle prit conscience qu'elle avait un peu froid... un peu peur également, et qu'il allait lui falloir regagner le village au milieu des ténèbres.

« Ils disent que c'est de ma faute, répéta Lorel, tout à ses griefs. Ils prétendent que j'ai fait perdre l'entendement à notre maître avec mes quêtes chevaleresques, mes dragons, mes fées. Mais il s'ennuyait tellement, le pauvre. Il allait en guenilles, dans les vêtements de son père. Il m'écoutait avec une avidité inquiétante, et parfois j'avais envie de m'interrompre pour lui dire : “Monseigneur, ce ne sont que des légendes.” Il voulait des histoires de guerres et de tueries, d'épées enchantées et de magiciens. De ces bons contes bretons où passent Merlin et le roi Arthur. C'était un enfant fier et solitaire, avec des mains que le maniement des armes avait rendues dures comme la pierre. Mais c'était tout de même un enfant perdu dans une grande maison vide. »

Céline essaya d'imaginer la farouche figure du portrait entrant à cheval dans la forêt. Qu'était-il parti faire ce matin-là ? Chasser, sans doute ? Mais alors pourquoi n'était-il pas revenu ? Elle fit part de ses interrogations au trouvère, tout en pensant qu'il était dangereux d'évoquer ces choses au crépuscule, à la lisière des bois.

« Il a sans doute été attaqué par les loups, répondit Lorel. La meute l'aura encerclé dans une clairière, lui coupant la retraite. Il s'enfonçait de plus en plus sous le couvert, traquant le sanglier à l'épieu. Ce jour-là il se sera laissé entraîner plus loin que de coutume. Il a commis l'erreur de s'aventurer sur le territoire de la horde... La forêt n'est pas faite pour les hommes, c'est bien connu. Il ne faut jamais s'y attarder. »

Céline se rappelait encore le jour où l'écuyer était venu donner l'alerte, réclamant l'assistance des villageois pour organiser une battue. Le maître, le maître n'était pas rentré. Probablement gisait-il blessé au fond d'un fossé, il fallait aller à son secours.

Grommelants, les hommes avaient allumé des torches, brandi des fourches. C'est qu'on n'aimait pas beaucoup se risquer sous le couvert après la tombée du jour, à l'heure où s'éveillent les sortilèges et où les divinités sylvestres jouissent de toute leur malignité.

« Ça devait finir comme ça, avait marmonné Bastine Méloir. Tout le temps à chasser, à traquer les bêtes dans leur gîte. Les dieux de la forêt en ont eu assez. »

La plupart des villageois étaient de son avis. Le baron avait provoqué les Proscrits, il payait aujourd'hui ses inconséquences. L'insolence des riches se croit tout permis.

La colonne s'était déployée à travers champs, ligne de flammes sinueuses rampant vers les bois tel un serpent de feu. Sur son mauvais cheval, Hugues s'impatientait, pressant les hommes qui traînaient les pieds pour retarder le moment de s'engager entre les troncs.

« Allons ! vociférait-il. Monseigneur perd peut-être son sang ! Remuez-vous, tas de lourdauds. »

On avait cherché, des heures durant, jusqu'à l'extinction des dernières torches, mais on n'avait rien trouvé : ni corps ni cheval, rien. Si les loups avaient attaqué le baron, il fallait admettre qu'ils avaient dévoré jusqu'à la selle de sa monture.

Les jours suivants on avait recommencé à battre les taillis, se lacérant les côtes aux murailles d'épines. On avait appelé à s'en rompre les veines du cou, en vain.

« Il y a eu maléfice, décréta Bastine Méloir. Cette fois la forêt l'a pris, il est devenu l'esclave des loups. »

L'absence de dépouille, de flaques de sang, accréditait cette version des faits.

« Les Proscrits le retiennent prisonnier, murmurèrent les paysans. C'est pas demain qu'on le verra revenir, le beau seigneur ! »

Deux ans s'étaient écoulés depuis, et Gilles de Hurlemort n'avait effectivement toujours pas reparu, laissant le pays à l'abandon.

« Il faut que je rentre, murmura Céline en dégageant son bras de la main décharnée du vieux poète. La nuit s'installe et on va encore m'accuser de me livrer à la sorcellerie si l'on me surprend à gambader à travers champs.

— Ma pauvre petite, soupira Lorel en lui caressant la joue. Je te retarde avec mes radotages, va donc, cours vite. Que deviendrions-nous sans toi ? Si ce fichu écuyer n'était pas si benêt, il te raccompagnerait jusqu'à ta maison, un flambeau dans une main et une épée dans l'autre, mais je suis sûr qu'à cette heure il est encore perché sur les créneaux, à surveiller la forêt, comme si on pouvait encore y voir clair ! »

Céline plaqua un baiser sur le front ridé du troubadour et se mit à courir, s'attachant à faire le plus de bruit possible avec ses sabots pour effrayer les ombres.

IX

Chaque fois qu'elle revenait du château, Céline restait songeuse plusieurs jours durant, repassant dans le secret de son esprit les confidences du vieux trouvère. Lorel lui parlait d'un monde que personne ici, au village, n'avait pu approcher. Il lui révélait les merveilles et les tristesses d'une condition qu'on pouvait croire de prime abord sans inconvénients. Il lui montrait l'envers du décor, chantait pour elle seule les maux des seigneurs désargentés murés dans leur sombre bâtisse. Parmi ces maux, le plus redoutable, à l'en croire, était sans conteste l'ennui.

La peste de l'ennui vous amenait à tromper l'attente en comptant les pierres d'une muraille, les dalles du sol, les clous d'une porte. C'était un état de vide maladif vous emplissant la tête d'échos saugrenus. Au cours de cette étrange fièvre froide, de brusques bouffées d'énergie vous traversaient les membres, retombant aussitôt telle une mauvaise levure, vous laissant plus faible encore, plus dolent qu'une seconde auparavant. Lorel — selon ses dires — avait lutté de toutes ses forces contre la maladie de Gilles de Hurlemort. Il lui avait appris à voir les choses derrière les choses, à percevoir la forêt non pas comme un mur d'enceinte infranchissable, mais comme un prodigieux réservoir d'enchantements.

« Avez-vous remarqué, Monseigneur, lui chuchotait-il, combien les animaux sont ici plus intelligents qu'ailleurs ? C'est frappant pour un étranger tel que moi. Je ne serais pas étonné outre mesure que les lièvres sachent parler. J'en voyais trois, l'autre jour, en bordure du pont-levis, assis sur leur cul et se regardant les uns les autres en bavardant comme des clercs. Je suis certain qu'entre leurs grandes oreilles ils portaient la tonsure. »

Gilles accueillait ces boutades sans rire et s'abîmait dans des rêveries dont il ne soufflait mot. Lorel avait continué à lui chanter la forêt, immense et secrète, cachant un continent sous ses feuilles. Les loups s'y nourrissaient de lutins, car les farfadets — n'ayant que deux pattes — couraient moins vite que les lièvres, de plus ils avaient meilleur goût. Si l'on mangeait sept gnomes d'affilée dans la même nuit, on devenait invincible pour dix ans, et les flèches, les pièges, ne parvenaient plus à vous arracher une goutte de sang. Savait-il cela, lui, le maître des lieux ? La forêt tout entière était régie par des règles compliquées, ignorées des profanes. Pour tromper l'ennui, les anciens dieux s'étaient amusés à modifier la nature, à donner aux bêtes plus de malice qu'il n'est permis. C'était leur manière de moquer la Création. Chez eux, les ours, plus savants que les paysans, savaient lire et écrire. Ils gravaient des poèmes dans l'écorce des arbres de la pointe de leurs griffes. Les biches chantaient d'antiques chansons gauloises, les sangliers proféraient des jurons de légionnaire romain. Oui, les Proscrits avaient tout truqué, installant Carnaval au fond des bois. Il y avait un monde sous le feuillage, un monde malicieux et délicieusement impie, dont on pouvait deviner la présence à certains signes à peine perceptibles : ces lapins portant un gros anneau de cuivre à l'oreille gauche, ces oiseaux dont le bec avait été plaqué d'or fin. C'était là le travail des lutins qui, comme chacun sait, sont de merveilleux orfèvres. Peuple industrieux autant que facétieux, les gnomes s'affairaient sans relâche, s'amusant à changer la couleur des fleurs ou le parfum des fruits. Ils avaient inventé les mûres au jus indélébile, qui vous tachaient à jamais la bouche et les mains si vous commettiez l'erreur d'y toucher. Ils avaient fabriqué des roses sauvages dont l'odeur provoquait d'abominables éternuements, et mille autres attrapes, parfois drôles, parfois méchantes, auxquelles les hommes venaient se prendre sans méfiance.

Lorel faisait mine de ne pas voir, de ne pas entendre, mais rien ne lui échappait : ni les corbeaux à bec de fer bleuté, ni les biches aux soupirs de damoiselles qui se pâmaient au son du luth.

Monseigneur s'était-il rendu compte que les serpents sifflaient comme des pipeaux une curieuse rengaine qui donnait envie de danser ? S'était-il penché au-dessus des créneaux, à l'aube, pour voir les elfes peigner l'herbe des prairies avec de grands démêloirs d'os ? Sitôt le soleil levé, cette escouade fabuleuse courait se cacher dans la forêt, réintégrant ses repaires, tandis que les oiseaux feignaient de faire des fausses notes et d'avoir peur des épouvantails. Plus on s'enfonçait dans les bois, plus les prodiges devenaient extraordinaires. Hurlemort n'était pas le pays de l'ennui, non, c'était le seuil d'une contrée fabuleuse où personne n'avait encore mis le pied.

Le jeune baron avait écouté ces contes avec un étonnant sérieux, une attention qui finissait par mettre le troubadour mal à l'aise. Gilles avait dix-huit ans à l'époque. Depuis quatre ans son père était mort d'une chute de cheval qui lui avait bouleversé l'hématothèque et l'avait amené à vomir beaucoup de sang. Il avait rendu l'âme au milieu des spasmes causés par le transport des humeurs malignes fortement secouées, sans l'assistance d'aucun médecin.

Pour combattre l'ennui l'adolescent s'était soumis à un entraînement intense et pathétique. Maniant les armes jusqu'à s'en faire saigner les paumes, s'obligeant à marcher nu dans la neige ou montant la garde en armure sous un soleil de plomb. Il avait associé à ces exercices guerriers son jeune page, Hugues, faisant de lui un écuyer aux frêles épaules. Gilles ne riait jamais, ne soupirait jamais. Lorel l'avait vu s'entailler la poitrine avec une dague pour s'endurcir à la souffrance. C'était un adolescent austère, au regard fixe et à la bouche crispée.

« Il évoquait souvent les cicatrices de son père, raconta le troubadour à Céline, un soir qu'ils faisaient une fois de plus le tour des douves. Il me décrivait les plaies ramassées ici et là dans le tumulte des batailles. La chair ravaudée à gros points maladroits. Son corps, lisse, intact, lui faisait horreur. Je l'ai vu se flageller avec des ronces, charger la quintaine à s'en rompre la nuque. Dans les duels il lui arrivait de perdre la tête et de se mettre à frapper pour de bon. Le petit Hugues devenait blême de peur, et tentait de soutenir l'assaut comme un guerrier en jetant des regards suppliants à Bénin pour que, usant de son autorité de maître d'armes, il arrête le combat. »

Oui, Lorel avait vu Gilles s'enivrer du cliquetis des lames au point de vouloir tuer son seul compagnon.

« Il avait des rêves étranges, soupira-t-il avec gêne. Il projetait de s'enfoncer dans la forêt pour tuer les dieux proscrits. C'était sa croisade personnelle, disait-il. Son devoir de chevalier chrétien. Il avait dans les yeux une étincelle que l'abus du vin, seul, ne pouvait entièrement expliquer. "Les bois m'appartiennent, grondait-il, les dieux déchus ont envahi mon territoire, j'ai le droit de leur déclarer la guerre !" Au début je pensais qu'il s'agissait d'un jeu, d'une sorte de rêverie chevaleresque sur laquelle il me demandait de broder un cycle imaginaire à sa gloire, puis j'ai fini par comprendre qu'il s'était inventé une guerre bien à lui. J'ai essayé de le faire revenir sur terre, sans succès. Je crois que l'ennui lui avait déjà tourné l'esprit bien avant mon arrivée. Les derniers mois, il ne cessait pratiquement plus de s'entraîner. Tout le château retentissait de l'écho des épées et du halètement des poitrines. Comme le pauvre Hugues avait le poignet trop mou, Monseigneur s'était mis à taillader des mannequins de bois. Il frappait, torse nu, de toutes ses forces, et les échardes qu'il soulevait se piquaient dans ses bras sans même lui arracher une grimace. Certains jours il ressemblait à un chien enragé cherchant un prétexte pour mordre, et nous nous cachions pour éviter de croiser ses pas. J'avais peur, je l'avoue. »

Pendant deux ans Gilles s'était aguerri, ses mains étaient peu à peu devenues dures comme le cuir de sa selle, et il pouvait supporter la morsure d'une braise posée sur la paume sans gémir. Il arpentait le chemin de ronde, en vêtement de guerre, les solerets arrachant des étincelles aux pavés, ses yeux dardant sur la forêt leur fureur contenue.

« Une croisade, répéta Lorel, un peu effrayé de se laisser aller à une telle révélation. Une croisade ici, à Hurlemort. Une croisade contre les dieux des anciennes croyances. Des balivernes qui avaient fini par faire de lui un chien fou prêt à s'arracher la peau pour casser sa laisse. »

Céline écoutait, silencieuse comme toujours. Elle ne partageait pas le scepticisme du trouvère. Si le baron s'était mis dans la tête d'exterminer les Proscrits, l'affaire était grave et risquait d'avoir mal tourné.

« Il avait besoin de se battre, plaida Lorel. Les nobles sont faits pour ça, leur sang est bleu comme l'acier de leurs armes. S'il avait été riche, il aurait cherché querelle à quelque voisin, se serait rangé sous la bannière d'un suzerain, mais il était pauvre, dans l'impossibilité de lever une armée, d'équiper ses paysans pour faire d'eux des soldats. »

Céline acquiesça sans comprendre. Comment pouvait-on aimer la guerre ? Se languir d'elle ? Pour ceux qui cultivaient la terre c'était un fléau aussi redoutable que la peste, un cataclysme qui ravageait tout, laissait les hommes et les campagnes désolés. C'était la Mort chevauchant à bride abattue au milieu des cultures pour faucher les épis et les têtes.

« Il avait une revanche à prendre, souffla le trouvère. Il disait que la forêt avait envoûté son grand-père Guillaume, faisant de lui un dément reniant les Saintes Écritures, le forçant à partager la litière de la Bête. "Ils nous ont souillés, répétait-il, et ils ricanent là-bas, derrière les arbres, je les entends dans mes rêves." C'était un sombre jeune homme qu'on hésitait à contrarier, et c'était le maître. Lorsque j'essayais de l'amadouer, il me rétorquait que, n'étant pas d'ici, je ne pouvais pas comprendre. »

Céline partageait cet avis. Lorel avait fait des légendes son gagne-pain, il les chantait mais n'en avait point peur. C'était un esprit follet tourné vers la galanterie. Un amuseur incapable de flairer la présence des forces obscures. Il avait voulu jouer avec les sortilèges de Hurlemort, s'en amuser, et avait mis en branle une machine de guerre qui le dépassait.

X

Céline n'avait aucun mal à se rappeler les différentes battues dont les hommes avaient longtemps parlé à la veillée durant les trois mois qui avaient suivi la disparition de Gilles de Hurlemort : cinq la première semaine, puis trois, puis deux encore... C'est qu'on avait eu peur d'entrer dans la forêt, et sans les vociférations de l'écuyer on se serait contenté de battre les taillis en lisière. Aujourd'hui encore le souvenir passait mal, se coinçant dans la gorge des conteurs comme un morceau de pomme verte. Ç'avait été un sale moment pour tous les gars présents. On évoquait surtout la première équipée, la plus effrayante, celle qu'on avait entamée avec l'impression de poser le pied dans une couvée de serpents. Une mauvaise illusion, oui, mais qui avait saisi tout le monde à l'estomac. On était si tendu que c'est à peine si l'on avait osé fourrager dans les broussailles du bout des bâtons. Les galopades furtives que provoquait l'avance du groupe faisaient monter des tressaillements le long des échines. Qu'est-ce qui courait ainsi ? Des lièvres ou des lutins ? Le gros Bernardin jura par la suite avoir vu s'enfuir un petit homme à bonnet rouge, pas plus grand que la main, et qui lui avait fait une affreuse grimace. Une grimace qu'il ne cessait de revoir dans ses rêves. Thomas Long-Nez affirma que des champignons d'or poussaient dans la mousse, de gros cèpes dont les chapeaux avaient été ciselés de scènes de chasse, à la manière des cuirasses damasquinées. Bobelet l'Ancien raconta s'être égaré sur un chemin de petits cailloux nacrés qui s'était révélé en fait un tapis de perles serpentant entre les arbres.

L'épisode à peine terminé, chacun s'accrocha à sa chimère, refusant d'avouer qu'il s'était tout simplement laissé abuser par un reflet jouant dans la pénombre du couvert.

« Ça riait, insistèrent-ils, ça riait tout autour de nous. Des ricanements comme des grelots. Des rigolades qui sortaient de gosiers minuscules. Oh ! ils étaient là, les gnomes, à se moquer, s'apprêtant à jouer quelque mauvais tour. »

On avait maudit l'écuyer qui ne cessait d'aller de l'avant, appelant le baron de toute la force de ses poumons.

« Plus on s'enfonce, plus les arbres sont énormes, confia Mathurin Lemouilleur. Leur écorce est si dure que la hache s'y émousserait sans l'entailler. »

Très vite on avait perdu la trace du cheval. Certains pensaient que les branches des chênes séculaires s'étaient refermées sur lui pour l'enlever dans les airs. Nulle part on n'avait découvert de signes de lutte. Pas d'épée brisée, pas de lambeaux de vêtements, nulle flaque de sang. Gilles de Hurlemort semblait s'être évaporé. Au bout d'un moment, il avait bien fallu se résoudre à battre en retraite. Le lendemain on n'avait pas eu plus de chance. Les oiseaux s'étaient mis de la partie, chantant à tue-tête pour se gausser des hommes. Beaucoup d'entre eux arboraient des becs de nacre ciselés et incrustés de perles minuscules, d'autres changeaient de couleur à volonté, passant du rouge au bleu sur un battement d'ailes.

Les femmes et les enfants écoutèrent ces narrations en se signant ou en égrenant des chapelets. Personne n'osa émettre l'hypothèse qu'à force de se repasser l'outre de vin pour se donner du cœur au ventre, les hommes avaient tout simplement fini par se saouler. C'est qu'aucun habitant du village n'était jamais allé aussi loin qu'eux sous le couvert. Quant au baron, on ne savait ce qu'il était devenu.

« Tout ça c'est une histoire de mauvais sang, marmonna la mère Méloir. Depuis que le vieux Guillaume s'est mis à forniquer avec les louves de la horde, les Hurlemort ont la tête gâtée. La maladie s'est transmise par les hommes. Une maladie de garou.

— Allons, la mère », protestèrent les gars, inquiets d'entendre jeter une telle accusation sur le seigneur du lieu. « Les garous, ça n'existe pas ! »

Mais la vieille ne s'en laissa pas conter. Elle tempêta, parlant de poison héréditaire, de sauvagerie native.

« Le vieux Guillaume a attrapé cette fièvre dans le ventre des louves, martela-t-elle, et c'est une folie qui ne guérit pas de sitôt. Pour le petit Gilles c'est la voix du sang qui a parlé. Les bêtes l'ont rappelé au fond des bois, pour se venger de la tyrannie que Guillaume exerça sur eux. Vous ne comprenez donc pas ? Elles vont le mener et le faire courir comme jadis Guillaume les mena et les fit courir. L'enchantement se renverse, comme il en va souvent dès qu'on touche à la magie. La meute l'appelait depuis longtemps, vous pouvez me croire, et il a fini par céder. Il ne pouvait pas faire autrement, il fallait qu'il paye pour son grand-père. À l'heure qu'il est, les loups lui ont déjà ôté toute humanité. Il ne sait plus qui il est, il se traîne à quatre pattes comme eux, et hurle à la lune. La prochaine fois que la meute chantera, écoutez bien, vous entendrez parmi les hurlements une voix plus faible, ce sera celle du baron. C'est une bête humaine désormais, ne sachant plus ni parler ni aller sur ses deux jambes comme vous et moi. C'est un pauvre fol qui paye pour l'orgueil insensé du meneur de loups. »

Cette perspective glaça le sang des villageois. Bastine était vieille et savait des choses. De plus on avait longtemps pensé que la folie de Guillaume ne resterait pas impunie. Mais Gilles, le jeune Gilles ?

« Il galope, il court, assura la mère Méloir avec un contentement étrange. Pour l'instant il a encore l'air d'un homme, mais bientôt il perdra jusqu'à cette apparence. Le poil lui couvrira le corps, les oreilles lui pousseront sur la tête, et les crocs lui viendront dans la bouche. Quand la métamorphose sera consommée, on ne le reconnaîtra plus guère qu'à sa taille, car ce sera un loup énorme qui hantera les bois. Dieu seul sait ce qu'il nous faudra alors endurer. »

Ces propos jetèrent le trouble et l'angoisse dans les esprits. Et Céline elle-même rêva du beau jeune homme se déplaçant à quatre pattes, nu, le corps zébré de griffures et d'estafilades. Il allait en clopinant, les mains et les genoux sanglants, les yeux hagards, prisonnier d'un charme qui paralysait sa mémoire. Les loups le mordaient pour lui apprendre la loi de la meute, ne le laissant se nourrir qu'une fois que le clan tout entier s'était partagé la carcasse des proies saignées à blanc. Gilles n'avait plus alors à se mettre sous la dent que quelques os graisseux dont il essayait de faire son ordinaire.

« Oui, martela Bastine Méloir. Ils lui feront expier sa nature d'homme. Ils l'humilieront jusqu'à ce que la bête se réveille en lui ; mais alors il perdra tous ses souvenirs. Voilà pourquoi vous avez bien peu de chances de le revoir un jour, mes bons compères ! »

XI

Ce jour-là, Céline s'était enfoncée dans la forêt, franchissant la ligne frontière de champignons roux qui séparait les champs du couvert. Elle marchait en lisière, soucieuse de ne pas s'égarer. Elle comptait ses pas, à voix basse, heureuse de constater qu'elle avait parfaitement assimilé les leçons de Médard. Elle ne se trompait presque pas et éprouvait une grande fierté à entendre la prière des chiffres couler de ses lèvres avec régularité.

Elle n'avait aucune idée précise de l'endroit où elle se rendait. En fait, elle avançait, poussée par le désir obscur d'aller épier les gens du village voisin pour voir... Pour voir quoi ? Elle n'en savait fichtre rien. *Les autres,* peut-être... Les autres qui vivaient sous des lois différentes de celles qui avaient cours à Hurlemort. Combien de temps lui faudrait-il marcher avant de rencontrer enfin un signe de vie ? Elle s'était promis d'aller de l'avant jusqu'au milieu du jour, puis de rebrousser chemin quand le soleil serait au plus haut de sa course, car il n'était pas question qu'elle se laisse surprendre par la nuit loin de chez elle.

Elle sentit l'odeur des chevaux avant de les entendre

piaffer. Ils étaient là, droit devant. Elle ne les voyait pas, mais son odorat aiguisé de jeune renarde lui signalait leur présence aussi sûrement qu'auraient pu le faire ses yeux. Puis elle flaira le relent de la graisse d'arme, et l'odeur coupante du fer.

Du fer... beaucoup trop de fer. Beaucoup plus qu'un paysan n'en portait sur lui d'ordinaire. Elle hésita, ralentit son allure, ne se déplaçant plus que de tronc en tronc avec une extrême prudence.

Puis elle entendit des rires. Pas des rires joyeux, mais une hilarité grondante qui faisait peur, et des bruits de course, le fracas de branches cassées. Le hurlement d'une femme.

Céline se jeta sur le sol, rampant au cœur d'un buisson sans souci des épines qui lui lacéraient le visage et les mains. L'air sentait la fumée, la viande cuite...

Quelqu'un courait lourdement entre les arbres, sa gesticulation faisait crisser le cuir et cliqueter le fer dont il était couvert. « Un soldat », pensa Céline en se ratatinant au milieu des ronces. Elle pouvait presque sentir l'odeur de sueur du soudard en maraude. Il haletait, et chacun de ses pas faisait trembler le sol. À présent, l'agréable odeur de viande rôtie se changeait en un fumet âcre de chair carbonisée. Cette pestilence vous prenait à la gorge pour vous retourner l'estomac. Au grésillement rageur des flammes, on croyait voir la graisse ruisseler de la carcasse pour asperger les fagots, avivant le brasier.

« Pitié ! sanglota la femme qu'on venait de rattraper. Pitié, au nom du Christ !

— Tais-toi, putain ! siffla une voix pleine de méchanceté, n'invoque pas le nom de celui que tu insultes chaque nuit par tes pratiques immondes ! Tu n'es qu'une truie, et tu accomplissais l'acte de chair dans la même position que cet animal, je le sais, on vous a dénoncés ! Tu partageais ton ventre entre ces trois hommes, et vous adoriez une idole des bois, un arbre vivant. On me l'a dit.

— Non, gémit la femme. Jamais... jamais...

— Tu mens, martela l'homme. J'ai vu cette idole. Vous l'avez taillée dans le tronc d'un chêne. Un dieu priapique sur lequel tu t'empalais lors du sabbat !

— Non, haleta encore une fois l'inconnue. Pitié ! Ayez pitié ! »

Céline s'aperçut qu'elle tremblait de la tête aux pieds. D'où elle se tenait, elle ne pouvait rien voir. Sans doute se trouvait-elle à proximité d'un campement de bûcherons comme on en trouvait fréquemment à la lisière des bois. Mais que faisaient les soldats ? La femme hurla à nouveau, à s'en rompre les veines du cou, tandis que la voix sèche égrenait une prière en latin. Il y avait donc un prêtre ?

« Ôtez-lui ses vêtements, ordonna l'homme d'Église. Je dois constater la présence des marques diaboliques sur son corps. »

Céline se boucha le nez avec la paume de la main. L'odeur de brûlé devenait insupportable. Mais qu'est-ce qui grillait ainsi ? Avait-on oublié un porcelet sur sa broche ? Le vent rabattait une fumée noire entre les arbres, et la jeune fille tremblait de se mettre soudain à tousser, signalant du même coup sa présence.

Elle entendait craquer les fagots dont s'alimentaient les flammes, elle sentait la chaleur du brasier sur sa peau. C'était trop fort pour un simple feu de camp... Une idée terrible la traversa : et si c'était un bûcher ? Un bûcher au sein duquel on avait déjà jeté les compagnons d'infortune de la malheureuse qu'elle entendait gémir entre les mains des soudards ?

La peur qui faisait bourdonner le sang à ses tempes l'empêchait de saisir les paroles du moine. D'emblée, elle détesta le sifflement de sa voix, la chanson haletante de ses paroles. Il avait l'air à bout de souffle, comme travaillé par une excitation sourde qu'il essayait de dissimuler. Pourquoi s'en prenait-il à ce campement de bûcherons ? On disait que ces travailleurs isolés entretenaient entre eux des relations coupables, incestueuses, ou contre nature. C'est vrai qu'en général les prêtres n'aimaient guère ceux qui vivaient à l'écart des autres hommes, mais était-ce suffisant pour les condamner au supplice ?

Céline serra les mâchoires pour empêcher ses dents de claquer. Des chevaux hennissaient, sans doute effrayés par les flammes du bûcher et sa chaleur trop vive. La femme gémissait toujours, alternant suppliques et malédictions.

« Ça suffit ! tonna le prêtre. Plantez une lance en terre et empalez-la... Qu'elle soit punie par où elle a péché. »

Céline se recroquevilla à l'annonce de la sentence. Les mains plaquées sur les tempes, elle se boucha les oreilles pour ne pas entendre le hurlement de la femme qu'on asseyait sur le fer de la pique, mais le cri traversa ses paumes. Le hurlement grimpa, aigu, terrible, puis se cassa net.

Déjà les soldats grimpaient sur leurs montures. Céline vit les sabots des chevaux passer tout près du buisson où elle était cachée. Elle frémit de terreur en apercevant tout à coup la silhouette du prêtre. Il lui tournait le dos, et elle ne put voir son visage, mais elle sut tout de suite qu'elle n'oublierait jamais cette maigre charpente enveloppée d'une bure noire, sinistre. Un exorciste, un justicier de Dieu, traquant le démon jusqu'au fond des forêts.

La petite troupe s'éloigna entre les arbres pour rejoindre le sentier qui serpentait à la lisière du bois. Céline resta un long moment recroquevillée, n'osant esquisser un mouvement.

Elle avait d'ores et déjà décidé qu'elle n'irait pas voir ce qui se trouvait dans la clairière. Elle avait l'impression qu'en se détournant du malheur, elle se préserverait de la contagion. Non, elle n'irait pas...

Dès que ses membres eurent cessé de trembler, elle sortit des ronces et se mit à courir à en perdre haleine. Elle n'avait plus aucune envie de découvrir ce qui se passait au-delà des limites de Hurlemort. Elle n'aspirait plus qu'à une chose : rentrer chez elle au plus vite. Elle galopa longtemps, jusqu'à ce que le souffle vînt à lui manquer, mais l'odeur était toujours sur elle, l'odeur du bûcher et la fumée grasse des corps qu'on y avait fait brûler.

Il lui faudrait plonger dans la rivière et se frotter la peau avec de la cendre si elle voulait s'en débarrasser. Se nettoyer jusqu'à en avoir l'épiderme rougi.

Durant tout le trajet de retour elle ne cessa de trembler, hantée par un pressentiment affreux. De telles choses se produiraient-elles un jour à Hurlemort ? Elle aurait aimé qu'on lui affirme le contraire, mais personne ne pouvait la rassurer.

Elle avançait en boitillant, jetant tous les dix pas un coup d'œil par-dessus son épaule pour s'assurer que le moine noir ne la suivait pas. Elle ne voulait pas lui montrer le chemin du village, le ramener avec elle comme les miasmes d'une épidémie. Un corbeau s'envola à son approche, frôlant sa tête, et elle ne put se retenir de hurler. Pendant une minute elle se demanda s'il s'agissait vraiment d'un oiseau, ou si le prêtre à la voix sifflante s'était changé en bête pour la suivre sans lui donner l'éveil.

Dans les jours qui suivirent, elle demeura nerveuse et travaillée par une sourde appréhension. Chaque nuit elle rêvait du moine noir, lui prêtant des visages tous plus hideux les uns que les autres. À la fin de chaque cauchemar, il rejetait son capuchon sur ses épaules, démasquant une face de squelette ricanante. Céline se réveillait alors en hurlant, et Aubin l'insultait. Elle ne parla à personne de sa rencontre, pas même à Odile, car elle redoutait, en l'évoquant, de provoquer la venue de l'exorciste. C'était idiot, bien sûr, mais, chaque fois qu'elle y pensait, elle avait la chair de poule et le duvet se hérissait sur ses bras.

« La Goton est encore pleine ! » s'exclama Odile ce matin-là en apercevant la fille aînée du chevrier qui remontait le chemin, le ventre en avant, une cruche entre les bras.

Céline releva la tête. La Goton n'était mariée à personne mais fiancée à tout le monde. Les garçons la disaient chaude et fondante comme le miel.

« Ce sera son troisième bâtard, marmonna Odile. Sait-elle seulement qui le lui a mis dans la panse ? »

Céline devina sans peine ce qui mettait sa sœur en colère. C'était l'air de bonne santé affiché par la pécheresse. La grossesse lui mettait du rouge aux joues et l'enveloppait d'un moelleux qui affolait encore plus les hommes. Mais il en allait souvent ainsi au village. La gestation embellissait les filles, gonflant leurs tétons, leur donnant un poids et une présence nouvelles. « Elle fait sa faraude, siffla Odile entre ses dents. Elle se pavane, mais ça ne durera pas. Les marmots ça vous gâte l'intérieur et l'extérieur, ça vous suce la substance. C'est un peu de votre chair qu'ils emportent pour se mettre sur les os, et ils vous laissent chaque fois un peu plus maigre. »

La Goton s'arrêta près de la fontaine, une main sur les reins, cambrée. Céline songea que c'était beau, ce ventre rond. À plusieurs reprises elle avait vu la Goton se baigner nue dans la rivière, elle avait été enchantée par le spectacle de son abdomen dilaté, à la peau si tendue qu'elle en devenait blanche par endroits et que les vaisseaux sanguins y dessinaient des arborescences bleuâtres.

« Elle est belle, tout de même, murmura-t-elle sans s'en rendre compte.

— Qu'est-ce que tu en sais ? grogna Odile. On ne t'a jamais fourré un pantin entre les cuisses sans te demander ton avis, moi si, et plus souvent qu'à mon tour. Parfois, on se plaît à envier les nonnes, crois-moi. On se dit qu'en choisissant de se tenir à l'écart de la saleté des hommes, elles n'ont pas forcément fait le plus mauvais choix. »

Céline n'était pas convaincue. Certes, elle s'imaginait mal couchée sous le poids d'Aubin, accueillant en elle sa semence, mais elle était séduite par le rayonnement charnel de la Goton. Pleine, *pleine,* c'était bien le mot qui convenait, mais, à la différence de son aînée, elle n'y voyait rien de péjoratif. Être pleine c'était beau. D'un seul coup on devenait plus vivante que toutes les autres femmes, plus présente. On les rejetait dans l'ombre. La Goton éclatait de vie. Ses lèvres étaient plus rouges, ses seins plus lourds. La grossesse métamorphosait les filles du hameau, en faisant d'étranges déesses. Pendant neuf mois elles semblaient bénéficier d'un curieux surcroît de vie.

« Trois gosses, c'est rien, marmonna Odile. Elle déchantera à son sixième, quand les tétines lui tomberont sur le nombril et que le ventre lui pendra entre les cuisses comme un sac vide. »

Mais Céline ne l'écoutait plus, elle pensait à ce qu'on lui avait raconté à propos des baronnes qui s'étaient succédé au manoir. Pour elles, mystérieusement, l'enfantement s'était toujours mal passé. À la différence de la Goton, la gestation ne leur avait pas vivifié le sang, bien au contraire. En fait, les châtelaines n'avaient jamais survécu à l'enfermement au castel. Presque toutes étaient mortes de langueurs, comme si la bâtisse les avait étouffées les unes après les autres. Elles arrivaient jeunes et frêles, avec cet air de convalescence des fraîches épousées ; les joues pâles et les gestes précautionneux des gamines encore mal remises de leur première rencontre nocturne avec le sanglier qu'on leur a donné pour mari.

Les paysans avaient vu passer bien des litières depuis la création du village. Ils s'étaient pressés le long de la route, la tête humblement baissée, un genou en terre pour saluer l'arrivée de la dame de Hurlemort. Et c'était chaque fois presque une enfant qui leur offrait son sourire frêle. Une enfant dont la bouche tremblait déjà, retenant les sanglots qui lui gonflaient la gorge. Quoi ? C'était pour cette terre minuscule, prise dans la tenaille de la forêt, qu'on l'avait arrachée à l'agréable demeure de son père ? Pour ce pays rabougri où les corbeaux volaient si bas qu'on avait toujours l'impression qu'ils allaient se percher à la pointe de votre hennin ?

Pauvres fleurs aux racines blessées, elles arrivaient au château à peine écloses et déjà un peu fanées. Cela se voyait à leurs doigts fins et roses qu'irriguait un sang trop pâle. Les villageois, au premier regard, savaient qu'on aurait du mal à les « rempoter », que leurs douces racines seraient blessées par les pierres coupantes truffant la terre du pays. C'étaient des fleurs de serre que ces minces damoiselles, incapables de s'acclimater à la caillasse, perdues d'avance. Il y avait eu dame Béatrix, dame Alénore, dame Arneline. Des visages partis sitôt qu'entrevus. Comment auraient-elles pu survivre au vent, à la neige, au froid terrible qui s'acharnait sur la campagne ? Comment auraient-elles pu dormir avec, au fond des oreilles, la chanson des loups ? Elles venaient de manoirs où les flammes crépitaient en permanence dans les cheminées, où le dallage était jonché de fleurs odorantes sans cesse renouvelées. Elles avaient ri aux propos des troubadours, aux jongleries des nomades, puis un jour un homme était arrivé. Un homme auquel on les avait données, vendues pour un traité d'alliance.

Non, le château n'avait jamais été tendre pour les dames de Hurlemort. C'était un repaire de soldats, à demi fracassé, où les femmes n'avaient nulle place. De mauvaises murailles, laides au regard, encore tachées par la fumée de très anciens incendies. Un lieu de désespérance où l'on vieillissait plus vite qu'ailleurs.

Alors les pauvres femmes tentaient d'égayer cette citadelle austère, commandaient tapisseries, coffres et fourrures, vaisselle d'or et de vermeil, miroirs d'argent poli, et surtout des torches de cire, des milliers de torches de cire pour faire entrer un peu de lumière dans cette caverne aux meurtrières trop étroites.

Mais la nuit était la plus forte, et le froid, et la solitude. Dès le premier hiver une vilaine toux les prenait. Une toux douloureuse dont les échos couraient de voûte en voûte. Elles maigrissaient, se courbaient, et si leurs joues devenaient rouges, c'était la conséquence d'une fièvre maligne qui leur mettait le sang au bord des lèvres. Généralement, elles mouraient en donnant le jour à leur premier enfant. C'était une fatalité, presque une malédiction. Au village on ne se souvenait pas d'en avoir vu une seule survivre à ses premières couches. Tous les barons de Hurlemort étaient veufs de bonne heure et ne se remariaient jamais. Solitaires et sauvages, ils abandonnaient alors le mioche à une domestique, ou le confiaient à une nourrice qu'on choisissait avec beaucoup de soin en fonction de la taille de ses mamelles et de sa relative intelligence, car il est bien connu que les qualités et les défauts de la tétonnière passent avec son lait dans l'âme du nouveau-né. Il n'était donc pas question de mettre le futur héritier du titre entre les mains d'une fille bête à pleurer, ou perdue de vice. Bastine Méloir avait un temps exercé cette haute fonction. C'est de cette intimité avec la lignée qu'elle tirait sa connaissance des secrets de la maison. Quand ses tétines s'étaient taries, on l'avait renvoyée à la plaine et elle avait vécu ce retour comme un exil immérité.

Leur femme morte, les barons avaient mené une vie étrangement solitaire, d'une chasteté un peu inquiétante. Ayant engendré, ils avaient vécu comme des moines soldats, s'épuisant en d'incessants maniements d'armes. Bien peu d'entre eux avaient semé des bâtards dans le ventre de leurs paysannes. Et si cela s'était produit, les petiots étaient tous morts en bas âge. Non, les barons n'avaient jamais joui d'une réputation de paillardise. Prodigues de leur sang, ils étaient avares de leur semence, s'enfermant dans leur veuvage comme dans une cuirasse. Depuis que la fortune des seigneurs s'en était allée, cette tendance n'avait fait que s'accentuer. Et le point culminant de l'aberration avait été atteint avec Guillaume qui, sa jeune femme à peine enterrée, s'était acoquiné avec les loups du voisinage au point de se prétendre leur chef.

Devenir châtelaine de Hurlemort, c'était se retrouver condamnée à une extinction rapide. La mère du jeune Gilles n'avait pas fait exception à la règle. On se rappelait encore cette pauvre enfant toute frêle qui avait voulu assister aux fêtes villageoises, qui s'obstinait à visiter les paysans malades pour leur apporter aide et réconfort. Cela partait d'un bon sentiment, certes, mais plus d'un avait eu le cœur fendu en voyant cette maigre chose grelottant dans ses fourrures, et qui voulait guérir des hommes, des femmes ou des enfants cent fois plus robustes qu'elle. Quand elle passait le seuil d'une chaumière, les alités avaient envie de se lever pour lui porter secours tant elle ressemblait à une flamme proche d'être soufflée. C'était une sainte femme. Naïve, mais sainte quand même, et chacun se promettait d'aller se recueillir sur sa tombe dès qu'elle serait morte.

Quand son ventre avait commencé à enfler on avait su que son terme était proche. Une pauvre fleur, oui, égarée en un mauvais pays, trop froid, trop dur, avec ces hurlements continuels qui vous usaient les nerfs. Elle avait donné naissance à un fils, comme toutes celles qui l'avaient précédée, puis elle avait rendu le dernier soupir. Depuis, aucune autre femme n'avait vécu au château. On racontait que le père de Gilles, lorsque la fièvre du rut le prenait, s'enfonçait dans la forêt pour aller s'accoupler avec les fées, mais on n'en avait jamais eu la preuve.

Élevés par des hommes, les enfants grandissaient dans des conditions épouvantables, nus comme des chiots, gambadant les fesses crottées, dormant dans la paille des écuries pour profiter de la chaleur des chevaux. Ces petites choses pleurnichardes agaçaient les barons qui n'avaient guère de temps à leur consacrer. Quand ils étaient trop sales, on les trempait dans un seau et on les frottait avec l'une des brosses servant à étriller les palefrois. Très vite, les petits comprenaient qu'il ne servait à rien de pleurer et que leurs gémissements n'attendrissaient personne.

Comme on s'adressait rarement à eux, et qu'aucune femme n'était là pour les prendre en pitié, ils n'apprenaient à parler qu'avec beaucoup de retard. Souvent du reste, leurs premiers sons s'inspiraient des aboiements des chiens du château, du hennissement des chevaux ou du hurlement lointain des loups.

De cet isolement de la petite enfance, les seigneurs de Hurlemort gardèrent toujours une certaine difficulté à manier le langage parlé. À peine veuf, Guillaume cessa tout simplement d'avoir recours à la parole, et quand il recommença à s'exprimer, ce fut dans le jargon des loups, et avec une aisance qui stupéfia le village. Gilles n'échappa pas à cette règle. Il avait grandi entre les pattes des chevaux, entortillé de chiffons. Il avait dormi en serrant dans ses bras la carcasse grelottante du chien des écuries. Pendant longtemps il n'avait pas éprouvé le besoin de se déplacer autrement qu'à quatre pattes. De sa nourrice, il ne conservait aucun souvenir, car il était d'usage de renvoyer les matrones sitôt l'enfant sevré, de peur qu'à force de dorloter les marmots, elles ne les amollissent. La plupart du temps, les barons oubliaient qu'ils avaient un fils, et ne se rappelaient leur paternité qu'en découvrant le petit gnome au détour d'un couloir. Alors seulement ils prenaient conscience que l'enfant allait sur ses sept ans et qu'il savait à peine parler, ils l'attrapaient par la peau du dos, le tâtaient de leurs doigts durs comme on examine une bête qu'on se prépare à acheter. S'ils estimaient que le mioche avait une chance de résister aux multiples maladies de son âge, ils pariaient sur sa survie et commandaient alors à l'un des domestiques de lui apprendre à s'exprimer comme un chrétien. C'était chose difficile car venant trop tardivement, et toujours les seigneurs de Hurlemort demeurèrent silencieux, taciturnes, voire presque muets. Lorsqu'ils s'exprimaient, c'était avec la gaucherie d'un homme maîtrisant mal une langue étrangère, et leur débit conservait quelque chose de rauque qui écorchait les oreilles des dames. Gilles, comme son père, était nanti d'une voix de commandement. Une voix de soldat faite pour dominer le tumulte des armes entrechoquées et porter jusqu'aux oreilles des compagnies en marche. Un timbre de fer ne trouvant son diapason que dans le hurlement.

Lorsqu'il arriva au château, Lorel le trouvère eut la surprise de découvrir dans le rôle de maître des lieux un adolescent dont le vocabulaire n'excédait pas deux cents mots, et qui communiquait au moyen de tournures bizarrement abrégées, tel un chef barbare qui préfère se faire entendre au moyen de gestes et de grognements. Il lui fallut une certaine patience pour dégrossir ce jeune chien aux mouvements trop brusques, et qui s'obstinait à porter nuit et jour une cotte de mailles comme si le manoir risquait d'être pris d'assaut.

Mais le vieux troubadour ne s'étonnait jamais de rien. N'avait-il pas un jour trouvé refuge chez un ermite, coupé du monde depuis si longtemps que ses cordes vocales s'étaient atrophiées au point de le rendre muet ?

Quoique malhabile, Gilles n'en était pas encore là, et son cas n'avait rien de désespéré. Lorel avait même éprouvé un certain plaisir à servir de précepteur à ce grand enfant, déjà expert dans le maniement des armes mais qui préférait la compagnie des chiens à celle des hommes. Ainsi grandissaient les barons de Hurlemort, privés de mère, et dont les pères ne daignaient s'occuper qu'une fois qu'ils avaient acquis assez de muscles pour soulever une épée. Pourquoi dans ce cas s'étonner de leur sauvagerie, de leur méfiance à l'égard des hommes dont le bavardage ininterrompu leur semblait incompréhensible ? C'est que l'aboiement originel était toujours là, prêt à reprendre le dessus en cas d'isolement prolongé. Bénin, le maître d'armes, ne valait guère mieux. Les longues gardes, les marches forcées, les retraites interminables lui avaient désappris la parole. Un seigneur muet ne l'aurait pas dérangé. D'ailleurs s'en serait-il aperçu ?

Après avoir connu les cours du beau langage, où chacun faisait assaut de poésie galante, Lorel le troubadour déchu découvrait un monde de silence où les bouches restaient fermées comme des blessures cautérisées au fer rouge. Et lorsqu'il entendait sa propre voix résonner sous les voûtes, il finissait par la trouver geignarde, pénible, et pour tout dire insupportable. Seul Hugues, le petit page qui — lentement — montait en graine, se comportait comme un être humain. On ne savait quel caprice du hasard l'avait jeté là, sur ces rivages qui ne voyaient jamais ni fastes ni fêtes, et où les plus grandes réjouissances consistaient à se disputer à mains nues la carcasse d'un sanglier rôti. Lorsque cela arrivait, il fallait voir Bénin s'essuyer les doigts dans sa barbe, et Gilles plonger sa dague dans la panse de la bête comme pour lui donner le coup de grâce. Ah ! c'étaient de sombres banquets, on pouvait le dire. Des festivités de barbares qui n'auraient pas hésité à boire du vin dans le crâne de leurs ennemis. Où étaient les cours d'Amour que Lorel avait jadis enchantées de ses vers ? Ah ! bien loin, en vérité !

En regardant, ce jour-là, la Goton et son ventre dilaté, Céline se fit la réflexion que le sang des nobles — quoique bleu — n'était pas plus vif que celui des paysans, et qu'un mélange avec les gens de la plaine n'aurait peut-être pas fait de mal à ces natures capricieuses. Elle le dit à sa sœur qui sursauta.

« Qu'est-ce que ça peut bien te faire ? ricana Odile. Tu envisages de devenir châtelaine ? Tu crois que tu réussirais là où les pauvres dames ont échoué ? Tu n'es qu'une gamine. Cesse donc de penser à des choses qui te sont interdites. Tu resteras sèche, et c'est sans doute une chance, crois-moi. Les hommes, ils te dorlotent tant que tu n'as pas écarté les cuisses, après c'est une autre chanson. »

XII

« On raconte que tu passes tes journées chez le moine, grogna Aubin en émiettant du pain dans son écuelle. Le Pierrot t'a vue, et le gros Louison. Qu'est-ce que vous complotez ? Je n'aime pas ça. Tu sais ce qu'on dit : méfiez-vous de la mule par-derrière et du moine par-devant. Si tu t'obstines on va finir par croire que vous fricotez salement à l'ombre de la caverne.

— Allons, intervint Odile. Ravale tes saletés, tu sais bien qu'elle apprend à lire.

— À lire ? ricana Aubin, voilà qui va sûrement mettre du lard dans la soupe ! On sait bien que les filles n'ont pas la cervelle fabriquée pour ce genre de choses. Qu'est-ce qu'elle va chercher chez ce ratichon à la tête recousue, hein ? Y en a qui disent déjà que la bête noire qui vit avec lui est une fée. Bête le jour, femelle la nuit, et chaude au coup de reins.

— Arrête ! supplia Odile. C'est mal de parler ainsi.

— Les prêtres chrétiens sont autant versés en magie que les druides de jadis, maugréa Aubin. Ils s'y connaissent pour ensorceler les fillettes. »

Il abattit son poing sur la table, faisant tressauter le

pichet de terre, et hurla : « Qu'est-ce que tu lui racontes, hein ? Tu vas parler, petite garce ?

— Nous parlons du baron, dit Céline. Je lui demande ce qu'il faudrait faire pour le ramener enfin.

— Le baron ? grogna Aubin en s'étranglant. Comme si c'étaient là des soucis de femme ! Laisse-le où il est et ne te mêle pas de ça. »

L'inquiétude avait coupé court à sa colère et il n'en dit pas plus ce soir-là, s'enfermant dans une bouderie hargneuse au cours de laquelle il distribua force coups de pied aux enfants. Son éclat n'avait en rien ébranlé les résolutions de Céline qui avait sur la question des idées très précises. Pour beaucoup de villageois, en effet, Gilles, capturé par le peuple de la forêt, serait retenu prisonnier tant qu'on ne paierait pas la rançon qui convenait. On savait bien que c'était toujours de cette manière que les choses se passaient. Les grands seigneurs tombés aux mains des Égyptiens lors des croisades n'avaient été tirés des geôles qu'une fois rachetés par leur famille. Ces rançons étaient parfois si élevées qu'il fallait vendre châteaux et terres pour les réunir. Le frère Médard avait expliqué tout cela. N'avait-il pas côtoyé nombre de captifs déchus, qui, une fois dépouillés de leur armure, allaient vêtus d'un pagne, les chaînes aux pieds et les côtes saillantes comme un chien errant ? On avait parfois le temps de regarder sa barbe grisonner avant que ne parvienne enfin la rançon. Certains, du reste, ne la voyaient jamais venir et se lamentaient sans fin sur les raisons de cet oubli. La somme était-elle trop élevée ? Quelque fléau avait-il réduit leur maison à la misère ? Il fallait le plus souvent des années pour que la tractation s'accomplisse, qu'un messager s'en aille puis revienne, porteur du trésor. Entre-temps bien des larmes avaient coulé ; le seigneur, d'abord considéré comme mort, avait été enterré dans le cœur de ses proches. Sa survie à l'état de prisonnier, voire d'esclave, surprenait tout le monde, dérangeait. On avait vu des familles hésiter à se dépouiller de leurs richesses pour racheter un baron dont on n'était même pas certain qu'il arriverait vivant à bon port. On n'ignorait rien de la cruauté des Orientaux à l'égard des chrétiens. On savait qu'ils harcelaient les captifs pour les contraindre à abjurer, les conversions comptant davantage pour eux que l'or venu de France. N'allait-on pas se dépouiller pour rien ? N'allait-on pas céder terres, châteaux à vil prix pour voir rentrer un moribond barbu et chauve comme un ermite, réduit à l'état de vieillard précoce par les souffrances endurées ? Quelques familles en avaient fait la triste expérience, vidant leurs coffres, raclant des ongles le moindre écu, vendant chevaux, tapisseries, fourrures, pour rapatrier un invalide frappé d'amnésie qui s'obstinait à vivre dans une oubliette et se mettait à trembler dès qu'on tendait la main vers lui. Les mauvaises surprises étaient courantes dans ce genre de marchés, aussi certains ne se pressaient-ils point pour répondre aux demandes de rançon. Médard avait vu ainsi de nombreux chevaliers perdre de leur superbe au fil des mois. Lorsqu'il avait lui-même quitté l'Orient, ces pauvres bougres l'avaient submergé de lettres, de suppliques destinées à leur mesnie. Mais, de retour en douce France, le moine avait plus d'une fois été fraîchement accueilli quand il s'était avisé de raviver la mémoire des héritiers peu pressés. Chaque fois la réponse avait été la même : le montant exorbitant de la rançon exigeait de multiples combinaisons si l'on voulait éviter une banqueroute infamante. Le prisonnier devait s'armer de patience, on ne l'oubliait pas. Un jour la somme serait réunie. Un jour...

En ce qui concernait Gilles, on se doutait bien que les dieux cachés dans la forêt ne le relâcheraient pas sans que soit versée une rançon, mais on éprouvait une certaine difficulté à imaginer la forme qu'emprunterait ce paiement.

Le lendemain de son algarade avec Aubin, et passant outre à l'interdiction qui lui avait été signifiée, Céline alla une fois de plus voir l'ermite pour le supplier de l'éclairer sur la question qui la préoccupait tant. Toutefois le moine, qui était dans un mauvais jour, secoua la tête avec impatience.

« Votre seigneur a sans doute rendu l'âme à l'heure qu'il est ! décréta-t-il en arpentant le seuil de la caverne. Il est tombé de cheval, les loups se sont partagé sa carcasse. Oubliez-le et prévenez son suzerain. Cacher sa mort ne vous vaudra que des déboires. On pourrait même vous accuser de l'avoir tué au cours d'une jacquerie, et tu sais très bien ce que cela signifie, ma petite. Vous seriez tous massacrés par les soldats du roi, vos maisons rasées, quant aux plus innocents des bébés, on les jetterait sur des piques. Cette histoire n'a que trop traîné. Il faut prévenir l'évêque. »

Médard aurait pu mettre son projet à exécution sans avoir à forcer l'enceinte de la forêt : il avait amené de Paris des pigeons voyageurs parfaitement dressés qu'il utilisait parfois pour expédier de courts rapports sur ses activités.

« Pour vous protéger je mens par omission, insistat-il en saisissant la jeune fille aux épaules. Je n'ai averti personne de la disparition du baron Gilles. Je me suis fait votre complice. Un jour on me demandera raison pour tous ces mensonges. Je ne sais même pas pourquoi je vous épargne, vous n'êtes que des culs-terreux pétris de superstition. Jamais on ne fera de vous de bons chrétiens, il y aura toujours en vous une parcelle de barbarie qui vous poussera à parler aux arbres et à regarder où vous mettez les pieds de peur d'écraser un lutin. Peut-être est-ce pour toi, Céline. Pour toi seulement ? »

Par bonheur, cette flambée de sainte colère fut de courte durée. L'apathie succéda à l'indignation. L'apathie ou le doute, car chez frère Médard toute réflexion s'accompagnait d'une réflexion contraire, comme si un démon malin l'obligeait à considérer l'endroit et l'envers d'une même proposition sans lui permettre d'arrêter un choix quant à sa préférence. Cette infirmité de l'esprit le laissait toujours indécis, perdu au milieu d'un marécage de sables mouvants. Après avoir dénoncé les superstitions du village, voilà qu'il se laissait tout à coup contaminer par elles.

« Quand on y réfléchit bien, marmonna-t-il brusquement. Il y a tant de choses sur la terre... »

Soudain, après avoir proféré condamnations et menaces, il hésitait, faisait la moue. Céline releva la tête, la poitrine gonflée d'espoir. Enfin les yeux du moine s'éclaircirent, s'arrondirent comme ceux d'un enfant, annonçant qu'il était déjà en train de réfléchir à la détention de Gilles, à cette rançon que les villageois ne savaient comment payer faute d'en connaître le montant et la nature. Fallait-il offrir de l'or ? s'inquiéta Céline. Il y avait un trésor au château, un coffre caché on ne savait où, et qui contenait assez de pièces pour racheter un baron de Hurlemort aux Arabes. Cette fortune, les seigneurs du lieu se la transmettaient de père en fils, dans l'attente d'une quelconque captivité. Bénin en connaissait probablement la cachette mais se serait fait arracher la langue plutôt que d'en révéler l'emplacement. C'était un trésor sacro-saint qu'on n'aurait touché pour rien au monde. Tant de misère côtoyant tant d'or inutile constituait un sujet de fascination pour les gens du village. On imaginait l'un de ces coffres de trésorier à sept serrures bardé de bandes de métal, et qu'on ne pouvait forcer, même à coups de hache. Une malle remplie de pièces d'or, de pierres précieuses, souvenirs d'une époque de faste aujourd'hui oubliée. Gilles n'avait pas dépensé un denier du butin amassé par ses ancêtres. En son absence, on avait dû toutefois puiser dans le coffre pour payer les impôts et les taxes réclamées par le suzerain, cela afin de ne pas donner l'alarme. Signaler la disparition du jeune baron, c'était mettre en marche un processus compliqué d'héritage et de succession. La lignée des Hurlemort éteinte, le suzerain pouvait confisquer le château, les terres, et les redistribuer au gré de sa fantaisie pour récompenser l'un ou l'autre de ses courtisans. Si cela arrivait, du jour au lendemain un inconnu s'installerait au manoir, bouleversant les habitudes de chacun, décrétant impôts et corvées. Solitaire, quasi muet et farouche, Gilles avait été un bon maître. Pauvre, il avait partagé la pauvreté de ses paysans, ne cherchant nullement à leur extorquer leur maigre bien. Jamais il n'avait usé de son droit de cuissage pour profiter des plus belles filles comme cela se produisait ailleurs. Il n'avait jamais pendu un manant pris en flagrant délit de braconnage, jamais il n'avait donné le fouet à quiconque, tranché la main d'un voleur ou la langue d'un parjure. À la différence des autres seigneurs, il n'avait pas obligé les vilains à venir cuire leur pain dans son four banal pour exiger d'eux le prix de ce service. Sous des dehors peu sociables, il demeurait d'une grande libéralité et ne pratiquait nulle forme d'oppression. Pour tout cela on l'appréciait et l'on ne tenait pas à ce qu'un inconnu le remplace. Un inconnu peut-être plus riche, qui se mettrait dans la tête de lever une armée, de violer les filles et de chasser au travers des cultures, piétinant les pauvres pousses qui daignaient sortir de terre. On avait préféré garder le silence, devenir complice des dieux proscrits, même si le danger était grand. Il suffisait de peu de chose en effet : d'un bavardage inconsidéré ou malveillant. Que se passerait-il si, dans les villages des alentours, on commençait à murmurer que le seigneur de Hurlemort avait sans doute été assassiné par ses serfs ? Le frère Médard avait raison de nourrir des inquiétudes sur ce point précis, et il était urgent que les choses rentrent dans l'ordre au plus vite.

L'homme et la jeune fille parlèrent longtemps ce jour-là, mais lorsqu'elle quitta l'ermite, Céline l'avait gagné à sa cause.

C'est ainsi que, obéissant aux suggestions de son élève indocile, le moine organisa le dimanche suivant une procession à travers les bois.

Cette déambulation hasardeuse qui devait réunir tous les gens valides du village fut préparée comme une véritable expédition guerrière. Médard plongea dans son grand coffre et en tira des outils de culte qui émerveillèrent Céline : un ostensoir, un encensoir, une bannière dont la hampe, aussi haute que celle d'une lance, se terminait par une grande croix dorée.

« Est-ce avec elle que vous avez cassé la tête des Sarrasins ? demanda la jeune fille.

— Ah ! ne sois pas impie, ronchonna le moine. Je me damne en cautionnant tes diableries. »

Peu à peu le cortège se forma. Frère Médard prit le chemin de la forêt, ostensoir brandi, bannière dressée. Les enfants du village l'escortèrent, n'en menant pas large et pâlissant au fur et à mesure qu'on se rapprochait des bois. Assez peu chrétien, le village, convoqué de manière autoritaire, suivit d'un pas réticent, pas très sûr d'être véritablement protégé par le cérémonial déployé. Médard chantait seul, car personne ou presque ne connaissait ses cantiques. Pour ne pas le peiner on se contenta de fredonner, et les moins versés en religion ponctuèrent les psaumes de marmonnements approximatifs dont ils espéraient qu'ils auraient le même pouvoir magique que les formules latines. Peu à peu la colonne s'étira, s'éclaircissant. C'est qu'on redoutait d'entrer dans la forêt en brandissant les couleurs d'un autre dieu. Les Proscrits ne risquaient-ils pas d'interpréter cela comme une déclaration de guerre ? Ces bannières ressemblaient tellement à des lances, quant au rassemblement il avait tout l'air d'une colonne montant à l'assaut d'une place forte. Allait-on se retrouver foudroyé à la lisière des bois ? Cela paraissait fort possible... même probable. Et l'on se demandait soudain ce qu'on faisait là au lieu d'être sagement resté au coin du feu.

« Chantez ! tonna Médard, mais chantez donc, bande de mécréants, comment voulez-vous vaincre les sortilèges si la foi divine n'éclate pas dans vos cœurs ?

— La-la-la-lère... », fredonna-t-on de plus belle, espérant effrayer les gnomes sans doute déjà massés dans les taillis. La couardise des villageois exaspérait Céline. À leur place, elle aurait fièrement brandi la bannière et serait entrée dans la broussaille comme les chevaliers d'antan enfonçaient une palissade à coups de bélier. Mais elle était fille, et n'avait le droit que de suivre la procession en égrenant un chapelet. Par bonheur on était dans l'un de ces jours où frère Médard avait toute sa tête, et l'on entra gaillardement en territoire ennemi, car sa voix puissante dominait le bredouillis de la foule, le gommant tel le roulement du tonnerre. À cet instant, la procession eut pendant quelques minutes belle allure, et Céline en éprouva une grande fierté. Hélas, comme cela devait arriver l'ermite, au beau milieu du trajet, fut victime de l'un de ces accès d'amnésie temporaire qui le frappaient de manière imprévisible, et il se retrouva lui aussi contraint de fredonner un cantique dont les paroles lui échappaient tout à coup. Cette défaillance mit Céline hors d'elle, et elle ne put s'empêcher d'imaginer les anciens dieux tapis dans les buissons, morts de rire, et se tenant les côtes à la vue de cette poignée de pouilleux qui tentait de les effrayer en bourdonnant comme des mouches.

À peine entré dans la forêt, on commença à crier à pleins poumons le nom du baron, c'était le seul moyen qu'on avait pu imaginer pour éveiller une étincelle de conscience dans sa cervelle sans doute paralysée par l'enchantement.

« C'est presque un loup à présent, expliqua Bastine Méloir qui trottinait tant bien que mal. Il faut lui rappeler qu'il a, un jour, été un homme. Si vous ravivez ce souvenir en lui, il sortira de son engourdissement et s'en retournera au château. »

On cria donc. On cria à s'en rompre les veines du cou.

« Gilles ! Baron Gilles ! Monseigneur ! Monseigneur ? »

Ce fut comme une grande partie de cache-cache dont on sentit bien qu'elle ne donnerait aucun résultat. Médard lui-même n'était guère à l'aise dans la forêt. C'était pour lui par excellence le lieu *ubi tormentum lignum est*... là où se trouvait le bois de torture dans lequel on avait taillé la croix du Christ.

« Baron ! vociférèrent les enfants, soudain heureux de ce tapage autorisé. Baron Gilles, réveillez-vous ! »

On ne doutait pas que celui qui parviendrait effectivement à éveiller le maître en tirerait grande récompense. Sans doute le laisserait-on puiser à pleines mains dans le coffre de la rançon ?

« Par Dieu, réveillez-vous ! » crièrent en chœur garçons et filles. On hurla à s'en rompre les veines du cou, puis on se tut, fatigué d'appeler dans le vide. Un grand silence se fit alors, inquiétant. Tous les oiseaux retinrent leurs chants, tous les arbres immobilisèrent leurs branches pour les empêcher de craquer. C'était quelque chose d'immense qui suspendait son tumulte pour mieux étudier les intrus. Une présence invisible, un énorme visage emplissant le ciel, une face écarquillant soudain les yeux pour observer les évolutions de ces fourmis humaines massées à la surface du globe. Tout de suite après, le rire de la forêt reprit de plus belle. Et chaque habitant du couvert s'employa à faire le plus de charivari possible. Les oiseaux s'amusèrent à imiter les voix des enfants, répétant leurs cris sur une note lointaine et plaintive. Les mères s'affolèrent. Qui étaient ces bambins qu'on entendait gémir dans les taillis ? Elles firent l'appel en hâte pour s'assurer que personne ne manquait. Mais les geignements continus les torturaient. Il y avait là-bas un bébé oublié, un tout-petit tombé dans un trou et qu'on devait aller chercher. Elles en étaient certaines, qu'attendait-on pour aller voir ?

Ces manœuvres malignes des Proscrits visaient sans doute à disloquer la colonne, à éparpiller la procession.

« Restez groupés ! tonna frère Médard. Ce ne sont que des cris de bêtes. » Mais on ne le crut pas. Et les oiseaux passaient, repassaient, trouant le feuillage telles des pierres vivantes lancées par une fronde. On rentrait la tête dans les épaules chaque fois qu'ils surgissaient dans un ébouriffement de plumes et de feuilles. Avaient-ils chanté ou dit « Maman » ? On ne savait plus.

Médard lui-même, quand on l'interrogea, affirma qu'il ne fallait pas s'affoler. Il avait entendu, en Orient, des oiseaux nommés perroquets parler comme des hommes. Ici même, à Hurlemort, les merles, et même certains corbeaux, étaient capables de reproduire la voix humaine pour peu qu'on les ait longuement entraînés. Alors à quoi bon prendre peur pour quelques marmonnements surpris dans le bec d'un volatile ?

« Bouchez-vous les oreilles », ordonnèrent les femmes aux gamins surexcités. Elles redoutaient que les oiseaux n'attirent les enfants à l'écart en leur serinant des fadaises. Toutes ces bêtes n'étaient pas assez peureuses à leur goût. Pourquoi ces lapins les regardaient-ils entre les hautes herbes au lieu de prendre la fuite ? Il y avait de l'insolence dans leurs gros yeux ronds, de la moquerie aussi. Les mioches allaient vers eux, la main tendue pour les caresser tant ils paraissaient bonnasses.

« Non ! criaient les mères, flairant le piège. Ne les touchez pas ! »

Voyant qu'on ne tombait pas dans ses guet-apens, la forêt fit le gros dos. Énorme hérisson, elle darda toutes ses ronces, toutes ses orties à la face des intrus, les empêchant d'avancer. Couverts de cloques, les mains et les pieds en feu, les processionnaires commencèrent à piétiner. À force d'appeler, la plupart d'entre eux avaient la gorge en feu et parlaient d'une voix de rogomme. Les femmes tassèrent l'herbe à coups de sabots pour dresser un bivouac. On fit chauffer du lait dans lequel on mit à dissoudre du miel. On n'était guère rassuré. S'agissait-il d'un simple enrouement ou bien d'un sort jeté par les dieux proscrits ? Et si tout le monde se réveillait muet, le lendemain matin ?

Ces haltes, loin de raffermir les esprits, permirent à l'angoisse d'émietter les volontés. On but son lait bouillant à petits coups en jetant des regards par-dessus son épaule. On était si profondément enfoncé sous les frondaisons qu'on ne distinguait plus la plaine. La lumière filtrée par les feuilles était verte, et sans les torches et les cierges brandis, on n'y aurait vu goutte. C'est qu'il n'y avait pas que des dieux dans la forêt, mais aussi des cannibales ayant pris goût à la chair humaine au cours de la dernière grande famine.

« On ne les a pas tous rôtis sur le bûcher, ces démons, soupira la mère Méloir. Certains ont filé entre les doigts des archers et se sont retranchés dans les bois. Ils n'aiment rien tant que de se faire les dents sur un petit ramasseur de champignons. »

On se serra les uns contre les autres. La vieille n'exagérait pas. La famine engendrait les comportements les plus aberrants, et il n'était pas rare qu'une fois chevaux, chiens et rats mangés, on se tourne vers les enfants pour se remplir le ventre.

Sentant ses troupes épuisées, sans aucun désir de continuer plus longtemps la lutte, frère Médard donna alors le signal de la retraite. Cette capitulation exaspéra Céline. « Quoi ? Déjà ? » s'insurgea-t-elle. Elle était sûrement la seule à ne pas se sentir menacée dans le labyrinthe des troncs. À dire vrai, elle venait de découvrir qu'elle aimait la présence de la forêt, ce pays infini que le regard ne pouvait mesurer d'un coup d'œil. Derrière chaque arbre il y avait un autre arbre, et encore un, et encore, et encore... Cette répétition lui avait donné le vertige. Elle aurait voulu qu'on marche tout un mois durant, droit devant, sans se soucier de rien d'autre. N'aurait-on pas fini par découvrir une contrée fabuleuse ?

« Quoi, déjà ? grogna-t-elle en tirant frère Médard par la manche.

— Tu n'entends pas ? rétorqua celui-ci. Ils n'ont plus de voix. Et personne ne nous a répondu.

— Mais nous avons à peine franchi la lisière ! protesta-t-elle. Le baron est forcément beaucoup plus loin. »

On ne l'écouta pas. Les mères se cramponnaient à leurs mioches, s'étonnant qu'ils soient encore tous là. Un gosse égaré donna lieu à une invraisemblable scène de panique. On cria à l'ogre, au cannibale, au garou, on fourragea au fond des taillis pour dénicher les ossements du petit malheureux qu'on découvrit, finalement, occupé à se barbouiller de mûres sauvages à l'écart du groupe.

« Ce sont des couards ! siffla Céline à l'intention du moine. Jamais ils ne réussiront à faire revenir le baron. Pour que cela marche il faudrait oser... oser... »

Elle ne savait pas vraiment ce qu'il aurait fallu oser, mais elle sentait que cela n'avait pas de commune mesure avec les maigres tentatives des villageois.

XIII

Les processions se succédèrent en vain, assauts malheureux et mal conduits contre une forteresse imprenable. Chaque fois les cris des bêtes se faisaient plus puissants, dominant complètement la supplique des hommes. C'était un tumulte où chaque espèce donnait de la voix, créant une sorte de meuglement monstrueux et confus comme les sabords de l'arche de Noé avaient dû en laisser échapper lors du Déluge. Au milieu de ce râle on distinguait l'ululement du vent dans les feuilles, les grognements des sangliers, les cris mêlés des cerfs et des biches, ceux de tous les oiseaux. C'était un brame à vous dresser les cheveux sur la tête, un rire qui semblait sortir de la poitrine de Satan lui-même. Et si l'on faisait mine de s'obstiner, les loups se mettaient de la partie, et la déroute devenait complète. On avait beau crier, le baron Gilles ne répondait jamais. D'ailleurs, comprenait-il encore le langage humain ? Le chœur des villageois ne l'effrayait-il pas plutôt, le poussant à se terrer au fond d'un trou ? Céline se demandait parfois si l'on avait opté là pour la bonne solution. N'aurait-il pas mieux valu l'appâter d'une autre manière ? Elle n'était pas la seule à penser ainsi.

À quelque temps de là, des filles du village se mirent dans la tête qu'il serait peut-être plus malin de chercher à le séduire. Elles soutinrent l'idée qu'une jouvencelle aux cheveux brillants, aux épaules nues et blanches, chantant d'une voix agréable, serait probablement plus à même d'attirer l'attention du seigneur et de le ramener dans le droit chemin. L'une d'elles, la Mariette, proposa un jour d'aller se baigner nue dans une mare qu'on appelait la flaque aux fées, de s'installer sur une pierre et de peigner longuement ses cheveux à l'aide d'un démêloir d'os en fredonnant d'une voix douce. On la savait assez dévergondée pour mettre son projet à exécution, et Céline en conçut une bouffée de jalousie qui la laissa désemparée. Très vite l'idée fit le tour du village, allumant une étincelle de fièvre dans les yeux des gamines. Toutes les oiselles se mirent à rêver d'escapades au fond des bois, et passèrent de plus en plus de temps à examiner leur image dans l'eau des mares. Et si la Mariette avait vu juste ? S'il suffisait d'un joli minois solitaire pour tirer le jeune baron de sa léthargie ? Elles commencèrent à mastiquer des feuilles pour rendre leurs dents plus brillantes, à s'écraser des cerises sur les lèvres pour leur donner un éclat rouge irrésistible. N'avaient-elles pas des épaules aussi blanches que celles de la Mariette ? Ne possédaient-elles pas un aussi beau filet de voix ? Une vague de coquetterie s'abattit sur le village, aucun garçon ne trouva plus grâce aux yeux des jouvencelles. Toutes se réservaient désormais pour le baron à l'esprit perdu.

« C'est idiot, n'est-ce pas ? demanda Céline à Médard. Comme si les trémoussements de l'une de ces bécasses allaient lui rendre la mémoire. Et d'abord quelle allure a-t-il maintenant, après deux années passées à vivre comme un sauvage ? »

Le moine fit la grimace. Certes, c'était là un point important. En Orient, il avait rencontré bien des Français oubliés dans les geôles des Barbaresques par leur suzerain. Ces pauvres hères, retournés à la sauvagerie, offraient au visiteur une physionomie de bête où barbe et cheveux se mêlaient en une même crinière de garou.

« Dès que l'âme n'habite plus le cœur de l'homme, expliqua Médard, la bête reprend le dessus, le corps se modifie, les ongles deviennent griffes, les dents crocs. À l'heure qu'il est notre bon seigneur ne doit plus avoir figure humaine, c'est certain. Dès que l'esprit de Dieu s'en va, Satan s'empare des corps pour les pétrir à sa guise et en faire d'odieuses contrefaçons de la Création. »

Céline se rongea l'ongle du pouce tandis qu'une joie mauvaise montait en elle. Que la Mariette aille donc faire la charmante à la flaque aux fées si cela lui disait. On verrait bien quelle tête elle ferait quand l'homme des bois qu'était devenu Gilles sortirait de sa cache pour lui sauter dessus ! Elle eut un peu honte de nourrir de telles pensées mais s'en amusa tout de même.

Cependant les jouvencelles continuèrent à rivaliser de coquetterie, peignant et repeignant leurs cheveux à se les arracher, se mordant les lèvres jusqu'au sang pour les rendre plus tentatrices. Le village tout entier résonnait de leurs chansons aigrelettes. Elles faisaient des mines, prenaient des poses.

« Celle qui réussira à ramener le baron parmi les vivants deviendra son épouse, assurèrent-elles, sans qu'on sache d'où elles sortaient cette légende.

— Et s'il s'est changé en loup ? rétorqua Céline.

— Il suffira à celle qui en aura le courage de poser la main gauche entre ses deux oreilles pour lui faire retrouver sa forme humaine ! répondirent-elles avec assurance.

— Vous êtes folles ! leur jeta Céline. Vous allez vous faire dévorer par la meute.

— Tu es jalouse ! s'esclaffèrent les filles. Tu es jalouse parce que tu sais que toi, personne ne pourra t'épouser, pas même Fornicotin l'idiot ! »

Céline s'éloigna, résistant à l'envie de leur griffer le visage. Qu'elles aillent se faire dévorer, après tout, qu'en avait-elle à fiche ? Mais au fond d'elle-même elle avait peur que la Mariette, la Luce, la Fanchon, ne réussissent. Et si un matin on voyait l'une d'elles sortir de la forêt suivie par un jeune homme barbu, loqueteux et hagard qui se révélerait être Gilles de Hurlemort ? C'est qu'avec les génies des bois tout était possible.

Dans le village, les parents assistèrent à la montée de cette folie collective sans pouvoir l'endiguer. D'ailleurs ils ne firent rien pour ramener les follettes à la raison.

« Va savoir ? soupira Bastine Méloir. Et si la Mariette avait reçu la révélation du vrai remède ? Elle dit qu'elle a vu tout cela en rêve, et l'on sait que les rêves ne sont jamais à négliger. À mon avis, il faut laisser ces gamines agir à leur guise. L'une d'elles pourrait bien nous ramener notre maître sain et sauf. »

Les jouvencelles continuèrent à se déguiser en sylphides, se tressant des couronnes, cousant des rubans sur leurs corsages. Ce fut la Mariette qui se résolut à entrer la première dans la forêt, parée comme pour des épousailles, avec au bras un panier rempli de victuailles : deux chapons rôtis, une cruche de vin, une d'hydromel, des galettes au miel, une tarte, trois ou quatre fromages enveloppés de feuilles de vigne violettes et craquantes.

Elle partit dans un rayon de soleil, serrant dans le creux de sa paume le savon de cendre avec lequel elle comptait se frotter le corps une fois assise dans la flaque aux fées. Elle partit en jetant au village un coup d'œil plein d'insolence. Pendant trois jours on n'entendit plus parler d'elle. On la retrouva un matin, recroquevillée au pied d'un chêne, demi nue, couverte de griffures, la peau brûlante de fièvre et bredouillant des mots sans suite.

Elle resta longtemps prostrée, et les matrones crurent un moment qu'elle ne recouvrerait jamais la raison. Quand elle eut un peu repris ses esprits, elle conta son histoire par bribes. Elle expliqua comment elle s'était enfoncée jusqu'à cet endroit de la forêt où la nuit semblait régner en permanence. Là, elle s'était dévêtue, mais l'eau de la mare s'était révélée si froide qu'elle avait commencé à claquer des dents. Elle avait chanté, mais tout à coup sa voix ne lui avait plus paru si charmante. Elle s'élevait en grelottant, accumulant les fausses notes. L'encerclement des bois s'était fait oppressant. Des dizaines d'yeux s'étaient mis à briller dans les buissons.

À ce point du récit elle s'embrouillait. Elle n'avait rien vu, mais elle avait perçu des frôlements, des approches. L'eau était tout à coup devenue si froide qu'elle s'était un instant crue prise dans la glace. Elle s'était débattue pour échapper à la morsure du gel qui lui sciait les cuisses. Une peur affreuse s'était emparée d'elle, la jetant dans une course éperdue au milieu des troncs et des épines.

Elle affirmait avoir aperçu Gilles de Hurlemort, les cheveux poissés de suint, la barbe tombant sur la poitrine, tout souillé de boue comme un sanglier sortant de la fange. Dans son délire, elle prétendait que le baron s'était jeté sur les provisions, les dévorant ainsi que le panier d'osier qui les contenait.

« J'ai couru, répétait-elle. J'ai couru droit devant moi. »

Elle avait eu la chance de ne pas s'égarer définitivement et de retrouver le chemin du village après trois jours d'errance.

Curieusement, cette mésaventure n'entama en rien le zèle des postulantes. D'autres filles tentèrent l'expérience en six mois. Quelques-unes revinrent mortifiées, à demi folles d'angoisse, persuadées d'avoir été violentées par des « bêtes aux mains terreuses ». Certaines disparurent tout à fait, et l'on n'eut plus jamais de leurs nouvelles.

Toutes rapportèrent de leur bref séjour sous les frondaisons des récits étranges et contradictoires. La Mariette avait vu le baron sous l'aspect d'un garou hérissé de poils. La Fanchon, au contraire, l'avait surpris, errant entre les arbres, les yeux clos, tel un somnambule.

« Il était beau, beau ! sanglotait-elle. Les rayons du soleil passant au travers du feuillage le suivaient dans ses déplacements, et son corps en était tout nimbé d'or. Il marchait au milieu des buissons d'épines sans ressentir leurs piqûres, et je n'ai pu le suivre. Je suis sûre que si j'avais posé ma main sur son visage, je l'aurais réveillé. »

Cette image du jeune seigneur, nu et blanc, errant comme un somnambule entre les arbres, hanta une semaine durant les rêves de Céline.

La petite Roselle, elle, assista à un véritable prodige. Alors qu'elle chantait, agenouillée au milieu de la flaque aux fées, elle vit s'ouvrir un grand buisson de ronces.

« Comme une fleur, précisa-t-elle. Et le maître était là, sur son cheval, prisonnier du taillis comme d'une cage. J'ai bien failli provoquer l'ouverture de la prison, mais à ce moment une couleuvre s'est glissée dans la mare et m'a mordue au genou. Dès que j'ai cessé de chanter, le buisson s'est refermé. »

Elle croyait dur comme fer à son histoire et décrivait à l'infini la posture du baron, figé sur son destrier comme une statue recouverte par la gangue de la végétation.

« Il dormait, décréta-t-elle, et le lierre avait commencé à pousser entre les mailles de fer de sa cotte et le long des jambes de son cheval. La forêt va peu à peu le rendre invisible, et il sera un jour à tel point dissimulé aux regards que nous passerons à côté de lui sans soupçonner sa présence. »

Céline ne savait quel crédit accorder à ces témoignages. Médard lui suggéra que les pauvres filles avaient probablement imaginé toutes ces histoires. La nuit, la solitude et la peur avaient fâcheusement tendance à inspirer de mauvais rêves. Le moine était familier de ces choses. Les ténèbres rendent l'imagination étrangement perméable aux fantasmagories.

« De plus, il n'y a pas que des bêtes dans la forêt, observa-t-il. Il y a des charbonniers, et je crois aussi quelques lépreux installés dans les ruines d'une ancienne abbaye. »

Les charbonniers manquaient de femmes. La présence de ces jouvencelles parées comme pour un sacrifice excitait sans doute leurs mauvais instincts et les poussait à l'enlèvement. La Nicole, la grande Laure, qui n'avaient pas reparu étaient à coup sûr tombées entre leurs mains. Céline se les représentait battues et entravées, apprenant la dure loi des charbonniers qui vivaient dans la fumée de grandes pyramides de bois rougeoyantes. Des esclaves, des esclaves qu'on engrosserait bientôt et qu'on ne laisserait jamais revoir leur village.

« Et puis il y a les loups, conclut sombrement Médard. Tu sais que lorsque la lune se lève, la forêt devient leur territoire. La Nicole et la grande Laure ont peut-être fini entre leurs crocs ? Je prierai pour ces malheureuses. »

Céline songea quant à elle qu'elle aurait préféré être dévorée vive que de devenir la femme d'un charbonnier, ces gnomes à la peau noire comme celle d'un démon de l'enfer, et aux grandes dents blanches de carnassier.

Ce qui résultait de tout cela, c'est que Gilles, en dépit des stratégies les plus diverses, demeurait introuvable. Pour l'instant, Médard acceptait de jouer le jeu des villageois, et ses pigeons n'emportaient dans les airs que des rapports lénifiants, mais nul ne savait combien de temps encore la supercherie pourrait faire illusion.

« L'évêché m'a envoyé ici en éclaireur, confia le moine. Les prélats savent cette région rebelle à la vraie foi. Ils craignent qu'on n'y vénère des idoles. Certains même vous soupçonnent de pratiques sataniques. Je sais que vous n'êtes pas mauvais, bien que vous vous complaisiez dans les erreurs des vieilles croyances, mais comment le leur faire comprendre ? Il se peut que mon remplaçant n'ait pas mon indulgence, et réclame contre vous un châtiment des plus sévères.

— Mais pourquoi vous remplacerait-on ? protesta Céline.

— Hé, ma petite, soupira Médard. C'est que je m'en vais doucement. Du moins ma tête s'en va. Je le sais bien, un matin je me réveillerai avec moins d'esprit qu'un nouveau-né, et alors qui rédigera le rapport mensuel en latin qu'attend là-bas, au-delà de la forêt, l'un des clercs de l'archevêque ? »

Céline ne sut que dire. Le moine n'exagérait pas. Certaines semaines, il restait trois ou quatre jours sans se rappeler un mot de latin ou de grec. S'il s'endormait pour toujours, personne ne pourrait écrire à sa place. Alors, après une période d'attente plus ou moins longue, viendrait l'ost. La nuit, Céline rêvait qu'elle entendait s'avancer l'armée, grand bruissement de fer s'approchant du fond de l'horizon. Elle entendait le froissement du métal raclant le métal, cuirasses contre cottes, gantelets contre pommeaux. Et les hampes de lances s'entrechoquant avec un bruit de branches remuées. Et le cliquetis de toutes les épées, de toutes les dagues suspendues aux baudriers. Ce son creux un peu sifflant de la lame effleurant la pierre à aiguiser. Oui, l'ost viendrait, une escouade tout encagoulée d'acier, bannière au vent. Des hommes aux faces de pierre, habitués à réprimer la sédition des villages frondeurs. Ils arriveraient le cœur plein de mauvaises choses et d'idées confuses : un village d'hérétiques à raser, des filles toutes plus sorcières les unes que les autres, et qu'on allait chatouiller rudement avant de les frire. Oh ! c'était sûr, ils ne feraient pas de détail !

« Mais nous n'adorons aucune idole ! gémit la jeune fille en s'accrochant à la manche du moine. Et il n'y a pas de sorcières parmi nous.

— Moi je le sais, soupira Médard avec fatalisme. Mais les autres ? Comment verront-ils ces histoires de marque, cette lézarde qui vous effraye plus que le courroux de notre Seigneur Jésus. Réalises-tu que vous n'avez même pas songé à bâtir une église ? Un tel oubli vous condamnera plus sûrement que les traces d'un récent sabbat ! Oh ! j'ai peur pour vous ! Et pour toi Céline. Surtout pour toi... Mais je suis si fatigué que je n'ai même plus la force de prier. »

C'était vrai qu'il y avait en lui un amenuisement de plus en plus sensible, comme une flamme s'éteignant dans l'âtre d'une maison trop grande. Ses yeux jadis clairs s'assombrissaient, prenaient des allures de lanterne sourde. Sa grande carcasse avait quelque chose d'une armure vide, défroque guerrière jetée en vrac et qui ne peut se soulever d'elle-même. Médard bougeait de moins en moins, parlait de plus en plus bas. « Mes forces s'en vont », soufflait-il avec un pauvre sourire. Céline le rasait et lui lavait les pieds pour qu'il conserve l'aspect d'un saint homme. Il se laissait faire avec apathie, ne tressaillant même pas lorsque la lame lui entamait la couenne et qu'une grosse goutte de sang roulait dans la crevasse d'une ride.

« Il y a, disait-il, là-bas, dans ce pays où les hommes sont noirs, une mouche dont la piqûre installe en vous le poison du sommeil. Des villages entiers s'endorment ainsi pour ne plus se réveiller. Et pendant qu'ils ont les yeux fermés, les bêtes de la forêt sortent pour les manger.

— Je veillerai sur vous, assurait Céline. Si vous vous endormez j'allumerai un feu pour tenir les loups à l'écart. »

À plusieurs reprises, Médard lui demanda son écritoire, sa corne à encre et une plume. Il voulait, disait-il, rédiger une missive rassurante pour l'archevêque, lui jurer que l'évangélisation de Hurlemort était en bonne voie, gagner un peu de temps, mais il ne sut que tracer des gribouillis informes sur le parchemin. Dans leur cage les pigeons grossissaient et le chat les lorgnait avec une gourmandise grandissante.

« Depuis combien de temps n'avez-vous pas envoyé de message ? » s'inquiéta un jour la jeune fille. Mais le frère ne savait plus. Céline se rongea l'ongle du pouce. Elle devinait obscurément ce que désiraient les dieux proscrits. Elle pensait savoir quelle sorte de rançon ils attendaient de la part des villageois. Oh ! ils se moquaient bien de l'or et des trésors qu'on aurait pu entasser à la lisière de la forêt. Ce qu'ils voulaient, c'est qu'on sorte de terre toutes les vieilles statues brisées, oubliées par les Romains, qu'on redresse les colonnes abattues, qu'on reconstruise les temples détruits. Voilà ce qu'ils attendaient des paysans. La renaissance des anciens cultes, l'érection des vieilles idoles mangées de mousse. Ils souhaitaient être adorés, fêtés, comme par le passé. Ils voulaient voir leurs autels couverts d'offrandes et les pierres à sacrifice rouges du sang des brebis. Ce n'est qu'à cette condition qu'ils accepteraient de relâcher Gilles de Hurlemort, quand les sanctuaires d'Apollon, de Diane et de Mars lèveraient de nouveau leurs portiques au milieu des bois, au sommet des collines.

Céline connaissait ces noms parce que Médard les lui avait appris, mais les paysans, eux, se servaient de vocables abâtardis, d'approximations patoisantes dans lesquelles on avait du mal à identifier les patronymes originaux des divinités destituées.

« Ne faites jamais cela ! » supplia l'ermite quand la jeune fille lui révéla le contenu de ses réflexions. « On ne vous le pardonnerait pas. Mieux vaut passer pour une bête brute que pour un hérétique ou un sorcier, ne l'oublie jamais. »

Céline acquiesçait, penaude, mais chaque nuit le bruit de l'ost en marche venait la tourmenter, un peu plus précis. Elle entendait le froissement des cottes de fer tressé, elle entendait le clapotis des gouttes de pluie sur les heaumes des hommes d'armes. Elle aurait aimé qu'ils rouillent en chemin et demeurent prisonniers de leurs cuirasses rougies, mais cela n'arriverait pas, hélas ! Les soldats ne tourneraient pas en rond, du premier coup ils retrouveraient le tracé des anciennes routes, et si les loups tentaient de leur barrer le chemin, ils les égorgeraient et les feraient rôtir comme des lapereaux. Seul Gilles pouvait se dresser devant eux, leur interdire d'entrer sur ses terres. Et il le ferait, pour sûr. Ne devrait-il pas tout aux paysans qui l'auraient tiré de sa prison végétale ? Céline songeait aux débris de marbre truffant la colline de l'Heaumière. N'y avait-il pas là assez de colonnes et de figures éparses pour reconstituer une ébauche de temple ? Ah ! si elle avait eu la force d'un homme, de dix hommes, elle aurait bâti ce sanctuaire de ses propres mains.

« Non, insista Médard qui luttait contre le sommeil. Tu te perdrais. »

Passant outre, elle exposa son idée à la mère Méloir

dont elle n'ignorait pas l'antipathie. La vieille hocha la tête, gratta son menton où commençaient à fleurir des poils blancs plus durs que ceux d'un âne.

« C'est pas bête, marmonna-t-elle. Quand l'ennemi est puissant il faut bien transiger. Et puis ces gens-là étaient installés sur Terre bien avant le Christ, les moines ont beau dire ce qu'ils veulent. Tout le monde sait qu'à une époque les arbres et les bêtes parlaient la même langue que les hommes. S'ils nous boudent à présent, c'est qu'ils nous en veulent d'avoir prêté attention aux sermons des tonsurés. Le christianisme c'est pour les gens des villes qui ne connaissent rien aux forces de la nature. Ceux de la terre savent bien que les choses ne sont pas si simples et qu'un seul dieu ne peut pas régler à lui seul tous les problèmes de l'univers. Une seule paire de bras peut-elle venir à bout de toute une moisson ? Non, alors pourquoi en irait-il autrement avec le monde des invisibles ?

— Et si nous allions leur demander franchement ce qu'ils veulent ? hasarda Céline.

— À qui, ma petiote ? grinça Bastine en crispant toutes ses rides.

— Aux anciens dieux, murmura la jeune fille s'effrayant elle-même de son audace. Si quelqu'un allait en ambassadeur, là-bas, au cœur de la forêt, pour conclure un traité ?

— Et qui serait assez fou pour le faire ? ricana la vieille. Tu sais qu'on ne peut regarder un dieu en face sans immédiatement tomber en poussière ? »

« Moi, songea Céline, se raidissant sous la moquerie. Moi, j'irai. »

XIV

Elle retourna sur la colline de l'Heaumière, cherchant au milieu des herbes folles les visages de marbre des statues à demi avalées par la terre. Rassemblant son courage, elle s'agenouilla pour les nettoyer du bout des doigts. Elle guettait une réponse sur ces faces impassibles, une mimique d'encouragement ou de désapprobation. L'une d'elles l'effrayait plus que les autres, elle représentait un homme cornu, aux lèvres épaisses et salaces. Médard lui avait dit qu'il s'agissait du dieu Pan, le maître des instincts animaux, et qu'elle ne devait pas s'en approcher. À force de compter les débris, les tronçons, les colonnes abattues, elle en vint à penser qu'il serait facile de reconstituer l'ancien temple qu'on avait jadis érigé au sommet de la butte. Était-ce cela que désiraient les Proscrits ? Un acte d'allégeance ? La reconnaissance de leur suprématie ?

« Ils veulent nous faire abjurer comme les Arabes voulaient faire abjurer les chevaliers chrétiens », songea la jeune fille. Elle ne savait pas ce qu'il convenait de faire et qui elle redoutait le plus : les dieux à demi oubliés de la forêt, ou les moines soldats qui traquaient l'hérésie au cœur des campagnes. Longtemps, Hurlemort s'était cru hors du monde, affranchi des lois ordinaires. Aujourd'hui, cet isolement bienheureux se révélait fragile, peut-être même illusoire.

« Vous n'avez même pas construit d'église ! » avait soupiré Médard. Céline comprenait que cette seule absence suffirait à les condamner tous.

Elle quitta la colline et gagna le château pour annoncer à Hugues sa décision de s'enfoncer dans les bois. L'écuyer l'écouta sans la prendre réellement au sérieux, comme on prête une oreille distraite aux fanfaronnades d'un gamin. En fait, il ne croyait pas à la stratégie de l'exploration. La forêt était trop profonde, très vite on risquait d'y perdre le sens de l'orientation. Il préférait guetter au sommet des créneaux. Il était persuadé qu'un jour, du haut d'un arbre, son maître lui signalerait sa présence. Lorel, le troubadour, eut une grimace d'appréhension, et confia à Céline un pipeau dont le son aigu faisait — paraît-il — fuir les loups. Bénin, le maître d'armes, ne dit rien, mais quand la jeune fille tourna les talons il posa sa main calleuse sur son épaule et lui tendit une dague qu'il avait forgée lui-même. C'était une belle lame, fine et pointue, capable de crever le cuir le plus dur. Céline le remercia d'un sourire et s'en revint au village.

Contrairement à ce qu'elle redoutait, les paysans n'accueillirent pas sa décision par des moqueries. Odile, sa sœur, parut à la fois très inquiète... et soulagée. Comme si l'initiative de sa cadette rachetait en quelque sorte la tache dont elle avait souillé la famille.

« Tu es sûre ? répétait-elle toute la journée, tu es bien sûre de ne pas faire une bêtise ? »

Son mari avait beaucoup moins de scrupules.

« Laisse-la donc partir, aboyait-il. Pour une fois qu'elle essaye de se rendre utile ! »

Rapidement Céline s'aperçut que de toutes parts on tentait de l'encourager. Subitement les mioches cessèrent de la brocarder ; après des années de connivence goguenarde, leurs parents les avaient soudain chapitrés. Tout se passait comme s'il importait soudain de ne pas dissuader la future candidate au martyre. Céline sentait plus que jamais peser sur elle les regards de la communauté. Il y avait dans ces yeux compatissants, approbateurs, quelque chose qu'elle n'aimait pas, une... hâte un peu louche. « Ils espèrent que je me perdrai, pensa-t-elle tandis qu'une boule se nouait dans sa poitrine. Ils espèrent que je ne retrouverai jamais le chemin du village et que les loups les débarrasseront de ma présence. »

Elle était presque certaine de ne pas se tromper. C'était le soulagement qu'il fallait lire sur toutes ces trognes bonasses, sous ces sourires mielleux. Pas la compassion, non, mais un immense soulagement. « Je leur ferais le même plaisir si je leur annonçais que je vais me pendre au gros chêne qui se dresse à la sortie du village. » La révélation de son extrême solitude l'écrasa un instant, mais elle releva aussitôt la tête. Elle avait toujours été seule, on avait toujours eu peur d'elle parce qu'elle était la menace à l'état pur, une menace plus terrible que l'éventuelle venue d'une armée de répression. Personne ne chercherait à la retenir au bord de l'abîme, personne ne comprenait ce qu'elle essayait de faire pour Hurlemort. Il ne se trouvait pas un individu dans tout le hameau pour croire qu'elle avait une chance de réussir. Si elle ne revenait pas de son escapade, qui la regretterait ? Qui remarquerait son absence ? Médard ? Le pauvre n'avait plus assez de cervelle pour cultiver les souvenirs. Il ne lui faudrait pas deux semaines pour oublier jusqu'au nom de son ancienne protégée. Lorel regretterait son oreille complaisante, sa patience d'auditrice qu'aucun radotage ne lassait, mais il retournerait vite à ses monologues. Quant à Hugues... Céline était mortifiée du peu d'intérêt que Hugues avait manifesté pour ses projets. Non, c'était faux. Il ne s'agissait pas d'intérêt, mais d'inquiétude. Ah ! comme elle aurait voulu qu'il la prenne par les épaules, la secoue en lui criant : « Tu es folle ! Il n'en est pas question ! Tu entends ? » Mais il était resté lointain, distrait, agacé peut-être, qu'une gamine se mêle de sauver le baron perdu. L'avait-elle vexé en se montrant brusquement plus hardie que lui ? Lui qui se contentait de monter interminablement la garde sur son chemin de ronde ? Pourquoi lui accordait-elle tant d'importance ? Ce n'était après tout qu'un gosse aux chausses trouées. Elle remâcha longuement sa peine, puis ses pleurnicheries lui furent insupportables et elle choisit de se raidir contre l'apitoiement.

Odile la regardait en se mangeant les lèvres comme si elle était à deux doigts d'émettre une supplication. Mais quand les yeux des deux sœurs se rencontraient, l'aînée tournait vivement la tête et plongeait les mains dans la farine ou les épluchures avec une ardeur confuse. Céline elle-même ne savait que dire. Les complicités de l'enfance évanouies depuis longtemps, Odile était peu à peu devenue cette étrangère aux yeux toujours cernés, qui rentrait la tête dans les épaules quand tonnait la voix de son mari, et qui demandait en cachette à ses mioches de ne pas trop se frotter à la « marquée ». Céline découvrait soudain que rien ne la retenait ici, ni la maison de ses parents, ni sa sœur, ni ses neveux. Certains jours, tous ces gens se côtoyaient sans échanger dix mots entre le lever et le coucher du soleil, et parmi ces dix mots il s'en trouvait rarement un qui lui soit destiné. Elle n'était qu'une ombre gênante, une ombre contre laquelle on pestait parce qu'elle avait l'impudence de réclamer une écuelle de soupe.

Quand les gosses étaient sortis du ventre d'Odile, Céline avait cru qu'elle saurait se faire aimer d'eux, qu'ils lui seraient reconnaissants de l'attention qu'elle leur portait. Mais elle s'était trompée. Les marmots avaient très vite été contaminés par la méchanceté ambiante, et quand la jeune fille essayait de les habiller ou de rafistoler leurs guenilles pour qu'ils n'attrapent pas froid, ils se débattaient en criant : « M'touche pas ! M'touche pas avec tes doigts ensorcelés, tu vas m'donner la gale du diable ! »

Elle avait renoncé, peu à peu, comme on se laisse progressivement dépasser par les marcheurs d'un pèlerinage. Elle s'était habituée à rester toute seule en arrière. Aujourd'hui quelque chose lui criait de presser le pas et de reprendre la tête de la procession. D'être toujours seule, peut-être, mais devant tout le monde, et non derrière à respirer la poussière soulevée par les sabots. Elle les haïssait tous, et c'est pour cela qu'elle avait envie de les sauver, pour leur faire une bonne blague.

« Oui, une sacrée farce », répétait-elle en s'accrochant à cette explication. Un matin, elle prit un panier et alla mendier de la nourriture de maison en maison.

« Pour la route, expliquait-elle. Il faut bien que je

puisse me mettre quelque chose sous la dent. » On donna en rechignant, avec avarice.

« Il ne faut pas trop te charger, lui objecta-t-on. Sinon tu ne pourras pas aller très loin, et puis pour quelqu'un d'un peu dégourdi il y a des tas de choses à manger dans les bois. »

Céline se réjouissait de les découvrir mauvais jusqu'au bout, méchants petits bonshommes au cœur sec, momifiés dans leur égoïsme. Elle se jura que si elle arrivait à traverser la forêt de part en part sans être dévorée par les loups, elle continuerait droit devant, pour ne jamais revenir, les abandonnant à leur sort.

La veille de son départ, elle alla une dernière fois rendre visite au frère Médard, afin d'obtenir sa bénédiction, mais le moine, allongé sur une pierre, dormait d'un sommeil si pesant qu'elle ne parvint pas à l'éveiller. Comme elle insistait, le chat se mit à feuler et à faire le gros dos, l'obligeant à reculer.

Cette nuit-là, elle ne rentra pas chez sa sœur mais se promena longuement dans les champs, à la lueur de la lune. L'humidité de la terre traversait ses vêtements et s'insinuait sous ses jupes, lui glaçant les cuisses. Elle comprenait subitement ce qu'éprouvent les soldats à la veille d'une bataille, à cette différence près qu'elle n'avait personne avec qui partager sa peur.

À l'aube, elle se faufila dans la grange pour dormir une heure ou deux, puis passa son chaperon et son gros manteau de laine. Une besace de cuir contenant ses provisions dans une main, un bâton de marche dans l'autre. Elle sortit dans la rue principale, et, sans saluer personne, muette, regardant droit devant elle, marcha vers la forêt. C'est ainsi qu'elle avait voulu partir, dans l'anonymat et l'indifférence. Pourtant elle sentait grouiller les regards curieux dans son dos. Ils bourdonnaient tel un essaim de grosses mouches. Du coin de l'œil, elle entrevoyait des faces blêmes se pressant dans la découpe des fenêtres. Quelqu'un allait-il se décider à sortir pour lui lancer un encouragement ? Non, même pas, ils allaient la laisser traverser le village sans lui faire un signe. Peut-être Odile avait-elle eu une ébauche de geste pour la retenir, mais Aubin l'avait arrêtée aussitôt.

« Laisse-donc, idiote ! Ce n'est pas le moment de la faire changer d'idée ! »

Céline se mordit la langue. Elle ne pleurerait pas, non. Elle continuerait son chemin sans dévier d'un pas, les ongles incrustés dans le bois du bâton. À présent, elle foulait l'herbe trempée de rosée. Cette fois il ne s'agissait plus d'une simple procession, d'une vague incursion à la lisière de la forêt, mais bel et bien d'une plongée dans les abîmes, là où les frondaisons étaient si serrées qu'elles ne laissaient même plus passer la lumière du jour.

Jusqu'au bout elle s'attendit à recevoir un caillou entre les omoplates, mais ils n'eurent pas ce courage. Elle les imagina, retenant les enfants, étouffant les moqueries que les mioches ne pouvaient s'empêcher de crier.

« Silence ! devait grommeler Aubin. Laissez passer le déjeuner des loups ! »

Elle avançait toujours, les jambes un peu molles, le bas de sa robe était maintenant détrempé, et la brume qui montait du sol sentait la terre. Une odeur forte, puissante et presque fécale qui lui faisait tourner la tête comme un encens trop parfumé.

Au moment d'entrer dans la forêt, elle eut une seconde de faiblesse et tourna la tête vers le château. Malgré la distance elle distingua trois petites silhouettes se détachant sur le crénelage du chemin de ronde, l'une d'elles (Hugues sûrement) agitait une bannière dans le vent. La bannière des Hurlemort.

« De gueules », pensa Céline tandis qu'une bouffée de chaleur bienfaisante lui traversait la poitrine. « De gueules, à un loup de sable passant. »

Hurle..., criait peut-être Hugues en ce moment même. Hurle et mords plus fort que la Bête.

Le poignard de Bénin était là, froid et dur contre sa hanche. Le pipeau de Lorel attendait au fond de sa poche.

Les yeux écarquillés, elle entra dans la forêt.

La geste de la forêt

XV

D'abord elle eut l'impression d'un univers peuplé de chuchotements, puis, le vent se réveillant, le frémissement du feuillage se fit tourmente, vacarme. Tout à coup c'était comme si des criquets géants entrechoquaient leurs pattes pour emplir le ciel de stridences insupportables. Céline ne connaissait la mer qu'au travers des descriptions de Médard, mais elle devinait que les vagues des tempêtes devaient ressembler à ce qui se passait en ce moment même au-dessus de sa tête. Le fracas était si violent qu'elle aurait pu crier sans parvenir à entendre sa propre voix.

Elle avançait d'un pas égal, ni trop rapide ni trop lent. Dans la lumière glauque du sous-bois, les arbres se succédaient, tous différents et pourtant tous semblables. Céline se sentait gagnée par l'illusion de piétiner. La fatigue montait en elle, et cependant elle était toujours au même endroit. La forêt gommait les points de repère, communiquant peu à peu au marcheur un vertige des plus désagréables. Céline s'évertuait à ne pas prêter attention aux battements de son cœur. Elle ne savait plus depuis combien de temps elle avançait. Elle avait un peu mal aux chevilles, et ses pieds devenaient douloureux. Pour se donner du courage elle avait commencé par fredonner, mais elle avait vite renoncé à ce stratagème qui ne trompait personne, et surtout pas le peuple de la forêt. Elle s'était juré de ne regarder ni en arrière ni sur les côtés, comme le font d'ordinaire les gens qui ont peur. Elle avançait la tête droite, la sueur aux tempes, la main serrée sur son bâton de pèlerin.

Elle s'était préparée au pire. Elle avait l'intuition que la forêt ne se livrerait pas facilement, qu'elle ne l'accepterait qu'après lui avoir infligé de nombreuses épreuves. C'était toujours comme cela que les choses se déroulaient dans les fables chantées par Lorel. Elle aurait faim, elle aurait peur, elle aurait mal... Les chevaliers qui entamaient une quête passaient par cet itinéraire immuable, et elle s'était promis de se montrer digne d'eux. Du moins cela lui avait paru envisageable lorsqu'elle était de l'autre côté, avant qu'elle ne franchisse la lisière. Pourquoi une femme n'aurait-elle pas mené une quête comme les hommes ? Pourquoi dans les récits des troubadours devaient-elles toujours se contenter d'attendre accoudées aux créneaux, l'œil fixé sur la ligne d'horizon, pleurnichant sur le sort du beau paladin qu'elles avaient vu partir, boulonné dans son armure ?

Céline n'avait pas envie d'attendre. Elle n'aimait ni les bijoux ni les belles toilettes, elle ne voulait pas demeurer sur place et soupirer, le cœur dolent. Elle l'avait dit à Lorel qui avait froncé les sourcils et fait une fausse note sur sa viole. Comme il avait eu l'air contrarié, elle n'avait pas osé lui avouer que dans ses rêves elle ne s'imaginait jamais dans le rôle de la belle dame grimpée au sommet de la tour, mais dans celui du chevalier s'en allant, corseté de fer et tout chargé d'armes.

La forêt allait la faire souffrir, elle ne nourrissait aucune illusion quant à cela. D'abord elle tenterait de la décourager, de l'effrayer en lui dépêchant les armées du petit peuple : les elfes, les gnomes. Ceux-là s'appliqueraient à lui faire rebrousser chemin en multipliant les farces cruelles, les grimaces et les gestes obscènes. Les lutins étaient lubriques, elle ne l'ignorait pas et s'y préparait. Tôt ou tard leurs vilaines petites faces surgiraient des touffes d'herbe, ils soulèveraient sa robe, essaieraient de se glisser sous ses jupes pour tenter de la tripoter salement. Elle les repousserait de son bâton, pan-pan, mais sans les rouer jusqu'à ce que mort s'ensuive, car personne ne peut tuer un lutin sans s'attirer le mauvais œil.

Il y aurait des prodiges, des illusions, des mirages destinés à l'égarer. Elle s'attendait à tout cela.

À un moment, alors que ses jambes étaient encore vaillantes, elle s'était arrêtée devant cette pierre creuse qu'on surnommait la marmite des fées parce que la pluie la remplissait toujours d'une eau trouble évoquant quelque soupe de sorcière, et avait plongé la main dans ce récipient naturel pour se désaltérer. L'eau avait un goût de croupi, mais elle s'était forcée à la boire en jetant autour d'elle un coup d'œil ironique, certaine que les fées l'observaient dans l'ombre. « Maintenant je suis aussi forte que vous ! » fut-elle sur le point de leur crier.

La fatigue venant, l'arrogance s'en était allée. Elle n'avait vu aucun farfadet, et se prenait à penser que le combat se déroulerait de manière plus sournoise qu'elle ne l'avait cru. On la traitait par le mépris parce qu'on la sous-estimait encore. Elle n'aurait droit aux prodiges qu'une fois qu'elle aurait prouvé sa valeur et sa ténacité. C'était sans doute le protocole en vigueur au fond des bois.

Lorsque la nuit tomba, Céline leva vainement la tête pour tenter d'apercevoir les étoiles. La voûte du feuillage lui dissimulait le ciel. Elle fut prise d'étouffements, comme si on venait de murer l'entrée d'une caverne où elle aurait trouvé refuge. L'air se faisait rare. Une brume laiteuse montait du sol, telle la fumée qui sourd de la gueule des dragons endormis, dans les légendes. Ces volutes folâtraient entre les racines, au gré du vent. Cela bouillonnait, ébauchait des formes sinueuses.

« Des petits fantômes de brume qui dansent tout autour de toi. » Elle s'en voulut d'avoir formulé une telle idée. Était-elle sotte à ce point ? Voulait-elle donc à tout prix attirer le malheur sur elle ?

Le brouillard ne cessait de s'élever, la submergeant peu à peu. Son haleine humide et terreuse pénétrait ses vêtements. Elle eut un geste instinctif pour le repousser, mais ses mouvements désordonnés ne firent qu'agiter la brume, y sculptant des visages fantastiques aux moues cruelles ou gourmandes.

Le hurlement lointain de la meute ramena la jeune fille à la raison, lui rappelant où se trouvait réellement le danger. Ce n'était pas du brouillard qu'elle devait avoir peur, mais des prédateurs nocturnes qui allaient bientôt se mettre à courir dans les taillis en quête d'une victime. Elle devait trouver un arbre et y grimper pour se mettre hors de portée des crocs. Elle savait que c'était là le seul moyen d'échapper à la horde. Elle n'avait pas confiance dans les feux qui finissent toujours par s'éteindre pendant votre sommeil, vous laissant sans protection. Et puis ne disait-on pas que le vieux Guillaume avait dressé les mâles à ne point craindre les flammes des bivouacs et des torches ?

Tâtonnant dans l'obscurité qui s'installait au point de faire d'elle une aveugle, elle finit par dénicher un gros chêne dont elle pouvait atteindre sans trop de peine les basses branches. Roulant sa robe autour de sa taille, elle entreprit de se hisser le plus haut possible. Ce n'était guère facile, et elle dut se frayer un chemin au milieu des feuilles. Les saillies de l'écorce, les branches, lui lacérèrent la peau, s'accrochèrent à ses vêtements comme pour la retenir, mais elle continua à monter, la sueur aux tempes et les dents serrées. Les ténèbres lui interdisaient de déterminer à quelle hauteur elle se trouvait. Elle avait l'impression d'avoir grimpé très haut, mais la nuit et la peur sont trompeuses, et elle craignait, en s'arrêtant trop tôt, d'être à la merci d'une bête plus hardie que les autres... ou plus souple, ou sautant mieux que ses congénères.

Quand les muscles de ses bras et de ses cuisses commencèrent à lui faire vraiment mal, elle s'installa à cheval sur une maîtresse branche, et à l'aide d'une corde qu'elle avait emportée s'attacha le dos au tronc pour éviter de tomber de son perchoir au cours de son sommeil. La position n'était guère confortable, la rugosité de l'écorce lui écorchait les cuisses, mais elle se sentait en relative sécurité. Elle s'enveloppa dans son manteau. Elle était épuisée mais n'avait pas faim. L'angoisse avait cousu son estomac et elle aurait été incapable d'avaler la moindre miette. L'absence de lumière l'effrayait plus que tout. Elle avait beau écarquiller les yeux, elle ne voyait scintiller aucune étoile, et d'où elle se tenait même la lune demeurait invisible.

C'était une nuit pour les bêtes aux yeux rouges, pour les prédateurs qui distinguent le contour des choses dans les ténèbres, pas une nuit pour les hommes. Elle était vulnérable, sans carapace, à la merci de tout ce qui pourrait s'approcher d'elle dans la plus complète impunité. Pire que tout, son odeur devait la trahir, annonçant à des lieues à la ronde l'arrivée d'une nouvelle livraison de chair fraîche. Elle se recroquevilla, essayant de trouver une position plus confortable. Chaque fois que les feuilles lui touchaient le visage, elle sursautait en étouffant un cri.

« Jamais je n'arriverai à dormir, marmonna-t-elle à haute voix pour le seul plaisir de s'entendre. Jamais. »

Elle avait peur de fermer les yeux, de s'assoupir et de tomber de son perchoir. Elle vérifia la corde à plusieurs reprises, tâtant les nœuds qu'elle s'était entraînée à boucler au cours des derniers jours.

Plus tard, alors qu'elle commençait à s'engourdir, elle entendit courir des bêtes. Leurs foulées faisaient crisser l'herbe et sonnaient durement sur la terre. L'écho de la meute en marche montait dans les arbres, venant battre comme le pouls d'un énorme cœur contre la tempe de Céline. Les loups étaient là, prenant le vent, flairant, cherchant. Ils ne criaient plus pour sonner le départ de la chasse, à présent ils étaient en maraude, le museau bas, les narines palpitantes, détectant le fumet de la proie. Il ne leur fallut pas longtemps pour se rassembler au pied de l'arbre, et certains d'entre eux n'hésitèrent pas à bondir en claquant des mâchoires.

« Ils me voient, pensait Céline, luttant contre l'affolement. Ils peuvent me voir, alors que je suis aveugle. »

Cette idée lui était intolérable, et allumait en elle

des images de garous se hissant de branche en branche comme elle l'avait fait une heure plus tôt. Mais personne ne grimpa jusqu'à sa cachette. Longtemps, la meute piétina en grondant, décrivant des cercles réguliers. Céline s'était fait un devoir de ne pas regarder en bas, afin de ne pas distinguer leurs yeux rouges braqués sur elle.

Elle s'était crue trop effrayée pour dormir, mais elle se trompait. Le sommeil la prit par surprise, et elle s'affaissa sur elle-même. Elle était si épuisée qu'elle ne souffrit même pas de la morsure de la corde qui lui entrait dans les chairs.

À l'aube, les loups, lassés d'attendre, se mirent en quête d'une autre proie, et la jeune fille ne les entendit pas partir. Un éternuement lui fit ouvrir les paupières. Elle s'aperçut qu'elle grelottait et claquait des dents tant ses habits étaient trempés de rosée. La lumière du jour s'infiltrait dans les fissures de la voûte de feuilles, dessinant des lézardes par où semblait goutter le soleil. « Comme du fer en fusion chez le forgeron », songea Céline en s'étirant. Elle était si ankylosée qu'elle cria de douleur en dépliant les jambes. Elle n'eut pas besoin de soulever sa chemise pour deviner que la corde lui avait laissé des marques violettes sur les côtes.

« C'était ma première nuit dans la forêt, et personne ne m'a mangée ! » murmura-t-elle avec une satisfaction de fanfaronne. Subitement, elle se sentait plus forte.

Ses doigts gourds eurent beaucoup de mal à défaire les nœuds qui la retenaient au tronc. Quand elle se laissa glisser sur le sol, elle se crut percluse de rhumatismes comme une vieille femme. Mais une flamme de contentement brûlait en elle : elle avait triomphé de l'épreuve des loups. Sa mauvaise nuit l'avait convaincue qu'elle devrait s'armer de patience. La forêt ne dévoilerait pas ses pièges avec la naïveté qu'on lui prêtait dans les chansons. « Tout sera masqué, pensa-t-elle en rajustant ses vêtements. Les prodiges viendront, *mais déguisés.* » Elle renifla comme pour détecter l'odeur de la ruse qui flottait dans le sous-bois.

« J'ai été bête, décida-t-elle en reprenant sa marche. Ce sera plus compliqué, c'est tout. »

Tout le jour le feuillage murmura autour d'elle, comme si une foule de commères invisibles se transmettaient de bouche à oreille le même ragot. Lorsqu'elle fixait son attention sur ce bruissement perpétuel, Céline y surprenait des mots précis se détachant sur un fond de gloussements et de chuchotis. Mais ces paroles, isolées, n'avaient aucun sens pour elle.

Bien qu'elle ne voulût pas encore se l'avouer, elle commençait à redouter de tourner en rond. Sans le secours des étoiles, il était difficile de ne pas s'éloigner du chemin prévu, et elle avait l'illusion désagréable d'être une bille de bois roulant au hasard sur un relief tourmenté. Une bille rebondissant d'une colline à une autre pour décrire d'interminables zigzags.

Alors qu'elle trempait ses pieds enflés dans une flaque, elle entendit pleurer un bébé, ou plutôt un très petit enfant. Quelqu'un essayait de consoler le gosse en lui chuchotant une comptine. Pas une femme, non, mais une petite fille, sûrement à peine plus âgée que le gamin qui sanglotait. C'était tout proche, et Céline aurait juré que cela provenait du buisson de ronces qui se dressait devant elle. Elle feignit de n'avoir rien entendu et continua à masser ses chevilles douloureuses. Était-elle espionnée par des lutins ? Elle se rappela aussitôt l'une des hypothèses favorites de Lorel.

« Les bois sont remplis d'enfants perdus, avait-il coutume de répéter. Personne ne veut l'admettre, car ces sauvageons font peur aux bonnes gens, mais c'est la pure vérité. Quand les soudards déferlent sur les villages pour tuer les hommes, violer les femmes et brûler les maisons, il se trouve toujours une fillette plus maligne que les autres pour entraîner ses jeunes frères dans la forêt. Parfois ce sont les parents eux-mêmes, qui, sentant le malheur imminent, vont cacher les gosses au fond des bois. Ils les juchent sur une branche, avec un panier de provisions, de la mélasse, du miel, un pot de lait, mille gâteries pour leur faire prendre patience, et leur ordonnent de ne pas bouger jusqu'à ce qu'on vienne les chercher. Les parents se disent qu'ainsi les petits ont au moins une chance de ne pas finir entre les mains des hommes d'armes, et ce n'est pas mal penser. Mais il arrive qu'une fois le hameau détruit il ne subsiste pas une âme pour s'en aller à la recherche des gamins dissimulés. Qu'est-ce qu'un village de trente personnes pour des soldats gaillards soucieux de mêler la bonne besogne au plaisir ? Dix femmes peuvent-elles durer bien longtemps entre les mains d'une grande compagnie ? Quant aux hommes, ils cessent vite de gigoter quand on les assoit sur un pieu pointu pour les percer de flèches. Les festivités achevées, les cavaliers lèvent le camp, il ne reste derrière eux que décombres et pâture à corbeaux. Personne pour se rappeler les petits perdus au milieu des arbres. Alors les mioches pleurent, appellent vainement leurs parents. En tentant de rejoindre le village, ils se perdent, tournent en rond et s'enfoncent de plus en plus dans la forêt. Le plus souvent, les loups les mangent à la tombée du jour, car ils ne courent pas vite, les pauvres mioches. D'ailleurs parfois ils ont si peur qu'ils se recroquevillent dans le trou d'une racine, et attendent en suçant leur pouce qu'on vienne s'occuper d'eux. Mais personne ne vient jamais, bien sûr. Sauf les loups... Cependant ils ne meurent pas tous. Il y a de temps en temps, parmi eux, un gamin déluré qui s'improvise chef de bande et leur permet d'échapper aux dangers les plus immédiats.

— Et que deviennent-ils ? demandait Céline, impatiente d'en savoir plus.

— Ceux-là, s'ils ont un peu de chance, murmurait Lorel, deviendront des lutins.

— De vrais lutins ?

— Non. Mais je veux dire qu'ils formeront rapidement un petit peuple secret vivant en marge du monde. Ceux qui, du haut d'un arbre ou à travers le feuillage, ont vu se consumer les ruines de leur village, ceux qui ont vu danser dans le vent les silhouettes des paysans empalés, ceux-là apprendront vite aux autres qu'il est inutile de revenir en arrière. Je suis persuadé qu'un peuple d'enfants vit au cœur de la forêt, fuyant les exactions des gens de guerre et la folie des adultes. Un royaume de mioches, fait de bric et de broc, et dont les sujets viennent des quatre coins de l'horizon, tous survivants d'un massacre, tous rescapés d'une tuerie. Lorsque les loups ne les mangent pas, ils finissent par se rejoindre et se rassembler, les "derniers" d'Hugonet-le-Pont, et ceux de Valplin-la-Fontaine, et ceux de Charmillon... Les "derniers".

Oui, c'est ainsi qu'ils doivent se présenter entre eux : “Nous sommes les derniers de...”

« Et ils énoncent, en essayant de ne pas pleurer, le nom d'un village qui n'existe plus. Je suis certain qu'elle est réelle cette grande horde de marmots solitaires. Elle nous épie, elle vient la nuit se servir dans nos celliers et nos basses-cours. À cause des traces de pas minuscules laissées par ces petits chapardeurs, nous accusons les lutins, mais ce sont des enfants qui viennent ainsi piocher dans nos réserves, des enfants affamés qui ont décidé une fois pour toutes de ne plus faire confiance aux adultes. Ce sont eux qui rient dans les buissons, ce sont eux qui multiplient les mauvaises farces dont sont victimes les paysans. Des gosses, des maraudeurs de cinq ou six ans, vifs, insaisissables. Des orphelins, pas des gnomes en chaperon écarlate et aux oreilles pointues. »

Ainsi parlait Lorel. De prime abord Céline n'avait guère prêté attention à cette théorie, car le vieux trouvère était prodigue d'hypothèses farfelues. Pourtant, en ce moment, elle regrettait de ne pas l'avoir davantage interrogé. Massant ses pieds, elle essayait d'observer les alentours à travers les mèches qui tombaient sur ses yeux. Elle perçut de nouveau le petit sanglot, grêle, épuisé, d'un enfant que la fatigue fait se rouler en boule à même le sol, et qui, refusant de faire un pas de plus, se laisse traîner comme un sac par son compagnon. Étaient-ils là, les « survivants » dont avait parlé le troubadour ? Ces « derniers » qui avaient fui le monde des méchants et trouvaient encore les loups moins dangereux que les hommes ? « N'ayez pas peur ! faillit-elle lancer. Montrez-vous, je ne vous ferai pas de mal. » Mais elle sut d'instinct qu'ils n'obéiraient pas, elle était déjà trop vieille à leurs yeux pour qu'ils puissent lui faire confiance. Elle en éprouva un pincement dans la poitrine. Elle les devinait proches, sans doute harassés, à demi morts de faim, et pourtant curieux d'observer l'étrangère. Sans doute avaient-ils dans l'idée de lui préparer un mauvais tour pour lui faire peur, pour la chasser ? Une sale blague dont ils se vanteraient ensuite auprès des autres membres de la tribu. Ce n'étaient pas des lutins, rien que des enfants très seuls, blottis l'un contre l'autre, et que le crépuscule débarbouillait chaque soir de leur déguisement de mauvais drôles pour les abandonner aux terreurs de la forêt.

Céline les imaginait sans mal, tous recroquevillés au creux d'une cabane plantée à la fourche d'une maîtresse branche, sales comme des oisillons tombés dans la boue, se serrant les uns contre les autres pour ne rien perdre de la chaleur commune. Sans doute avaient-ils peur, sans doute, au moment de fermer les paupières, se sentaient-ils écœurés de trop de liberté et de mauvaises farces. Alors les plus petits, encore mal disciplinés, enfreignaient la loi du clan en appelant leur mère, et seules les chouettes leur répondaient. Céline aurait voulu les aider, leur tendre la main, les regarder simplement, leur dire qu'elle n'était pas mauvaise contrairement à ce que tout le monde semblait croire.

« Je vous raconterai des histoires, eut-elle envie de crier. J'en sais de très belles qui chassent les cauchemars. Laissez-moi venir vers vous. »

Car ils étaient bien là, les enfants des bois, elle en était de plus en plus certaine. Il lui semblait presque entendre leur souffle.

« Des enfants survivants, répétait Lorel. Rescapés des massacres, mais aussi des famines. De ces gosses que les parents partent perdre au fond des forêts parce qu'ils n'ont plus de quoi les nourrir... ou tout simplement pour ne pas céder au terrible désir de les dévorer eux-mêmes, comme cela arrive parfois. Des bébés également, des bébés abandonnés par des femmes sans cœur, et que les "lutins" recueillent sitôt qu'on les a exposés sur un tas d'ordures ou au pied d'un chêne. C'est ainsi que grossit le petit peuple, de cette addition de malheurs : la guerre, la famine, la luxure. Et c'est pour cela qu'aucun d'entre eux ne veut plus retourner dans le monde. C'est pour cela aussi qu'ils cherchent à nous effrayer : pour préserver leur royaume. »

Céline comprenait tout cela, mais elle n'était pas leur ennemie. Elle trouvait injuste qu'ils la prennent pour cible. N'y tenant plus, elle se leva. Il y eut un froissement de brindilles dans le buisson de ronces. Le temps qu'elle contourne le taillis, il n'y avait plus personne, et c'est à peine si elle put découvrir sur le sol une tache d'herbe bousculée. Mais était-ce une preuve ? Un gros lièvre aurait pu faire cela. Le seul signe véritable qu'elle n'avait pas été entièrement dupe de son imagination, était invisible. Il flottait dans l'air sous la forme d'un parfum complexe de crasse, de miel, de lait et de confiture. Un parfum d'enfance. « Revenez ! » supplia-t-elle sans grand espoir d'être entendue. Mais personne ne lui répondit. Elle finit par croire qu'elle avait rêvé.

Elle marcha de nouveau un jour entier, ne s'arrêtant que pour manger ses provisions. À cet endroit la terre était si humide que la mousse montait à l'assaut des arbres, les couvrant jusqu'à mi-tronc d'un merveilleux pelage roux qu'on avait envie de caresser. Elle essaya sans grande conviction de tracer des repères sur le sol pour retrouver son chemin, mais elle était persuadée que sitôt qu'elle avait tourné le dos les lutins jaillissaient des fourrés et se pressaient d'effacer ses marques. Elle avançait, l'oreille aux aguets, et il lui semblait que des pieds minuscules foulaient les feuilles mortes dans son sillage. Elle avait envie de se retourner d'un bond, le bâton brandi en criant : « Je vous ai vus ! », mais elle n'osait le faire, de peur de ne découvrir qu'un chemin vide. Les farfadets étaient lestes et rapides, il fallait se lever de bonne heure pour les surprendre.

Le soir, elle saignait des pieds et ne progressait plus qu'en clopinant. Depuis plusieurs heures déjà elle avait le sentiment que des silhouettes noires se déplaçaient parallèlement à elle dans les buissons. Elle les distinguait du coin de l'œil, formes mouvantes qui paraissaient découpées dans le tissu même de la nuit. Cette fois il ne s'agissait plus du petit peuple : c'étaient les dieux proscrits, elle en était certaine. Ils se barbouillaient de ténèbres pour devenir invisibles, mais leurs yeux blancs les trahissaient. Il lui suffisait de renifler pour percevoir leur odeur, quelque chose qui évoquait le feu, et le bois brûlé. Elle pensa que leur corps dégageait une telle chaleur que l'écorce des arbres s'enflammait dès qu'ils l'effleuraient. Leurs pieds nus faisaient grésiller la boue des chemins comme un tisonnier chauffé à blanc s'enfonçant dans l'argile.

Les dieux, ils étaient là, les veines charriant la foudre, le corps plein d'étincelles. Si l'un d'eux la saisissait par l'épaule, ses vêtements s'enflammeraient, et les doigts de la divinité s'inscriraient sur sa chair telle une marque au fer rouge. L'excitation le disputait en elle à la peur. Le côtoiement terrible lui coupait le souffle. Elle avait envie de prendre la fuite en hurlant.

À présent les maîtres des bois ne cherchaient même plus à se cacher. Elle les entendait haleter et fouler les brindilles sur leur passage. À bout de souffle, elle tomba à genoux au bord d'une mare et but avidement. L'odeur de fumée se rapprochait, emplissant l'atmosphère. Des images terribles envahirent son esprit. Elle imagina un grand trou au centre d'une clairière, un cratère rougeoyant ouvrant sur les enfers. Était-ce vers cet abîme que les silhouettes silencieuses la rabattaient peu à peu ?

Comme la nuit tombait et qu'elle se sentait au bord de l'évanouissement, elle se hissa dans un arbre et s'y encorda comme la veille. Mais elle dormit mal. Quand le vent écartait les branches, elle croyait distinguer les brasillements d'un formidable foyer entre les feuilles. L'entrée des enfers. C'était vers ce piège qu'elle courait. Lorsqu'elle serait au bord du trou, les mains brûlantes des Proscrits la pousseraient dans le vide, et elle n'aurait que le temps de sentir leurs grandes paumes lui rôtir les omoplates avant de s'abîmer dans le brasier souterrain.

Une fois les ténèbres installées, les loups vinrent flairer le pied de l'arbre, mais ne s'attardèrent point, comme s'ils redoutaient la présence des Proscrits et savaient d'ores et déjà que cette proie était réservée aux dieux.

Céline se débattit toute la nuit contre des cauchemars, et sans la corde elle serait tombée dix fois de son perchoir. L'aube la trouva sans force, les yeux cernés et les pieds en sang, ayant à peine le courage de se nourrir.

L'odeur de fumée planait sous le couvert, de plus en plus épaisse. Céline se demanda si elle avait encore le temps de faire demi-tour. La terreur annihilait ses facultés de raisonnement, mais elle ne voulait pas céder, s'avouer vaincue. À peine avait-elle quitté le refuge du grand chêne qu'un froissement de feuilles la figea. Elle entendit rire dans les taillis, et une silhouette noire se baissa lorsqu'elle regarda dans sa direction, mais sans hâte démesurée comme s'il lui était indifférent d'être aperçue. Elle était beaucoup trop grande pour appartenir à un enfant.

Céline recula. On rit de nouveau. C'était un gloussement de soudard plein de méchanceté. La jeune fille se jeta en arrière, dans le seul chemin qui s'ouvrait à elle.

Au moment où le sol se dérobait sous ses pas, elle comprit qu'on l'avait chassée en direction d'un piège. Une fosse recouverte de brindilles et d'herbe coupée, comme celles qui servent à prendre les ours. Elle tomba sans pouvoir se rattraper et heurta durement le fond du trou. Quand elle roula sur le dos, l'esprit déjà plein de brouillard, elle entrevit deux têtes noires penchées au-dessus du vide. Deux têtes où les yeux faisaient des taches d'émail démesurées. « Les dieux... », pensa-t-elle en perdant connaissance. Elle ne douta pas une seconde qu'ils allaient se saisir d'elle pour la jeter dans le grand trou de la géhenne.

XVI

Lorsqu'elle se réveilla, elle crut qu'elle était en enfer tant il faisait chaud. Entre ses paupières demi-closes, elle distinguait des brasillements d'incendie. Une odeur de fagots l'environnait, et elle imagina qu'on l'avait jetée au pied d'un immense bûcher en attendant de la hisser sur le poteau d'exécution fiché droit dans les braises. Elle griffa le sol. Il était couvert de cendre et de particules friables qui semblaient du charbon. Elle suait dans cette haleine de fournaise et une pellicule de poussière noire adhérait à sa peau moite, recouvrant ses mains. Elle hésitait à montrer qu'elle avait repris connaissance. Elle entrebâilla les paupières. Comme elle était seule, elle jeta un bref coup d'œil autour d'elle. Elle était couchée dans une cahute de branchages, et par l'ouverture du refuge elle distinguait l'une de ces grosses meules rougeoyantes où les charbonniers des forêts cuisent doucement le charbon de bois.

Elle était donc chez les boisilleurs ? Ces êtres noirs qui l'avaient traquée jusqu'au bord de la fosse, c'étaient des charbonniers ? Elle fut tour à tour soulagée puis déçue. Enfin la méfiance balaya les autres sentiments. Elle ne devait pas se laisser duper par les apparences. « Ils viendront à toi masqués, se répéta-t-elle. Ils ne te montreront pas tout de suite leur véritable visage. »

Des charbonniers ? Peut-être, mais peut-être aussi autre chose. Elle savait, par Médard, que les dieux de l'Antiquité raffolaient des déguisements. C'est ainsi du reste qu'ils abusaient des femmes : travestis en cygne, en taureau. Ils se prétendaient mendiants, vieillards pour éprouver la charité des hommes. Quant à ceux qui vivaient dans la forêt, ils pouvaient très bien avoir choisi de se grimer en charbonniers pour passer inaperçus.

Elle voulut s'asseoir, mais quelque chose tira sur sa cheville : une chaîne terminée par un bracelet de fer qui faisait d'elle une prisonnière. Elle secoua l'attache, l'anneau en était relié à un piquet de métal fiché en terre. Elle vit alors qu'on avait disposé à portée de sa main une cruche d'eau et une écuelle de brouet refroidi. On lui avait confisqué sa besace de cuir, et surtout la dague de fer forgée par Bénin. Elle en fut ulcérée.

De l'extérieur lui parvenaient des appels et des jurons. De temps à autre, une silhouette passait, courbée sous des fagots ou des sacs. C'était toujours celle d'un homme noir, presque nu, dont les yeux et les dents étincelaient de blancheur. Elle comprit que c'était la poussière de charbon dont il était enduit qui lui donnait cette couleur effrayante. Elle ne saisissait pas toujours très bien ce que disaient les inconnus car ils usaient d'un patois différent de celui de Hurlemort.

Un peu plus tard, une femme entra. Elle était noire, enceinte, et vêtue de guenilles qui empestaient la fumée. Elle s'agenouilla avec difficulté auprès de

Céline et la contempla, les mains posées à plat sur son ventre rond. Elle avait la tête enveloppée d'un fichu, et la sueur, en coulant sur son front, avait tracé des traînées blanches dans la poussière de charbon. Céline lui demanda si elle comprenait ce qu'elle disait, mais l'inconnue haussa les épaules et fit entendre un gloussement triste.

« Te fatigue pas, la marquée, soupira-t-elle. Tu ne me reconnais donc pas ? C'est moi, la Laure, la fille du père Barberet. »

Céline eut un sursaut, la Laure faisait partie des quelques filles qui, s'étant enfoncées dans les bois pour séduire le baron, n'en étaient jamais revenues.

« Les charbonniers m'ont attrapée, dit Laure Barberet en détournant les yeux. Ils ont besoin de femmes et aucune fille ne veut vivre ici, alors ils les enlèvent sans leur demander leur avis.

— Tu... tu t'es mariée avec l'un d'eux ? hasarda Céline.

— Idiote, siffla Laure. Tu n'as pas encore compris ? Je leur sers de femme à tour de rôle. Je suis la seule fille du campement. Ils en avaient capturé une autre avant moi, la Nicole, mais elle est devenue folle et s'est jetée dans le brasier. »

Elle fit une pause, puis, avec une certaine méchanceté, ajouta : « Enfin, maintenant que tu es là, je vais pouvoir un peu souffler. Tout nouveau tout beau, et le temps qu'ils se lassent de toi j'aurai fait mon bébé. »

Céline était abasourdie.

« Mais c'est impossible, haleta-t-elle. Ils ne peuvent pas me toucher, je suis marquée. Tu le sais, toi, tu vas le leur dire. »

Mais Laure haussa les épaules.

« La marque, ricana-t-elle, c'est des histoires d'un

autre monde pour eux, ils s'en fichent bien. Ils n'en ont même jamais entendu parler. Si tu crois que c'est ça qui les empêchera de te mettre en perce, tu te trompes, ma pauvre fille !

— Je m'enfuirai ! cracha Céline en tirant sur la chaîne.

— Oh ! pouffa Laure. Je disais ça moi aussi. Je me suis même presque scié le pied pour m'échapper. Tiens, regarde ! »

Et, soulevant sa jupe noircie, elle dévoila une cheville qu'encerclait le bourrelet d'une vilaine cicatrice.

« Mais ça n'a servi à rien, murmura-t-elle. On est bien forcée d'y passer, au début on fait sa mijaurée, et puis on s'habitue. Ce n'est pas si terrible, va, l'un d'entre eux est même assez caressant. Il pourrait passer pour joli garçon si le charbon ne l'avait pas rendu noir comme un diable de l'enfer. Ne sois pas trop gourde, et ils ne te battront pas. »

Elle se redressa péniblement, son ventre alourdissant chacun de ses mouvements. Céline voulut saisir le bas de sa robe pour la retenir, mais la guenille cuite par l'usure lui resta dans la main.

« Laure ! cria-t-elle en vain. Laure ! » Seule, elle retomba à terre, la peur la faisait haleter. Elle était anéantie par le vieillissement prématuré de son ancienne payse. Cinq mois de captivité avaient suffi à faire de la grande Laure une femme usée aux yeux éteints. Cédant à une subite frénésie, elle se remit à tirer sur la chaîne, mais ne réussit qu'à s'entamer la peau et à se faire saigner. À moins de se ronger la patte comme un renard, elle était bel et bien prise au piège.

Elle passa le reste de la journée sur le qui-vive, appréhendant le moment où les hommes cesseraient le travail. Alors que la nuit tombait, une silhouette s'encadra dans l'ouverture. C'était celle d'un jeune homme au torse nu. À ses cheveux dégoulinants, Céline devina qu'il avait essayé de faire un brin de toilette avant de se présenter. Il ne chercha pas à la toucher et s'assit sur le seuil, les bras noués autour de ses jambes qu'il avait ramenées sur sa poitrine. Céline vit qu'il portait à sa ceinture la dague de Bénin. « Voleur », siffla-t-elle entre ses dents.

« Allez, fit le jeune homme d'une voix qu'il essayait d'adoucir. On n'est pas des bêtes, faut pas avoir peur. Mon nom c'est Millot, j'ai deux frères : Beuglot et Manichet. Je suis l'aîné. On s'est consultés entre nous. Moi je suis pour qu'on t'apprivoise, comme on fait avec les écureuils. Les autres voulaient te sauter dessus mais j'ai dit non. J'suis l'aîné, faut qu'ils m'écoutent. Le père, il est aveugle depuis qu'il est tombé dans le feu, alors c'est moi qui commande. Faut pas que tu te fasses du mauvais sang et que tu maigrisses. »

Céline poussa un soupir de soulagement, persuadée que le jeune charbonnier allait maintenant s'excuser et lui annoncer sa prochaine libération, mais il ajouta : « C'est au vieux qu'on te donnera en premier, parce que c'est le père et qu'il a des droits. Mais tu verras, c'est pas bien terrible, suffira que tu fermes les yeux pour ne pas voir ses cicatrices. »

Il monologua longtemps, de la même voix égale, en homme habitué à calmer les chevaux effrayés par l'orage. Céline songea que c'était sûrement lui le beau garçon « caressant » dont avait parlé Laure.

« Je suis marquée, coupa-t-elle. Vous ne pouvez pas me toucher. » Millot haussa les épaules et sourit. Ses dents dessinèrent un croissant d'émail étincelant sur sa face charbonneuse.

« Oui, fit-il conciliant. La Laure nous l'a dit, mais c'est des croyances idiotes d'attardés. Faut t'enlever ça de la tête, t'es comme tout le monde. Ces histoires de marque, nous, on n'y croit pas. »

Cette déclaration glaça Céline en même temps qu'elle l'emplissait d'un immense bonheur. C'était la première fois qu'on lui disait qu'elle était comme tout le monde. Instinctivement, elle leva les mains, paumes offertes, pour que le jeune homme puisse distinguer les deux zébrures où la poussière noire s'était incrustée.

« Des bêtises, répéta Millot. Les paysans ne connaissent rien aux sortilèges des grands bois. »

Puis il s'éloigna à reculons avec un sourire rassurant. Mais Céline n'était pas rassurée du tout. Elle n'aimait pas l'assurance tranquille de ce garçon qui lui annonçait en quelque sorte qu'elle jouirait d'une heureuse captivité et d'un viol collectif. Pas plus qu'elle n'aimait la résignation de la grande Laure qui promenait son gros ventre comme une malédiction.

Alors que la nuit tombait, deux têtes hirsutes s'encadrèrent dans la découpe du trou d'accès. Malgré la lumière de la torche brandie par l'un des visiteurs, les deux visages demeurèrent noirs, incrustés d'escarbilles. Les curieux avaient de longs bras où luisait le tissu cicatriciel de grandes brûlures.

« C'est nous, ricanèrent-ils, Beuglot et Manichet, les frères de Millot, tes promis ! »

Ils partirent d'un rire aigu et s'envoyèrent mutuellement des coups de coude dans les côtes. Ils empestaient la gnôle, et Céline comprit qu'ils étaient tous deux ivres morts. Elle se recroquevilla dans le fond de la cahute. La chaîne arrêta son élan, et le bracelet de fer lui mordit la cheville. Beuglot et Manichet rirent de plus belle. C'étaient deux garnements précocement édentés, aux yeux trop enfoncés. La chaleur du brasier, en leur brûlant les poils, les enveloppait d'une odeur de poulet passé à la flamme. Céline était incapable de leur donner un âge quelconque.

« T'es point trop grasse, grommela Beuglot. Le père il sera pas content. Il aime rien tant que les gueuses bien enrobées. Il leur mord les tétons comme on croque le croupion d'un chapon décroché de la broche ! »

Céline était stupéfiée de voir qu'aucun d'eux n'avait peur d'elle. Au village les garçons n'osaient jamais l'approcher, et lorsqu'ils devenaient trop taquins, elle n'avait qu'à ouvrir les paumes pour les mettre en déroute. « Marquée ! criaient-ils, attention à la marquée ! » et ils s'enfuyaient en prenant leurs jambes à leur cou. Ici, le geste avait perdu tous ses pouvoirs magiques, et les deux ivrognes contemplaient ses mains sans présenter le moindre symptôme de frayeur.

« Laissez-la donc tranquille, fit la voix lasse de la grande Laure. Vous voulez la faire mourir de peur ?

— Tais-toi, gronda Manichet, faut bien qu'elle fasse connaissance avec ses maris. Et toi, la grosse, t'as intérêt à lui apprendre nos préférences. Tu sais que le père déteste les maladroites et les filles qui font leur mijaurée. Si elle file pas droit, tu tâteras toi aussi du bâton. C'est pas parce que tu vas bientôt véler qu'il faut te croire à l'abri des punitions, ce serait trop facile. »

Ils se retirèrent tout de même, s'appuyant l'un sur l'autre pour conserver leur équilibre. Laure prit leur place.

« Ne les contrarie pas, murmura-t-elle, surtout

quand ils sont imbibés de gnôle, cette cochonnerie les rend fous. Ils la fabriquent eux-mêmes avec des racines. Elle leur ronge jour après jour le peu de cervelle qui leur reste. Si tu obéis, tu éviteras au moins d'être battue, c'est déjà ça. Plus on est docile, moins ça les excite. Il faut se laisser aller comme une poupée de son, et penser à autre chose. Ça ne dure pas très longtemps, et dès qu'ils ont eu leur petite secousse ils s'endorment.

— Lequel est le père de ton enfant ? demanda machinalement Céline.

— Es-tu idiote ? siffla Laure. Je n'en sais rien. Tu n'as pas encore compris qu'il te faudra passer de l'un à l'autre ; les satisfaire tous, et le plus souvent au cours de la même nuit ? Je sais que tu es pucelle, mais il faudrait te dégourdir vite si tu veux rester entière. La Nicole, celle qu'ils ont attrapée un peu avant moi, elle se débattait. Un soir ils lui ont enfoncé un entonnoir dans la bouche et lui ont fait avaler un plein cruchon de gnôle. Elle est tombée raide et n'a plus bougé pendant trois jours. Et quand elle s'est réveillée, elle était devenue folle. C'est à ce moment-là qu'elle s'est jetée dans le bûcher. Faut te résigner. Ils ne te laisseront pas filer. Ils ont un chien, Furo, pire qu'un loup dressé. Si tu tentes de t'échapper, ils le lanceront sur ta piste et il te dévorera les pieds dès qu'il t'aura couchée sur le sol. Beuglot l'a dressé à ce tour. Après ils cicatriseront tes moignons avec une torche, et cette petite aventure ne te dispensera nullement du reste de la cérémonie. »

Elle soupira et conclut : « Maintenant assez bavardé, faut que tu manges pour te remplumer, et que je te mette au courant des goûts de ces seigneurs. »

Céline voulut se boucher les oreilles, mais Laure l'en dissuada d'une taloche. Elle lui assenait des mots crus, qu'elle doublait de dessins tracés dans la poussière du sol du bout de l'index. « T'es vraiment cruche, pestait-elle de temps à autre. Faut tout t'expliquer. »

Quand elle estima que son élève en savait assez, elle s'en alla sans un signe.

XVII

Le lendemain Céline fut réveillée par Millot. L'aube se levait à peine et la brume suintant de la terre entrait dans la cahute, se mêlant à la fumée de la meule. La jeune fille roula sur le dos, abrutie de fatigue, le corps rompu de courbatures. Elle sentit les doigts du charbonnier sur sa gorge, puis une sorte de collier de cuir se referma autour de son cou, comprimant ses veines.

« Calme, murmura Millot. C'est rien qu'une laisse. Ça me permettra de te sortir de la hutte. T'as pas envie de faire un tour ? »

Assurant le lien autour de son poignet, il releva la robe de la jeune fille et entreprit de libérer sa cheville de la chaîne qui l'enserrait.

« Sois pas bête, expliqua-t-il avec douceur. C'est un collier étrangleur pour les molosses. Si on tire, le nœud coulant les étouffe. J'ai pas envie de te faire du mal, alors je t'en prie : sois sage, fais pas la follette. Si tu te mettais à courir brusquement, ça pourrait te casser la nuque. »

Il avait l'air désolé, presque intimidé, et ses précautions oratoires contrastaient étrangement avec la sûreté de ses gestes.

« Viens, dit-il enfin. J'vais te montrer la charbonnière. Ne pousse pas de cris, sinon mes frères rappliqueront. »

Céline se laissa conduire. Elle avait l'impression d'être un faucon à l'attache. La lanière de cuir enroulée autour de l'avant-bras de Millot lui coupait la respiration dès qu'elle n'avançait plus au même rythme que le charbonnier. Dehors la fumée des meules, rabattue par le vent, stagnait au ras du sol, se mélangeant à la brume du matin. Le campement se réduisait à trois mauvaises bicoques de planches et de branchages barbouillées de suie. La poussière de charbon recouvrait toute chose d'un pelage noir et collant. On ne pouvait effleurer aucun objet sans se tacher irrémédiablement. Céline déambula sur les traces de son geôlier au milieu des billes de bois débitées en bûchettes. Partout ce n'étaient que sciure, esquilles et sacs de charbonnille. Des haches étaient plantées au hasard, mais si profondément — avec une telle force brute — que Céline aurait été incapable de saisir l'une d'elles pour frapper Millot.

Les meules charbonnaient, s'éteignant. Il aurait fallu les relancer en les attisant, mais Beuglot et Manichet dormaient vautrés dans la sciure et le charbon, encore cramponnés au cruchon de gnôle qu'ils avaient vidé pour trouver le sommeil.

« Je vais te faire voir le père, chuchota Millot toujours plein d'une étrange prévenance. Il est pas bien beau mais faut pas t'effrayer, c'est rien qu'un accident. »

Il tirait sa prisonnière avec douceur, veillant à ne pas lui scier la peau. Céline comprit que, accoutumé aux travaux de force, il éprouvait certaines difficultés à contrôler ses gestes, à retenir ses élans. Les boules dures de ses muscles qui se nouaient et se dénouaient sous sa peau noircie auraient pu casser le cou de la jeune fille d'une simple traction. À la lumière du jour, bien que mal débarbouillé, il n'était point laid. Des brûlures de tisons et d'escarbilles avaient creusé de profondes cicatrices sur ses joues et son front, les grêlant comme s'il avait souffert de la petite vérole, malgré cela il conservait un visage avenant.

Cédant à une impulsion, Céline lui posa la main sur l'épaule. C'était étrange de pouvoir enfin toucher quelqu'un sans le voir sursauter et s'enfuir. Millot s'arrêta, la regardant par en dessous.

« Écoute, souffla-t-elle, tu n'es pas méchant. Laisse-moi partir. Tu ne peux pas avoir envie de me rendre malheureuse, je suis sûre que tu n'es pas mauvais. »

Mais le jeune charbonnier secoua la tête avec fermeté et tristesse, peiné de ce soudain manquement à l'étiquette.

« Faut pas parler de cette manière, fit-il en fixant Céline comme une bête qu'il faut mater au plus vite. T'es notre femme maintenant. C'est la loi de la forêt, t'étais sur notre territoire, tu nous appartiens. On ne te laissera pas repartir, c'est la forêt qui t'a envoyée à nous. Ça s'est toujours passé de cette manière. Quand les charbonniers ont besoin de femmes, la forêt leur en donne une. Ce sont les dieux cachés qui font ça, pour nous empêcher de devenir des bêtes. Un homme sans femme il devient fou, il s'accouple avec les chèvres, les chiennes, il perd son âme. Tu ne peux pas te rebeller contre les dieux, c'est ton destin. »

Céline voulut protester, mais il tira sur le lien, l'étranglant à demi. Pendant une seconde elle suffoqua, privée d'air.

« Ça me fait de la peine de te punir, soupira-t-il. Je voudrais que tu sois notre écureuil. Les écureuils c'est farouche au début, et puis on arrive à les apprivoiser. »

Il s'ébroua, eut un mouvement d'impatience et conclut : « Allez viens, tu me fais trop parler, c'est pas bien. Faudra que tu apprennes à comprendre sans qu'on t'explique. »

Cette fois il la contraignit à se baisser pour pénétrer dans l'une des bicoques. Un vieillard chauve dormait sur une fourchée de paille qu'on n'avait pas renouvelée depuis longtemps. Il était vêtu de guenilles crasseuses et les traits de son visage ressemblaient à de la cire fondue. On aurait dit que sa tête avait été sculptée dans un gros cierge qu'on aurait laissé couler. De rares cheveux gris piquetaient cette face martyrisée par les flammes.

« Y voit plus rien, s'excusa Millot. Le feu lui a séché les yeux. On lui a cousu les paupières parce que ça faisait trop peur aux filles. Tu vois, on n'est pas des brutes. »

Le vieillard dormait en ronflant. Sous les loques, son corps révélait l'entrelacs des plaies rétractiles.

« Faudra lui faire plaisir de temps en temps, expliqua Millot. C'est humain, non ? T'es une gentille fille, je sens qu'on va bien s'entendre avec toi. Moi j'aime point trop la gnôle, alors j'ai encore toute ma tête, pas comme mes frères. Si t'es obéissante je te protégerai d'eux, je les empêcherai de te battre trop souvent. Un écureuil ça s'abîme pas, c'est trop joli. »

Céline, prise sous ce déluge contradictoire de menaces et de douceurs, était incapable de prononcer un mot. Elle regardait le vieux à demi enfoui dans la paille et n'éprouvait même pas d'horreur. La situation lui paraissait irréelle, digne de ces cauchemars qui s'évanouissent avec le jour.

« J'aime pas battre les filles, avoua le charbonnier en la tirant hors de la baraque. La Laure il a fallu sacrément la dresser, et ça m'a fait mal au cœur. Mais elle est bête, pas capable de comprendre que ce sont les dieux de la forêt qui ont décidé de son sort. Si elle s'échappait, ils la foudroieraient pour sa désobéissance, et elle tomberait en poussière avant d'avoir fait trois pas. Finalement, en la retenant, on la protège de la destruction. On lui sauve la vie et elle ne s'en rend même pas compte ! »

Il s'était mis à traverser la clairière, les sourcils froncés, essayant de formuler une pensée qui lui échappait sans cesse. Céline ne tarda pas à remarquer qu'il tentait depuis quelques minutes de s'exprimer d'une manière moins relâchée : « Si les dieux n'étaient pas là pour y pourvoir, souffla-t-il, aucune fille ne viendrait jamais ici. Elles ont peur de nous parce que nous avons la peau bleue, que nous sentons la fumée et que nous crachons noir. Dans les villages, il y a des gens pour dire que nous trafiquons avec le diable parce que nous avons toujours les mains dans le feu. Même les ratichons se méfient de nous. Les filles, elles savent qu'ici elles n'auront jamais de belles toilettes, et que la suie finira par s'incruster sous leur peau à tel point qu'aucun savon ne pourra en venir à bout. Elles ont peur de perdre leur âme en épousant un charbonnier. Alors les dieux nous ont pris en pitié, parce que nous sommes des malheureux. Ils ont voulu nous préserver des rapports contre nature, des vices. Des hommes entre eux, toujours seuls, on sait comment ça peut finir. On y perd son âme, oui. »

S'apercevant tout à coup que Céline tremblait

comme une feuille, il se frappa la tête de la paume de la main.

« J'suis idiot, marmonna-t-il. Je t'assomme avec mes sermons et tu t'effraies à l'idée de mal faire. Tu vas boire une gorgée de gnôle, ça tue la peur. »

Se penchant, il se saisit d'une cruche qui trônait sur un billot, au milieu des bûchettes, et, tirant la jeune fille par sa laisse, la força à approcher son visage du récipient. Céline ne put faire autrement qu'avaler une grande gorgée de goutte. L'alcool brut explosa dans sa bouche et son ventre comme du feu liquide. Elle vacilla, persuadée qu'on venait de lui assener un coup de masse entre les deux yeux.

« Tu verras, lui chuchota Millot avec bienveillance. La gnôle ça aide. La Laure en sait quelque chose. »

La tête lui tournant, elle se laissa tomber sur une souche. La voix de Millot résonnait à ses oreilles, curieusement déformée. Le jeune homme parlait de la difficile existence des boisilleurs coupés du monde.

« La forêt, disait-il. Elle ne se laisse pas faire. Elle n'aime pas qu'on l'ampute de ses plus beaux arbres. C'est comme une guerre entre elle et nous. Il faut s'en méfier, elle nous tend des pièges. Elle essaye de nous écraser sous les troncs qui s'abattent. Il faut toujours être vigilant. Elle ne nous pardonne pas de lui prendre sa chair pour la brûler, alors elle nous brûle à son tour. C'est comme ça qu'elle a pris le père, par surprise et par maléfice... »

Il devenait véhément, désignant la clairière qui les entourait, et ses souches coupées à ras de terre, comme il aurait montré un champ de bataille jonché de soldats morts.

« Nous la grignotons, murmura-t-il, jour après jour. Nous sommes comme une tache de pelade dans la fourrure d'un ours. Nous la débitons en morceaux et nous la brûlons. »

Céline avait du mal à suivre le fil de son discours. Il dut s'apercevoir qu'elle dodelinait de la tête, car il la ramena à la cahute. Assommée par l'alcool, elle sombra dans une torpeur dont elle n'émergea qu'au bout de plusieurs heures. La Laure se tenait à son chevet, essayant de lui faire ingurgiter une bouillie de gaudes gélatineuses.

« Il t'a eue, le Millot, ricana-t-elle avec amertume. La gnôle c'est traître. C'est comme ça qu'ils ont fini par me piéger. Après quelques gobelets tu ne sens plus ton corps. Tu n'as même plus de corps. Tout te devient indifférent, c'est comme si ce que l'on est en train de te faire arrivait à une autre. Ça peut aider, remarque. »

Céline répondit par un grognement. Elle avait mal à la tête. Elle avait l'illusion qu'un forgeron minuscule tapait sur une enclume au centre de son cerveau. Son estomac était à vif et sa langue pâteuse. Au village on lui avait toujours interdit de toucher aux boissons fermentées qui excitent les sens et vous poussent aux pires extrémités. Elle n'avait jamais bu que de l'eau, et le poison fabriqué par les charbonniers l'avait rudement secouée. Comment pouvait-on ingurgiter une telle horreur ? Elle le demanda à Laure qui lui répondit : « Tu as tort, ma belle. C'est une potion magique. Elle t'insensibilise comme un soldat à qui on va couper la jambe. Quand on en a un cruchon dans le ventre, on se moque de tout, et même de la tête fricassée du père. Tu ferais bien de t'y habituer. C'est une bonne médecine. En tout cas, c'est la meilleure qu'on puisse trouver ici. »

Céline se força à manger. Elle avait la nausée et dut faire des efforts pour ne pas vomir dans son écuelle.

Dehors les hommes s'étaient remis à l'ouvrage, attisant les meules à l'aide de grands soufflets ou d'énormes sarbacanes dans lesquelles ils s'époumonaient pour relancer le feu. La fumée épaisse, collante, prenait à la gorge et irritait les yeux au point qu'on finissait par pleurer sans même s'en rendre compte. De temps en temps les charbonniers se raclaient la gorge pour cracher, et de longs jets d'une salive noire comme l'encre fusaient de leur bouche.

En fin d'après-midi, Millot vint chercher Céline et l'enchaîna au pied d'un tas de bûches à un anneau planté dans le sol.

« Bois un coup, lui dit-il alors qu'elle se mettait à tousser. La gnôle ça guérit la poitrine. »

Et il lui mit d'office entre les lèvres un gobelet ébréché qui lui écorcha la bouche. Une fois de plus l'eau-de-vie descendit comme une coulée de feu dans la gorge de la jeune fille. La stupeur revint aussitôt, brouillant son regard, et elle se surprit à glousser sans raison. Beuglot, soufflant dans sa sarbacane, n'était-il pas à mourir de rire ? Elle eut brusquement un sursaut de terreur et comprit que l'aîné des charbonniers cherchait à l'étourdir en vue de ses prochaines « épousailles » avec le père. Sans doute comptait-il l'enivrer tout au long de la journée afin qu'elle perde connaissance à la nuit tombante ? Elle le lui dit lorsqu'il revint à l'assaut, son damné pichet à la main. Elle cracha de fureur et l'injuria... du moins en eut-elle l'impression, mais il lui sembla que les mots sortaient de son gosier curieusement déformés, affaiblis.

« C'est pour ton bien, mon écureuil, dit gentiment Millot. Comme ça tu ne sentiras rien, et demain, au réveil, tu n'en garderas aucun souvenir. Tu seras devenue notre femme sans t'en rendre compte. C'est bien, non ? Tu vois que je prends soin de toi. »

Céline aurait voulu hurler de rage et de peur, mais l'eau-de-vie dégoulinait une fois de plus sur son menton, lui incendiant la gorge. Elle n'avait plus de muscles. Ses bras, ses jambes, pendaient, inertes, comme s'ils appartenaient à une poupée de son. Une image l'obsédait : celle de ce blessé dont avait parlé Laure : ce soldat allongé sur un champ de bataille, abruti par l'ivresse, et à qui l'on coupait la jambe au moyen d'un grand couteau de boucher sans qu'il fasse mine de se réveiller. C'était ce qui allait lui arriver dans quelques heures si elle ne faisait pas attention : elle s'abattrait sans connaissance, et on l'emporterait dans la cabane du père.

Estimant qu'elle avait assez pris l'air, l'aîné des charbonniers la ramena dans sa cahute. Il dut la soutenir durant le bref trajet car elle avait déjà le plus grand mal à rester en équilibre sur ses pieds. Seule, elle s'effondra tandis que le toit de la cabane tourbillonnait de plus en plus rapidement au-dessus de sa tête. Comme elle transpirait, Laure vint lui poser un linge mouillé sur le front.

« Il est gentil, Millot, dit-elle sans aucune ironie. C'est pas ses frères qui se feraient autant de souci. Avec eux ça se passerait un couteau sur la gorge, ou attachée à une table. Mais depuis que la Nicole s'est jetée dans le feu, il a peur. Il ne veut pas que ça recommence. C'est pour ça qu'il essaie de t'apprivoiser. Faudra que tu sois gentille avec lui, les autres ce sont des chiens, mais lui... »

Céline n'écoutait pas. Elle était abominablement malade, et ne tarda pas à rendre tout ce qu'elle avait avalé au cours de la journée, souillant ses vêtements et tout l'intérieur de la cabane.

« Ah ! grommela Laure exaspérée, qu'elle est sale !

— Elle n'est pas habituée, dit Millot à ses frères. C'est une vraie pucelle, pas une dévergondée. Faudra être un peu patient. On remettra les épousailles à plus tard, lorsqu'elle saura convenablement cuver son vin sans tout salir. »

Céline perdit connaissance sur cette dernière parole en remerciant le Christ et tous les dieux cachés dans la forêt. Elle avait gagné un sursis, c'était peu mais c'était déjà ça. Elle savait pourtant que le miracle ne se reproduirait pas chaque soir. « Il faut que je m'évade, songea-t-elle dans une ultime étincelle de conscience. Il faut que... »

XVIII

Le lendemain elle déploya toute la rouerie dont elle était capable pour grappiller un peu de temps. D'emblée, le pari se révéla difficile car Beuglot et Manichet donnaient des signes d'impatience.

« Faut que ce soit pour ce soir, les entendit-elle marmonner à l'adresse de leur aîné. On a trop attendu.

— Prenez la Laure, leur signifia Millot.

— Elle est trop pleine, grogna Manichet, elle est plus bonne à l'amour. Quand on grimpe dessus on a l'impression d'être à cheval sur une barrique. »

Les trois frères se séparèrent de méchante humeur. Aussitôt une atmosphère de menace s'installa, diffuse, faite de regards mauvais et furtifs. Lorsque Millot emmena Céline à l'écart pour sa promenade du matin, la jeune fille décida de jouer le tout pour le tout.

« Si vous me touchez je me jetterai dans le feu, dit-elle sourdement. Comme la Nicole que vous avez rendue folle, et mon fantôme viendra vous hanter. Vous le verrez tous les soirs apparaître dans la fumée de la meule. »

Le jeune charbonnier tressaillit, sans sa figure enduite de suie, Céline aurait pu le voir blêmir.

« Faut pas dire des choses comme ça, haleta-t-il. Avec les dieux toujours à l'écoute dans les fourrés, faut surveiller son langage. Parfois ils s'amusent à prendre les souhaits des hommes au pied de la lettre, et ça peut donner naissance à des drames. »

Il s'immobilisa, serrant dans son poing le lien de cuir noué autour du cou de Céline.

« D'abord je ne te crois pas, lâcha-t-il. T'es pas folle comme l'autre. Il y a de la force en toi, ça se sent. C'est pas d'avoir donné un peu de plaisir contre ton gré à quelques hommes qui te fera perdre la boule. Tu pleurnicheras un peu, comme toutes les filles, et puis tu n'y penseras plus. »

Céline chercha vainement une contre-attaque, rien ne lui vint à l'esprit. Elle aurait voulu gagner du temps, essayer d'établir un lien affectif entre elle et le charbonnier, mais elle ne savait comment manœuvrer. Elle n'avait jamais eu l'âme coquette, et elle ignorait tout des milles agaceries et dérobades par lesquelles les filles s'attachent un galant et le font bientôt tourner en bourrique.

« Ici c'est la limite de la charbonnière, murmura Millot en désignant une ligne de feuillage plus sombre en contrebas. On ne va rien couper au-delà, passé cette frontière ça grouille de dieux. C'est ici que commence leur territoire, mais comme ils s'ennuient, ils sont toujours à tourner autour de nous pour nous espionner. C'est aussi à cause d'eux qu'on a besoin de filles : pour leur donner le spectacle. Si on vivait comme des moines, peut-être qu'ils nous trouveraient ennuyeux et décideraient de nous foudroyer ? »

Malgré elle, Céline avait tendu l'oreille. Elle scruta

la ligne sombre, d'un roux foncé, qui traçait comme une frontière dans le moutonnement du couvert.

« Tu les as vus, toi, les dieux ? » demanda-t-elle.

Millot s'agita, mal à l'aise.

« C'est pas bien d'en parler, grommela-t-il en triturant la longe entre ses doigts. On ne les voit jamais en face, bien sûr, mais de loin, quand ils viennent chercher les sacs de charbonnille.

— Vous leur donnez du charbon de bois ?

— Non, on le leur vend, et ils payent. On pose les sacs au pied d'un arbre et on s'éloigne. Quand on revient, il y a des pièces dans une écuelle. De l'or, même, parfois.

— Des pièces ?

— Oui. Mais faut pas les toucher avant de les avoir passées à la flamme, pour tuer la pourriture.

— La pourriture ? s'étonna Céline.

— Oh ! s'impatienta Millot, pressé d'en finir avec le sujet. Faut donc tout t'expliquer ? Ils ne sont pas en bonne santé, c'est connu. À vivre en exil, loin du soleil et de la fumée des sacrifices, ils ont commencé à se décomposer. Une espèce de lèpre qu'ils dissimulent sous des bandages. L'or, faut le passer à la flamme, sinon on attrape leur maladie. »

Céline était perplexe, et pourtant le témoignage de Millot confirmait certaines craintes qu'elle avait nourries par le passé. Privés d'autels, d'offrandes, de prières, les dieux proscrits ne pouvaient être en bonne santé. L'offensive menée par les prêtres et les exorcistes n'avait contribué qu'à les affaiblir davantage. C'est pour cela qu'ils ne se rebellaient pas contre l'envahisseur chrétien et vivaient terrés au fond des bois. Ils étaient comme ces soldats blessés qui, au terme d'une bataille, se traînent dans les taillis pour ne pas être achevés par les détrousseurs de cadavres en quête d'armes de fer et de cuirasses.

« Sais-tu s'ils retiennent prisonnier le baron de Hurlemort, notre seigneur ? » interrogea-t-elle.

Millot secoua négativement la tête.

« On ne se mêle pas de leurs affaires, décréta-t-il. On leur livre le charbon, c'est tout. Et puis aussi de la gnôle. Personne ne sait vraiment où ils vivent, et c'est pas moi qui me risquerais à les suivre. »

Indisposé par cette discussion, il décida de rejoindre les baraques. Un grand tapage les y attendait. Soucieux de précipiter les événements, Beuglot et Manichet s'en étaient allés prévenir le père de la capture de la pucelle. Du fond de sa cahute, le vieillard hurlait et maudissait son aîné, exigeant qu'on lui présente sa nouvelle épouse au plus vite. Il beuglait dans un patois que Céline avait, par moments, le plus grand mal à comprendre, et tapait sur le sol avec un cruchon vide. Dans un coin, contents de leur manœuvre, Beuglot et Manichet travaillaient avec une ardeur des plus feintes.

« Sacre fi'de garce », vociférait le bonhomme à l'adresse de Millot qui s'était glissé dans la casemate. « Ma nouvelle femme est là et tu ne me la présentes point ? Ah ! depuis que je n'ai plus mes yeux, vous n'avez plus aucun respect pour votre père, bande de foutriquets ! »

Il avait lâché sa cruche pour s'emparer d'une badine dont il fouettait l'air autour de lui, cherchant à atteindre son aîné qui, d'ailleurs, ne se dérobait pas. C'était un étrange spectacle que ce vieillard défiguré, à demi invalide, qui fouettait un jeune homme bâti en force, et dont les mains puissamment développées auraient pu lui casser l'échine sans le moindre effort.

« Fi'de garce ! hoquetait le vieux en redoublant de rage. Qu'on m'amène la donzelle, j'veux la renifler.

— Père, chuchota Millot. Elle est pucelle, il ne faut pas l'effrayer. Rappelez-vous ce qui s'est produit l'autre fois. Il faut vous maîtriser un peu.

— Tais-toi donc, salopiot ! gronda l'invalide. C'est point aux fils de faire la loi. »

Convulsé de colère, il continuait à faire siffler sa badine comme s'il corrigeait un chien. Millot ne bronchait pas, encaissant les coups avec stoïcisme alors qu'il lui aurait suffi d'un pas en arrière pour se mettre hors de portée. La branche avait imprimé des estafilades sanglantes sur sa poitrine, lacérant sa chemise. Malgré cela il supportait la correction avec une bonne volonté étonnante, se contentant simplement de tourner la tête quand le scion menaçait de le marquer au visage.

« Père, répétait-il doucement. Calmez-vous, vous vous faites du mal. Vous avez l'air d'un ogre, vous voulez donc qu'elle tombe raide morte entre vos bras, tuée par la peur ? »

Le vieux s'affaissa sur la paillasse, non parce qu'il se rendait aux arguments de son fils, mais parce qu'il était à bout de souffle. Millot en profita pour tirer sur le lien de cuir.

« Ne crains rien, chuchota-t-il à Céline. Donne-lui la main, c'est tout. Il ne te fera pas de mal. »

À voir sur la poitrine du charbonnier les meurtrissures où perlait le sang, la jeune fille en doutait, mais elle ne résista pas à la traction qui l'amenait au chevet du vieillard. Elle tendit la main. Le bonhomme reniflait comme un chien.

« Femelle, bougonna-t-il, ça sent la femelle ! »

Ses pattes ravagées par le feu se refermèrent sur le poignet de Céline qu'elles pétrirent.

« Ah ! sanglota-t-il, depuis ce foutu accident je ne sens plus la peau des femmes. Je n'ai plus de nerfs dans les doigts. Je ne peux plus me rendre compte si t'es jeune ou vieille, j'ai même plus ça. T'es jeune, dis ? Parle ! Y a qu'à la voix que je me rendrai compte. »

Subitement il n'avait plus rien d'un monstre et Céline se surprit à contempler son visage ravagé sans éprouver le moindre dégoût.

« Je suis jeune, confirma-t-elle. J'ai quatorze ans, presque quinze.

— Ah ! c'est bien, haleta le père en laissant retomber sa main. C'est pas la peine d'avoir peur, j'te peloterai pas davantage, ça servirait à rien. J'peux plus différencier la chair d'une femme de l'écorce d'un arbre, alors à quoi bon ? Y a qu'un endroit chez moi qui fonctionne encore... qu'un endroit... »

Son rire devenait louche. Millot tira Céline en arrière, lui meurtrissant le cou. La jeune fille suffoqua.

« Mes épousailles, fiston, grommela le bonhomme soudain radouci. Faut voir à organiser mes épousailles, et le plus rapidement possible. T'es un bon fils qui pense toujours à procurer un peu de distraction à son vieux père, mais si tu me fais attendre, tout aveugle que je suis, je te casse la tête à coups de gourdin.

— Patience, père, fit Millot d'une curieuse voix de petit garçon. Elle est niaise, donnez donc à la Laure le temps de la dégrossir. C'est une gamine, elle n'a pas idée des travaux du lit.

— M'en fous, explosa l'infirme. Préparez le festin, et qu'il y ait de la gnôle, foutredieu ! »

Puis, soudain plein de mansuétude, il ajouta : « Et je veux que la gamine soit heureuse, qu'on lui fasse une belle robe. Un mariage ça doit rester un beau souvenir. »

Millot sortit de la cahute sans répondre, laissant le vieillard à son délire. Dans un coin, Beuglot et Manichet ricanaient. L'aîné des charbonniers raccompagna la jeune fille dans sa cabane. Il paraissait contrarié.

« Faut pas m'en vouloir, dit-il en enchaînant la cheville de la prisonnière, ça m'embête bien mais on ne pourra plus attendre longtemps à présent. J'aurais pourtant voulu que tu t'habitues, que tu te rendes compte qu'on n'est pas des mauvaises gens. Mais le père c'est le père, et quand il a décidé quelque chose... Je te donnerai de la gnôle, va. Ce sera comme dans un rêve. Tu seras là, et pas là en même temps. »

Il tendit la main comme pour caresser les cheveux de Céline, se ravisa à la dernière seconde et s'éloigna en murmurant quelque chose qui ressemblait au mot « écureuil ».

Dès qu'elle se retrouva seule, Céline fut submergée par la peur de ce qui se préparait. Elle eut une nouvelle crise de frénésie et tenta de se libérer de l'anneau bouclé autour de sa cheville. Laure qui entrait, lui saisit les poignets pour l'immobiliser.

« Arrête ! ordonna-t-elle. Ça ne sert à rien. C'est une serrure qui vient de la ville, et la clef, Millot la garde au fond de sa poche. Si tu t'obstines, tu te mettras le pied en sang... Et c'est pas la peine de lui faire les yeux doux, il ne te libérera pas. J'ai essayé avant toi, le père l'a bien dressé. Il ne lui désobéira jamais. »

Elle déposa sur le sol une écuelle de soupe brûlante qui sentait fort bon, et un chanteau de pain bis. Céline mangea avec voracité, non parce qu'elle avait faim, mais parce qu'en cas d'évasion elle aurait besoin de toutes ses forces pour courir. Elle n'avait du reste aucun plan. Elle s'était seulement juré de ne laisser passer aucune occasion. Il y avait le chien, bien sûr, qui n'aboyait jamais mais ne la quittait pas des yeux. Elle savait qu'au moment même où elle s'élancerait, il bondirait sur ses talons, la gueule ouverte, prêt à lui broyer la nuque, car c'était l'un de ces molosses vicieux qui n'hésitent pas à attaquer les sangliers.

Tout à coup Millot entra, porteur d'un cruchon d'eau-de-vie.

« C'est pour toi, dit-il avec douceur. Ça t'aidera, mais n'en bois pas trop, ça te tuerait. »

Il s'assit, mal à l'aise, dessinant du bout des doigts des arabesques dans la poussière de charbon.

« Je regrette, souffla-t-il. Mais c'est la volonté des dieux. On n'y peut rien. Ni toi ni moi. Je suppose qu'ils ont envie d'un bon spectacle, hein ? Une fois j'ai vu ça en ville : des comédiens avec des masques qui dansaient et faisaient des pitreries sur une estrade pour distraire de beaux seigneurs. J'ai l'impression que c'est la même chose qu'ils attendent de nous. On ne peut pas se dérober... parce que les seigneurs, s'ils ne sont pas contents des comédiens, ils leur font casser les membres à ce qu'on m'a dit. »

Il fit une pause, puis ajouta avant de se retirer : « J'regrette... J'regrette que ça soit tombé sur toi. Faudra que tu boives, comme ça tu nous verras pas, et j'aurai moins honte. »

XIX

Ce jour-là, on arrêta de travailler plus tôt que d'habitude et tout le monde se rassembla autour de la meule pour fêter les épousailles de Céline avec la tribu des charbonniers. Tout l'après-midi Laure avait battu les broussailles pour relever les collets, ensuite elle avait enfilé les lièvres sur un bâton pour les mettre à rôtir, et les bestioles roussissaient doucement, suant une graisse dont les gouttes s'enflammaient au contact des braises. Elle avait également enduit de glaise une bonne vingtaine de petits oiseaux qu'elle avait placés sous le foyer où ils achevaient de cuire au sein de leur coquille de boue durcie. Pour finir, elle avait aligné cinq grosses cruches provenant de la réserve d'eau-de-vie du clan. C'était un tord-boyaux à vous faire éclater les yeux, avait-elle confié à Céline. Il fallait l'avaler à très petites gorgées si l'on ne voulait pas sentir son estomac se recroqueviller comme un parchemin placé sur la flamme d'une bougie. Quand tout fut prêt, les hommes s'adossèrent à une pile de bûches, un cruchon de gnôle coincé entre les cuisses. Le père avait été installé à la place d'honneur, sur un vieux fauteuil à très haut dossier qui lui donnait l'air d'un seigneur présidant un banquet de chevaliers loqueteux. Céline fut attachée à un piquet par son collier de cuir, et Millot boucla la longe en un nœud si savant que la jeune fille n'aurait su par quel bout le prendre si elle avait dû le défaire à la hâte. Elle remarqua que l'aîné des charbonniers évitait son regard, et qu'il la traitait avec une rudesse empruntée.

Laure se mit à dépecer les lapins brûlants avec ses doigts pour en distribuer des morceaux aux hommes. Elle servait toujours le père en premier. Dès que le vieux eut avalé sa première bouchée, ses fils se jetèrent dans une mastication effrénée qu'ils n'interrompirent que pour avaler de grandes goulées d'eau-de-vie. On sentait chez Beuglot et Manichet le désir de prendre des forces en prévision d'un assaut imminent. Céline faisait semblant de manger. La chair du lièvre avait un relent de suie, comme tout ce qu'on avalait ici. Elle se fit la réflexion que l'épaule du père aurait le même goût lorsqu'elle la mordrait jusqu'au sang, tout à l'heure. La peur montait en elle. Elle savait qu'elle ne disposait plus que de très peu de temps pour trouver un moyen d'évasion. D'abord elle avait songé à attendre que les hommes soient ivres pour ronger la laisse avec ses dents et s'enfuir dans la forêt. Elle avait prévu de courir droit vers la ligne de végétation plus sombre qui délimitait — selon Millot — le territoire des dieux. Mais elle voyait bien maintenant que la longe était aussi résistante qu'un nerf de bœuf, et qu'elle se mettrait les gencives en sang avant même de l'écorcher. Et puis il y avait Furo, le chien, qui lui ne buvait pas, et demeurait vigilant. Quand elle tournait la tête, elle surprenait son œil fixé sur elle. Le molosse avait alors un frémissement des babines qui dévoilait ses crocs, dont certains avaient été brisés au cours d'affrontements avec les sangliers. Les charbonniers mangeaient gloutonnement mais sans prononcer un mot. Entre deux gorgées d'eau-de-vie, ils laissaient échapper des éructations. À intervalles réguliers, Beuglot et Manichet lançaient à la jeune fille des œillades appuyées, et se passaient une langue grasse sur les lèvres. Le vieux marmonnait, le plus souvent en patois. Millot, lui, mangeait sans regarder personne, mais buvait plus que ses frères. Céline devina qu'il n'interviendrait pas en sa faveur, Laure avait raison sur ce point. Même s'il avait honte, il se conformerait aux lois du clan. Ne cherchait-il pas d'ailleurs à se saouler pour aviver en lui une méchanceté qui tardait à s'éveiller ? Chaque fois qu'il levait la cruche, ses dents cognaient durement contre le goulot de terre. Gagnée par la désespérance, Céline fut tentée de l'imiter. Si elle ne pouvait s'échapper, au moins lui restait-il la solution de se soustraire par l'ivresse à l'horreur de ce qui allait suivre. Elle saisit la cruche qu'on avait poussée vers elle, et la porta à sa bouche. Tout de suite le poison explosa en elle, lui coupant la respiration. Après la brûlure vint l'engourdissement. Ses lèvres, sa langue, lui parurent de bois, et le sol commença à vaciller sous ses fesses comme si elle venait de prendre place dans une barque agitée par les courants.

« C'est bien, lui chuchota Laure. Pour la première fois, vaut mieux que tu dormes. Bois un bon coup et ne pense plus à rien. »

Le jour baissait, installant tout autour d'eux une barrière obscure et bruissante. La grande meule continuait à illuminer la clairière et à dispenser sa chaleur. Le repas était terminé, et chacun maintenant se cramponnait à sa cruche avec une obstination et une ardeur insolites. La lueur des braises faisait luire les visages dégoulinants de sueur. Beuglot et Manichet ne ricanaient plus, ils respiraient fort et leur regard avait pris une fixité étrange. En fermant les paupières, Céline avait l'impression de se trouver au milieu d'une horde de chiens haletants, la langue hors de la gueule, au terme d'une interminable traque.

Elle s'appliquait à s'enivrer, elle aussi comme un soldat qu'on va bientôt amputer, mais, dans son corps, le vertige se changeait peu à peu en nausée. La brûlure de la meule l'attirait. Elle eut l'illusion qu'elle allait tomber au pied de la montagne de braises, la tête la première, et qu'elle resterait là, dans l'haleine du brasier, incapable de prendre appui sur ses bras pour se relever. Personne ne lui porterait secours, et elle cuirait doucement, si saoule qu'elle n'éprouverait aucune souffrance. Ses vêtements s'enflammeraient, sa chair brunirait comme celle des lièvres, tout à l'heure, et elle n'aurait pas mal. Elle se regarderait rôtir, de bout en bout, ne perdant conscience que lorsque la chaleur fricasserait sa cervelle. Lorsqu'elle serait à point, les charbonniers se jetteraient sur elle pour la manger, puis ils lanceraient ses os au chien qui les broierait entre ses mâchoires. « Je suis ivre morte », constata-t-elle en toussant. Elle gloussa. Elle n'avait plus peur, subitement elle était contente d'être là, dans la bonne chaleur de la meule, loin de la forêt si noire et si menaçante. Elle éprouvait un réel plaisir à entendre ronfler la grosse bosse de charbon de bois. Le vent poussait vers elle les émanations du brasier, faisant courir sur sa peau un crépitement brûlant qui lui cuisait les bras et les épaules. C'était agréable et elle aurait voulu s'endormir ainsi, allongée de tout son long dans la suie du sol. Elle ne savait plus depuis combien de temps elle était là. Il lui sembla que la grande Laure riait en se promenant à quatre pattes autour du bûcher, son gros ventre traînant dans l'herbe. Beuglot et Manichet chantaient d'une voix discordante, le père battait la mesure en cognant rythmiquement le cruchon de sa grosse main racornie. Mais tout cela se passait à l'autre bout du monde, si loin, si loin. Laure avait enfin réussi à se mettre debout et tournait sur elle-même telle une Gitane, ses jupons troussés. Elle riait comme une folle... ou comme doivent rire les bêtes quand personne ne les observe. Elle finit par perdre l'équilibre et tomba sur le dos, faisant s'esclaffer les charbonniers. Céline entrevoyait à présent ce qu'avait ressenti la Nicole lorsqu'elle s'était jetée dans le feu. Engourdie par la gnôle, elle avait dû penser, elle aussi, qu'elle pourrait se laisser rôtir par la meule sans la moindre souffrance. Céline sentait cette même tentation monter en elle. C'était une envie brutale de se coucher à plat ventre sur ce lit de braises aux si belles couleurs. Ah ! comme ce devait être bon de s'abandonner à la grande cuisson du feu, de se recroqueviller dans cette lumière si rouge, si attirante. Elle comprenait soudain le suicide des papillons venant se rôtir les ailes aux flammes des bougies. Elle voulut se lever, mais l'alcool la tint rivée à terre, plus lourde qu'une souche. Des larmes coulaient sur ses joues brûlantes de fièvre et elle en fut surprise, car elle n'avait nullement conscience d'être triste. Elle avait l'intuition qu'en buvant encore quelques gorgées, elle parviendrait à s'échapper de son corps. « Je m'en fiche, après tout, songea-t-elle. Mon âme s'envolera dans les airs, à travers la forêt. Elle ira habiter le corps d'une biche.

C'est joli les biches, ils pourront faire ce qu'ils veulent de mon ventre, je n'y reviendrai plus... »

Elle joua un instant avec cette idée, puis réalisa qu'au moment même où les charbonniers abuseraient d'elle, la terre s'ouvrirait sous eux, les engloutissant. « Ce sera bien fait », ricana-t-elle. Oui, ils y passeraient tous, et la forêt entière disparaîtrait au sein des abîmes avec ses lutins, ses sangliers, et ses millions d'arbres séculaires. Elle avait conscience de divaguer mais hésitait entre l'abandon total et le raidissement. Elle battit des paupières, essayant de voir ce qui se passait autour d'elle. Beuglot était tombé sur le sol et luttait pour essayer de retrouver son équilibre. Une cruche de gnôle roula jusqu'au brasier, s'enflamma puis explosa, et l'un des tessons de poterie frappa Manichet entre les sourcils, l'assommant aussi sûrement qu'un coup de gourdin. Il s'effondra sur le dos, tandis qu'un filet de sang gouttait le long de son nez. « Ben merde, grommelait-il avec une sorte d'effarement joyeux, ben merde alors. » Seul Millot demeurait immobile, lugubre, cramponné à sa cruche, un air mauvais sur le visage. Le père, dont la beuverie n'avait nullement entamé les facultés, braillait quelque chose à propos de ses épousailles. La grande Laure ronflait, bras en croix, indifférente à la chaleur de la meule qui roussissait ses cheveux. Céline comprit que la « cérémonie » était imminente et s'effraya de n'avoir pas encore perdu conscience. Dans une seconde Millot allait ramper vers elle, la saisir par les poignets et la traîner vers le père dont l'impatience devenait de plus en plus manifeste. « Il faut que je dorme, pensa-t-elle. Il faut que je dorme. » Elle se saisit du cruchon mais n'eut pas la force de l'élever jusqu'à sa bouche. Ses bras pendaient de part et d'autre de son torse, sans aucune énergie, comme les membres d'une poupée de chiffon. Elle sut qu'elle n'aurait pas assez de force pour mordre ou griffer, et qu'elle ne pourrait infliger aucun préjudice à ses agresseurs.

Millot s'était levé. À ce moment, le chien qui depuis quelques minutes donnait des signes d'énervement, se dressa et fila en aboyant vers les taillis bordant la clairière. L'aîné des charbonniers ne prêta aucune attention à son manège, tout occupé qu'il était à mettre un pied devant l'autre pour s'approcher de la captive.

« La mariée ! hurlait le vieux. Qu'on m'amène la mariée ! C'est l'heure des épousailles ! Je vais lui réjouir le ventre, moi, à la pucelle ! »

Un couinement douloureux retentit dans la nuit. C'était un cri de bête surprise par la mort, et qui, débutant en grondement de fauve, s'achevait en glapissement de chiot. Le père se dressa, en alerte. Contrairement à ses fils, il avait supporté l'incroyable ingestion d'alcool sans que son équilibre en soit altéré.

« C'est Furo ! hurla-t-il. On lui a fait du mal ! Y a quelqu'un... J'le sens, y a quelqu'un qui nous regarde dans la nuit ! Des yeux d'étranger ! »

Millot oscilla, contrarié dans son avance. Les mots du père avaient beaucoup de mal à se frayer un chemin jusqu'à son entendement.

« Bougre de bon à rien ! vociféra le vieux. Y a quelqu'un qu'a saigné Furo, j'te dis ! Donne-moi mon bâton ! »

Millot amorça une volte-face tandis que Céline essayait de reprendre ses esprits. Quelque chose était en train de se passer dont elle devait profiter. Elle tenta de s'agenouiller, mais le contrôle de son corps lui échappait. Quelque part derrière il y eut un bruit de lutte, un coup sourd comme peut en produire un bâton heurtant un crâne, et que suivit de près la chute d'un corps.

« Beuglot ! Manichet ! hurla le vieux charbonnier, on vient de casser la tête à votre frère ! Debout ! Debout ! On nous attaque ! »

Et, localisant les deux garçons à tâtons, il leur bourra les flancs de coups de pied. Céline fut soudain enveloppée par une odeur étrange, médicamenteuse. Une silhouette qu'elle distinguait mal s'interposa entre elle et le foyer, puis on jeta quelque chose à ses pieds. Une dague qui se ficha dans le sol en vibrant. Malgré l'ivresse elle reconnut la lame forgée par Bénin, cette dague que Millot lui avait volée lors de sa capture. « Détache-toi et cours », dit une voix impérieuse qu'elle n'avait jamais entendue auparavant. « Prends la direction du royaume si tu ne veux pas qu'ils te rattrapent, ajouta l'ombre sortie de la nuit. N'oublie pas : Le royaume, le dernier royaume... »

Céline resta une seconde à contempler stupidement la dague plantée dans l'herbe, puis le choc nerveux dissipa son ivresse, et elle saisit l'arme dont elle fit courir le tranchant sur la longe de cuir qui lui serrait la gorge. Dès qu'elle fut libre, elle s'élança en titubant vers la forêt, dans la direction approximative du domaine des dieux. Elle zigzaguait et battait des bras pour conserver son équilibre. Au moment où elle sortait de la clairière pour s'enfoncer sous le couvert, elle jeta un bref regard par-dessus son épaule. Elle entr'aperçut les silhouettes de Beuglot et de Manichet qui se redressaient en prenant appui l'une sur l'autre.

« Elle a fichu le camp ! tempêtait le vieux. Sacrée

garce ! rattrapez-la, que je lui débarbouille le museau avec une poignée de braises pour lui apprendre ! »

Céline, les coudes relevés pour se protéger le visage de la morsure des basses branches, se jeta dans les ténèbres.

Elle courut en aveugle, cinglée par les brindilles et les épines. De temps en temps elle heurtait un tronc et s'assommait à demi, mais elle se relevait toujours, poursuivie par les cris des charbonniers qui battaient les taillis, une torche à la main.

Elle courait, le cœur au bord des lèvres et les pieds déchirés par les pierres, la main droite serrée sur le manche du poignard. Si les charbonniers essayaient de s'emparer d'elle, elle les tuerait, la peur lui en donnerait la force. Elle ne se laisserait pas reprendre, non, à aucun prix.

Aux voix qui se rapprochaient, elle comprit qu'elle perdait peu à peu du terrain. L'éclat des torches se faisait plus brillant entre les branches. Dessoulés, Beuglot et Manichet avançaient à grands pas, en vrais coureurs des bois. Alors qu'elle s'attendait à être rattrapée, elle entendit Beuglot qui s'écriait d'une voix apeurée : « Arrête ! Arrête ! Elle a passé la ligne... Elle est entrée au royaume. On peut pas ! On peut pas ! »

Et les torches s'immobilisèrent, côte à côte, tandis que la jeune fille continuait à s'enfoncer dans la nuit.

XX

Elle s'éveilla couchée dans l'herbe, au sommet d'un monticule. La rosée du matin avait traversé ses vêtements, la faisant grelotter. Elle ne se rappelait nullement s'être allongée pour prendre du repos. Sans doute, à bout de forces, avait-elle fini par s'abattre sur le sol, évanouie, au terme d'une interminable course aveugle.

Tout son corps lui faisait mal. Ses bras, ses épaules et ses joues étaient constellés d'éraflures. Sa robe, lacérée par les épines, découvrait des jambes balafrées de croûtes sanglantes. Sur le moment, la peur avait engourdi ses sens, l'empêchant d'avoir mal, mais maintenant la cuisson la faisait grimacer. Elle avait l'impression d'avoir été battue à coups de gourdin et se sentait plus faible qu'un nourrisson. Elle se passa les mains sur le visage, elle avait le front brûlant de fièvre et les lèvres desséchées par la soif. Elle promena sa paume dans l'herbe, l'humidifiant de rosée, et la posa sur sa bouche enflée. Cette fraîcheur au goût acide lui fit un bien immense. Au-dessus d'elle le soleil perçait entre les nuages. Elle prit conscience qu'elle était sur une petite colline, dépourvue d'arbres, qui dominait la forêt comme une tour de guet. Il faisait froid, et la brume du matin sinuait au ras du sol en fumées paresseuses que le vent poussait çà et là, tel un troupeau de moutons fantôme dont la laine transparente s'effilochait déjà dans la lumière.

La jeune fille s'assit. D'où elle se tenait, elle distinguait la ligne de feuillage sombre délimitant l'entrée du royaume. Contrairement à ce qu'elle avait cru dans le brouillard de l'épuisement, elle ne s'était guère engagée sur le territoire des dieux, et la distance qui la séparait du domaine des charbonniers demeurait infime. Elle n'en fut que plus impressionnée par la puissance de cette frontière magique qui avait arrêté ses poursuivants en pleine course. Il y avait là un mur invisible que les humains ne pouvaient franchir sans courir de grands risques. En fuyant les boisilleurs, elle avait violé le sanctuaire des Proscrits, qu'allait-il lui arriver maintenant ? Les dieux déchus lui laisseraient-ils le temps de s'expliquer avant de la foudroyer ? Elle haussa les épaules, de toute manière elle ne pouvait plus reculer. En frissonnant, elle s'enveloppa les épaules de ses bras. Du sommet de la colline, elle découvrait l'immensité de la forêt. Elle semblait s'étendre jusqu'à la ligne d'horizon, crépue comme une laine feutrée, d'une vitalité qui finissait par faire peur. Recroquevillée sur elle-même, Céline n'osait bouger. Le ciel bleu qui la dominait la rassurait et elle appréhendait le moment où il lui faudrait de nouveau le perdre de vue pour s'enfoncer sous le couvert. Qu'allait-il lui arriver à présent qu'elle avait mis le pied en territoire interdit ?

Elle se releva, grimaça. Ses pieds blessés lui faisaient mal. En se tournant, elle eut la surprise de découvrir à côté d'elle, sur une pierre plate, des fruits sauvages ainsi qu'un broc d'étain contenant de l'eau claire. Cette vision la stupéfia autant que la brusque apparition d'une bête de légende. Sans doute s'agissait-il d'une offrande déposée là à l'intention des dieux ? Mais c'était une bien piètre offrande, de plus l'emplacement de l'autel paraissait mal choisi car trop avancé à l'intérieur du sanctuaire. Millot ne lui avait-il pas affirmé qu'il ne franchissait jamais la lisière du dernier royaume ? L'idée saugrenue lui vint que cette nourriture lui était destinée. Les dieux lui faisaient-ils savoir de cette manière qu'ils n'étaient pas en colère contre elle ? Instinctivement, elle avait tendu la main vers les fruits. Elle avait faim et soif, terriblement soif. Pendant qu'elle mangeait, les circonstances étranges de son évasion lui revinrent à l'esprit. Elle avait beaucoup de mal à se rappeler ce qui s'était passé. Quelqu'un avait tué le chien, assommé Millot, et lui avait rendu sa dague pour qu'elle puisse trancher ses liens. Mais qui ? Elle gardait le vague souvenir d'une silhouette s'interposant entre elle et le rougeoiement de la meule. Une seconde, à travers les brumes de l'ivresse, elle avait cru que l'aîné des charbonniers usait d'un stratagème pour lui rendre la liberté, mais ce n'était pas la voix de Millot qui avait résonné à ses oreilles. Non, cette manière de parler n'était pas celle d'un croquant, elle en aurait mis sa main au feu. Quelqu'un était sorti des ténèbres pour lui épargner l'horrible cérémonie des épousailles, quelqu'un qu'elle n'avait pu voir.

Elle mangea et but. Lorsqu'il lui fallut saisir le pichet, elle l'examina en tous sens pour voir s'il comportait quelque inscription, mais c'était un broc d'une grande banalité, cabossé et d'une facture très ordinaire.

Son repas achevé, elle hésita sur la conduite à tenir. Allait-elle être foudroyée si elle faisait un pas de plus ?

Elle songea qu'elle préférait somme toute finir en cendre qu'entre les mains du vieux boisilleur, et elle commença à descendre le versant de la colline. Elle progressait difficilement à cause des blessures de ses pieds. Quand elle fut au bas du monticule, elle vit qu'on avait tracé à l'aide d'un morceau de charbon une grande flèche sur un rocher. Cette inscription lui signifiait de ne pas entrer dans la forêt et de rebrousser chemin selon un itinéraire qu'on lui indiquerait sans doute au fur et à mesure...

Elle se mordit la lèvre et fit la grimace. Elle n'avait pas subi tant de tourments pour retourner en arrière. De plus, la présence invisible des divinités qu'elle sentait toutes proches aiguillonnait sa curiosité. Elle avait besoin de les voir, même si cette audace lui valait d'être punie. Une expression d'entêtement sur le visage, elle pénétra dans la forêt, désobéissant à l'injonction de la grande flèche charbonneuse.

Cette fois, elle n'allait plus aussi vite qu'auparavant. Elle avait enveloppé ses pieds dans un cataplasme de feuilles broyées, et les avait bandés à l'aide de morceaux d'étoffe prélevés sur sa robe en loques. Malgré cet appareil, elle ne progressait qu'en grimaçant. De plus les charbonniers l'avaient dépouillée de ses provisions, de son manteau, et de la corde qui lui permettait de se réfugier dans les arbres à la tombée de la nuit. Comment ferait-elle ce soir, lorsque les loups se mettraient en chasse ?

Elle marcha jusqu'à ce que la fatigue lui commande de s'arrêter, et dormit un peu sur une pierre plate. Elle avait faim, de nouveau, et souffrait de la soif. Elle mangea quelques baies sauvages et lapa comme une bête un peu d'eau dans un trou de roche. Mais la tête continua à lui tourner. Une grande faiblesse montait en elle, s'emparant de son corps. Autour d'elle la forêt s'épaississait, prenant l'allure d'une gigantesque cage aux barreaux de plus en plus rapprochés. Le sol était recouvert de mousse, et ce tapis rouge, moelleux, avait quelque chose d'une décoration somptueuse tissée par la nature à l'intention des seigneurs du lieu.

Céline avançait en retenant son souffle, tressaillant chaque fois qu'une bête faisait bruire les taillis. Elle était trop intimidée pour lancer un appel, elle avait conscience d'entrer dans un domaine qu'aucun humain n'avait habité depuis la nuit des temps. Les arbres, aux troncs énormes, semblaient des piliers dressés là pour soutenir le ciel. Une demi-douzaine d'hommes se tenant par la main auraient eu du mal à en faire le tour.

Elle progressa ainsi, à petits pas, emplie d'un recueillement terrifié, jusqu'à ce que la lumière baisse. Bientôt, il devint évident que le soleil était en train de se coucher. La voûte de feuilles interceptait ses dernières lueurs, obscurcissant le sous-bois. Céline leva la tête pour tenter de se trouver un abri dans les arbres, mais les basses branches de ces géants étaient situées bien trop haut pour qu'elle puisse les atteindre. De plus ses pieds fendus, déjà gonflés d'humeur, ne lui permettaient pas d'entreprendre une escalade périlleuse.

Elle eut un hoquet de terreur en entendant hurler les loups dans le lointain. La nuit se refermait sur elle, la condamnant à la cécité, et elle n'avait même plus sa pierre à feu pour tenter d'improviser une torche. La chanson des prédateurs monta de nouveau vers le ciel, lancinante et modulée, déjà plus proche, peut-être ? Céline tâtonnait en aveugle, espérant l'improbable découverte d'un trou de roche dans lequel elle aurait pu se terrer. Soudain, alors qu'elle allait se mettre à pleurer de désespoir, elle vit danser une lumière entre les troncs quelque part devant elle. Cela crépitait au ras du sol, grosse lumière jaune qui se tordait dans le vent. Elle était si effrayée qu'elle crut d'abord avoir affaire à un feu follet et faillit s'enfuir, puis elle comprit qu'il s'agissait d'un feu de camp, et que quelqu'un s'était installé là-bas pour la nuit. Elle se mit à courir, et déboucha dans une étroite clairière où ronflait un bivouac ceint d'un cercle de grosses pierres. Les brindilles pétillaient, soulevant des gerbes d'étincelles qui dansaient telles des lucioles dans la fumée. Mais il n'y avait nul équipage auprès du bûcher. Aucune monture broutant l'herbe, aucun voyageur dormant roulé dans sa couverture. Le feu brûlait, solitaire dans la tonsure de la forêt, allumé par des fantômes frileux. Céline hésita à s'en approcher. Seul le poids des ténèbres qui s'accumulaient dans son dos, la poussa à marcher jusqu'au bivouac.

Le halo de chaleur lui fit du bien, mais elle n'osait encore s'asseoir. Ce campement dressé par des spectres lui faisait peur. Avait-elle seulement le droit de profiter de sa lumière ? Elle appela d'une voix timide mais les mots sortaient mal de sa gorge serrée et elle préféra se taire. Elle finit par s'asseoir.

Quelqu'un avait entassé des bûches sèches à l'écart pour alimenter le foyer. Sur une pierre, on avait encore une fois disposé des fruits sauvages : des poires dures et âcres, des mûres toutes grises de poussière. C'était un maigre festin improvisé avec les moyens du bord, mais sur lequel Céline se jeta. Les poires avaient la consistance d'un gros caillou, mais elle ne s'en aperçut pas. Elle mangea comme une bête aux aguets, ne cessant de jeter des coups d'œil aux alentours. Elle avait la certitude qu'on l'observait. C'était la même sensation qu'avant l'attaque des charbonniers, une gêne diffuse, une démangeaison de l'instinct qui la poussait à se retourner brusquement pour regarder derrière elle au moindre craquement. Il y avait quelqu'un, elle en était sûre. Une paire d'yeux invisibles qui demeuraient au-delà du cercle de lumière, dans l'épaisseur nocturne de la forêt. Elle ne savait comment se comporter. Devait-elle remercier les dieux ? Devait-elle se garder de toute démonstration intempestive ? Étaient-ils là, dans l'obscurité, à regarder comment elle était faite, à imaginer de méchantes farces à son endroit ? Jouant d'abord à la rassurer pour mieux la terrifier ensuite, ainsi que le chat de frère Médard faisait avec les oiseaux blessés ? Trop fatiguée pour réfléchir, elle rajouta une bûche dans le feu et s'allongea pour dormir un moment. Elle savait qu'elle devait rester sur ses gardes à cause des loups, mais ses paupières se fermaient toutes seules. Elle se roula en boule dans la bonne chaleur du bivouac et perdit rapidement conscience.

Dans le courant de la nuit, elle fut réveillée par un bruit de course dans les taillis ; cavalcade à laquelle firent écho des jappements douloureux. Elle s'assit et s'empressa de raviver le feu qui mourait, ne doutant pas que les loups l'encerclaient. Son cœur battait à tout rompre, et elle resta un long moment sur le qui-vive, la main serrée sur un bâton, prête à affronter le premier fauve qui oserait sortir du cercle des buissons pour s'avancer vers elle, les crocs découverts. Était-ce ainsi que les dieux proscrits allaient la punir, en la jetant en pâture à la meute affamée ? Maintenant elle transpirait dans la lueur dansante du foyer. Elle se tenait le plus près possible du feu pour se confondre avec les flammes dont les mouvements et la chaleur faisaient toujours hésiter les prédateurs. Elle attendit un long moment, raidie d'angoisse, les muscles noués, prête au choc, mais rien ne vint, et son bras finit par retomber, rompu par la lassitude. Elle entendit la meute se débander sans cause apparente. La vue du feu avait-elle suffi à lui faire rebrousser chemin ? Elle s'en réjouissait mais en doutait un peu. Les loups étaient d'ordinaire beaucoup moins timides. Elle essaya de rester vigilante, cependant le sommeil la reprit, et elle bascula sur le flanc sans en avoir conscience. Elle dormit d'une traite jusqu'à l'aube, et quand elle ouvrit les paupières, le bivouac qui venait de s'éteindre laissait filer au ras du sol un serpentin de fumée noire. Le brouillard emplissait la clairière, apportant son humidité fleurant la moisissure. Céline se redressa, les os douloureux. Son premier réflexe fut d'aller voir entre les troncs.

Elle gémit de surprise en découvrant les cadavres de trois gros loups au poil hérissé. Une flèche transperçait la gorge de chacun d'eux, et le sang suintant des plaies avait teint leur pelage en noir.

C'était donc cette volée de traits incroyablement précis qui avait mis la meute en fuite, et non le maigre feu de camp. Elle recula, terrifiée par les loups abattus dont les babines retroussées découvraient de grands crocs ébréchés. Morts, ils n'en conservaient pas moins un aspect redoutable avec leur fourrure dressée sur l'échine et leurs longues oreilles ravagées de cicatrices. Elle battit en retraite. On veillait sur elle, mais cette protection ne la rassurait qu'à demi. Elle craignait qu'il ne s'agisse là d'un caprice de puissant.

On la protégeait parce qu'elle était amusante, ou parce qu'on lui réservait une fin autrement cruelle. On avait peut-être puni les loups d'avoir osé s'en prendre à une proie que se réservaient les Proscrits... Comment savoir ? Elle n'était pas certaine qu'il y eût là de quoi se réjouir.

Transie par la brume matinale, elle se remit en route. Elle avançait avec prudence. La présence était toujours là, flottant autour d'elle, sans qu'elle puisse la localiser. Au bout d'un moment elle fut convaincue que quelqu'un se déplaçait parallèlement à elle, l'escortant derrière le fouillis de la végétation. À la différence des charbonniers, cet être, cette... chose ne chercherait pas à prendre contact. C'était une ombre redoutable qui savait se faire respecter des prédateurs. Un fantôme qu'on n'entendait pas marcher.

Quand le soleil monta dans le ciel, Céline se rendit compte que les troncs s'espaçaient. La forêt se clairsemait, laissant entrer à flots la lumière du jour. Mais le sol devenait stérile. La caillasse avait remplacé l'herbe et le chemin montait, escaladant le versant d'une colline. Céline souffrait au milieu de toutes ces pierres qui lui meurtrissaient les pieds et faisaient se rouvrir ses plaies. Tout à coup, alors qu'elle se reposait sur un bloc de rocher, elle distingua une silhouette entre les arbres. C'était celle d'un homme enveloppé dans un grand manteau à capuchon délavé par le soleil et les averses. L'inconnu, qui s'appuyait sur un long bâton, ne faisait pas mine d'approcher. Il demeurait figé, le trou noir de sa capuche tourné vers la jeune fille, ne cachant nullement qu'il l'observait. Céline s'enfonça les ongles dans les paumes, elle venait de voir que l'homme portait un arc et un carquois en bandoulière. C'était donc lui qui avait fléché les loups ! Elle eut un mouvement pour faire un pas en avant, mais à ce moment l'inconnu agita son bâton, produisant un étrange bruit de crécelle. Céline se figea, statufiée. C'était un lépreux.

La jeune fille sentit instantanément sa peau se hérisser de chair de poule. Un vieux réflexe acquis dans son enfance lui commandait de s'enfuir à toutes jambes sans prolonger la confrontation. La lèpre c'était le fléau des fléaux, l'horreur à l'état pur. La désagrégation du corps, la Mort en marche. La pourriture allant sur deux jambes. Au moment où elle allait tourner les talons, quelque chose crépita dans son esprit, et elle songea : « Non, c'est une épreuve. Un piège qu'ils te tendent pour t'éprouver. Ne cède pas à la panique. »

Brusquement lui revenaient en mémoire tous les récits de Lorel le troubadour. Les mille enchantements lancés à l'encontre des chevaliers pour mesurer leur courage, leur valeur et leur pureté. Les chansons étaient pleines de ces prodiges. Elle se rappelait soudain ces vieilles femmes hideuses qui, lorsqu'on les embrassait, se changeaient en de radieuses jeunes filles ; ces crapauds couverts de pustules qu'un simple geste de charité ramenait à leur état originel d'enfants au doux sourire. Les dieux adoraient ces mystifications. Céline se raidit contre le désir de fuite qui lui vrillait les jambes. Lentement, elle se détacha du rocher et avança vers le ladre qui n'avait pas bougé. Au fur et à mesure qu'elle se rapprochait de lui, elle distinguait les détails de son costume. Il était entortillé dans des bandelettes de la tête aux pieds, et cet enchevêtrement de bandages ne laissait pas un pouce de peau découvert. C'était un grand épouvantail de chiffons entrecroisés, un mannequin d'étoffes salies, terreuses, dont le corps restait invisible. Le visage lui-même était emmitouflé dans une cagoule de charpie percée d'une mince fente pour les yeux. Les mains, enveloppées, se réduisaient à deux grosses moufles de drap graisseux, qui ne permettaient pas de juger si elles possédaient encore chacune leur content de doigts.

Céline s'arrêta à mi-distance, rassemblant son courage. Son cœur cognait fort contre ses côtes. Elle avait beau se répéter qu'il s'agissait d'un stratagème destiné à l'éloigner, elle ne pouvait endiguer les images atroces qui déferlaient dans son esprit. Elle n'avait jamais vu de lépreux que de loin, mais elle avait entendu les récits des anciens, et ceux du frère Médard, car en Orient la lèpre était chose fort commune.

Comme elle cherchait son souffle, le ladre agita impatiemment sa crécelle, lui signifiant de ne plus faire un pas. Le vent soufflait vers la jeune fille l'odeur de ses pansements. Un relent âcre de crasse auquel se mêlaient les effluves d'un baume huileux, un de ces goudrons sans doute, dont les malheureux badigeonnaient leurs tuméfactions. Un doute brutal envahit l'esprit de Céline : et s'il était vraiment malade ? Que savait-on en fait de l'état de santé des dieux proscrits ? Certains les prétendaient abîmés, valétudinaires, désagrégés par l'oubli et les exorcismes. Peut-être était-ce pour cela qu'ils ne se montraient jamais ? Pour dissimuler les atteintes dont leurs corps — jadis si beaux — avaient été les victimes...

« Ils s'enveloppent de bandelettes pour échapper à la morsure du soleil, songea la jeune fille. Le ciel ne leur appartient plus, on les a chassés de l'Olympe, le soleil est désormais gouverné par le dieu des chrétiens. Il éclaire les croyants et brûle les païens. »

Oui, elle avait le sentiment de toucher la vérité du doigt. Ce n'était pas un lépreux ordinaire qui se tenait devant elle, mais une divinité rongée par la lumière de ce que frère Médard appelait la vraie foi. La lumière du Christ dévorait les exilés comme les braises de la meule avaient rôti le vieux charbonnier, là-bas, dans la clairière enfumée. La carapace de pansements n'était qu'une pauvre armure destinée à les protéger de ce rayonnement atroce. Sans elle ils seraient tombés en cendre, telles des idoles de bois consumées par les flammes d'un bûcher.

Voyant qu'elle s'approchait toujours, le ladre leva son bâton à l'horizontale, lui signifiant de ne pas franchir cette ultime limite. Son geste avait été impérieux. Sous le capuchon, les yeux brillaient de colère contenue. Céline s'agenouilla dans une attitude qu'elle voulait pleine d'humilité.

« Vous ne pouvez pas me chasser maintenant, dit-elle d'une voix qui tremblait un peu. Vous m'avez sauvée des loups et des charbonniers, alors pourquoi me repousser ? »

Comme il ne disait rien, elle insista : « Car c'est vous, n'est-ce pas ? C'est bien vous ? Pourquoi m'avoir sauvée moi, alors que vous n'avez pas levé la main pour protéger la Nicole ou la Laure ? C'est parce que vous vouliez que je parvienne au terme de ma quête, n'est-ce pas ? »

Elle se mordit la langue jusqu'au sang. Elle avait conscience de se montrer maladroite. Ce n'était sûrement pas ainsi qu'on s'adressait à un dieu, il fallait sans doute observer un cérémonial dont elle ignorait tout. Elle avait été insolente, il allait la foudroyer.

D'un instant à l'autre un éclair allait jaillir de son bâton pour la frapper entre les yeux. Elle roulerait sur l'herbe, plus noire qu'une statue taillée dans le charbon de bois.

« Je sais que vous êtes un dieu, bafouilla-t-elle, et que l'exil a aigri votre caractère, mais on ne vous a pas oublié. Beaucoup de gens vous respectent encore dans mon village. D'ailleurs nous n'avons même pas construit d'église, et le frère Médard ne cesse de nous traiter de barbares... »

Elle parlait de plus en plus vite pour essayer de suspendre la sentence qui allait s'abattre. « Oh ! que je suis gourde ! » pensa-t-elle en retenant ses larmes. Et pourtant elle avait préparé bien des discours à son entrée dans la forêt. Pendant qu'elle marchait, elle avait façonné des monuments d'éloquence ; il ne lui restait plus rien de ces trésors d'habileté oratoire, et sa voix sortait en grelottant de sa gorge étrécie, maigre, fluette, comme celle d'un agneau qu'on traîne à l'abattoir.

« Je viens intercéder pour notre seigneur, jeta-t-elle dans un sanglot, le baron Gilles de Hurlemort que vous retenez prisonnier. Il faut... il faut nous le rendre sinon il se produira un grand malheur. L'ost viendra et... »

Elle releva le menton pour donner plus de poids à ses paroles et s'aperçut avec stupéfaction qu'elle parlait toute seule. Le ladre avait disparu sans qu'elle l'entende s'éloigner. Elle en fut horriblement vexée. Elle bondit sur ses pieds et battit les taillis comme si elle cherchait une perdrix fléchée en plein vol. Mais l'étrange personnage s'était bel et bien évaporé.

Il n'avait même pas daigné l'écouter. Il lui avait

tourné le dos alors qu'elle le suppliait, il... Oh ! Elle bouillait de rage.

La déception lui rendit la fatigue plus sensible encore. Était-il possible que tout fût déjà joué ? Avait-elle gâché en une seconde sa seule chance d'entrer en contact avec les Proscrits ? Elle ne pouvait se résoudre à l'admettre. Elle décida de continuer, par entêtement, parce qu'elle ne pouvait s'avouer vaincue.

Alors qu'elle allait se recroqueviller sur la mousse pour sangloter, elle vit soudain surgir du feuillage une haute muraille de pierres imbriquées. Le lierre la recouvrait d'un capiton épais, et des lichens grisâtres poussaient sur les blocs énormes de ses fondations. Ainsi habillée, l'enceinte avait une curieuse apparence duveteuse qui évoquait la fourrure d'une grosse bête au repos. Céline retint sa respiration, à demi persuadée déjà d'être en présence d'un dragon endormi depuis des siècles. Les chansons des jongleurs étaient prodigues en monstres de cette espèce, et l'espace d'une seconde la jeune fille ne douta pas de se trouver en face d'une bête prête à cracher le feu, puis l'illusion se dissipa, et elle parvint à admettre qu'elle se tenait seulement à un jet de pierre d'un mur. Cependant l'ouvrage avait quelque chose de cyclopéen, et semblait dressé pour abriter quelque castel mystérieux. Elle ne put s'empêcher de penser que c'était là une demeure bâtie par des titans. Pour l'ériger, les géants avaient fracassé à coups de poing les montagnes environnantes, entassant les quartiers de roche les uns sur les autres jusqu'à bâtir cette maison forte, mi-forteresse mi-colline.

Écrasée par la puissance de l'ouvrage, elle s'allongea sur la mousse, le souffle court. Était-ce là l'Olympe, le séjour des dieux, dont lui avait parlé Médard ? Elle n'était pas loin de le croire. Brusquement, elle n'osait plus bouger. Tout lui paraissait vibrer d'une vie magique. Elle avait peur en déchirant une feuille, en cassant une branche, de les voir saigner, de les entendre gémir. Maintenant elle n'en doutait plus : les prodiges allaient venir à elle. Bientôt elle allait voir passer un lion, gambader une licorne. Clouée au sol, elle restait immobile, s'attendant à être foudroyée dès qu'elle sortirait du couvert. Elle eut beau tendre l'oreille, elle ne détecta aucun bruit en provenance de l'enceinte. C'est tout juste s'il y avait dans l'air un relent de fumée. Elle était un peu surprise d'un tel calme ; jusque-là, en effet, elle avait toujours imaginé les dieux sous l'aspect de convives bruyants et formidables, répartis autour d'une immense table ronde. Des convives qui se querellaient perpétuellement en se jetant au visage des poignées d'éclairs, des traits de foudre qui leur roussissaient la trogne et les sourcils, tandis qu'au-dessus de leurs têtes roulaient les nuages noirs d'un éternel orage les accompagnant partout, même à l'intérieur des maisons. Médard ne lui avait-il pas décrit les anciens dieux comme des individus colériques, habités de passions trop charnelles, et ne donnant nullement l'exemple aux humains ? Ils aimaient boire, forniquer, convoiter les épouses des autres. Ils appréciaient la paresse, le vin et la peau des femmes. Toutes choses que l'Église n'estimait guère aujourd'hui.

L'impatience la rongeant, elle sortit des buissons et se mit à longer la muraille. Elle tremblait sur ses jambes et essayait de se préparer au formidable spectacle qui l'attendait. Satyres, centaures, silènes, nul doute qu'ils allaient tout à coup l'entourer, la taquiner, lui arracher ses vêtements peut-être. Médard insistait toujours beaucoup sur la mentalité essentiellement lubrique des divinités antiques. Sur leur incessant besoin de copulation. « Satyres, silènes, centaures... », se répétait-elle pendant qu'elle faisait lentement — très lentement — le tour des remparts. N'allait-elle pas mourir de frayeur en découvrant ces créatures mi-humaines mi-animales ? Elle entendit soudain le bruit d'un sabot sur le sol, et s'immobilisa, voyant se confirmer ses craintes. Ils arrivaient. Elle cessa de respirer, prête à tout. Mais le trottinement s'éloigna.

Céline essuya ses mains humides sur le devant de sa robe. Elle avait atteint un angle de la muraille, et ne parvenait pas à se décider à le franchir. Elle devinait, à la manière dont la forêt se clairsemait à cet endroit, qu'elle avait atteint la porte d'entrée du sanctuaire. D'où elle se tenait, elle distinguait l'amorce d'un chemin aboutissant à une clairière pelée. Elle rassembla son courage, elle avait atteint le terme de sa quête, elle devait maintenant affronter les dieux aux bouches tonnantes, aux yeux de foudre. Convaincre ou être consumée...

D'un bond, elle franchit l'angle et se trouva nez à nez avec une grosse poule grise qui prit la fuite en caquetant d'une voix criarde. D'autres poules, des oies également, tournèrent la tête dans sa direction et protestèrent devant cette intrusion. Un jars cracha même pour faire montre d'autorité. Céline se figea, éberluée. Où étaient les centaures ? Elle avait cru faire irruption au beau milieu d'une assemblée divine, et voilà qu'elle débouchait dans une basse-cour ? Un bruit de sabots la sortit de sa stupeur. Un beau cheval noir broutait aux abords du chemin. C'était une bête magnifique, à la robe luisante, et qu'elle était certaine d'avoir déjà vue quelque part. C'était... le cheval du baron Gilles de Hurlemort ! Elle crut que son cœur allait bondir hors de sa poitrine tant il battait fort. Elle fit un pas vers la bête pour l'examiner de plus près, mais à cet instant une haute silhouette encapuchonnée sortit des taillis. C'était le ladre à qui elle avait parlé quelques heures auparavant. L'arc et le carquois sur l'épaule, il marchait vers elle à grandes enjambées, et elle crut qu'il s'en venait la frapper pour la punir de sa témérité. Comme elle levait les mains pour se protéger le visage, il saisit la couverture posée sur le dos du cheval et la jeta sur la tête de la jeune fille en murmurant : « Ne dis rien, pauvre folle, ou tu es perdue. Cache ton visage, ton corps, et laisse-toi guider. Vite, par Dieu ! Vite ! » Ne comprenant rien à ce qui lui arrivait, Céline choisit d'obéir et s'enveloppa dans le suaire de laine qui empestait le cheval. Des voix d'hommes s'élevèrent, provenant du chemin, et se rapprochant de la muraille. Le ladre jura entre ses dents, comme s'il découvrait sa retraite coupée. Empoignant un pan de la couverture, il tira Céline dans son sillage. La jeune fille comprit qu'il lui faisait franchir l'enceinte du château des dieux, mais elle étouffait sous la grosse étoffe et ne pouvait rien voir. Le lépreux marchait vite, fuyant de toute évidence les voix qui continuaient à se rapprocher.

À l'écho de ses pas, à une certaine odeur de moisissure, Céline devina que son guide l'avait fait pénétrer à l'intérieur d'un bâtiment de grande envergure. Sans doute une salle voûtée, car la résonance y était la même qu'au manoir des Hurlemort. Elle essayait de ne pas trébucher. Enfin, l'inconnu s'arrêta pour ouvrir une porte dont le battant racla les pavés, et la poussa dans ce qui devait être une geôle. Elle remarqua qu'il avait pris soin de ne jamais la toucher qu'au moyen de son bâton. La porte se referma et la jeune fille entendit jouer un loquet.

« Tu peux ôter la couverture, murmura le ladre, mais surtout n'ouvre pas la bouche, ne dis pas un mot. Si l'on entend ta voix tu es perdue. Pire que morte. »

Céline se débarrassa de l'étoffe. Elle avait la gorge si serrée qu'elle aurait de toute manière été incapable de prononcer un mot. Elle vit qu'elle était dans une cellule monastique, propre, mais d'un dénuement terrible, et où la lumière filtrait d'une meurtrière à demi comblée par le lierre. Le ladre fit signe à Céline de reculer, puis s'empara d'un pichet d'eau-de-vie dont il lui aspergea les épaules et la poitrine.

« Frotte-toi sur tout le corps, ordonna-t-il. Le visage et les cheveux aussi. L'alcool tue les germes. Vite, obéis si tu ne veux pas pourrir debout ! »

Il y avait beaucoup de colère dans sa voix, une colère que le chuchotement faisait chuinter comme un serpent prêt à mordre. Écœurée par l'odeur de gnôle qui lui rappelait son trop récent séjour chez les charbonniers, Céline se frictionna du mieux qu'elle put. Elle tremblait de peur et devait serrer les mâchoires pour ne pas claquer des dents.

Le ladre aspergea un escabeau, dans un coin de la pièce, et fit signe à la jeune fille de s'y asseoir.

« Ne touche à rien, gronda-t-il. Quand ils seront endormis j'essaierai de te faire sortir de la léproserie. Maintenant c'est trop dangereux, ils vont se rassembler dans la cour. C'est un miracle qu'ils ne t'aient pas aperçue tout à l'heure. Si je ne t'avais pas suivie depuis le matin tu étais perdue. »

Au mot « léproserie » Céline s'était raidie. Devait-elle comprendre que ce qu'elle avait pris pour le séjour des dieux était en fait un refuge de ladres ? Elle lutta un instant pour refouler la panique qui s'insinuait en elle, puis elle se détendit. Allons ! Il ne s'agissait pas de se laisser berner, c'était encore une épreuve, bien sûr ! Une épreuve qu'il lui fallait franchir la tête haute si elle voulait être admise à la cour divine. Elle retint un sourire. Il pouvait essayer, il n'arriverait pas à lui faire peur. Tout cela n'était qu'un stratagème conçu pour écarter les âmes mal trempées. Il n'y avait pas de léproserie, elle ne devait pas l'oublier, même si son compagnon cherchait à l'effrayer par mille manigances.

Le ladre s'était adossé à la porte, l'oreille tendue, comme s'il n'avait guère confiance dans le loquet qui défendait son seuil. Il n'avait pas lâché son bâton qu'il cramponnait à deux mains. La lumière était si faible à l'intérieur de la cellule que le capuchon du lépreux semblait n'abriter qu'un trou noir. Ils demeurèrent ainsi face à face un long moment, puis Céline frissonna. L'odeur de l'eau-de-vie lui levait le cœur. Elle était mal installée sur son escabelle, et quand elle bougea pour chercher une position plus confortable ses pieds blessés lui firent mal. Sa grimace n'échappa pas à son étrange geôlier.

« Qu'as-tu ? souffla-t-il. Tu souffres ? »

En guise de réponse, elle leva les jambes, lui présentant ses chevilles empaquetées de feuilles.

« Idiote ! jura l'homme sans visage. Tu ne sais pas qu'ici la moindre petite plaie peut s'infecter et livrer passage au mal ? La pourriture entre dans les corps par une simple estafilade. Il faut tout de suite cautériser tes blessures. Je ne peux pas t'aider, tu dois le faire toute seule. Prends ta dague, tu la rougiras au feu que je vais allumer, et tu fermeras tes estafilades sans crier. *Sans crier,* tu entends bien ? Sinon tu serais perdue. »

Céline sentit son front se couvrir de sueur. Elle ouvrit la bouche pour protester, mais déjà le ladre avait jeté un fagot dans l'étroite cheminée de la cellule et l'enflammait à l'aide d'une pierre à feu et d'un morceau d'acier.

« Tu ne veux pas pourrir, n'est-ce pas ? murmurait-il. Alors fais ce que je te dis. On n'entre pas impunément dans la léproserie. Si tu désires rester intacte, tu dois payer le prix du passage. Déchire un morceau de ta robe, fais-en un bâillon et enfonce-le dans ta bouche. »

Céline obéit, les mains tremblantes. Elle n'avait pas le choix. Si elle refusait l'épreuve, elle serait sans aucun doute renvoyée sur l'heure, sans avoir pu approcher les dieux proscrits. Cet homme, qui tour à tour la protégeait et la torturait, faisait probablement office d'examinateur. C'était lui qui déciderait ou non de la laisser passer. Le feu ronflait. Elle y planta la dague forgée par Bénin. Comme dans un rêve, elle dénuda ses pieds et examina les longues coupures qui en striaient la plante. Le sang avait tatoué sa peau de grandes macules noirâtres. Comment avait-elle pu marcher dans un tel état ? Elle ne le savait pas elle-même.

« Le bâillon, insista le ladre. Enfonce-le aussi loin que tu peux, comme si tu voulais t'étouffer. Et rappelle-toi : pas un mot, pas un cri. Et ne t'avise pas de tourner de l'œil. »

Comme elle hésitait, il insista : « Va, il n'y a pas d'autre solution. On ne reste pas longtemps sain en ces murs. J'ai connu des ladres qui sont venus s'installer ici, accompagnés de valets pétant de santé, que rien ne semblait pouvoir abattre. Combien de temps crois-tu qu'ils ont gardé leur belle figure, ces gros paysans rougeauds ? Une éraflure mal soignée, une seule, et c'est la mort lente. Écoute-moi, sers-toi du feu si tu ne veux pas voir un matin tes doigts se détacher de tes mains et tomber dans ton écuelle ! »

Céline tassa le chiffon dans sa bouche jusqu'à en avoir les mâchoires écartelées. La lame était rouge dans le foyer. En état second, elle saisit la dague dont la poignée lui brûla la paume. Les minutes qui suivirent relevèrent du cauchemar, et elle crut à dix reprises qu'elle allait perdre connaissance et tomber de son escabeau pour se fracasser le crâne sur le pavé. Pour vaincre la douleur elle concentrait son esprit sur la maladie et les images atroces qui s'y attachaient. Quand elle eut enfin cautérisé la dernière estafilade, la sueur ruisselait sur tout son corps, et elle s'aperçut qu'elle avait les joues inondées de larmes. Il lui sembla que le ladre la considérait avec une certaine curiosité, comme s'il était étonné qu'elle ait pu aller jusqu'au bout de l'épreuve.

« Il faut que je m'allonge, murmura Céline, je crois que je vais m'évanouir. Je suis désolée, mais... »

Le vertige la prenait. Le ladre lui désigna aussitôt la grande tache que l'eau-de-vie avait dessinée sur les dalles.

« Étends-toi là, dit-il durement, et ne sors pas de ces limites. »

Céline acquiesça. Elle se sentait faible et un grand trou se creusait dans sa tête, aspirant sa conscience.

Elle se recroquevilla sur le sol, les genoux ramenés sur la poitrine, grelottant et claquant des dents. Elle bascula dans les ténèbres avec un réel soulagement.

Quand elle ouvrit les yeux, elle eut l'impression qu'il faisait nuit. Le ladre s'était installé en travers de la porte, comme un homme d'armes posté en sentinelle, interdisant toute entrée intempestive. En dépit des pavés qui lui meurtrissaient les côtes, Céline ne bougea pas.

« J'ai triomphé de l'épreuve, ne cessait-elle de penser en serrant ses genoux contre sa poitrine. J'ai triomphé... »

Elle avait de la fièvre et mourait de soif, mais elle savait que le lépreux refuserait de lui donner à boire.

La nuit s'écoula ainsi, faite de cauchemars, de tremblements et de bruits affreux. Car avec l'obscurité les couloirs s'emplirent de râles et de trottinements d'infirmes. Tantôt c'étaient des béquilles qui clopinaient sur les dalles, tantôt c'était le raclement d'un de ces grands bols de bois dans lesquels s'installent les culs-de-jatte. Parfois encore, c'étaient des reptations, ponctuées de halètements, comme si quelqu'un rampait sur le sol, essayant de traîner une carcasse difforme au long du corridor au prix d'efforts insensés. Céline ne pouvait s'empêcher de penser à ce qu'impliquaient ces bruits. Aux mutilations, aux corps incomplets, désagrégés... À ces moignons s'émiettant un peu plus chaque jour dans le fouillis des pansements. À un autre moment elle perçut l'écho d'un chant aviné, lointain braillement d'ivrognes que déformait le labyrinthe des salles vides.

« Ils se saoulent, expliqua le ladre. Pour oublier leur déchéance. Demain, à l'aube, pendant qu'ils cuveront, nous nous glisserons hors de l'enceinte. Nous prendrons le cheval, comme ça tu n'auras pas à marcher. »

« Le cheval de Gilles ! » faillit dire Céline, mais elle retomba sur le sol, vaincue par la faiblesse.

L'homme la réveilla dès les premières lueurs du matin, comme il le lui avait annoncé. Sans guère montrer de sollicitude, il lui commanda d'envelopper ses pieds et de se préparer à marcher jusqu'à la poterne. Abrutie, nauséeuse, Céline s'exécuta. Quand elle se dressa, elle dut se mordre le dos de la main pour ne pas laisser échapper un cri de souffrance, mais le ladre ne lui laissa pas le temps de souffler. Déjà il lui avait jeté sur la tête le suaire de la couverture et s'apprêtait à ouvrir la porte.

« Il faut que tu tiennes toute seule sur tes jambes, martela-t-il. Je ne peux pas te soutenir. Essaye de ne pas trébucher. Avec un peu de chance personne ne nous verra passer. Es-tu prête ? »

La jeune fille hocha la tête. Comme la veille, elle dut suivre son guide sans rien voir de ce qui l'entourait. Ses pieds martyrisés lui faisaient si mal que chaque pas lui arrachait de nouvelles larmes. Au fond d'elle-même elle pensait qu'il s'agissait de la dernière épreuve dont elle devait triompher. Tout à l'heure, son chemin de souffrance achevé, le ladre arracherait la couverture avec un grand rire, lui annonçant qu'elle avait vaincu tous les obstacles et qu'il était fier d'elle. Il ne serait plus enveloppé de charpie mais habillé de velours et d'or, comme un beau seigneur ; son visage serait avenant, rose, sain. Le décor de la léproserie, qu'elle imaginait sordide, s'effacerait soudain, se dissolvant tel un rideau de fumée, et derrière les fausses ruines se dessinerait l'architecture magnifique d'un grand palais couronné d'étendards brodés d'or et de gonfanons d'argent. C'était toujours de cette manière que les choses se passaient dans les légendes bretonnes de Lorel. Il y aurait un bel escalier de marbre, qu'elle devrait monter au bras du gentil seigneur. Et des bosquets de roses pleins de biches apprivoisées, d'oiseaux multicolores. Des fontaines d'onyx et de cristal, de belles dames vêtues d'hermine et portant hennin. Toute cette cour viendrait à sa rencontre en murmurant : « C'est elle, Céline, la marquée de Hurlemort. Elle a triomphé de toutes les épreuves, comme le meilleur des paladins. À présent elle a le droit de réclamer ce qu'elle veut. »

Engluée dans ses rêveries fiévreuses, elle ne s'était même pas rendu compte qu'ils avaient atteint la poterne. Le cheval était là, dépourvu de selle, et Céline dut se hisser sur son dos en grimpant sur une pierre.

« Cramponne-toi à sa crinière », ordonna le ladre, en saisissant la bête par sa longe. Sans perdre de temps, il prit aussitôt le chemin de la forêt. Ils s'enfoncèrent très vite sous le couvert, perdant de vue l'enceinte de la maladrerie. Passé le premier instant de soulagement, Céline se sentit assaillie par un curieux malaise. Quand donc l'enchantement allait-il se dissiper ? Quand la léproserie allait-elle reprendre son aspect de palais merveilleux ? N'était-ce pas ici que prenait fin le chemin initiatique ? Le ladre avançait d'un pas obstiné, sans que ses guenilles fassent mine de se couvrir d'or ou de pourpre. Un horrible doute commençait à assaillir la jeune fille. Le cheval trottait sur le chemin du retour, et derrière lui s'éloignait déjà la ligne de la muraille. « Non », murmura-t-elle en crispant les doigts sur la crinière de sa monture. « Non ! » Elle était en train de s'apercevoir qu'elle tournait bel et bien le dos à l'objet de sa quête.

« Je ne peux pas m'en aller... Je n'ai pas vu les Proscrits. Ce n'est pas possible... »

Ne prêtant aucune attention à ce bredouillis incompréhensible, le dieu ladre avançait, absorbé par sa marche. Céline s'arrêta au milieu de sa supplique. Une brusque flambée de colère venait de s'emparer d'elle. Quoi ? Elle avait fait tout ce chemin, couru tous ces dangers, enduré toutes ces souffrances pour rien ?

« Vous... vous ne pouvez pas me ramener comme ça ! hurla-t-elle d'une drôle de voix aiguë. Je suis venue en ambassadrice... Vous ne pouvez pas me mettre aussi facilement à la porte ! Vous devez m'écouter, et répondre ! Oui, répondre ! Suspendez l'enchantement, enlevez votre masque, je sais qui vous êtes. Assez de déguisements ! »

Au même instant elle songea : « Tu es faite ! Cette fois il va te foudroyer, tu l'as bien cherché, petite imbécile ! »

Le ladre s'était arrêté. Lentement, comme s'il avait du mal à mouvoir sa nuque, il se retourna.

« Tu n'es qu'une drôlesse, dit-il d'un ton sourd. Je n'ai pas le temps d'écouter tes fadaises. Reste comme tu es, et tais-toi, je vais te montrer comment sortir de la forêt sans passer sur le territoire des charbonniers.

— Non ! s'entêta Céline. Je suis une ambassadrice, vous devez écouter mon message. Je ne suis pas n'importe qui, je suis la marquée de Hurlemort. »

Elle avait jeté cela en désespoir de cause, pensant que la malédiction qui pesait sur elle pourrait auprès des divinités faire office de lettre de créance, établir un lien diffus.

« Je sais qui tu es, dit le ladre. Je sais tout de vous, les gens de Hurlemort. »

Il y avait du mépris dans ces mots, et Céline, qui

avait vacillé sous l'outrage, se cramponna à la crinière du cheval.

« Vous trouvez que les gens du village ne vous vénèrent pas assez, c'est cela ? demanda-t-elle. C'est vrai que les offrandes sont maigres et souvent avares. J'ai honte pour eux quand ils vous consacrent un mouton malade qui tient à peine sur ses pattes, ou qu'ils déposent à l'orée de la forêt un sac de blé qui contient plus de crottes de souris que de bon grain, mais ils sont pauvres et...

— Ce sont des croquants, dit le dieu emmitouflé de charpie, et des lâches. Et toi tu parles trop. Reste en arrière et ne te penche pas pour essayer de cramponner mon manteau. Je vais te remettre sur le chemin. Tu me casses les oreilles et je t'ai déjà trop vue.

— Non ! » cria Céline en frappant du talon le flanc de la bête, ce qui lui fit du reste très mal. « Ramenez-moi au château des dieux, je plaiderai pour notre seigneur. Il n'est pas méchant, ce sont les histoires de Lorel le troubadour qui lui ont tourné la tête. Il ne voulait pas vraiment vous déclarer la guerre. C'est l'ennui qui l'a poussé à cette folie, et la honte de ne pas avoir d'armée à commander, pas d'ennemi non plus. Il lui fallait se battre, il y allait de son honneur.

— Qu'est-ce que tu sais de l'honneur des barons, toi, une paysanne ? ricana le ladre. Je suis sûr que tu ne connais même pas les armes de ton maître.

— De gueules, siffla Céline, à un loup de sable passant. » Puis elle ajouta, suppliante : « Laissez-moi une chance. Je plaiderai pour lui. Il n'est pas mauvais. »

Le lépreux laissa échapper un ricanement.

« Je crois que tu te trompes, petite pucelle, dit-il. Il

est bien plus mauvais que tu ne l'imagines. Je le connais bien. Il y a de la bête en lui, il a le sang vicié. Et de l'orgueil, beaucoup trop d'orgueil. Si tu le libérais il ne t'en serait même pas reconnaissant. Probablement qu'il te trousserait et te laisserait dans le fossé, le ventre saignant. En fait je crois qu'il est si fier qu'il préférerait demeurer au fond de sa geôle que devoir sa liberté à une croquante. Je te le dis : c'est une mauvaise bête, c'est pour cela qu'il ne doit jamais plus reparaître.

— Vous le retenez prisonnier ? interrogea Céline. Ne me dites pas le contraire, je sais qu'il est là puisque je suis en ce moment même assise sur son cheval !

— Oui, admit le ladre. Il est là. Dans une cellule, sous terre, loin du monde, loin des regards. Tu dois me croire, nous vous rendons service en l'emprisonnant ainsi. Il ne vous aurait apporté que du malheur.

— Je ne vous crois pas, jappa la jeune fille. Vous vous vengez parce qu'il vous a défiés. Peut-être même l'avez-vous déjà tué ?

— Non, murmura le lépreux. Il n'est pas encore mort. C'est même incroyable de voir comme il a la vie chevillée au corps. Il ne se résigne pas, c'est cela que nous ne pouvons lui pardonner. Son refus de renoncer au monde. »

Il reprit sa marche avec lassitude, s'appuyant sur son grand bâton.

« Viens, ordonna-t-il. Et ne touche à rien. C'est un mauvais endroit. La maladie est partout. Si tu l'attrapais tu regretterais de ne pas avoir été dévorée par les loups. »

Céline se laissa guider, l'esprit embrouillé, cherchant à étoffer son argumentation. Mais comment éveiller la compassion d'un dieu ? Devait-elle essayer de conclure un pacte ? Évoquer la reconstruction des temples abattus ? Pendant qu'ils se déplaçaient au fond d'une ravine, elle évoqua successivement tous ces points. Elle avait conscience de se laisser emporter par sa fougue et de ne point exposer ses arguments avec la rigueur d'un clerc, mais elle n'était même pas certaine que le dieu empaqueté de chiffon l'écoutât. Il marchait en haletant, étouffant parfois un gémissement quand il devait accomplir certains gestes. Il savait où il allait et n'hésitait jamais sur la direction à prendre. Ils escaladèrent une autre colline au sommet de laquelle l'étrange guide s'arrêta pour reprendre sa respiration. Le soleil était levé maintenant, et sa lumière jouait sur la végétation humide.

« Tiens, dit le ladre en haletant. D'ici tu peux l'apercevoir, le château des dieux. Le trou d'enfer d'où j'ai eu la bonté de te sortir. Mais il vaut mieux pour toi que tu n'y remettes jamais les pieds. »

De son bâton, il désignait un monceau de ruines émergeant de la verdure en contrebas, à quelque distance.

Céline fronça les sourcils. C'était là un bien pauvre palais en vérité. Derrière le mur d'enceinte, seul vestige conservant une certaine dignité, elle distingua les restes d'une chapelle éventrée par la foudre et dont les poutres noircies étaient déjà couvertes de mousse. Le bâtiment se révélait à demi envahi par la végétation. Quelques ladres attendaient, prostrés, le dos contre un interminable mur couronné de lierre.

« Le repaire des dieux déchus, se moqua son interlocuteur. Le voilà, contemple-le donc, petite folle. C'est là que tu veux retourner plaider ? »

Céline frémit, effrayée par l'atmosphère de désespérance qui planait sur les ruines. Elle avait l'impression de surprendre la vie larvaire de cadavres récemment échappés du tombeau. Tous ces hommes immobiles, empaquetés de charpie, paraissaient habillés de lambeaux de linceul. On sentait qu'ils avaient le plus grand mal à bouger et qu'ils végétaient là, prisonniers d'une demi-vie qui n'avait plus rien d'humain.

« Ils sont méchants, cruels, expliqua sombrement le guide. La déchéance les a rendus acariâtres et leurs têtes sont pleines de mauvaises pensées. Il n'y a plus de noblesse en eux. Tu peux me croire, ils sont retombés au niveau des hommes. Si je te menais là-bas tu connaîtrais un sort bien pire que celui qui t'attendait chez les charbonniers. Avec eux tu aurais été un jouet, soit, mais un jouet entre les mains d'hommes sains, robustes. À la léproserie il n'en irait pas de même. Tu comprends ce que j'essaie de t'expliquer ?

— Oui, chuchota Céline. Mais ce sont des dieux, ils n'oseraient pas se...

— Se montrer vils ? siffla le ladre. Ah ! tu ne connais décidément rien aux hommes. Tu crois qu'ils hésiteraient une seconde à t'arracher tes vêtements pour abuser de toi ? Il y a des siècles qu'ils n'ont pas vu une femme saine. Imagines-tu l'effet que leur ferait ta peau rose ? Ils te détesteraient et n'auraient qu'une envie : te rendre comme eux. Et j'avoue que je les comprends un peu.

— Mais vous n'êtes pas comme cela, vous ? dit-elle d'une voix étranglée.

— Qu'en sais-tu ? fit l'inconnu. C'est pour cela qu'il faut que tu t'en ailles très vite. Avant que s'éteigne ma dernière étincelle de bonté, et que l'envie me vienne de te... toucher. »

Il avait ri méchamment en prononçant ce dernier mot. Céline eut brusquement froid et rajusta ses guenilles. Tout à coup elle se sentait presque nue sous ce regard embusqué dans la meurtrière des pansements.

L'homme se secoua. « Il faut manger, dit-il, la route est longue, même par les raccourcis, et si tu as une faiblesse, tu pourrais bien tomber du cheval et te casser la tête sur une pierre. »

Il écarta le pan de son manteau, découvrant une besace de cuir dont il tira quelques objets, dont un cruchon d'eau-de-vie qui portait la marque des charbonniers. Sur un chiffon, il étala de la viande séchée, un bloc de fromage mou, et un gros morceau de pain noir.

« Je ne peux rien t'offrir, dit-il. Mais dans cet arbre tu trouveras un nid qui contient des œufs. Derrière ce buisson il y a un poirier sauvage. Tu peux accéder à tout cela sans descendre de ta monture. Si tu veux un peu d'eau-de-vie, bois sans crainte, l'alcool tue le mal. »

Céline n'avait pas faim. Le ladre se détourna pour manger. Elle comprit qu'il ne voulait pas qu'elle aperçoive son visage lorsqu'il écarterait ses bandelettes. Elle trouvait étrange qu'un dieu ait besoin de manger du fromage mou, jusque-là elle avait imaginé que les déités se nourrissaient surtout de fumée d'encens, de chants, et de l'odeur des sacrifices. Elle ne se les était jamais représentées en train de mâcher et de déglutir. Mais sans doute avaient-elles besoin de reconstituer leur corps défait en ingérant une nourriture de plus en plus substantielle.

« Vous êtes très malades ? ne put-elle s'empêcher de demander. Ce sont les prières qui vous usent ? Les prières des chrétiens... et les messes ?

— C'est cela, fit le ladre. Tu as tout compris. Chaque fois qu'il se trouve un dévot pour dire *Amen*, quelque part sur la terre, c'est comme si on nous arrachait un petit morceau de peau. Tu vois ? *Amen*, et aussitôt des tenailles invisibles nous enlèvent un pouce, une oreille, un nez.

— C'est affreux, murmura la jeune fille. C'est cela qui vous rend si colériques ?

— Oui, fit le ladre avec lassitude. Mais tais-toi un peu, j'ai besoin d'oublier que tu es là. Et reste dans mon dos, de manière que je ne puisse pas te voir. »

Il avait l'air subitement de mauvaise humeur, et Céline essaya de se tenir tranquille aussi longtemps qu'elle put. Pourtant elle enrageait d'être reconduite à la frontière du royaume sans avoir seulement pu engager l'ombre d'une tractation.

Tournant ses regards vers le château des dieux déchus, elle se mit à scruter la bâtisse, essayant de localiser l'endroit où l'on retenait Gilles prisonnier. Des idées folles lui passaient par la tête : attendre la nuit pour se glisser dans les lieux et tenter de faire évader le malheureux détenu. Elle s'imaginait, rasant les murs, enjambant les moribonds emmitouflés de charpie, respirant les miasmes de cette enclave vouée à l'émiettement corporel. En aurait-elle le courage ? Elle songeait qu'en temps ordinaire elle avait de bonnes jambes et qu'elle aurait couru deux fois plus vite que tous ces infirmes rampant dans les taches de soleil, mais avec ses pieds blessés elle ne pouvait plus prétendre les distancer à présent.

« Ne t'use pas les yeux pour rien, fit la voix moqueuse du ladre dans son dos. Tu ne le trouveras pas. Il est bien caché. » Il hocha la tête et ajouta sur un ton plus grave : « Je sais ce qui te trotte dans la cervelle. N'y pense plus. Si tu essayais de t'introduire dans la léproserie je ne pourrais plus rien pour toi. Même ici tu es en danger. Nous sommes en pleine forêt, loin du regard des gens sains. Personne ne te protège plus et bien des ladres pourraient penser que tu leur appartiens de droit, puisque tu es entrée sur leur territoire. Moi-même, tu m'agaces avec ta peau rose de fillette. Si tu t'attardes je commencerai à te haïr et j'aurai envie de te faire du mal.

— Mais je suis marquée, objecta la jeune fille. S'ils me touchaient...

— Tu crois que l'idée de provoquer l'engloutissement de la province retiendrait ces morts en sursis ? gloussa l'inconnu. Tu te trompes, je pense au contraire qu'elle les exciterait. Il faut que tu partes. Tu as eu de la chance de tomber sur moi, alors ne tire pas trop sur la corde. Tu as du courage, ne deviens pas inconsciente. »

Céline gardait le silence. Elle aurait voulu savoir qui se cachait sous ce capuchon, quel dieu de l'Antiquité. Il y avait de la sagesse en lui, mais également une force bouillonnante qu'on sentait prête à jaillir. Elle connaissait mal la mythologie romaine que frère Médard avait refusé de lui enseigner dans le détail. Elle regardait l'arc, les flèches, songeant qu'il s'agissait là d'attributs guerriers. Était-ce Mars, le beau dieu de la guerre qui se dissimulait sous cette carapace de pansements ? On disait Mars maître des loups, pourquoi dans ce cas aurait-il été forcé d'abattre ceux qui avaient tenté d'encercler Céline ? Une parole n'aurait-elle pas suffi ? Mais il avait peut-être perdu ses pouvoirs ? Tous les dieux retranchés dans l'enceinte de la maladrerie avaient sans doute vu diminuer au fil des ans leur énergie primitive, celle qui, jadis, faisait crépiter la foudre au bout de leurs ongles, comme c'était le cas pour le grand Jupiter capitolin ?

« Ils n'ont pas plus de puissance qu'un sorcier de village, pensa la jeune fille avec un pincement au cœur. Ils ne sont plus capables que de prodiges mineurs. Les éléments ne leur obéissent plus ; le soleil, le vent, la lune, se moquent de leurs ordres et n'en font qu'à leur tête. »

Elle se les représentait sous l'aspect de bergers malhabiles, dénués d'autorité, criant après un chien qui ne répond plus à aucun commandement et se met à dévorer les moutons qu'il a pour charge de rassembler. Oui, c'étaient des pauvres épaves, macérant dans leurs souvenirs et leurs rancœurs. Des faiseurs de miracles minuscules, à peine plus étonnants qu'un bonimenteur de foire ou l'un de ces charlatans de colporteurs toujours à faire disparaître des foulards et des petites balles de liège coloriées.

Ils se vengeaient de manière mesquine, en retenant Gilles de Hurlemort derrière leurs grilles, au fond d'un cachot. Cette incarcération était l'aveu même de leur faiblesse, car à une autre époque ils auraient foudroyé le jeune baron sans l'ombre d'une hésitation, ou l'auraient transformé en sanglier, ou en arbre, ou encore...

Oui, c'étaient des dieux méchants et petits, presque des hommes, et dont elle n'avait rien à espérer. Elle les supplierait en vain, ils s'attacheraient jalousement à leurs dernières miettes de pouvoir, jouissant d'avoir encore prise sur le monde de cette ultime manière. Elle avait été folle d'espérer en leur mansuétude, elle était venue pour rien. Au moment où elle formulait cette pensée une grande fatigue s'abattit sur elle.

« Tu ne te trompes pas, dit le ladre qui avait, semble-t-il, lu en elle. Il leur reste juste assez de puissance pour te faire du mal. Ils tombent en morceaux. Si tu voulais vendre des reliques tu n'aurais qu'à prendre un panier et te rendre là-bas. Tu pourrais ramasser les miettes divines du grand Jupiter, un ou deux doigts de Mercure, une oreille d'Apollon, la main de Vénus peut-être ? Mais qui voudrait de ces débris qui n'exhalent plus aucune magie ? Ce ne seraient pas des reliques, non, tout juste des charognes incapables de protéger quiconque du mauvais sort. » Il eut un rire sans joie et frappa le sol de son bâton. « Ne joue pas avec mes dernières bribes de charité, fit-il sèchement. Je ne suis pas meilleur qu'eux, et quand tu seras partie je regretterai de ne pas t'avoir culbutée dans l'herbe. Je me maudirai de m'être laissé émouvoir par une petite niaise de paysanne assez sotte pour aller mendier la liberté de son seigneur à travers la forêt et ses dangers. À ce moment-là je ne penserai plus qu'à ton cul et à ta motte, et à ce que j'aurais pu en faire. Comprends-tu ? »

Céline recula tant il y avait de haine contenue dans ces paroles. Le ladre se redressa et entreprit de descendre le versant de la colline. Le cheval le suivit.

Ils marchèrent longtemps en silence, s'arrêtant de temps en temps pour reprendre leur respiration quand le terrain devenait rude. Le lépreux paraissait désireux de s'éloigner au plus vite de la maladrerie, comme si ses compagnons de malheur représentaient pour Céline un danger plus grand que les loups.

« Tu as tourné en rond, lui expliqua-t-il soudain. En fait tu es bien moins loin de la lisière que tu ne l'imagines. Tu te croyais en terre mythique, mais le cœur de la forêt est au-delà de la léproserie, et je pense que personne n'y a jamais mis les pieds. »

Le ladre allait par des chemins secrets, des tunnels serpentant au cœur des ronces, que l'œil du profane ne pouvait soupçonner.

« Ne crains rien, lui soufflait-il. Tant que tu es avec moi les charbonniers n'oseront pas t'attaquer, mais ne t'avise pas de revenir un jour sur leur territoire, ils te feraient payer fort cher ton évasion. »

Céline se laissait porter, la bouche close. Elle aurait voulu poser mille questions mais n'osait indisposer son guide. « Je rentre battue, pensait-elle. Tout le village va se moquer de moi. Jamais ils ne voudront croire que j'ai rencontré les dieux... »

Elle avait envie de pleurer mais s'efforçait de retenir des larmes qui auraient sans doute agacé le ladre.

Devinant sa détresse, le guide se mit à soliloquer, détaillant comme pour lui-même les défauts de celui qu'elle avait cru pouvoir arracher aux griffes des dieux : « Le baron, il y avait de la folie en lui, murmurait-il. S'il n'accablait pas ses vilains ce n'était pas par bonté d'âme, mais parce qu'ils n'avaient pas plus d'existence à ses yeux qu'une poignée de fourmis. Il les laissait en paix par indifférence mais il aurait pu tout aussi bien leur trancher la tête pour s'amuser. Parfois, du haut de son chemin de ronde, il bandait son arc et pointait sa flèche sur une bergère ou un enfant gardant des oies, et il pensait : "Qu'est-ce qui retient mes doigts sur l'empenne ? Rien, sinon la volonté de ne pas gâcher une si bonne pointe pour une chair si vile." » La nuit, souvent, l'envie le prenait d'aller mettre le feu au village et d'égorger les bêtes. Comment peux-tu expliquer cela ?

— Il s'ennuyait, hasarda Céline. L'ennui rend fou. Lorel me l'a dit.

— Ah ! grogna l'inconnu. Tu m'agaces à lui chercher des excuses. La bonté m'exaspère, elle me fait trop penser aux chrétiens. Ils veulent aimer tout le monde, ces bougres-là qui ne s'aiment même pas eux-mêmes, quoi de plus idiot ? Ton Gilles, il n'aimait personne, lui. Il rêvait de s'enfoncer dans la forêt pour violer les fées, pour empaler les lutins à la pointe de sa lance. Il avait envie de porter le fer et le feu dans les terriers des gnomes. Il voulait manger de l'elfe rôti. Il désirait qu'on le craigne. Plus d'une fois, quand il s'entraînait dans la cour de son château, il s'est retenu à la dernière seconde pour ne pas embrocher son écuyer.

— Comment savez-vous tout cela ? interrogea Céline, inquiète. Vous l'avez soumis à la question pour qu'il avoue ses fautes ?

— Non, pas besoin, nous, les dieux, nous savons encore lire dans les crânes. Celui de ton maître était plein de choses répugnantes. Finalement, il aurait pu nous paraître sympathique s'il n'avait pas été aussi insolent. Car nous aussi nous sommes violents, jaloux, vindicatifs, rancuniers, et jamais nous ne tendons l'autre joue. Et puis l'ennui est si proche de la toute-puissance... En fait, ce Gilles de Hurlemort avait quelque chose d'un vague cousin. »

Céline écoutait, le front plissé. Le ton de l'inconnu la troublait car elle n'y décelait nulle trace de moquerie.

« Il est parti au bon moment, conclut le ladre. Avant que la fièvre ne lui monte à la tête. As-tu entendu parler de Caligula ? Non, sûrement pas. Il y avait du Caligula chez Gilles. Et puis comment faire confiance à quelqu'un qui a pour devise : Hurle et mords ? Je crois qu'il avait longtemps hurlé tout seul sans qu'on l'entende et qu'il s'apprêtait à mordre... À vous mordre. Il est venu vers nous pour qu'en le détruisant nous l'empêchions de nuire. Je pense que si tu ouvrais sa geôle il n'en sortirait point. »

Il se tut, à bout de souffle, et s'absorba dans sa déambulation, précédant Céline et sa monture de dix pas, se retournant fréquemment pour s'assurer que le cheval respectait bien la distance de sécurité. Enfin, au moment où la jeune fille allait s'écrouler de fatigue, il s'arrêta dans la trouée d'un buisson d'épines. La lumière qui tombait de la voûte feuillue dessinait des faisceaux dorés dans la pénombre. C'était comme si quelqu'un avait tiré des flèches lumineuses du haut des nuages, et que ces traits se fussent fichés dans le sol, vibrant interminablement du souvenir de l'impact.

« Descends, ordonna-t-il. Je n'irai pas au-delà. Tu n'es plus très loin de ton village maintenant. Je t'ai dit tout ce que tu devais savoir. Essaie d'expliquer aux tiens qu'ils ne doivent plus attendre le retour du baron et se débrouiller par eux-mêmes. Un nouveau maître viendra sans doute, et il ne sera pas plus mauvais que Gilles de Hurlemort se préparait à le devenir. »

Céline se laissa couler à terre. Les dents serrées en prévision du choc avec le sol. Elle fut surprise de ne pas trop souffrir. Comme elle amorçait un mouvement pour s'éloigner à reculons, le ladre leva son bâton pour l'arrêter. Elle devina qu'il avait agi sur une impulsion qu'il regrettait déjà, mais elle choisit d'attendre. « Oui ? fit-elle.

— Voudrais-tu..., commença l'inconnu.

— Quoi ?

— Voudrais-tu... me montrer ton corps ? »

Comme Céline avait un sursaut, il s'empressa d'ajouter : « Je ne te toucherai pas. Je te le promets, mais je voudrais contempler une dernière fois un corps sain... Et emporter avec moi ce souvenir. Est-ce que tu comprends ? Après tout, tu me dois bien cela, ne t'ai-je pas sauvée des charbonniers, des loups et des lépreux ? »

La jeune fille hocha la tête et fit glisser ses guenilles. Elle s'étonna de ne point ressentir de honte et d'obéir aussi facilement à la requête du ladre, mais quelque chose lui disait qu'il ne s'agissait point là d'un péché. Lorsqu'elle fut nue, elle resta immobile et droite dans la lumière, les bras le long du corps, tandis que le ladre la regardait sans dire un mot. « C'est la première fois qu'un homme me voit ainsi, pensa-t-elle. Mais est-ce un homme, un dieu... ou rien de tout cela ? » Au bout d'un moment elle commença à s'inquiéter et se demanda si les yeux de l'inconnu n'allaient pas lui causer d'irrémédiables brûlures.

« Ça suffit, gronda soudain l'homme avec sécheresse. Ramasse tes nippes et file ! Petite catin ! Et ne remets jamais les pieds dans la forêt ! Tu entends ? Jamais ! »

Il avait levé son bâton au-dessus de sa tête et la menaçait. Ses yeux étincelaient de rage sous son capuchon. Ne comprenant rien à cette brusque colère, Céline prit peur, ramassa ses haillons et s'enfuit sans même prêter attention aux élancements qui traversaient ses pieds blessés. Elle courut longtemps, la boule des vêtements serrée contre son ventre.

Lorsqu'elle se retourna, haletante, pour s'assurer que le lépreux ne la poursuivait pas, elle constata qu'il avait disparu. Elle eut subitement l'impression affreuse d'avoir rêvé tout cela, et un grand désarroi s'empara d'elle.

La geste de Jôme le Noir

XXI

C'est au moment où elle sortait de la forêt que Céline heurta la corde. Le filin épais, tendu raide entre les troncs, la frappa sous les seins, lui coupant la respiration. Elle tomba en arrière, cherchant son souffle, les côtes douloureuses, ne comprenant rien à ce qui venait de lui arriver. Elle avait dévalé la pente d'une traite, courant vers la trouée de lumière qui se dessinait au travers du feuillage, soudain impatiente de quitter le couvert. Elle n'avait perçu l'obstacle qu'à la toute dernière seconde, alors qu'elle ne contrôlait plus l'élan de son corps. Elle se frictionna la poitrine. Le choc l'avait rejetée sur le dos, comme un cavalier désarçonné. Rampant dans l'herbe, elle se glissa sous le filin qui vibrait encore. Avec une réelle stupeur, elle vit alors que la corde courait d'arbre en arbre, à perte de vue, comme si elle avait pour mission de matérialiser une frontière précise. « Elle entoure tout le village », pensa-t-elle avec un frisson de frayeur. Elle ne savait d'où lui venait cette idée.

Comme elle se redressait, une main jaillit des hautes herbes, l'attrapa par l'épaule et la fit rouler à terre. Aussitôt, un corps se plaqua contre le sien, l'empêchant de se redresser.

« Par Dieu ! souffla la voix d'Hugues le jeune écuyer, ne relève pas la tête si tu ne veux pas te faire transpercer par une flèche. Il y a trois jours que je guette ton retour. Il s'est passé beaucoup de choses pendant ton absence. L'ost est arrivé... Les soldats de l'archevêque. Ils sont là. Ils encerclent le village. »

Céline eut brusquement envie de se rouler en boule sur le sol, de fermer les yeux et de ne plus penser à rien. Elle était trop fatiguée pour les mauvaises nouvelles.

« Mon Dieu ! souffla Hugues qui se tenait toujours contre elle. Tu es dans un état ! Qu'est-ce qui t'est arrivé ? As-tu vu le baron ? »

Elle n'avait aucune envie de lui répondre, mais elle aimait le petit chatouillis brûlant de l'haleine du garçon contre sa tempe. Elle songea qu'elle serait bien restée ainsi une éternité, dans l'écran des herbes bruissantes, à regarder le ciel pendant que l'écuyer lui aurait murmuré des choses à l'oreille. N'importe quoi, les mots n'avaient pas d'importance, seul comptait ce murmure chaud qui courait sur sa tempe et sa joue.

« L'ost ! répéta-t-il. Tu m'entends ? L'ost ! »

Elle se força à soulever les paupières.

« Il y a un soldat à cheval dans le champ de ton beau-frère Aubin, ajouta Hugues. On lui a donné l'ordre de flécher tous ceux qui tenteront de franchir la corde.

— Ce n'est pas grave, murmura Céline en luttant pour s'arracher à l'étreinte de la fatigue. Médard nous défendra.

— Ah ! s'emporta l'écuyer, mais tu ne comprends pas ? Il n'y a plus de Médard !

— Il est mort ? balbutia Céline en se redressant sur un coude.

— Non, mais c'est tout comme, grommela Hugues. Viens, suis-moi, je vais te montrer. »

Ils rampèrent dans les hautes herbes, essayant de ne pas laisser derrière eux un sillage trop apparent. Par bonheur, le vent soufflait fort, bousculant la prairie, y creusant des tourbillons et des marées au milieu desquels la reptation des deux jeunes gens passait inaperçue. À deux reprises, Céline entrevit la silhouette du soldat à cheval plantée dans le champ d'Aubin le Lourd. Elle ne paraissait pas appartenir à un être vivant. C'était une grande masse immobile et terrifiante, bardée de plaques de fer, qui, lorsqu'elle s'ébranlait, devait faire plus de bruit qu'un troupeau de vaches affolées.

Les coudes et les genoux en feu, ils arrivèrent enfin à la caverne de l'ermite. Une torche charbonnait, fichée dans un trou de la paroi. Le chat qui montait la garde au seuil de la grotte miaula à leur approche et s'enfuit d'un bond souple. Médard était étendu sur la pierre plate qui lui avait si souvent servi d'autel par le passé. Il avait les yeux clos, le visage blême et les mains jointes.

« Il a l'air mort, murmura Hugues, mais lorsqu'on pose la tête sur sa poitrine on entend battre son cœur, au loin, très faiblement. Si on le secoue il ne se réveille pas. Il est comme ça depuis que tu es partie. »

« C'est la maladie du sommeil, pensa Céline. Il m'en avait parlé mais je ne l'avais pas cru. »

Hugues se remit à discourir, mangeant les mots et jetant des regards inquiets dans l'ouverture de la caverne. L'ost était arrivé sitôt Céline disparue dans la forêt. Un moine l'accompagnait. Un homme effrayant, vêtu d'un froc noir et dont les yeux brûlaient de fièvre. Il avait examiné Médard et l'avait tout de suite déclaré envoûté. Le chat lui avait fait très mauvaise impression.

« Il a amené une église à dos de mulets, expliqua Hugues, et une pierre tombale qui lui sert de matelas. C'est un exorciste. Il est venu au château et a exigé de voir Monseigneur. Quand j'ai parlé de son absence, j'ai bien vu qu'il ne me croyait pas. »

Il haletait. Céline lui posa doucement la main sur la bouche pour l'inviter à se taire. Il avait les lèvres brûlantes et elle aima ce contact furtif.

« Calme-toi, dit-elle, reprends tout depuis le début. »

Ils se blottirent l'un contre l'autre dans la chaleur de la torche. Le chat ressortit de sa cachette. Miaulant plaintivement, il vint se frotter à leurs jambes. Sans doute se sentait-il abandonné depuis que Médard avait perdu conscience ? Hugues reprit son histoire : Jôme, c'était le nom du moine, Jôme avait surgi sur un maigre cheval, peu de temps après le lever du soleil. Derrière lui venait un attelage de mulets remorquant un grand retable noirci et mangé des vers.

« D'abord, j'ai cru voir un cercueil, balbutia Hugues, puis j'ai compris que c'était l'une de ces églises pliantes qui, parfois, contiennent une relique. La pierre tombale était attachée sur une autre bête. Un grand morceau de marbre noir, creusé d'inscriptions latines. »

Cette vision l'avait empli d'un affreux pressentiment. Tout de suite après les hommes d'armes étaient sortis du bois, équipés comme pour l'assaut.

« Même Bénin qui ne dit jamais rien a murmuré : “C'est mauvais, je n'aime pas ça.” Tu te rends compte ? »

Céline hocha la tête. Elle avait froid, faim, et elle tombait de sommeil. Elle tendit la main pour toucher Médard. Sa chair était glacée mais souple, et son corps ne présentait pas cette rigidité qui est le propre des cadavres. Elle fut convaincue qu'il dormait d'un sommeil étrange et maladif dont il finirait par mourir si l'on ne trouvait pas rapidement le moyen de le réveiller. Le chat miaula. Il tremblait, maigre, et son poil se hérissait sur son échine.

Hugues se rappela enfin qu'il avait apporté à tout hasard des provisions et tira d'un sac quelques fruits, une perdrix prise au piège par Lorel, et qu'il avait cuite à la braise. Céline dévora, partageant sa nourriture avec le chat famélique qui ne se fit pas prier.

« Et Monseigneur ? demanda de nouveau l'écuyer. Tu l'as vu ? »

Elle dut lui raconter par le menu ses aventures au cœur de la forêt. Hugues écoutait, le front plissé par l'attention. Quand elle aborda l'épisode des lépreux, elle vit grandir son incrédulité.

« Tu es sûre que c'était bien son cheval ? » répéta-t-il en se grattant la tête en signe de perplexité.

Ils restèrent longtemps dans la caverne. Et Céline finit par s'endormir au pied de l'autel, la tête posée sur la cuisse maigre de l'écuyer, le chat roulé en boule contre son ventre. Les ronronnements de la petite bête l'aidèrent à trouver le sommeil en dépit des interrogations inquiètes qui tourbillonnaient dans son esprit. Ainsi installée, dans le tapis de feuilles sèches, Médard veillant sur elle, elle se sentait presque bien.

Quand elle s'éveilla, la nuit tombait.

« Il faut rentrer maintenant, soupira Hugues. J'ai peur de ce qui s'annonce. Il faudra se montrer prudent et ne point trop parler. Je crois que ce moine nous soupçonne des crimes les plus affreux. »

Ils se séparèrent au seuil de la grotte. La jeune fille fut tentée d'emporter le chat dans ses bras, mais l'animal se déroba et elle n'insista pas.

Elle rejoignit le hameau en longeant la route à couvert, prête à s'aplatir dans les taillis si elle entendait le pas d'un cheval. Quand elle arriva chez sa sœur, elle était en sueur. Il lui fallut longtemps gratter à la porte avant qu'Odile ne se décide à ouvrir.

« C'est toi ? » balbutia son aînée en la découvrant sur le seuil, couverte d'estafilades et vêtue de guenilles. « Tout le monde te croyait morte. »

Aubin accourut pour lui demander si elle ramenait le baron. « Non », avoua-t-elle, et lorsqu'elle essaya de leur raconter ce qui lui était arrivé, ils haussèrent les épaules et ne lui prêtèrent plus qu'une oreille distraite.

« Il fallait ramener le baron ! s'entêta Aubin. Lui seul aurait pu tenir la dragée haute à ce ratichon de malheur et à ses sbires ! Ils vont nous faire pisser le sang, tu peux en être sûre ! »

Odile se signa en entendant ces mots, et les enfants vinrent aussitôt se pendre à ses jupes.

« Tes maraudes, on s'en fiche », grommela encore Aubin alors que Céline tentait vainement de s'expliquer. « Y a que le baron qui nous intéresse. »

XXII

La présence des soldats avait installé une atmosphère de menace à l'intérieur du village. Bien que peu nombreux, une douzaine en réalité, ils semblaient omniprésents. Sans doute avaient-ils reçu pour consigne de ne point parler aux gens de Hurlemort, car ils demeuraient étrangement silencieux, hors d'atteinte, terribles statues de pierre grise enveloppées d'acier. Céline les épiait de loin, le cœur étreint d'un mauvais pressentiment. Sous leurs armures, leurs brigandines, ils avaient l'air de grands insectes à la carapace inentamable, et les cuirasses, luisant sous la pluie, évoquaient les élytres de quelque coléoptère géant dressé sur ses pattes postérieures en prévision d'un combat à mort. « Des mantes, pensait Céline. Des mantes religieuses prêtes à se dépecer mutuellement jusqu'au dernier souffle de vie. »

Elle n'était plus très sûre d'avoir affaire à des hommes. Elle en venait à douter qu'il y eût des corps sous tout ce métal bosselé, sous ces hauberts qui ne laissaient guère apparaître qu'une portion de visage figé, souvent couturée de cicatrices. Un nez, deux yeux plantés dans une vilaine chair grise ou violacée.

Elle finissait par se demander si ces figures n'étaient pas en réalité des masques de cuir bouilli destinés à dissimuler la nature inhumaine des soldats. « Je perds la tête », songeait-elle alors, mais la peur demeurait fichée en elle, refusant de s'endormir, lui mangeant l'estomac de ses petites dents pointues.

Les soldats montaient la garde à la sortie du village, grimpés sur des chevaux qui jamais ne piaffaient. Des chevaux de pierre, eux aussi. Et la pluie passait sur eux, et le vent, sans leur arracher un tressaillement d'humeur. Dans ses cauchemars, Céline imaginait que le prêtre en robe noire avait usé d'un enchantement pour arracher aux sculptures d'une cathédrale ces guerriers de granit qui lui obéissaient sans ouvrir la bouche. Oui, il avait prononcé une formule latine, très puissante, très secrète, et les statues étaient descendues de leurs piédestaux, tirées de l'immobilité le temps d'une mission purificatrice. Ce n'étaient pas des hommes, ils n'avaient ni chair ni cœur, et rien ne pourrait les émouvoir. On ne les sortait de l'engourdissement que lorsqu'il fallait raser un village et passer au fil de l'épée ses habitants. C'était une armée obéissante et silencieuse, qui ne s'enivrait jamais et ne cherchait pas à lutiner les filles. Une armée parfaite pour exécuter les desseins d'un moine avide de punitions.

Le mutisme des hommes d'armes avait grandement inquiété la population. Les commères qui avaient d'abord essayé de les amadouer avec du vin ou du lard, s'en étaient revenues l'oreille basse, grommelant qu'il aurait été encore plus facile de dialoguer avec un arbre.

« Peut-être bien qu'on leur a coupé la langue ? » avait hasardé Bastine Méloir. On disait les Maures friands de ce genre de supplices, et toujours occupés à découper en tranches leurs malheureux prisonniers. Dans l'esprit de la vieille, les soldats silencieux de Hurlemort faisaient partie d'un bataillon de paladins martyrisés par les infidèles. Des infirmes dont la volonté destructrice avait été décuplée par les sévices.

« Il n'y a rien à attendre de gens de cette sorte, avait-elle conclu. Ils nous massacreront sans l'ombre d'une hésitation. »

Elle disait cela avec une espèce de contentement secret, comme si elle tirait fierté de ne pas tomber sous la lame d'un bourreau de basse extraction, mais peu de gens au village partageaient cette satisfaction.

Céline tendait l'oreille au moindre cliquetis métallique, car c'était toujours par ce bruit que s'annonçaient les soldats. Ils patrouillaient à travers les rues du village, la lance sur l'épaule, piétinant dans la boue, grands pantins de ferraille sanglés de cuir, dont on fuyait les regards.

« Quand ils vous fixent, murmurait Odile, on dirait qu'ils pensent : Toi, je te trancherai les oreilles, toi, je t'ouvrirai le ventre, toi, je te couperai les seins, toi... »

Grelottant d'angoisse, elle attirait contre elle les enfants qui se mettaient à pleurnicher, et quand Céline essayait de la consoler, elle cédait à des bouffées de colère hargneuse : « C'est ta faute aussi, criait-elle à sa sœur cadette. Quelle idée de s'enfoncer dans les bois pour en revenir bredouille ! As-tu bien cherché au moins ?

— Penses-tu ! renchérissait Aubin. Cette trouillarde s'est contentée d'une promenade. Quand on pense qu'elle prétendait faire mieux que tout le monde ! »

Céline ne relevait pas la provocation. Elle en avait assez de raconter ses aventures chez les lépreux.

D'ailleurs elle avait vite senti qu'on ne prêtait aucun crédit à ses propos. À la dernière veillée, Bastine Méloir avait hoché la tête, la bouche plissée d'ironie.

« Une bien belle fable », avait-elle ricané en fixant Céline qui venait juste de terminer le récit de sa quête. « Mais j'ai peur, ma pauvre fille, que tout cela n'ait jamais existé que dans ton imagination. Ou alors tu seras tombée sur un vagabond qui aura profité de ta crédulité. »

La jeune fille avait compris qu'il était inutile de chercher à prouver sa bonne foi. Elle aurait ramené un lutin dans son foulard qu'on aurait prétendu qu'il s'agissait d'un lapereau sans poil. Au reste, les gens étaient incapables de penser à autre chose qu'aux soldats. On regardait les lances, on fixait les épées. On savait qu'on crierait merci en vain ; lorsque le moine noir en donnerait l'ordre, la besogne serait exécutée sans l'ombre d'une hésitation.

Céline restait aux aguets, accablée d'impuissance. De temps en temps elle s'avançait jusqu'à la sortie du village pour contempler la grosse corde tendue à la lisière de la forêt. Ce gigantesque nœud coulant lui faisait peur. En outre, elle souffrait de ne plus pouvoir courir à travers la plaine comme elle en avait l'habitude. Mais sur ce point la règle était la même pour tous : tout paysan allant par les chemins sans raison précise serait considéré comme essayant de s'échapper, et aussitôt exécuté. Les soldats étaient équipés de grands arcs en bois d'if dont la portée ne laissait personne à l'abri. Dès les premiers jours ils avaient fait démonstration de leur habileté en fléchant force lapins et corbeaux dans des conditions qui avaient laissé les hommes béats d'admiration. Vrai, c'étaient de rudes tireurs, et leurs traits avaient tant de puissance qu'ils vous traversaient une cible de part en part sans la moindre difficulté. On parlait de lièvres littéralement cloués au sol en pleine fuite, et qu'on avait eu le plus grand mal à détacher de terre tant les flèches s'étaient enfoncées dans la glèbe. En entendant le récit de ces exploits, chacun se touchait instinctivement la poitrine, imaginant la morsure du trait crêté de fer se frayant un chemin au milieu des organes. « Ils ne sont que douze, radotait Aubin le Lourd, mais il ne leur faudra pas une heure pour nous passer au fil de l'épée. Et personne ne se glissera entre les mailles du filet. Rien ne leur échappe, ce n'est pas un œil d'homme qui brille dans la ventaille de leur casque, c'est une prunelle de faucon. »

Céline, sous le prétexte de porter des fagots, s'embusquait à la sortie du hameau pour observer le campement du moine. Il avait dressé sa tente à distance du village, au milieu d'un champ pelé envahi par les corbeaux. Le vent s'acharnait sur l'abri de toile sans parvenir à le déraciner. Chaque fois que le prêtre émergeait de son repaire, Céline reculait d'un pas, effrayée plus qu'elle ne voulait se l'avouer par cette haute silhouette décharnée qui marchait d'un pas saccadé. Sa bure noire évoquait pour elle l'ombre sinistre entrevue dans les bois, le jour où, au cours d'une promenade, elle avait surpris une troupe armée saccageant un campement de bûcherons. Était-ce le même homme ?

« Jôme, avait dit Hugues. On dit qu'il s'appelle Jôme le Noir. Personne ne sait s'il est très jeune ou très vieux. Et peut-être l'ignore-t-il lui-même. »

En l'examinant, Céline se faisait la réflexion que cet homme avait été bâti de travers, qu'on avait oublié quelque chose lors de sa fabrication. Il semblait uniquement constitué d'os et de peau. Il n'y avait pas de chair en lui, et sans doute pas d'entrailles. C'était un grand épouvantail, une sorte de squelette sur lequel on avait cousu une enveloppe de cuir qui avait fini par rétrécir avec le temps, épousant avec une effrayante fidélité les contours de son ossature. « Pas de chair, se répétait Céline, pas de cœur, pas d'entrailles. » Elle s'étonnait qu'il puisse résister aux bourrasques. Ses jambes nues, sortant de la bure, semblaient deux sarments fichés en terre, quant à la chair de son visage, elle était si tendue qu'elle paraissait prête à se déchirer dès qu'il ferait mine d'ouvrir la bouche. Hugues avait raison : on ne pouvait lui donner un âge précis. Était-ce un jeune moine précocement vieilli par la macération ou un vieillard à demi momifié par le temps ? Céline ne savait quel parti prendre. Si l'aspect physique était celui d'un centenaire, la nervosité des gestes était celle d'un homme plein de force. Jôme... Jôme le Noir. La jeune fille murmurait doucement ce nom étrange, pressentant déjà qu'elle n'allait pas tarder à le haïr. Elle se ratatinait dans son coin, de peur d'être vue, et pourtant quelque chose en elle lui soufflait que ces précautions étaient inutiles, que Jôme se savait observé et qu'il jouait à se donner en spectacle. « Mon Dieu ! soufflait Céline. Comme il va nous faire du mal. »

Pour l'heure le moine n'avait pas encore cherché à prendre contact avec les gens du village. Tel un envahisseur se préparant à donner l'assaut, il campait à l'écart, usant les nerfs des assiégés par sa seule présence.

Près de la tente se tenait planté le grand retable de bois noir transporté à dos de mulet. La jeune fille ne parvenait pas à détacher les yeux de cette porte à double battant, aussi haute qu'un homme, et qui semblait ouvrir sur un bâtiment invisible. Le retable avait été posé sur le sol, ce qui accentuait sa ressemblance avec l'huis d'une demeure seigneuriale ; on l'avait ouvert en grand, exposant ses sculptures intérieures. Pour Céline, qui avait entendu par Médard vanter la beauté de certains retables exécutés par des artistes de renom, dorés, incrustés de pierreries et renfermant dans lcurs flancs de délicates sculptures d'ivoire ou d'albâtre, celui qu'elle apercevait au milieu du pré aux corbeaux avait quelque chose d'un battant d'église incendiée par des vandales. Le bois en était noirci, vermoulu, les peintures écaillées. La traditionnelle Descente de croix qu'elle distinguait plus ou moins au fond d'une niche obscure se révélait dépourvue de toute couleur attrayante. « Un méchant morceau de bois, songea-t-elle, qu'on n'a jamais cherché à rendre beau. Une relique qui semble avoir échappé aux pires mises à sac. »

Oh ! il n'y avait là rien qui puisse séduire ou charmer l'œil du croyant. Deux portes noircies de fumée, grêlées de coups, sur lesquelles semblait s'être émoussé le bélier d'une horde de pillards, et derrière les battants aux ferrures tordues, la crypte sombre du panneau central, avec ses figures écorchées, brisées. C'était comme si le vent et la fumée des batailles avaient soufflé sur le retable, comme si bien des flèches perdues s'y étaient fichées en bout de course. On sentait que cette église en réduction n'avait pas été conçue pour un intérieur d'apparat mais bel et bien pour trôner au milieu des combats, à l'heure de l'ultime bénédiction. On s'était battu autour d'elle, on était tombé, on était mort, et les armes des soldats avaient plus d'une fois sonné sur ses portes cloutées, les marquant de mille blessures. C'était un retable de guerre devant lequel ne s'étaient jamais inclinés que des hommes corsetés de fer, le heaume sous le bras, attendant une ultime bénédiction avant de s'en aller mourir sous les coups de l'ennemi.

Il se dégageait de l'objet un halo d'austérité inquiétante, et Céline songea que le moine noir et le retable allaient bien ensemble. C'était moins un homme de prière qu'un soldat qu'on leur avait dépêché, et le retable serait sa forteresse.

À plusieurs reprises, Céline surprit Jôme regardant dans sa direction. Il était trop éloigné pour qu'elle puisse distinguer les traits de son visage, mais elle fut certaine qu'il la voyait parfaitement, lui, et que ses yeux de faucon n'ignoraient déjà plus rien de la physionomie de celle qui osait l'espionner.

Sans cesse le regard de Céline revenait au retable. « Une porte noire, pensait-elle dans un bouillonnement de pensées. Une porte noire qui ouvre sur quelque chose de terrible. »

Elle avait soudain la certitude que l'objet communiquait avec un abîme sans fond. Un gouffre pour le moins aussi effrayant que celui de Trembleterre.

Mais Jôme n'était pas seul, on ne tarda pas à s'en rendre compte, une femme étrange l'accompagnait : énorme, son corps de matrone sanglé dans un casaquin de cuir rouge, un chaperon de même couleur rabattu sur le crâne telle la cagoule d'un bourreau. Perchée tout en haut de la masse de chair dans laquelle son corps paraissait à peine ébauché, la tête semblait à peine plus grosse qu'une pomme. Ce visage n'exprimait rien, ni la colère ni l'ennui. C'était celui d'une statue aux yeux vides, une trogne que n'illuminait pas la moindre lueur d'intelligence. Un faciès qui paraissait à peine vivant.

« Elle est capable de rester des heures les bras ballants, observaient les commères. On dirait qu'elle dort debout, comme les juments, et qu'elle pourrait rester là sans bouger, sous la pluie, indifférente à tout. »

Céline l'avait aperçue à une ou deux reprises, arpentant à pas lents le pré aux corbeaux. Le minuscule visage rose, juché au bout de l'énorme cou aux multiples mentons, lui avait paru jeune, presque en enfance. Les yeux, la bouche, le nez, avaient quelque chose d'exquis, comme s'ils étaient le produit d'un travail de sculpture délicat. « Une pomme », s'obstinait à penser Céline. Oui, c'était comme si l'on avait taillé cette face de la pointe du couteau, dans la pulpe rose d'une pomme fraîchement pelée. Les épaules, la poitrine, les seins énormes qui tendaient le cuir du casaquin, étaient en comparaison affreusement disproportionnés. C'était là en vérité un corps de géante dont les mains auraient pu saisir un cheval par les oreilles et le jeter à terre sans l'ombre d'un effort.

La femme vêtue de cuir rouge n'ouvrait jamais la bouche, et jusqu'à présent personne ne l'avait entendue prononcer un mot. On ne savait qui elle était, ni ce qu'elle était censée faire ici. Lorel, lui, la connaissait pourtant et ne parlait d'elle qu'avec une extrême frayeur.

« C'est la Tite », murmura-t-il en frissonnant lorsque Céline monta au château pour y porter le ravitaillement. « Elle est muette. C'est l'accoucheuse des sorcières, la sage-femme des prisons. »

On crut d'abord que le troubadour délirait, qu'il se laissait aller à ses imaginations habituelles, mais il s'entêta : par le passé son chemin avait croisé à deux reprises celui de la géante. En dépit de son visage lisse, rose, elle était vieille et chenue. À une époque on l'avait surnommée par dérision « la Petite », ce sobriquet, tronqué par l'usage, était devenu « la P'tite » puis tout simplement « la Tite », mais on prenait bien garde de ne jamais le prononcer en sa présence, car tout le monde avait peur d'elle.

« Elle officiait dans les geôles, expliqua le vieux trouvère. Elle avait pour mission d'accoucher les sorcières engrossées par le diable lors des sabbats. On l'appelait la sage-femme des enfers. »

Au fil de l'évocation la voix de Lorel était devenue murmure, et ses auditeurs avaient dû se rapprocher de lui jusqu'à le toucher pour percevoir le sens de ses paroles. Céline s'était fait la réflexion qu'ainsi rassemblés à l'angle de la cheminée, ils avaient l'air, Bénin, Hugues, le troubadour et elle-même de parfaits comploteurs. Elle songea également que ce spectacle aurait sans aucun doute déplu à Jôme le Noir, et elle ne put s'empêcher de jeter un coup d'œil par-dessus son épaule pour s'assurer que le moine maigre ne se tenait pas là, au seuil de la salle, à les observer.

« Que tu es bête ! pensa-t-elle, comme s'il pouvait traverser les murs ! »

La Tite... Lorel l'avait croisée lors de son séjour chez le baron de Tréviers, puis une seconde fois chez le comte de Chazon. On oubliait difficilement une telle silhouette lorsqu'on l'apercevait au bout d'un couloir, emplissant tout l'espace, la tête minuscule touchant presque le plafond.

« On disait qu'elle s'habillait de cuir rouge pour dissimuler les éclaboussures sanglantes qui la couvraient en permanence. Personne ne savait si elle faisait office de sage-femme ou de bourreau, mais elle régnait sur la prison des femmes, et on la convoquait chaque fois qu'une sorcière se révélait grosse de ses rapports avec le démon. Alors elle arrivait, avec ses outils dans un grand sac : des tenailles, des scies, des couteaux. Je me souviens des tenailles : elles étaient incroyablement longues. On disait que c'était pour lui permettre de saisir l'enfant démoniaque sans trop s'en approcher. Oui, je revois encore les tenailles. Elles me faisaient peur avec leurs mâchoires dentelées... »

Lorel murmurait, et malgré l'humidité glacée qui régnait à l'intérieur du château, son front se couvrait peu à peu de sueur.

Oui, oui, il la connaissait, l'accoucheuse de monstres. On racontait que ses petits yeux noirs avaient vu des abominations à faire perdre la tête au soudard le plus endurci. Combien de fois s'était-elle approchée d'une sorcière ligotée sur la table de travail, les tenailles en avant, guettant entre les cuisses de la femme l'apparition du nourrisson démoniaque ?

On disait qu'elle avait vu jaillir de la fente des damnées des êtres à demi bestiaux, des bébés cornus qui déchiraient le ventre de leur mère en se frayant un passage vers la lumière. Toute autre qu'elle se serait enfuie en hurlant à ce spectacle, mais la Tite demeurait toujours impassible, les mains serrées sur le fer de ses outils, indifférente aux hurlements des femmes ou à leurs malédictions. Elle guettait le surgissement des monstres. Elle les attendait de pied ferme, les enfants du sabbat conçus dans les orgies présidées par le Grand Bouc. Elle savait qu'ils allaient faire irruption entre les jambes des prisonnières, la marque de leur ignoble parenté sur le visage. Les moins marqués seraient simplement difformes, contrefaits, affligés de cheveux roux ou d'un bec-de-lièvre, les plus dangereux auraient des têtes de démons et lui crieraient des obscénités à peine sortis de leur génitrice. Mais la Tite n'avait pas peur d'eux. Rien ne pouvait l'effrayer ni l'attendrir. Elle les saisissait entre ses grandes pinces, arrachait le cordon ombilical d'une torsion de poignet, puis plongeait les bébés dans un bassin d'eau bénite où ils se noyaient presque aussitôt, avouant ainsi leur nature immonde, indigne de vivre sous le soleil de Dieu. Dès qu'ils avaient cessé de se débattre, elle attrapait de nouveau les corps entre les mâchoires de ses outils et les jetait dans le feu où ils se consumaient au milieu d'un grand fracas d'éclairs et d'étincelles.

C'est ainsi que travaillait la Tite, dans le secret des cachots et des basses voûtes où ne pénétrait jamais la lumière. Les seigneurs la payaient pour faire disparaître l'engeance des sorcières, ces bâtards du démon engendrés par les créatures d'En bas les nuits de lune pleine.

Lorel n'avait jamais assisté à ces cérémonies, il n'en connaissait le déroulement que par les bavardages des hommes d'armes et des geôliers. Il avait par contre souvent entendu hurler et supplier les prisonnières. Il n'était pas rare, du reste, que la plupart d'entre elles succombent à l'accouchement. C'était alors un cadavre qu'on hissait en haut du bûcher pour le livrer aux flammes purificatrices. La Tite n'avait pas la main légère, et on la soupçonnait d'employer les pires méthodes pour accélérer les accouchements lorsque ceux-ci duraient trop longtemps. Avec le temps sa réputation avait grandi, et il ne se trouvait plus un procès de sorcellerie où elle ne fût mêlée. Sa présence auprès de Jôme le Noir n'annonçait rien de bon. Si le moine l'avait fait venir, c'est qu'il soupçonnait quelque vilaine diablerie. Les filles de Hurlemort pouvaient commencer à se mordre les lèvres et s'entraîner à retenir leurs cris, car on disait qu'être auscultée par la Tite valait un passage entre les mains du bourreau.

Les révélations du trouvère provoquèrent l'effarement dans le petit groupe. Le danger était donc si grand ? Lorel hocha la tête. Il avoua sans honte qu'il mourait de peur. S'il avait été plus jeune il aurait essayé de tromper la vigilance des hommes d'armes, de passer sous la corde et de s'enfuir dans les bois.

« Les moines n'aiment guère les gens de mon espèce, souffla-t-il. Et ce Jôme est le pire de tous. J'ai souvent entendu parler de lui. Il faut nous préparer à bien des souffrances, car il ne nous épargnera pas. C'est un fanatique.

— Allons, coupa Hugues qui devenait nerveux, tu connais aussi Jôme ? »

Oui, bien sûr. Lorel avait beaucoup voyagé. Il avait longtemps vécu au milieu des ragots et des chuchotis d'alcôve. Il n'ignorait rien des indiscrétions des grandes dames comme de celles de leurs servantes. Il avait partagé force pichets de vin avec les soldats, les palefreniers, les valets de cuisine. Il avait vu beaucoup de monde et entendu beaucoup de choses. Il connaissait Jôme, le dernier représentant des Sentinelles, un ordre aujourd'hui disparu mais qui avait défrayé la chronique des gens de robe et alimenté le bavardage des clercs.

« C'étaient des chercheurs de reliques, souffla-t-il. Des fouilleurs de cimetières toujours en quête d'un os sacré. Ils passaient leur vie à éventrer les tombes pour mettre la main sur la dépouille de tel ou tel saint. Drôle d'occupation pour des hommes d'Église, non ? Ils trafiquaient comme de vrais marchands, cédant leurs découvertes à prix d'or, louant les dépouilles aux riches seigneurs désireux d'attirer sur leur tête les bienfaits des os sacrés. »

Céline fit la grimace. Une fois de plus elle avait la curieuse impression que les chrétiens étaient davantage intéressés par la mort que par la vie, et elle s'expliquait mal cette ténébreuse passion.

« À une époque, continua Lorel, les frères sentinelles avaient la haute main sur l'expertise des reliques. Pas un os, pas une mâchoire, pas une molaire, ne pouvait prétendre à la sainteté s'il n'avait pas été examiné par leurs soins. Cette prétention agaçait plus d'un prélat et contribuait à grossir les rangs de leurs ennemis. »

Jôme avait été l'un de ces collecteurs de débris humains, arpentant le pays pour éventrer les sépultures les plus anciennes, en exhumer les dépouilles et les enfermer dans des coffres bardés de fer comme s'il s'agissait de pièces d'or.

« Des thésaurisateurs de cadavres, grommela Lorel, et qui s'arrogeaient le droit d'accorder ou de refuser la sainteté à une paire de tibias boueux. Leur saint patron n'avait pas de nom, c'était, disaient-ils, un géant des temps anciens, une sentinelle embusquée à l'entrée des enfers et chargée d'empêcher les démons d'en sortir. Ils prétendaient avoir découvert son squelette magnifiquement conservé dans la glaise, au sommet d'un ancien volcan. Ils le vénéraient et l'appelaient la Sentinelle. »

Tout s'était gâté le jour où un érudit ayant participé aux croisades examina la sainte relique en question et déclara qu'il s'agissait en réalité des ossements d'un grand singe comme on pouvait en voir dans les pays d'au-delà des mers. Le pauvre savant fut accusé d'hérésie et bien rapidement jeté au bûcher, mais l'affaire avait fait du bruit, on s'en servit pour dissoudre l'ordre des Sentinelles.

« Ils ne s'en sont jamais remis, chuchota Lorel. Ils en ont tous gardé la haine au cœur. Du jour au lendemain le commerce des reliques leur a échappé, les privant de tout pouvoir. Jôme était le plus zélé d'entre eux, vivant davantage au milieu des ossements que des vivants. C'est sans doute à leur contact qu'il a pris cette apparence de squelette ambulant. C'est un homme tout en cervelle et sans cœur. Il a décimé plus d'un village. Il va nous faire du mal, mes bons amis. Bien du mal. »

Céline avait les mains glacées. Les révélations de Lorel n'auguraient rien de bon. Cette nuit-là, elle rêva de la Tite et se réveilla en sueur au milieu des enfants de sa sœur que ses gesticulations firent grogner.

« Tu ne dors pas ? souffla Odile dans l'obscurité de la chaumière. Moi non plus. Tu te rappelles quand nous étions petites ? Je te racontais des histoires pour te faire peur...

— Oui, dit doucement Céline. Celle de Guillaume, le meneur de loups. »

La main d'Odile rampa sur la paillasse pour se refermer sur celle de Céline. Les deux femmes demeurèrent longtemps immobiles, fixant les poutres du plafond, au milieu des ronflements d'Aubin et des gémissements des gosses.

« Ô mon Dieu ! sanglota Odile. Que va-t-il nous arriver ? »

Céline ne sut lui répondre, elle avait elle-même bien trop peur pour être capable de consoler quelqu'un.

XXIII

Un silence oppressé tomba sur le village. On n'osait plus parler de peur d'être espionné. On n'osait pas davantage se rassembler pour bavarder entre voisins de crainte d'être accusé de complot. Au milieu de ce mutisme général les sandales de Jôme claquaient de façon surprenante. On les entendait venir de loin, dans le bruit de succion qu'elles arrachaient à la boue des chemins. Il suffisait alors de lever la tête pour apercevoir la silhouette filiforme du moine, sa bure plaquée sur le corps par la bourrasque. Il avançait d'un pas régulier, n'adressant la parole à personne et ne saluant jamais ceux qu'il venait à croiser. Les yeux regardant au travers des gens comme s'ils pouvaient lire dans les têtes les secrets les mieux gardés. On aurait bien voulu savoir ce qui fermentait dans cette cervelle qu'on imaginait plus dure que ces pommes sauvages sur lesquelles on se meurtrit les gencives lorsqu'on essaie de les croquer. Une caboche toute pétrie d'une science dont on redoutait par avance les principes austères.

La Tite allait et venait, elle aussi, regardant tout et ne voyant personne, grosse masse de viande aux bras ballants, aux mains pendantes. Silencieux, distants, et pourtant inquisiteurs, le moine et la sage-femme avaient l'air de capitaines prenant la mesure du terrain sur lequel il va leur falloir combattre. Cette attente exaspérait les esprits, on en venait à souhaiter que les choses se précipitent, qu'explose enfin la crise. On réclamait l'affrontement.

Curieusement, l'ouverture des hostilités ne prit pas la forme qu'on attendait. Un beau matin Jôme fit ordonner par un héraut que chacun se munisse d'une serpe ou d'une faucille, et se rende sans tarder à la sortie du village. Il était bien spécifié que le commandement ne tolérerait aucune exception. Hommes, femmes, enfants, obéirent donc en échangeant des coups d'œil inquiets. Lorsqu'on fut rassemblé à l'endroit où commençait jadis l'ancienne route aujourd'hui envahie par les ronciers, Jôme grimpa sur une roche et fit un sermon.

« Il est temps que vous appreniez que Hurlemort n'est point situé hors du monde, énonça-t-il d'une voix sévère. Vous avez laissé se refermer les chemins qui vous reliaient au reste des hommes, c'est là un péché d'orgueil, le signe d'une nature barbare refusant la civilisation et se complaisant dans sa solitude. Vous allez rouvrir ces routes oubliées. Aujourd'hui s'achève pour vous l'époque de la sauvagerie, du repli. Hurlemort doit redevenir un lieu de passage, d'ouverture, un simple point sur la carte et non pas un royaume. Je veux qu'avant ce soir le tracé de l'ancienne route soit dégagé, que la terre apparaisse plus nue que si elle avait été foulée par les pieds de milliers de pèlerins. Si vous échouez, vous serez tous fouettés, sans distinction d'âge ou de sexe. Hommes, femmes, enfants, jeunes ou vieux, et je puis vous assurer que les épaules et les reins vous cuiront pour les trois jours à venir. »

Il était manifeste qu'il ne plaisantait pas et l'on se mit à l'ouvrage sans tarder, à genoux dans l'herbe haute, les reins cassés, cisaillant le chiendent et les orties au ras du sol. Les soldats surveillaient le troupeau des paysans, l'arc en travers de la selle, une flèche encochée sur la corde. Céline travailla comme les autres, taillant dans la broussaille qu'on avait laissée proliférer au cours des dernières années, se battant contre cette muraille d'épines dont chaque effleurement vous couvrait la peau de cloques cuisantes. Peu à peu, sous les buissons, on retrouva les vieilles bornes, et même un antique calvaire que le lierre avait submergé, le transformant en une sorte de tronc d'arbre mort. C'était une besogne pénible, et qu'on n'osait interrompre de peur de n'avoir point terminé avant le coucher du soleil. On avait vu les fouets suspendus aux selles des soldats, avec leurs longues lanières de cuir brut, on savait que cinq ou six coups appliqués au moyen de l'un de ces engins suffiraient à vous découvrir les os du dos et à vous éplucher les épaules.

Les enfants pleurnichaient, les vieux gémissaient. Au fil des heures les reins se bloquaient, les échines perdaient toute souplesse. Céline elle-même, en dépit de sa jeunesse, ne cherchait plus à se redresser, sachant que toute tentative pour retrouver la station verticale lui arracherait un cri de souffrance. Mais ce qu'elle détestait par-dessus tout, c'étaient les regards salaces des archers sur les croupes des femmes agenouillées. Maintenant que le moine s'en était allé, ils ne se privaient pas d'observer les mouvements de toutes ces fesses féminines que le travail agitait en cadence. L'un d'eux, du haut de son cheval, s'amusait même à soulever les robes du bout de sa lance, pour regarder tout à loisir l'intimité des filles. Aucune d'entre elles n'avait essayé de se rebeller, et jusqu'à présent elles s'étaient contentées de serrer les dents lorsqu'elles avaient senti le fer de la pique s'insinuer sous leur jupe pour la relever. Se débattre c'était courir le risque d'être blessée par la lance, et elles jugeaient plus sage de se laisser trousser sans protester. Céline ne savait comment elle réagirait si la pique s'avançait dans sa direction, cherchant à lui dénuder la croupe. Elle se savait capable de jeter sa faucille à la tête du soldat, et tentait par avance d'étouffer sa colère. Si elle se rebellait le soudard n'hésiterait pas à la clouer au sol du bout de son arme. Elle ne devait pas risquer sa vie pour une offense si légère. Elle aurait sans doute d'autres occasions de le faire d'ici quelque temps.

Par chance, la journée s'écoula sans qu'elle subisse le moindre outrage, et c'est en pleurant de fatigue que les villageois atteignirent enfin la croisée des chemins. La vue de ces longs sillons poussiéreux s'étirant à perte de vue à travers les prairies en friche les effraya et les laissa une minute la bouche béante. Cet espace infini les terrassait par son immensité.

« C'est trop grand, murmuraient peureusement les femmes, c'est trop grand. »

C'est vrai qu'on ne voyait pas le bout de cette campagne qui paraissait courir à l'infini, et les hommes se sentaient tout à coup trop petits pour ce monde de géants. Les enfants se cachaient les yeux derrière leurs mains jointes, ou essayaient de se glisser sous les jupes de leur mère. Céline seule ne souffrit pas du vertige, car ses longs séjours sur la colline de l'Heaumière l'avaient habituée à côtoyer l'immensité. Mais les villageois demeuraient frappés de stupeur. Beaucoup d'entre eux parmi les plus jeunes n'avaient jamais quitté l'enceinte délimitée par la forêt, et c'était pour eux le premier contact avec le « dehors ».

Cette grandeur leur paraissait chargée d'une incompréhensible menace. Elle les ramenait aux dimensions d'un insecte.

Quand la stupéfaction se fut dissipée, les villageois s'abattirent au milieu du carrefour, contemplant avec angoisse le chemin qu'ils avaient passé la journée à désherber. Céline fit la grimace en découvrant soudain ce long sillon grimpant à flanc de coteau comme une blessure fraîche. La terre dénudée n'avait pas à cet endroit le même aspect qu'ailleurs. Elle rappelait la peau des brebis qu'on vient de tondre, cette peau hérissée, enflammée, douloureuse, et piquetée parfois de perles de sang.

« Debout, tas de fainéants ! hurla un archer, tassez-moi un peu cette tourbe sinon les mauvaises herbes auront vite fait de repousser avant demain et il vous faudra tout recommencer ! »

Il avait raison. On savait la végétation drue et vivace dans la région, et il ne faisait nul doute que la forêt n'apprécierait guère d'avoir été ainsi tonsurée contre son gré. Elle était bien capable de jouer un mauvais tour à ceux qui l'avaient tondue à ras. On prit aussitôt la direction du village en piétinant le sol. Chacun tassait les mottes à coups de talon, essayant de donner au chemin l'aspect d'une route normalement fréquentée. Le soleil se couchait à l'horizon et les enfants tombaient de sommeil. Il fallait les houspiller pour les empêcher de se coucher dans le fossé et de dormir là, le pouce dans la bouche.

Ce fut une troupe hagarde qui fit son entrée dans le hameau. Une horde titubante et boueuse, aux guenilles verdies, aux bras et aux jambes cloqués par les ronces et les orties. Céline avait les mains, les pieds et les genoux en feu. Sa colonne vertébrale et ses reins lui semblaient la chaîne rouillée d'un pont-levis. Elle les entendait craquer à chaque mouvement.

Jôme les attendait près de la fontaine. Des torchères l'éclairaient, creusant les traits de son visage.

« Maintenant vous êtes reliés au reste du monde, déclara-t-il avec une évidente satisfaction. Les défenses illusoires que vous aviez dressées n'existent plus. Demain je ferai apposer ici même une carte qui vous permettra de vous situer dans l'espace et vous fera prendre conscience que Hurlemort n'est qu'une chiure de mouche à la surface de la Terre. »

Il parla longtemps, mais on était trop fatigué pour prêter attention à ses propos. On fut soulagé quand les hommes d'armes ordonnèrent à la foule de se disperser. Céline rentra chez elle pour trouver Odile, recroquevillée au creux de la paillasse et pleurant. Elle avait fait partie des femmes que les soldats s'étaient amusés à trousser de la pointe de la lance, et cette humiliation ajoutée à l'épuisement avait eu raison de sa résistance. Aubin ne cherchait nullement à la consoler. Ayant ôté ses braies, il avait entrepris de se masser les reins avec une pommade apaisante.

« La paix ! gronda-t-il au bout d'un moment. Tu ne vas pas nous empêcher de dormir sous prétexte qu'on t'a reluqué le croupion. Tant que ces cochons se contenteront de regarder il n'y aura pas de quoi se manger les sangs ! »

Céline attira sa sœur contre elle pendant qu'Aubin

se dévêtait en pestant contre la sotte pudeur des femelles.

Torturée par la cuisson des cloques couvrant ses membres, elle dormit très mal. Le visage de Jôme la hanta, avec son expression goguenarde et cruelle. Elle devinait que les persécutions ne faisaient que commencer et que le désherbage de la route n'était qu'un jeu en comparaison de ce qui se préparait.

À l'aube, tout le village fut réveillé par un vacarme sourd de métal entrechoqué. La vibration courait sur la campagne, explosant en échos roulants, et les bêtes effrayées boulaient à travers champs, ne sachant où se cacher pour échapper au tintamarre infernal. De toutes parts les corbeaux prenaient leur envol, battant l'air de leurs plumes noires, se heurtant en plein vol.

Ne comprenant ce qui se passait, on sauta hors des paillasses pour se précipiter, demi-nu, sur le seuil des chaumières.

Dans la lueur bleuâtre du matin on aperçut alors un gibet dressé sur la place du village. Une grande potence à laquelle on avait suspendu une cloche au lieu d'un condamné. C'était cette cloche que Jôme faisait tinter en tirant de toute la force de ses bras maigres sur une corde de chanvre.

« Vous avez appris l'espace, cria-t-il lorsqu'il vit tout le village rameuté. Vous allez apprendre le temps. Ce que vous entendez en ce moment c'est prime, la première heure du jour. Quand la cloche sonnera, il vous faudra désormais sortir de vos lits pour vous rassembler devant le retable et chanter le *Kyrie eleison*. Prime, retenez bien ce nom, car bientôt vous en apprendrez d'autres : tierce, sexte, none, vêpres... Vous avez vécu jusqu'à maintenant comme des sauvages, ne vous fiant qu'aux gargouillements de votre estomac et à vos bâillements pour estimer l'écoulement du temps, mais cette époque est révolue. La journée doit se plier à la discipline des heures et des prières pour ne pas devenir stagnation du corps et de l'esprit. »

De ce jour on ne put dormir d'une traite jusqu'au lever du soleil comme on en avait jusqu'à présent l'habitude. La cloche maudite retentissait aux heures de plus grande fatigue, lorsqu'on était le plus douillettement plongé au cœur du sommeil. Ces appels avaient noms : nocturnes, vigiles, matines ou laudes... Chaque fois il fallait se dépêcher de sauter hors du lit, se vêtir en hâte et courir au pré aux corbeaux pour s'agenouiller devant le grand retable de guerre. Frissonnant, les genoux plantés dans la boue, la pluie glacée vous ruisselant dans la nuque, on répétait en chœur des prières compliquées que Jôme, indifférent au froid comme au sommeil, martelait en détachant les syllabes. Martin Mellier, sa femme et ses deux fillettes refusèrent un matin de quitter la tiédeur de leur paillasse pour aller prier. Jôme les obligea à se mettre nus, tous les quatre, sur la place du village, et les fit fouetter par la Tite dont la main s'abattit avec une force égale sur les épaules des parents comme sur celles des enfants. Quand les fillettes s'évanouirent sous la douleur, elle continua à les frapper à terre, sans jamais retenir ses coups. Cette méchanceté froide, qui lui laissait le visage impassible, terrifia les spectateurs plus que les meurtrissures marbrant l'échine des victimes.

Céline, comme les autres, apprit à ne plus se boucher les oreilles quand retentissait le fracas sourd de la cloche. Tenaillée par la peur, elle titubait, l'esprit embrumé de sommeil, et se laissait tomber à genoux dans la boue du pré aux corbeaux, face au grand retable planté de guingois et toujours ruisselant de pluie. Comme les autres, elle apprit à réciter les psaumes en grelottant tandis que l'averse détrempait lentement ses habits et faisait cascader ses rigoles le long de sa colonne vertébrale. Elle devinait que Jôme aimait les voir ainsi, courbés, la nuque ployée, tels des condamnés s'offrant à la hache. Elle le sentait à l'excitation qui faisait vibrer sa voix dans la demi-nuit de ces célébrations étranges. Vigiles, matines, laudes... Chaque fois trois psaumes qu'on récitait dans l'hébétude de l'épuisement, puis on rentrait se coucher en attendant le prochain appel de la cloche maudite, trempé jusqu'aux os, incapable de se réchauffer, tremblant de ne pas se réveiller quand sonnerait prime.

Les enfants, terrifiés par la Tite et son grand fouet, ne dormaient plus guère. Leurs cauchemars, leurs pleurs, venaient troubler les rares heures de repos dont voulaient jouir les parents, et il n'était pas rare qu'un paysan à bout de nerfs assomme son dernier-né d'un coup de poing pour ne plus entendre ses gémissements apeurés.

« Ça finira mal », grognait-on en secret, et l'on détestait avec plus de force encore le moine qui ne semblait nullement souffrir du manque de sommeil.

« Il veut nous briser, songeait Céline. Et si l'un de nous relève la tête, il se la fera aussitôt couper. »

Elle aurait voulu parler de tout cela avec Hugues et Lorel, mais désormais la route du château était surveillée. S'y rendre, c'était courir le risque de rencontrer l'un ou l'autre des archers qui, s'enhardissant au fil des jours ou obéissant à de secrètes consignes, n'hésitaient plus maintenant à humilier les filles. Du reste, Hugues lui avait avoué ne pas se sentir plus en sécurité que le reste des villageois.

« Jôme nous soupçonne, avait-il murmuré lors de leur dernière entrevue. Je crois qu'il nous tient pour responsables de la disparition du baron. »

XXIV

Un matin, alors qu'on chantait matines, Jôme annonça qu'il voulait voir toute la population du village en chemise autour de la fontaine quand sonnerait prime. Il ne donna pas d'autres explications, mais, à l'âpreté de sa voix, chacun sentit que les hostilités étaient maintenant déclarées. On se retira en grelottant. Qu'avait donc inventé le ratichon, cette fois ? C'étaient les pénitents qu'on rassemblait en chemise, la tête couverte de cendre. Les pénitents... ou les condamnés faisant amende honorable avant d'être conduits au gibet. Cette analogie n'avait rien de très rassurant. Allait-il falloir déambuler à travers la campagne dans cette tenue : sous les gifles de la pluie et des bourrasques ? On attraperait la mort, c'était couru d'avance, et ce soir les enfants auraient la fièvre. Allait-on devoir se flageller le dos et les reins tout au long de cette sinistre promenade, jusqu'à s'arracher la viande des flancs, comme cela se produisait lors des grandes processions ?

On se retrancha chez soi, remâchant ces pensées inquiétantes, et personne ne réussit à se rendormir en attendant le lever du soleil et la volée d'airain annonçant la prière. Odile s'était blottie dans les bras de Céline, ses enfants rassemblés autour d'elle, et ne cessait de répéter : « Qu'est-ce qu'il a encore imaginé, hein ? Quel tourment ? Je suis sûre que les gosses n'en seront même pas dispensés. Cet homme n'a pas de cœur. C'est un squelette déguisé en moine. Il nous fera tous mourir de peur. »

Lorsque le ciel se décolora, les villageois se dépouillèrent de leurs vêtements et, en grosse chemise rapiécée, quittèrent les chaumières pour se rassembler autour de la fontaine. Il faisait froid ; les hommes se battaient les flancs, les femmes croisaient les bras sous leurs seins pour tenter de retenir un peu de leur chaleur corporelle.

Pieds nus, en chemise... cette exigence incongrue qui avait déjà tout l'air d'une sentence n'annonçait rien de bon, et Céline, du coin de l'œil, suivait les gestes des soldats pour s'assurer qu'ils ne se préparaient pas à une prochaine distribution de verges. On attendit longtemps, sous la pluie fine qui transperçait peu à peu l'étoffe des camisoles. Céline serrait les mâchoires pour empêcher ses dents de claquer, mais la terre gelée poussait des vrilles de glace à l'intérieur de ses jambes, et elle avait la certitude que son sang allait bientôt se changer en paillettes de givre.

Enfin Jôme arriva, une écritoire sous le bras. La Tite le suivait, dix pas en arrière, les bras ballants. Ils réquisitionnèrent une maison, s'y installèrent, et commandèrent aux archers de faire entrer les gens du village un par un, sans rien expliquer des raisons de ce cérémonial. Ils refermèrent la porte sur eux, n'ayant pas accordé un regard à la populace grelottante, aux pieds nus couverts de boue, qui s'était massée autour de la petite fontaine.

Dès que le moine et la sage-femme se furent engouffrés dans la chaumière, les soldats commencèrent à empoigner les villageois les uns après les autres et à les pousser rudement vers l'entrée de la bâtisse. Un grand silence se fit sur la place, tout le monde fixait la porte close sans plus songer à bavarder. Peu à peu un rythme s'établit. On entrait, on ressortait enfin au bout d'un laps de temps qui paraissait interminable à tous ceux qui attendaient leur tour. Les hommes s'en revenaient avec une expression inquiète sur le visage, les femmes retenant leurs larmes et les joues rouges de honte.

Au bout d'un moment des rumeurs chuchotées commencèrent à se répandre dans la foule. On savait maintenant ce qui se passait à l'intérieur de la chaumière : à peine introduit, la Tite vous arrachait votre chemise, vous mettant nu comme la main, et promenait un gros cierge au ras de votre peau, du haut en bas, tandis que le moine vous commandait de vous pencher, d'écarter les jambes ou les fesses pour démasquer les replis cachés du corps comme si se tenait, inscrite là, quelque formule secrète pour changer le plomb en or. Il fallait se dépêcher d'obéir si l'on ne voulait pas être rudoyé par la Tite qui vous empoignait par les cheveux ou les poils du ventre avec autant de douceur qu'un porcher se préparant à châtrer un cochon. Pour les filles, les choses étaient pires encore, car on les contraignait à s'allonger sur une table et la sage-femme les fouillait de la main, avec une rudesse qui leur faisait venir les larmes. Jôme se contentait de suivre tout cela de ses petits yeux noirs, consignant les observations sur un long parchemin. De temps à autre il se levait pour observer de plus près une tache de naissance, un grain de beauté, une vieille cicatrice mal recousue dont il relevait le tracé. Il prenait bien soin de ne toucher personne, laissant ce travail à la Tite. Lorsqu'il avait terminé ses examens, il se mettait à poser des questions honteuses ayant toutes trait aux pratiques habituelles du lit, demandant par exemple aux hommes s'ils éjaculaient bien chaque fois dans le vase naturel de leur épouse sans rien perdre de leur flux reproducteur, et aux femmes si elles essayaient d'une manière ou d'une autre de contrarier le pouvoir de la semence masculine par des lavements ou des tisanes abortives. Rien n'était laissé dans l'ombre, ni la fréquence des unions, ni la question de la jouissance et des mots qu'on prononçait en cet instant. Il fallait ensuite lui expliquer dans quelle position on s'unissait, et lui assurer qu'à aucun moment on n'adoptait la posture des bêtes qui s'accouplent. Le moine tenait par-dessus tout à savoir si la rencontre des organes s'opérait de manière naturelle, et si les membres virils ne s'égaraient pas en des endroits où ils n'avaient rien à faire puisque là ne se tenait pas le siège de la procréation. Aux plus jeunes, il demandait sans détour s'ils se procuraient du plaisir eux-mêmes, par des attouchements impies, et quand les adolescents tardaient à répondre ou adoptaient une attitude fuyante, la Tite les empoignait par la nuque comme des lapins à qui l'on se prépare à rompre le cou.

« C'est mauvais, grommela Bastine Méloir. Cela signifie qu'ils cherchent des marques.

— Des marques ? lui avait-on répliqué. De quoi parles-tu ?

— Des marques diaboliques que Satan vous imprime sur le corps lors du baptême du sabbat, murmura la vieille. Cela peut prendre la forme d'une envie, d'une tache de vin, d'une cicatrice à l'aspect particulier. »

On l'écoutait avec angoisse. Qui n'avait pas été blessé une fois dans sa vie en travaillant la terre ? Qui ne possédait pas, çà ou là, une tache de naissance ? À ce train-là tout le monde pouvait rapidement devenir suspect de commerce avec le démon.

En songeant à ses paumes curieusement zébrées, Céline sentit son estomac se nouer. Que dirait le moine noir lorsqu'il découvrirait la marque de Trembleterre au creux de ses mains ? N'allait-elle pas passer pour sorcière ?

Au moment même où cette pensée envahissait son esprit elle constata que les villageois s'écartaient d'elle. Personne ne s'était concerté, mais le mouvement avait été exécuté avec un ensemble parfait. Il avait suffi de trois secondes pour qu'elle se retrouve mise à l'écart comme si elle était affligée d'une quelconque maladie contagieuse. Elle ne tenta pas cependant de rompre son isolement. Elle avait vu la poigne d'Aubin se refermer sur le bras d'Odile pour lui faire exécuter un pas de côté. Il était manifeste que chacun l'estimait déjà condamnée et n'entendait pas entretenir avec elle le moindre lien de solidarité. Elle se raidit, les mâchoires serrées pour ne pas laisser voir sa bouche tremblante, et bénit la pluie qui dissimulait les larmes qu'elle essayait tant bien que mal de retenir. Même Odile n'osait plus la regarder, et conservait le nez baissé vers la marmaille accrochée à sa chemise.

L'averse redoubla sans qu'on leur permette de s'abriter. Les examens continuaient, tantôt rapides, tantôt interminables. Céline n'en pouvait plus d'attendre. Elle songea d'abord à fuir, mais les archers encerclaient la foule, tournant autour des paysans comme des chiens de berger. La jeune fille estima qu'elle n'aurait pas le temps de faire dix pas qu'une flèche lui percerait le dos. Elle tomberait à genoux, le souffle coupé, essayant d'arracher le fer rougi qui aurait brusquement poussé entre ses seins, puis elle s'abattrait dans la boue pour mourir. Non, elle n'avait rien à espérer de ce côté.

Toutefois, si elle ne pouvait s'échapper, il lui était au moins possible d'abréger l'attente. Quand la porte se rouvrit, la jeune fille s'avança à la rencontre des gardes dont les doigts gantés de fer lui meurtrirent les épaules. Elle fut poussée à l'intérieur de la chaumière et s'en alla heurter le ventre de la Tite qui l'attendait, les poings sur les hanches, occupant presque tout l'espace. Avant qu'elle n'ait pu reprendre son souffle, la sage-femme empoigna la chemise de l'arrivante et la tira par-dessus sa tête, la dénudant entièrement. Comme Céline esquissait un geste de pudeur, la géante lui tapa sur les mains et lui fit signe de se tenir droite, les bras tendus en croix et les jambes écartées. Saisissant un gros cierge, elle en promena ensuite la lumière sur l'épiderme de l'adolescente sans se soucier de la chaleur de la flamme ou des gouttes de cire brûlante qui tombaient parfois sur la chair de la jeune fille. Céline faisait des efforts pour contrôler les tremblements qui parcouraient ses membres. Le regard fixe du moine lui faisait peur. Aucune lubricité ne l'habitait, aucune humanité non plus. C'était un regard de fauve attentif et scrutateur, mais parfaitement indifférent aux courbes du corps féminin.

La Tite émit soudain un grognement sourd dont Jôme parut comprendre la signification, car il hocha la tête. La sage-femme empoigna alors Céline par le cou et la fit reculer jusqu'à une table où elle la contraignit à s'allonger sur le dos. Lui rabattant les genoux sur la poitrine, elle lui écarta ensuite violemment les jambes pour examiner son sexe. Céline faillit crier en percevant le halo de chaleur de la bougie qui rampait sur la face interne de ses cuisses. Elle ferma les yeux et se mordit la lèvre jusqu'au sang pour ne pas sentir ce qui allait arriver. Quand elle l'eut fouillée, la géante s'écarta et proféra une série de grognements incompréhensibles qu'accompagnaient des gestes sibyllins.

Comme Céline se redressait sur un coude, on lui jeta sa chemise, lui signifiant qu'elle pouvait se rhabiller.

Elle s'exécuta. Le moine l'observait à présent avec une lueur de curiosité dans l'œil.

« Je sais qui tu es, dit-il enfin. Céline, *la marquée*. Tu te doutes bien que plusieurs villageois t'ont déjà dénoncée comme sorcière, je suppose ? Ils l'ont fait spontanément du reste, pour me rendre service, pour m'éviter de perdre du temps à persécuter les honnêtes gens. C'est du moins ce qu'ils ont essayé de m'expliquer. »

Il hocha encore la tête tandis que ses mains décharnées jouaient avec la plume d'oie posée en travers du parchemin.

« Mais tu es vierge, murmura-t-il. La Tite vient de me le confirmer, or les sorcières sont offertes très tôt au démon qui les déflore de toutes les manières possibles. Toutes jeunes, elles sont rompues aux copulations innombrables du sabbat, et leur vase naturel, par la suite, porte toujours les traces de ces accouplements monstrueux. Tu ne présentes aucune de ces caractéristiques. »

Il se tut, prenant le temps de réfléchir. Ouvrant l'écritoire, il en tira un parchemin couvert de lignes que Céline identifia aussitôt, car elles étaient de la main du frère Médard.

« J'ai trouvé cette recommandation dans le coffre de l'ermite, dit Jôme. Elle t'est consacrée. Le saint homme, sentant ses forces décliner, semble avoir voulu te protéger en te blanchissant par avance des accusations qu'on pourrait porter contre toi. Il te décrit comme une victime des superstitions absurdes de Hurlemort. Certes, son latin n'est pas des plus élégants, mais on sent qu'il a rédigé cet acte avec tout son cœur. »

Céline n'osait ouvrir la bouche. Elle n'aimait pas le ton doucereux de Jôme. Cette fausse sympathie qui ne se donnait même pas la peine de masquer une méfiance sourde et chronique. Elle eut une bouffée de tendresse pour Médard, l'ermite à la tête fendue, qui jusqu'au bout avait cherché à la protéger de la malignité des villageois, mais cet élan fut aussitôt battu en brèche par la suspicion de Jôme qu'elle devinait terrible, prête à submerger toutes les évidences. Il n'y avait qu'à observer le jeu de ses doigts d'os, tournant et retournant la lettre de Médard en tous sens, pour savoir qu'il mettait en doute la véracité du témoignage.

« Il y a très peu de filles vierges à Hurlemort, déclara-t-il subitement. À part les fillettes en bas âge, presque toutes les adolescentes non mariées ont déjà goûté au péché de chair, la Tite vient de le constater. C'est donc un village de dévergondées... de dévergondées ou de sorcières. De sorcières se pliant aux caprices du Grand Bouc. Je n'ai pas pu trouver de marques démoniaques flagrantes, mais cela ne prouve rien. »

Il consulta de nouveau le manuscrit de Médard et

ajouta : « Je vois que tu sais lire et un peu écrire. Voilà bien de la science chez une petite paysanne. Je ne sais s'il faut s'en réjouir ou le déplorer. »

En prononçant ces mots il se redressa, dépliant d'un coup son long corps maigre. Céline eut un mouvement de recul et faillit lever les bras pour se protéger le visage comme si on allait la frapper.

« Je ne sais pas ce qui se passe ici, dit sourdement le moine, mais je veux que tu saches que vous êtes tous suspects à mes yeux. Je ne compte plus les bizarreries que j'ai pu constater depuis mon arrivée. Cette absence d'église, la survivance de ces superstitions barbares, la maladie inexplicable du frère Médard, la disparition insensée de votre maître, le baron de Hurlemort. Il y a ici des secrets dont je viendrai à bout d'une manière ou d'une autre. Je ne reculerai devant rien, entends-tu ? La vérité triomphera, et je purifierai ce lieu impie. Je pense pour ma part que l'ermite a lutté en vain pour extirper la sorcellerie de vos caboches obtuses, et que vous l'avez neutralisé au moyen d'un envoûtement qui l'a transformé en mort vivant. Je pense que votre seigneur, Gilles de Hurlemort, a voulu vous punir pour ce crime, et que vous l'avez fait disparaître avant qu'il ne puisse réclamer l'intervention de l'ost. Sorcellerie et parricide, il y a là de quoi vous mener tous au bûcher. Par bonheur, le bois ne manque pas, je n'aurai qu'à faire abattre votre chère forêt pour vous faire tous griller de concert. »

Il s'interrompit pour reprendre sa respiration. Céline était glacée de terreur. Elle venait de découvrir que seule la haine était capable d'allumer une étincelle de vie dans les yeux du moine. Elle ouvrit la bouche pour protester mais la main de la Tite s'abattit sur sa nuque, lui signifiant de garder le silence. La gifle énorme la fit vaciller.

« Pas de marques démoniaques, marmonna Jôme, mais un rejeton anormal, à demi monstrueux, cet idiot, ce Fornicotin qui s'exprime comme un chien en aboyant. J'y vois une preuve de bestialité. Je sais que certains paysans, rendus fous par le rut, n'hésitent pas à s'unir à leurs animaux. Je sais aussi que ces accouplements engendrent toujours des monstres. C'est là un premier indice. Je ne m'arrêterai pas en chemin, je veux tout connaître : les lieux de culte, l'emplacement des sabbats, l'endroit où sont cachées les idoles, le déroulement des rites. Je retournerai la terre s'il le faut, mais je saurai la vérité. La peur va délier les langues, on m'a déjà parlé des loups, des dieux proscrits de la forêt, chacun rejette ces croyances sur son voisin et se proclame quant à lui bon chrétien, mais je ne suis pas dupe. Je devine que vous êtes tous compromis et je saurai vous faire passer aux aveux. »

Céline ne savait que dire. Qu'on puisse accuser Fornicotin de collusion avec le démon lui paraissait aberrant. Le benêt n'aurait pas fait de mal à une mouche, ce n'était qu'un éternel enfant auquel on ne prêtait même plus attention. Fornicotin fils du diable ? Cela aurait été risible si le moine n'avait pas été aussi menaçant.

« S'il y a eu jacquerie vous paierez de la même manière, renchérit Jôme. J'ai tout pouvoir pour obtenir des confessions, et ce n'est pas là ma première enquête. Tu peux le faire savoir autour de toi, car c'est toi, désormais, qui me serviras de porte-parole. Tu es plutôt moins bête que tes congénères et tu les connais mieux que moi. Essaie de les convaincre de confesser spontanément leurs crimes, je pourrai alors en tenir compte et me montrer clément. Les faire étrangler, par exemple, au moment de monter sur le bûcher, cela n'a l'air de rien, mais c'est un détail qui a son importance. »

Il s'interrompit soudain, comme s'il en avait trop dit, et adressa à la jeune fille un horrible sourire osseux.

« Mais nous aurons le temps de reparler de tout cela, conclut-il, puisque tu vas me servir de guide. Tu connais bien la région à ce que l'on m'a dit, et notamment cette colline de l'Heaumière qui recèle tant de vestiges. Tu me montreras tout cela dès que nous aurons un peu de temps pour nous en aller promener ensemble. »

Il s'était avancé très près de l'adolescente qui put sentir son odeur de sueur et d'encens. Dans la lumière des cierges il paraissait tout à la fois très jeune et très vieux selon la manière dont l'éclairait la lueur dansante des flammes agitées par les courants d'air.

« Montre tes mains », ordonna-t-il. Céline obéit sans réfléchir. En présence de cet homme sa résistance naturelle s'affaiblissait, ses bouffées de rébellion retombaient à peine esquissées. Elle s'en voulut de se montrer soudain si docile. Jôme s'était penché, examinant les paumes offertes.

« Une bien belle marque, reconnut-il. Trop régulière peut-être. Ce pourrait être simplement une empreinte au fer rouge qu'on t'aurait faite enfant. Y as-tu songé ? Non pas un signe maléfique mais une ancienne supercherie... »

Non, Céline n'avait jamais envisagé les choses de la sorte. Elle s'agita, troublée, ne sachant quel jeu jouait le moine qui, tour à tour, la menaçait et la réconfortait.

Comme elle restait figée, Jôme fit signe à la Tite de la faire sortir. La sage-femme ouvrit la porte et expédia la jeune fille à l'extérieur d'une bourrade entre les omoplates. À peine était-elle dehors que Céline vit se peindre la stupéfaction sur les visages des paysans rassemblés. La stupéfaction et le dépit. Elle comprit que tous ceux-là avaient déjà cru l'affaire jugée. La Céline jetée en pâture à l'exorciste, ils étaient tirés d'affaire. Le moine aurait sa sorcière, son bûcher, et ne chercherait pas davantage... La libération de la marquée venait contrarier cette belle mécanique. Quoi ? La voilà qui sortait comme elle était entrée ? Elle n'était pas enchaînée, et aucun homme d'armes ne la tenait par le bras ? Céline éprouva une joie méchante à passer au milieu d'eux sans se donner la peine de répondre à leurs interrogations muettes. Non, rien n'était réglé. Jôme n'était pas de ceux qui se contentent des évidences et des dénonciations hâtives. Il allait sonder la plaie en profondeur, et l'opération ne se déroulerait pas sans grimaces.

Elle rentra chez sa sœur pour changer de vêtements. En pénétrant dans la chaumière, elle céda à une crise nerveuse et tomba à genoux devant l'âtre, en pleurs, la chemise roulée en boule sur son ventre. Qui l'avait dénoncée ? La plupart de ceux qui l'avaient précédée entre les mains de la Tite sans doute. Pourquoi s'en étonnait-elle ? Resterait-elle donc toujours si naïve ? On l'avait jetée en pâture sans une hésitation, malgré ce qu'elle avait essayé de faire pour le village, malgré son périple au fond des bois ? Durant une minute elle fut submergée par la haine et souhaita les voir brûler tous, Odile comprise, puis elle eut honte d'avoir cédé à cette pulsion destructrice et entreprit de se frictionner devant les flammes de la cheminée avant de passer une chemise sèche.

Les interrogatoires durèrent jusqu'à sexte. Personne n'y échappa, ni les vieillards ni les jeunes enfants qu'on tortura de questions incongrues sur les habitudes de leurs parents. Quand Aubin et Odile rentrèrent, ils claquaient des dents et contenaient mal leur mauvaise humeur. Céline fit réchauffer un fond de soupe qu'elle leur servit sans dire un mot.

« Voilà un curé bien curieux des affaires du lit, grogna Aubin. Où donc a-t-il pris sa science ? Dans les traités latins des monastères ?

— Ne blasphème pas, intervint Odile. C'est un homme terrible. Et cette Tite... j'ai cru qu'elle allait m'ouvrir en deux lorsqu'elle m'a examinée. »

Elle se cacha le visage dans les mains. Les gosses, qui éternuaient sans pouvoir s'arrêter, créèrent une heureuse diversion et l'on se pressa autour d'eux, s'avisant soudain qu'ils étaient trempés.

Ce fut seulement le lendemain qu'on découvrit le bûcher dressé par les soldats au milieu du pré aux corbeaux, avec son entassement de fagots et son sinistre poteau. C'était, curieusement, un très petit bûcher, beaucoup trop petit pour qu'on puisse y ficeler un homme adulte, et les commères murmurèrent en se signant qu'il s'agissait en réalité d'un bûcher d'enfant.

Céline s'aperçut au bout d'un moment que certains s'étaient mis à la toiser du regard afin de comparer sa taille à celle du poteau, espérant sans doute surprendre une analogie qui les aurait assurés de la condamnation imminente de la jeune fille, mais cette vérification les laissait toujours déçus ; non, décidément, c'était un bien trop petit bûcher pour la marquée de Hurlemort. Ce n'était donc pas cette fichue gueuse qu'on destinait au feu de joie… Qui alors ?

Les mères affolées, quant à elles, ne cessaient de rassembler leurs enfants pour faire l'appel et les compter. Enfin, alors qu'on venait de célébrer la messe de prime et que la foule commençait à se disloquer, Jôme figea tout le monde d'un geste. D'un coup, le sarment qui lui servait de bras avait jailli de sa manche pour se pointer vers l'appareil d'exécution. Aussitôt Céline avait senti une contraction douloureuse lui secouer le ventre et un goût de bile lui poisser la langue.

« Il faut dissiper les influences néfastes qui planent sur ce village, dit le moine d'une voix étrangement douce. Je pense que le frère Médard a été victime d'un envoûtement, et que son sommeil est le produit d'un charme. J'en veux pour preuve cette bête démoniaque que j'ai trouvée montant la garde à son chevet. Ce chat, cet animal venu d'Orient, chéri des infidèles et jadis vénéré comme un dieu par un peuple obscurantiste. Ce chat, animal favori des sorcières, démon familier que Satan leur a donné pour confident et protecteur… Ce chat, enfin, que j'ai découvert dans la grotte de l'ermite, et qui, de toute évidence, est d'engeance diabolique puisqu'il a feulé de rage lorsque je l'ai aspergé d'eau bénite. »

Comme chaque fois qu'il prenait la parole, le moine s'était peu à peu mis à déclamer, et sa voix chantait les phrases plus qu'elle ne les énonçait. Dans sa bouche le moindre discours prenait ainsi l'allure d'une invocation qu'on n'osait interrompre de peur d'engendrer une catastrophe.

Au mot « chat » Céline avait cessé d'avoir froid, et s'en était voulu d'avoir un moment oublié la petite bête à laquelle Médard semblait tant attaché. Comment la bestiole avait-elle réussi à survivre ? En chassant les oiseaux et les campagnols sans doute... Abîmée dans ses pensées, elle ne prêta pas tout de suite attention à ce qu'annonçait Jôme. Ce n'est que lorsqu'elle vit la Tite sortir de la grande tente militaire, un panier d'osier à la main, qu'elle comprit ce qui se préparait. Elle voulut fendre la foule, courir vers la sage-femme pour lui arracher la nasse, mais quelqu'un la saisit par le bras, lui enfonçant les doigts dans la chair, brisant net son élan. C'était Aubin qu'elle n'avait pas vu s'approcher, et qui lui broyait les épaules entre ses grosses mains calleuses, la clouant sur place.

« Tiens-toi tranquille, lui souffla-t-il à l'oreille. Ne te fais pas remarquer, pense à ta sœur, pense aux gosses. Ne nous compromets pas davantage. »

Céline essaya de se débattre, mais elle ne pesait rien entre les bras du paysan qui la tirait en arrière pour la dissimuler le plus possible au regard de Jôme.

Là-bas, la Tite avait ouvert le panier. Sa main plongea, saisissant le chat par la peau du dos. Terrifiée, la petite bête miaula plaintivement, ne cherchant même pas à griffer. Elle se laissa soulever, les pattes pendantes, maigre paquet de poil aux côtes saillantes, tandis que de sa bouche grande ouverte s'échappait un vagissement presque continu, faible, à peine audible. Céline voulut crier, mais encore une fois Aubin s'interposa, la bâillonnant de la paume, lui écrasant le bas du visage entre ses doigts noircis de terre.

« Ta gueule ! haleta-t-il. Attire pas l'attention, foutue bourrique ! Tu veux donc tous nous faire tuer ? »

La Tite leva le chat au-dessus de sa tête pour que tout le monde puisse le voir. Sur un geste imperceptible de Jôme, elle s'avança enfin vers le bûcher, plaqua la bestiole contre le poteau, puis, tirant successivement un clou et un marteau de la poche de son tablier de cuir, elle entreprit de clouer le chat par la peau du dos, comme on crucifie une chouette sur la porte d'une grange. Céline se débattit, expédiant des coups de talon dans les tibias de son beau-frère, mais ce dernier l'entraînait vers le dernier rang, ne se souciant guère de lui faire mal. L'ultime image qu'entr'aperçut la jeune fille fut celle du chat maigre épinglé au sommet du poteau, le ventre offert, le poil tout collé par la pluie, et qui se débattait en miaulant. Puis la silhouette de la Tite s'interposa, une torche à la main, et l'air s'emplit d'une odeur de fumée. En dépit de l'humidité, les fagots imprégnés de poix ne firent pas de difficulté pour s'enflammer. L'embrasement fit reculer la foule, ainsi que l'odeur de poil grillé. Céline avait renoncé à se débattre. Les corbeaux, affolés par les ronflements du brasier, volaient en cercle en poussant des cris de protestation. Jôme dut hausser la voix pour dominer ce tumulte.

« J'espère que cette purification rendra la santé au frère Médard, dit-il. Bientôt l'envoûtement cessera, soyez-en sûrs car Satan n'a pas su sauver sa créature, c'est là grande preuve de faiblesse. Nous allons prier pour que le bon ermite rouvre enfin les yeux, et nous réjouir d'avoir vu disparaître dans les flammes la bête de l'enfer. »

Les paysans s'agenouillèrent, la tête baissée, les mains jointes. Céline refusa d'obéir, mais Aubin lui assena un coup de poing sur la nuque qui l'étourdit et la jeta à terre. La jeune fille se recroquevilla sur elle-même. Le vent qui venait de changer de direction rabattait sur l'assemblée sa fumée grasse, et la suie vint se coller aux joues mouillées de Céline comme un vilain fard funèbre.

On se sépara tandis que le brasier ronflait encore.

« Pour une fois au moins on aura eu chaud pendant la messe », ricana Bastine Méloir en jetant un regard provocant en direction de Céline. Quelques-uns firent écho à sa boutade, mais les rires sonnaient faux. L'image du bûcher avait effrayé tout le monde, et chacun s'était un instant imaginé à la place du chat, se tortillant dans les flammes aux langues voraces. Vrai, ça n'avait rien de drôle de rôtir ainsi vivant, et l'on devait passer un sale moment, surtout quand le feu commençait à vous cuire l'entrejambe...

On se sépara en frissonnant, poursuivi par l'odeur de chair charbonneuse que le vent s'appliquait à répandre partout aux alentours.

De retour à la maison, Céline se pelotonna dans son coin, refusant d'ouvrir la bouche. Elle savait bien que la mort du chat ne guérirait pas Médard puisque la maladie de l'ermite ne devait rien aux manigances du diable, et cette exécution arbitraire la rendait malade de dégoût.

« Tu ne vas tout de même pas en faire une mauvaise fièvre, s'impatienta Odile. Ce n'était même pas une bête de chez nous. Moi je l'ai trouvée affreuse, pour rien au monde je n'en aurais voulu chez moi. »

XXV

Au début de l'après-midi Jôme vint frapper à la porte de la chaumière, réclamant Céline. Il était seul, et pour une fois ni la Tite ni les archers ne marchaient sur ses talons. La jeune fille quitta le coin de la cheminée à regret, se maudissant d'obéir avec autant de docilité. Elle aurait voulu ramasser un tison et le jeter à la face du moine, lui cracher au visage ou planter la pointe d'une serpe bien aiguisée au beau milieu de sa tonsure, mais elle se contenta de marcher à sa rencontre, les bras le long du corps, tandis qu'Odile et Aubin la couvaient d'un œil inquiet, redoutant qu'elle ne se laisse aller à quelque extrémité.

« Je veux grimper au sommet de cette colline que tu connais si bien, annonça le moine. Tu vas m'y conduire et m'en faire découvrir les curiosités. »

Céline baissa la tête et se mit en marche sans prononcer un mot, Jôme sur ses talons. Ils traversèrent ainsi le village sous les yeux des paysans incrédules. Que faisait donc la marquée avec le ratichon ? C'était là une drôle d'association qui ne promettait rien de bon. Céline s'amusa un instant de la peur qu'elle pouvait lire dans leurs yeux. Ceux qui l'avaient dénoncée étaient probablement les plus désorientés et regrettaient déjà leur initiative.

Quand ils furent sortis du hameau, Jôme prit la parole. Céline essaya bien de presser le pas pour l'essouffler et le faire taire, mais rien ne semblait pouvoir fatiguer ce squelette vivant aux traits impassibles.

« Tas d'os ! Tas d'os ! songeait haineusement l'adolescente. Je te ferai courir jusqu'à ce que tu te disloques ! »

« Je t'ai regardée ce matin, dit brusquement le moine. Tu n'avais pas l'air d'apprécier le spectacle. Ce chat t'appartenait-il ? Parlais-tu avec lui en idiome babylonien ? L'as-tu dressé à se servir de sa langue pour te procurer du plaisir, comme le font certaines sorcières ? »

Céline haussa les épaules. Elle avait décidé de ne pas répondre aux provocations. Elle était certaine, en outre, que Jôme savait parfaitement que la pauvre bestiole avait été ramenée d'Égypte par Médard et par personne d'autre. Elle continua à marcher au milieu du chemin, indifférente aux éclaboussures boueuses qui lui crottaient les chevilles.

« Ne fais pas ta mauvaise tête, reprit le moine. Après tout le poteau aurait pu être plus haut, le tas de fagots plus épais, et j'aurais pu y brûler cet idiot que vous surnommez Fornicotin. Je n'ai pas encore statué sur son cas. Les enfants monstrueux sont toujours la preuve de pratiques condamnables des parents. Chez lui la bestialité est évidente. Je me demande comment on pourrait lui extirper ces aboiements de la gorge. Peut-être sous la torture ? La douleur épuiserait peu à peu sa réserve de jappements et il serait ensuite possible de lui apprendre à parler comme un humain. La

Tite saurait magnifiquement le faire aboyer, tu peux m'en croire. Au bout de quelques jours et quelques nuits de tourment il ne serait même plus capable de gémir, alors je lui enseignerais sa première prière, je mettrais ses premiers mots d'homme dans sa gorge, comme un paysan ensemence une terre vierge... Ce serait émouvant, tu ne trouves pas ? »

Céline serra les dents. Elle n'était pas sotte au point de ne pas repérer la menace qui affleurait sous le discours badin, mais elle ne laissa rien paraître et continua à marcher, regardant droit devant elle.

« Fornicotin, répéta Jôme. Le nom lui-même en dit assez. Sa mère s'est accouplée à un loup. Tu crois que je ne l'ai pas compris ? Je sais que vous vénérez ces bêtes, sans doute même leur offrez-vous des sacrifices. Mais ce sont davantage que des fauves. Des dieux anciens, barbares, dégradés, se cachent sous leur fourrure. Et ces dieux des ténèbres ne sont que des figures modelées par le Malin. »

Céline s'arrêta, pivota sur ses talons pour faire face au moine.

« Fornicotin n'est qu'un innocent, cracha-t-elle. Ne lui faites pas de mal. Il n'a fait de tort à personne. Il se prend simplement pour un chien et sa grande ambition est de réussir un jour à garder correctement un troupeau de moutons. Croyez-vous vraiment que le diable se contenterait d'un tel dessein ? »

Jôme haussa les épaules.

« On commence par garder les moutons, et ensuite on les égorge, observa-t-il. Mais si tu veux te porter garante de sa conduite, je consens à le laisser en paix. Du moins tant que tu ne me mécontenteras pas par tes insolences. »

Céline savait qu'elle aurait dû mettre un genou en

terre et sangloter un « merci » éploré, mais elle ne put s'y résoudre. Quelque chose lui disait qu'elle ne pouvait faire confiance au moine.

Ils atteignirent enfin la colline de l'Heaumière, et le visage de Jôme se durcit en découvrant cette bosse hérissée de ronces, inhospitalière, rébarbative.

« Montre-moi le chemin, commanda-t-il. Cet endroit pue le sabbat. Je n'ai qu'à le regarder pour deviner qu'il s'y passe des choses ignobles. »

La jeune fille entreprit de se glisser dans les trouées d'épines qui conduisaient au sommet. Jôme la suivait, courbé, crachant de fureur chaque fois qu'il découvrait une statue de marbre émergeant des hautes herbes. Bientôt il se mit à psalmodier en latin, comme pour éloigner les miasmes démoniaques dont il se sentait entouré. Quand ils arrivèrent au sommet, il se répandit en invectives.

« Je ferai exhumer ces idoles païennes, haleta-t-il, je les ferai briser et réduire en poudre. J'y vois clair à présent. Des divinités romaines... Les divinités d'un peuple qui crucifia notre Seigneur Jésus. Sais-tu bien quel était l'emblème de Rome ? Une louve ! Une louve allaitant deux enfants : Remus et Romulus, les fondateurs de la cité. Ne vois-tu pas que tout se tient ? Rome, les loups. Il n'y a pas de hasard, mais un grand complot des puissances obscures pour concourir à la renaissance des anciens cultes. »

Il tournait comme une bête en cage, ne prêtant plus garde aux ronces qui s'accrochaient à sa bure et lui griffaient les chevilles. De temps à autre il s'arrêtait pour donner un coup de pied dans un visage de marbre à demi englouti par la boue. Enfin il se calma et se figea, face à la forêt immense, essayant de retrouver son souffle.

« Ils sont là, murmura-t-il encore. Je les sens. Ils se cachent. Ils savent que je leur ferai une guerre sans merci, ce n'est pas la première fois que nous nous affrontons en champ clos. »

Céline demeura à l'écart, ne voulant rien risquer qui puisse attiser la colère du moine. Brusquement celui-ci se tourna vers elle, vrillant ses yeux noirs dans les siens : « Sais-tu ce qu'on appelle un pénitentiel ? » aboya-t-il. Sans laisser à la jeune fille le temps d'avouer son ignorance, il expliqua : « C'est un recueil de pénitences tarifées. Un code qui fait correspondre à chaque faute une punition déterminée. Il y a quatre siècles on en faisait grand usage, mais aujourd'hui la pratique s'en est hélas perdue, et on la considère comme démodée. Notre époque glisse sur la mauvaise pente. Le démon travaille à installer l'indulgence dans les cœurs. L'indulgence ! Alors qu'il faudrait punir, et punir encore. Ce n'est pas l'Amour qui sauvera la religion, c'est la pénitence, le fer de la loi, le carcan et la règle. La faute et le prix à payer. Le prix à payer. »

Il essuya d'un revers de manche son visage luisant, et Céline s'étonna qu'un cuir si sec puisse encore sécréter de la sueur.

« Les pénitentiels de jadis étaient trop complaisants, reprit-il d'une voix qu'il maîtrisait mieux. Ils n'avaient d'autre ambition que de raccommoder le coupable avec Dieu et ne se souciaient nullement de la sanction pénale. Pour le meurtre d'un seigneur, on se contentait d'infliger au coupable une période de jeûne, on le condamnait à ne plus manger ni lard ni viande. On lui interdisait de se laver jusqu'à la fin de ses jours, de se marier, de communier... Et cela pour l'assassinat d'un noble. N'était-ce pas dérisoire ? Pas de lard, pas de viande, pas de savon... Va, tu peux rire, je ne t'en voudrai pas. »

Mais Céline n'avait aucune envie de se moquer. Le moine l'effrayait avec ses yeux trop brillants, fiévreux. Chaque fois qu'il faisait un pas en avant, elle reculait doucement afin qu'il ne puisse la toucher.

« Je dis, quant à moi, qu'il faut tout prendre en compte, souffla Jôme. L'âme et le corps. Réconcilier le pécheur avec Dieu, mais ne point oublier de le châtier dans sa chair. Et le châtier durement. Je travaille depuis plusieurs années à la rédaction d'un nouveau pénitentiel. Je sais qu'on se moque de moi en secret, qu'on me traite d'obscurantiste, mais je n'en ai cure. J'ai raison, il n'y a pas d'autre voie. »

Il s'était avancé tout au bout d'un surplomb, au bord du vide, face à la forêt, et Céline songea qu'il aurait suffi d'une bourrade entre les omoplates pour l'envoyer s'écraser au bas de la colline, sur les roches émergeant des ronciers. Mais n'était-il pas justement en train de la tenter en s'offrant ainsi ? Ne risquait-il pas de se retourner à la dernière seconde et de l'empoigner avec un grand rire triomphant pour la jeter lui-même dans le vide ?

« Mon supérieur ne m'a pas pris au sérieux, dit Jôme avec lassitude. Et pourtant quel travail, quel gouffre. Aller jusqu'au fond de la vilenie humaine pour ne rien oublier, pour pouvoir tout nommer, tous les vices, toutes les horreurs. Il faut tout connaître pour pouvoir tout punir. C'est comme un puits chaque fois plus profond, et souvent je me dis que je suis descendu trop bas, que cette fois je ne pourrai pas remonter. Tout voir... Tout apprendre, exiger des détails, et rester pur au milieu de tout cela. Si tu n'es pas sorcière tu es encore trop jeune pour comprendre.

Répertorier les fautes et leur accoler une juste pénitence... Mais il y en a tellement. De temps en temps l'épuisement me gagne, je songe que le livre qui sortira de mes mains sera trop gros, trop lourd ; si lourd que personne ne pourra jamais le soulever. J'ai déjà noirci tant de pages, usé tant de plumes et tant d'encre. »

Céline n'avait pas envie d'en entendre davantage, elle ne voulait rien partager avec cet homme, aucun secret, rien qui pût les rapprocher et établir entre eux un lien obscur. Pourquoi lui parlait-il d'ailleurs ? Parce qu'il souffrait du silence et de l'imbécillité froide de la Tite ? Elle n'entrerait pas dans son jeu, jamais.

« Mais si, lui souffla une voix intérieure. Tu y seras bien forcée si tu veux sauver Fornicotin. Crois-tu qu'il hésiterait une seconde à mettre ses menaces en pratique ? »

« Quand j'aurai fini, dit le moine, on sera contraint de me rendre justice. Je suis un soldat du Christ, mon livre sera une arme contre le péché, une arme terrible qui fera reculer le mal. Mais que de souffrances pour l'écrire, que de volonté il m'aura fallu mobiliser pour me tenir au-dessus de toute cette fange... »

Une bourrasque plus forte que les autres le fit tituber, et il parut tout à coup s'éveiller. Fixant Céline avec dureté, il lança : « Ainsi c'est ici que se déroule le sabbat, tu m'as montré les idoles, c'est bien. Maintenant donne-moi les noms des sorcières ! »

Céline protesta. Il n'y avait ni sabbat ni sorcières, elle le dit. D'ailleurs elle était la seule à oser escalader la colline. Tous les villageois craignaient ce lieu à cause des statues qui semblaient vous guetter à ras de terre.

« Nous ne sommes peut-être pas d'excellents chrétiens mais nous ne sommes pas non plus des sorciers », balbutia-t-elle en essayant de se montrer humble. Jôme ne l'écoutait pas, il examinait les bustes de marbre avec haine.

« Il faudra organiser une corvée, décida-t-il. Je veux que les villageois viennent extraire ces immondices. Il est nécessaire de purifier la terre. »

Tournant les talons, il commença à descendre la pente abrupte, s'écartant à peine pour échapper à la morsure des ronces qui lui barraient la route.

« Ceux qui dansent ici se font complices des assassins du Christ, cria-t-il. C'est comme s'ils se passaient tour à tour le marteau qui servit à le crucifier. Et tu veux que j'éprouve de la pitié à leur égard ? »

Céline réprima un frisson. Tout à coup elle ne reconnaissait plus la colline de l'Heaumière, sa colline, cet endroit magique où elle s'était jadis prélassée avec tant de bonheur. Le regard du moine avait tout métamorphosé, tout souillé, et soudain elle se découvrait entourée d'épines, de buissons menaçants. Le tertre avait pris une apparence hostile qui lui donnait envie de fuir. Elle tituba, essayant de faire revivre dans son esprit les chaudes images du dernier été, mais rien ne venait, et la butte de l'Heaumière conservait son aspect sauvage et inquiétant. Ne sachant plus que faire, elle se précipita dans le sillage du prêtre, terrifiée à l'idée de rester seule ici une minute de plus.

Jôme dut lire l'angoisse sur son visage car il dit d'un air satisfait : « Tu les perçois, toi aussi, les émanations du mal, n'est-ce pas ? Tu es plus fine que les autres, moins rustaude. J'arriverai peut-être à te sauver si tu sais m'obéir. Mais si tu te rebelles, si tu persistes dans l'erreur, je n'aurai aucune pitié. »

Ils rentrèrent au village d'un pas lent. Jôme jetant de fréquents coups d'œil à la forêt, comme s'il espérait surprendre au milieu des buissons les faces inquiètes de ses ennemis. En arrivant devant la maison il déclara :

« Je reviendrai te chercher ce soir et nous marcherons encore ensemble. Il est bon que nous parlions à cœur ouvert car je veux te donner une chance de m'aimer... et donc de survivre à ce qui se prépare. Penses-y avant de choisir le parti de la haine. »

Dans le courant de la journée les hommes d'armes allèrent d'une maison à l'autre, munis de gros outils de forgeron. Chaque fois qu'ils pénétraient dans une chaumière, ils faisaient sauter le mécanisme de fermeture de la porte, arrachant les loquets et même les trois ou quatre véritables serrures que comptait le village. Ensuite ils s'attaquèrent aux volets, qu'ils dégondèrent les uns après les autres, laissant les fenêtres sans protection. Pour finir ils exigèrent qu'on leur remette sans discuter toutes les clefs de la maison : celle du cellier, mais également celles des armoires, des coffres ou de la huche à pain. On obéit sans discuter car ils n'avaient pas l'air de plaisanter, mais on en retira une impression de malaise qui ne parvint pas à se dissiper.

« Qu'est-ce qu'ils veulent ? grogna Aubin lorsqu'ils furent partis. Que les loups entrent et sortent à leur guise pour nous dévorer pendant notre sommeil ? »

Dans tout le hameau on déplorait cette nouvelle mesure vexatoire. Ainsi on ne pourrait même plus se retirer tranquillement chez soi à la tombée de la nuit ? Et les bêtes ? Ce damné ratichon des villes avait-il seulement pensé aux bêtes de la forêt toujours à l'affût d'un mauvais coup ? Les loups devaient rire au fond des taillis, rire et se lécher les babines !

Pendant le repas du soir Céline fut accablée de questions par sa sœur et son beau-frère. Tous deux voulaient savoir ce qui s'était passé sur la colline de l'Heaumière. Lorsqu'elle prononça les mots « sabbat » et « idoles », ils pâlirent et laissèrent leur soupe refroidir dans les écuelles. Aubin fit jurer à Céline qu'elle n'évoquerait jamais en présence du moine son escapade dans la forêt et sa rencontre avec le dieu ladre.

« Mais ce sont les Proscrits qui détiennent le baron, protesta la jeune fille, il n'y a qu'eux qui soient en mesure de le relâcher. Cela veut dire que la seule aide que nous puissions espérer, c'est à la léproserie qu'il faudra aller la demander.

— Ah ! La paix avec cette fable ! gronda Aubin en levant un poing menaçant. Si le moine t'entendait... »

Ce fut une mauvaise veillée, au cours de laquelle on n'ouvrit guère la bouche que pour rabrouer vertement les enfants qui faisaient du tapage. Au moment où, le feu s'éteignant, on allait se mettre au lit, la porte s'ouvrit sans qu'on se soit annoncé en frappant. Tous sursautèrent en découvrant la silhouette de Jôme sur le seuil. Le moine ne fit pas mine d'entrer, il se contenta de regarder Céline et fit volte-face, comme si cette convocation silencieuse se suffisait à elle-même. Tout d'abord la jeune fille ne put se lever car ses jambes étaient tout à coup devenues molles, puis elle récupéra ses esprits et se couvrit machinalement les épaules de son châle. Elle sortit de la maison comme une somnambule. Pendant une minute elle ne parvint pas à localiser Jôme, car sa bure noire se confondait avec les ténèbres et il avait rabattu son capuchon sur sa tête, se rendant d'autant plus indiscernable. Seul son visage trop pâle interceptait la lueur de la lune quand il levait le front vers le ciel, et les méplats de ses joues brillaient alors d'un éclat ivoirin.

« Pourquoi as-tu l'air aussi étonnée ? murmura-t-il. N'avais-je pas dit que je viendrais te chercher ? Un bon chrétien n'a pas peur de l'obscurité... pas plus que les sorcières qui s'y sentent chez elles, du reste. »

Il se mit en marche, avançant d'un pas très lent, comme si l'humidité et la froidure de la nuit lui étaient agréables. Céline se demandait ce qu'elle faisait là, en compagnie de cet homme qu'elle détestait. Elle se maudissait de son peu de volonté, de cette mollesse de l'esprit qui la saisissait dès que le moine la fixait dans les yeux.

« Pourquoi avez-vous fait confisquer les clefs et détruire les serrures ? interrogea-t-elle pour combattre l'engourdissement qui la gagnait.

— Parce que je veux que les villageois n'aient plus les moyens de se cacher, dit Jôme. Je veux qu'ils se sentent vulnérables, qu'ils apprennent que lorsque je suis là une porte ne sert à rien, qu'une maison ne constitue pas un refuge. Je puis entrer partout, à n'importe quelle heure du jour ou de la nuit sans m'annoncer au préalable. Jamais je ne frappe au battant. D'un seul coup je suis là. Personne ne m'a entendu venir, et l'on me découvre soudain, surgissant au beau milieu d'une conversation... Ou bien tapi dans un angle de la pièce, écoutant ce qui se dit depuis une heure déjà, sans que personne se soit rendu compte de ma présence. Désormais ce sera comme si je pouvais passer au travers des murs. Je serai partout, regardant, écoutant.

— C'est un travail d'espion, observa Céline sans chercher à dissimuler son mépris.

— C'est un travail de sentinelle, corrigea Jôme sans relever l'insolence du propos. J'ai le droit d'agir ainsi. Mieux : j'en ai le devoir. Celui qui punit doit se donner les moyens de remplir sa mission. En les empêchant de se cacher, je leur rends service. Ne se sachant plus protégés, ils hésiteront à pécher. Ils finiront par me sentir là, en permanence, regardant tout ce qu'ils font par-dessus leur épaule. Ils apprendront que je suis partout chez moi. Que je puis entrer librement dans les maisons comme dans les têtes. Avec moi il n'y a pas de droit d'asile qui compte. Aucune serrure ne peut m'arrêter. »

« Vous êtes fou », faillit lancer Céline, mais elle se mordit la langue avant que les mots ne franchissent ses lèvres. Elle avait froid, et cependant la sueur mouillait ses aisselles. Tout autour d'eux les lumières s'éteignaient les unes après les autres. Dans chaque chaumière on avait laissé mourir le feu, et maintenant on soufflait les chandelles de suif pour courir se glisser sous l'édredon. Les fenêtres, devenues noires, n'éclairaient plus le chemin. Les bâtisses disparaissaient dans les ténèbres, et lorsqu'un nuage venait voiler la lune, Céline n'osait plus mettre un pied devant l'autre de peur de se heurter à un mur dont elle n'aurait pas su distinguer à temps la masse immobile.

« Pour l'heure ils ont encore de mauvaises habitudes, ricana Jôme. Ils croient pouvoir se cacher dans l'obscurité pour accomplir leurs forfaits, mais je leur apprendrai qu'il leur faudra renoncer à cette complicité. Désormais, je veux qu'il y ait de la lumière partout, à toute heure de la nuit, afin que je puisse d'un simple coup d'œil vérifier ce qui se passe dans le secret des lits. Il y aura demain distribution de cierges. On fichera ces chandelles au chevet des paillasses, pour que leur lumière tombe directement sur le visage des dormeurs. Je désire également qu'on dorme les bras au-dessus des couvertures, principalement les enfants. Je veux... »

Céline s'était lentement écartée du moine, comme si la folie qu'elle sentait couver en lui pouvait se transmettre sur un simple frôlement. Maintenant que le hameau était plongé dans le noir, Jôme courait d'une maison à une autre, fendait le papier huilé des fenêtres à l'aide d'un petit couteau, et jetait un coup d'œil à l'intérieur. À d'autres moments il ouvrait les portes et entrait sans hésiter dans les maisons. Comme la jeune fille demeurait chaque fois sur le seuil, il la saisit par le poignet et l'entraîna à sa suite.

« Tu dois voir, siffla-t-il. Ainsi tu pourras leur dire. L'Église a droit de perquisition, dans les armoires comme dans les cœurs, dans les maisons comme dans les âmes. Viens. »

Et il entrait, se dirigeant avec habileté dans l'obscurité de la salle commune, ne se cognant jamais aux bancs ou à la table. Il allait droit au lit et s'immobilisait au pied de la couche, scrutant la forme des corps entassés sous le gros édredon de plume d'oie. On sentait qu'il essayait de surprendre une posture indécente ou suspecte, une pratique interdite. Céline éprouvait beaucoup de honte à agir ainsi, car elle était certaine que la plupart des paysans feignaient de dormir. Elle le fit remarquer au moine que cette observation ne troubla nullement.

« Cela n'a pas d'importance, dit-il. Je veux qu'ils comprennent que je puis revenir n'importe quand, au moment où ils s'y attendront le moins. Je veux qu'ils sachent qu'ils ne pourront plus se livrer aux pratiques interdites auxquelles ils s'étaient habitués. Maintenant les hommes ne forniqueront plus avec leur femme si elle est enceinte, maintenant ils ne la prendront plus dans des postures impropres à la procréation et qui ne visent qu'à la basse satisfaction lubrique. Cette époque est révolue. »

Tandis que le moine radotait, improvisant un sermon dont il ne cessait de corriger les envolées, ils allaient et venaient, visitant une à une toutes les chaumières. Parfois, il empoignait l'édredon et le soulevait, pour observer la disposition des corps nus couchés côte à côte, noter la position des mains chez les plus jeunes.

« Ces couches communes engendrent les pires pratiques, grommelait-il. Elles sont, pour les enfants, une école de lascivité. Fils et filles y entendent, y voient leurs parents s'unir. Ce spectacle installe dans leur esprit des pensées impures, des désirs d'imitation. Il faudrait réformer cela. »

Céline fut tentée de lui faire remarquer qu'au cours des terribles hivers qui s'abattaient sur la région, seule la chaleur commune des paillasses empêchait des familles entières de mourir de froid en l'espace d'une nuit.

Elle prit conscience qu'elle détestait de plus en plus la religion telle que la lui présentait Jôme. Ce prêtre tourmenteur et geôlier ne lui donnait nullement envie d'en apprendre davantage sur les préceptes chrétiens. Elle préférait mille fois les divinités étranges de la forêt, avec leur appétit de vie, leur gourmandise, qui tournaient parfois à la lubricité. Elle préférait les lutins avec leurs farces idiotes ou méchantes. Elle préférait les dieux ladres avec leur peau rongée par les messes...

Ils tournèrent longtemps en rond, revenant sur leurs pas pour faire irruption chez de nouveaux dormeurs. Parfois un enfant, effrayé de découvrir ces silhouettes penchées au-dessus du lit comme des fantômes, se mettait à pleurer. Les parents le laissaient gémir, gardant les paupières closes contre toute vraisemblance, feignant de dormir pour ne pas affronter le regard du moine.

Sa ronde achevée, Jôme prit le chemin du pré aux corbeaux afin de regagner sa tente. Immobile au seuil de l'abri que gardaient deux sentinelles, Céline aperçut posée sur le sol la pierre tombale noire qui servait de couche au moine. Ainsi c'était là-dessus qu'il dormait ? Sur cette dalle froide et dure, constellée d'inscriptions latines et de fissures. Elle l'imagina, s'y étendant, les bras le long du corps, sa bure ôtée, sans même une couverture pour se protéger du froid. Dormait-il vraiment, du reste, ou bien attendait-il le jour en remuant des théories, en marmonnant des anathèmes ?

« Voilà, conclut Jôme. Tu as vu. Tu pourras leur dire. Leur promettre que je reviendrai ainsi chaque nuit, à l'improviste. Je ne dors pas, ou très peu. Dieu m'a épargné cette faiblesse, comme il m'a dispensé de la fatigue. C'est ainsi qu'il désire ses soldats : n'ayant aucun besoin physique, ne redoutant ni la faim ni la soif. Je puis tout surveiller nuit et jour, et il se peut qu'un jour Notre Seigneur me donne le don de voir dans les ténèbres et à travers les murs. De cette manière, plus rien ne me sera celé... »

Il esquissa une bénédiction et Céline se maudit de baisser instinctivement la tête, de fléchir le genou.

« Va dormir, répéta-t-il, et dis-leur bien que ma puissance est immense car je la tiens directement de Dieu. »

La jeune fille s'enfuit en courant pour ne pas le voir s'allonger sur la pierre qui lui servait de lit.

XXVI

Le lendemain matin, Jôme annonça deux nouvelles mesures qui mirent le village en émoi. D'une part il décréta le début d'une période de jeûne illimitée, afin de purifier les âmes et les corps ; d'autre part il convoqua hommes, femmes, enfants, au pied de la colline de l'Heaumière pour la corvée d'extraction des idoles dont il avait parlé à Céline.

Cette annonce à peine claironnée, les soldats firent la tournée des maisons, perquisitionnant de la cave au grenier, n'oubliant nul cellier ni saloir, et se saisissant de toutes les réserves de nourriture entreposées par les paysans. Ils procédèrent méthodiquement, laissant derrière eux bahuts et étagères désolés. Les oies, les poules, furent jetées hurlantes dans des paniers et entassées sur une charrette. Les cochons chassés à coups de bois de lance vers des enclos particuliers que le moine avait fait dresser au milieu du pré aux corbeaux. En quelques heures les archers firent main basse sur tout ce qui pouvait de près ou de loin servir à l'alimentation des villageois. Puis ils repartirent, laissant béantes les portes des clapiers et des poulaillers. Désormais c'était Jôme lui-même qui veillerait à la distribution des denrées, et si quelqu'un était surpris à cueillir une simple pomme sauvage, il serait fouetté et on lui appliquerait un fer rouge au beau milieu de la langue pour lui épargner un temps la tentation de la gourmandise.

Les paysans accueillirent ces mesures avec stupeur, puis une colère sourde s'empara d'eux. Cette fois ce n'était pas du jeûne, c'était de la famine ! Que voulait donc le moine ? Les expédier au travail le ventre vide pour qu'ils meurent le plus vite possible ? Il allait trop loin, on ne pouvait pas se laisser dépouiller ainsi...

Les hommes s'étaient rassemblés pour parler entre eux avec de grands gestes et des voix étouffées dont ils essayaient de juguler les éclats. Ces attroupements se disloquèrent cependant très vite lorsque apparurent les soldats, casqués et bardés de fer comme pour une charge guerrière. Sur leurs chevaux caparaçonnés de cuir clouté, ils avaient suspendu toutes leurs armes, et la vue des grandes haches à double tranchant eut raison de la grogne des paysans. Que pouvaient les fourches contre cet arsenal capable d'entamer la coquille d'une armure et de tuer un baron au sein même de sa carapace de combat ?

Le ventre vide et la mort dans l'âme il fallut se résoudre à prendre le chemin de la colline de l'Heaumière. Jôme avait interdit qu'on emporte le moindre outil et bien spécifié que toute la besogne devrait être exécutée à la main. La population du village se mit donc à traîner des pieds le long du chemin boueux conduisant à la bosse couverte de ronces qui faisait face au château. Aubin étouffait de fureur. Ah ! ç'allait être un vrai bonheur de fouiller à mains nues au milieu des fourrés d'épine et des orties. Odile le supplia de se taire car les soldats chevauchaient de part et d'autre de la procession, menaçant les traînards de leur pique.

Tout le monde avait faim, et les enfants pleurnichaient déjà en s'accrochant à la jupe de leur mère, réclamant bouillie et panade. « Lolo ! gémissaient les plus petits. Lolo ! », et l'on ne savait comment leur faire comprendre que les soudards avaient même capturé vaches et brebis, conduisant tout le cheptel de la communauté dans l'enclos du pré aux corbeaux.

Céline avait pris la direction de la colonne pour indiquer aux villageois les passages à emprunter, car il n'était pas question de se lancer à l'assaut de la butte en désordre si l'on ne voulait pas se retrouver les vêtements et le corps lacérés avant d'avoir fait cent pas.

Marchant en tête de cette invasion, elle éprouvait un étrange sentiment de trahison, comme si elle livrait à l'ennemi les clefs d'une forteresse qui l'avait fidèlement protégée des années durant. Il lui était pénible de voir la colline envahie par cette armée morose qui n'en voyait pas les beautés et se contentait de pester chaque fois que les ronces lui griffaient la peau.

Ils montèrent lentement, car la corpulence des hommes s'accordait mal avec l'étroitesse des passages. Les soldats eux-mêmes avaient dû mettre pied à terre et abandonner les chevaux dans la plaine, cependant, à la différence des villageois, ils étaient protégés des piqûres par leurs cottes et leurs cuirasses.

En arrivant au sommet, Céline eut la désagréable surprise de découvrir que Jôme les y attendait debout sur un quartier de roche. Ainsi, il avait suffi qu'elle lui montre une seule fois le chemin pour qu'il la dépossède de son territoire.

Le travail commença aussitôt. Agenouillés dans les orties, les villageois se mirent à creuser à l'aide de leurs doigts. Par bonheur, la terre était gorgée de pluie et n'opposait aucune résistance. On plongeait les mains dans cette pâte brune et collante sans s'y casser aussitôt les ongles, mais très vite chacun se retrouva couvert de boue de la tête aux pieds, si bien qu'on ne parvenait plus à savoir qui était qui.

En d'autres circonstances Céline aurait aimé cette communion avec la terre, cette carapace odorante et molle qui s'était peu à peu plaquée sur ses vêtements. Il ne lui aurait pas déplu d'être nue pour mieux apprécier la cérémonie, pour se griser de ce contact argileux qui lui donnait l'illusion de descendre dans le ventre même de la colline, d'y creuser un trou pour y planter ses racines.

À un moment, elle éprouva une gêne dans la nuque et — se retournant — découvrit le regard de Jôme fixé sur elle. Il y avait quelque chose d'inquisiteur dans sa prunelle, comme s'il avait parfaitement deviné le plaisir trouble de la jeune fille et son désir de communion avec la colline. Elle se dépêcha de baisser la tête, humiliée et inquiète de ce que le moine puisse la deviner avec tant de facilité.

Les tranchées ouvertes, on commença à extraire un à un les tronçons de marbre incrustés dans la terre. Ce n'était pas sans une certaine crainte qu'on posait les mains sur ces visages enfouis depuis des siècles, et les hommes comme les femmes ne pouvaient se départir du sentiment effrayant d'être en train de violer une sépulture. Chaque fois qu'on extrayait une statue de sa gangue, on levait instinctivement les yeux vers le ciel, s'attendant à voir tomber la foudre.

Seuls les enfants se réjouissaient des travaux : barbouillés d'argile, ils se jetaient des poignées de boue au visage avec de grands rires qui leur faisaient oublier la faim.

Éventrée, la butte de l'Heaumière laissait soudain voir son butin antique : des portiques, des colonnes brisées, une architecture de marbre qui s'était émiettée pour mieux rentrer sous terre. Chaque fois qu'on tombait sur un fragment de corps nu, Jôme se signait et prononçait un bref exorcisme. Les mains des hommes dérapaient sur ces seins, ces croupes de marbre en de maladroites parodies de caresses qui faisaient grimacer le moine. Il commandait alors aux travailleurs de se presser, et enjoignait à la garde de fouetter les paresseux.

Les statues sorties de leur gangue étaient jetées comme des cadavres sur la pente abrupte. Elles roulaient, s'entrechoquaient et parfois se brisaient encore et encore, donnant naissance à de nouveaux tronçons.

On prospecta longtemps, fourrageant au milieu des ronces qui déchiraient les chairs des intrus, puis une averse creva, véritable mur d'eau qui noya la colline sous son déluge.

Chacun s'offrit à la trombe pour se débarrasser de la boue, mais cette toilette était illusoire et ne dura que quelques instants.

Les fouilles devenant stériles, Jôme donna le signal du repli. Les gosses s'amusèrent alors à dévaler la pente en glissant sur les fesses, déboulant du sommet dans un grand jaillissement d'éclaboussures. Ils étaient à tel point salis que leurs mères ne parvenaient plus à les reconnaître.

Dès que l'averse cessa, Jôme fit rassembler les villageois au pied de la butte devant les débris épars des statues fracassées et commanda aux soldats de distribuer à chacun une masse de carrier.

« Je veux que vous brisiez ces idoles », hurla-t-il pour dominer le vent de la plaine qui étouffait les paroles au sortir de sa bouche. Je veux que vous les changiez en cailloux, en gravier afin qu'il ne subsiste plus trace de leur apparence. Frappez et n'épargnez pas votre peine, ou l'on vous frappera jusqu'à ce que vous soyez bien dolents ! »

Les paysans s'entre-regardèrent à la dérobée. La farce ne finirait donc jamais ? Ce diable d'homme avait donc décidé de les faire tous crever à la tâche ?

On s'empara des outils, la rage au cœur, pressé d'en finir, et l'on frappa les statues en s'imaginant que c'était sur la tête du moine que s'abattait le cube de fer des masses.

Céline, comme beaucoup d'autres, ne participa pas à ce saccage sans inquiétude. La jeune fille sentait les regards des Proscrits la brûler chaque fois qu'elle laissait retomber son outil. Elle les devinait tout proches, là, à la lisière de la forêt, assistant à la destruction de leur image avec fureur. Comment, après un tel sacrilège, pourrait-on espérer obtenir d'eux une aide quelconque ? Mais c'était sûrement cela que désirait Jôme : brouiller définitivement les villageois avec les anciennes divinités cachées au fond des bois.

Le fracas des masses lui entrait dans la tête. Tous ses muscles lui faisaient mal et elle souffrait de la faim. Les enfants avaient cessé de jouer, assis dans la boue, ils pleurnichaient en suçant leurs doigts. Quelques vieilles s'étaient laissées tomber sur une pierre, leurs jambes ne les portant plus, les gardes les en délogèrent aussitôt du bout de leurs piques, les poussant à reprendre la besogne.

Quand tous les bustes de marbre furent réduits en menus morceaux, Jôme ordonna qu'on entasse ces débris dans des sacs.

« Vous allez les moudre, déclara-t-il. Je veux que la meule les change en poussière. Vous mêlerez ensuite cette poussière à la farine dont vous ferez votre pain, ce sera là votre pénitence. Chaque fois que vous mangerez une miche, vous sentirez crisser cette poudre de pierre sous vos dents, et vous regretterez de ne pas vous être contentés des pures hosties de Notre Seigneur. »

Un instant on crut qu'il voulait rire, mais l'expression terrible de son visage détrompa les villageois.

« Vous pétrirez et vous cuirez le pain de pierre, tonna le moine. C'est la seule nourriture dont vous disposerez durant le jeûne. La seule que je vous laisserai libres de consommer si l'estomac vous tiraille trop. Nous verrons alors si vos idoles sont capables d'un miracle, si leur pouvoir est assez grand pour changer ces pains immangeables en de succulentes miches à la croûte dorée. Je vous engage à les en prier. Peut-être apprendrez-vous ainsi de quel côté se trouve la vraie puissance ? »

Ce sermon à peine achevé, les soldats firent claquer leurs fouets et l'on dut se dépêcher de remplir les sacs pour les porter jusqu'à la meule. On était si fatigué qu'on ne cherchait même plus à réfléchir. Seule Céline imagina Jôme, recopiant cette punition dans son grand livre des pénitences. Pour l'heure elle avait tellement faim que se régaler d'un pain de pierre ne lui paraissait pas chose impossible.

Titubant sous le poids des fardeaux, la colonne traversa la campagne en sens inverse, et c'était une chose pitoyable que de voir ces silhouettes boueuses saupoudrées du fard blanc de la poussière des pierres brisées. Un voyageur, venant à les croiser, se serait immédiatement signé, croyant voir surgir une escouade de trépassés ayant échappé au tombeau au terme d'une longue reptation à travers l'humus et la cendre.

On était hébété, pas très sûr de ne pas être en train de rêver. La journée touchait à sa fin et elle n'avait été qu'une longue souffrance. À présent, il fallait encore traîner ces sacs qui vous cassaient l'échine pour aller pétrir des miches immangeables. À plusieurs reprises, les hommes furent sur le point de jeter leurs fardeaux entre les pattes des chevaux, de saisir les soldats par les solerets pour leur faire vider les étriers, mais les hommes d'armes se méfiaient et trottaient à l'écart.

La mort dans l'âme, il fallut bien se résoudre à gagner le moulin banal pour y jeter la caillasse des anciens dieux sous la meule. Les hommes voulurent atteler l'âne qui servait d'ordinaire à cette besogne, mais Jôme leur commanda de prendre sa place.

La meule entama enfin sa lente rotation, faisant exploser les débris de marbre au milieu d'un crissement épouvantable. Les paysans suaient et pestaient, s'arc-boutant pour assurer la rotation de la pierre. Quand on eut enfin moulu le gravier des statues, Jôme fit apporter des sacs de farine blanche et versa lui-même dans chacun d'eux plusieurs poignées de poussière de marbre. C'était un crève-cœur de voir gâcher tout ce bon froment, mais le moine était décidé à aller jusqu'au bout de son idée, et l'on voyait bien qu'aucune supplication ne lui ferait suspendre la pénitence.

Les femmes durent ensuite occuper la moitié de la nuit à pétrir la pâte, à former des miches et à les enfourner dans le foyer qu'attisaient les hommes. Ce fut le seul bon moment de la journée : cette bonne chaleur du four après l'humidité des fouilles, et l'odeur du pain qui, quoique gâté par la malignité du moine, n'en conservait pas moins son parfum délicieux.

Personne n'avait plus la force de parler et l'on travaillait avec des gestes de somnambules, salivant au fur et à mesure que l'odeur du pain chaud emplissait la bâtisse. Les enfants dormaient sur le sol, abrutis d'épuisement. Il avait fallu leur interdire de dévorer la pâte crue qu'on pétrissait et certains étaient entrés dans d'épouvantables colères. À présent la faim torturait les villageois. On n'avait rien avalé depuis la veille et l'on avait besogné comme des brutes, les estomacs criaient famine, même si, à la faveur de la confusion, certains s'étaient empressés de se gaver de mûres et autres baies sauvages.

Jôme surveillait la fournée, impénétrable. Il parlait maintenant d'une voix calme, mesurée, des bienfaits du jeûne qui purifie les humeurs et l'esprit.

« Quelques semaines sans lard vous feront le plus grand bien », répétait-il. Il disait « lard » mais on savait que l'interdiction s'étendrait aussi aux autres denrées.

« Il nous donnera juste de quoi ne pas mourir de faim, songeait Céline. Il va nous affamer jour après jour, comme les habitants d'une forteresse assiégée. »

Le moine se retira au moment où les premières miches sortaient du four. Personne ne prêta la moindre attention à son départ. Les mains se tendaient, caressant la croûte des pains brûlants.

« Pas la peine de vous lécher les babines, grommela la mère Méloir. Avec toute la poussière de marbre que le ratichon y a versée, ils seront immangeables. »

On ne voulait pas la croire. Les hommes ricanaient qu'ils avaient de bonnes dents et qu'un peu de sable n'avait jamais fait de mal à personne. Céline aurait bien voulu partager leur assurance, mais lorsqu'on coupa les premières boules on s'aperçut que la mie en était grise et dure comme du plâtre en train de sécher. Les gosses, qui s'étaient jetés sur ce qu'ils croyaient être une gourmandise, s'arrêtèrent très vite de mâcher pour cracher sur le sol une bouillie de pâte mêlée de salive. « Pas bon ! protestaient-ils, pas bon !

— Mon Dieu ! sanglota Odile, ils vont s'empoisonner, c'est immangeable. »

Tout le monde était de son avis, mais certains s'obstinaient tout de même à mastiquer l'étrange pâtée au goût de craie qui se cachait sous la croûte dorée des miches. Céline grimaça. La mie brûlante crissait sous ses dents comme si elle avait mâché de la terre. Les paroles de Jôme, prononcées le matin même lorsqu'il avait communié sous les deux espèces, tournaient dans sa tête : « Car ceci est ma chair et ceci est mon sang... » Elle eut un rire amer : elle la tenait entre ses doigts la chair des dieux anciens et elle l'aurait volontiers échangée contre un quignon de vieux pain rassis. Ah ! comme Jôme les connaissait bien ! Dans trois jours tout le village serait prêt à renier ses vieilles croyances pourvu qu'on lui donne à manger.

Elle referma les doigts, émiettant la tartine immangeable au moment même où Bastine Méloir décrétait :

« N'avalez pas ce poison ou demain matin vous vous réveillerez transformés en statues. Il y a de la magie dans ce pain, de la magie et la colère des dieux que vous avez réduits en mauvaise farine ! »

XXVII

Le lendemain, Jôme fit un sermon au cours duquel il évoqua la durée extrême de certains jeûnes sanctionnant une faute grave. Il parla d'hommes qui, pendant sept ans, voire dix, n'eurent pour se nourrir qu'un cruchon d'eau et une croûte de pain rassis. Toutefois, à la fin de la prière, dans un esprit d'humanité, il fit distribuer par les soldats un peu de lait pour les enfants, une poignée de fèves par personne ainsi que quelques lambeaux de poisson séché. Cette provende tenait dans le creux de la main et devrait suffire à contenter les estomacs un jour et une nuit.

Les villageois se retirèrent, maussades, habités par des visions de lard grésillant dans la graisse d'oie . Les enfants trépignaient, tour à tour colériques ou abattus. On commençait à trouver le pain de pierre beaucoup moins mauvais que la veille, et certains s'étaient décidés à en couper de fines tartines qu'ils mâchonnaient interminablement, recrachant à intervalles réguliers sable et gravier.

« Si on cherche bien, assuraient-ils, on finit par trouver la mie. Mais faut pas être feignant...

— Sûr que ça va vous tenir au ventre, ricanait Bastine Méloir. Même que vous finirez par devenir si lourds que vous ne parviendrez même plus à vous lever. »

Des coups de marteau en provenance de la place firent dévier le cours des conversations. Sortant sur le pas de la porte, Céline vit trois soldats occupés à assembler des planches tout près du gibet supportant la cloche. Cet échafaudage ne lui parut pas de bon augure car elle crut y distinguer la forme d'un pilori avec son carcan muni de trois trous. Qui allait-on exposer ainsi ? Ceux qui enfreindraient la consigne du jeûne ? C'était bien possible car certains paysans disposaient sans doute de réserves cachées. Un pillage étant toujours à craindre, il n'était pas rare en effet qu'on enterrât des pâtés dans des terrines bouchées à la cire... Des pâtés ou des salaisons qu'on enfouissait dans un coin du jardin, dans le plus grand secret.

Céline regardait s'ériger le pilori en évoquant le châtiment affreux édicté par le moine : cette marque au fer rouge apposée sur la langue, et qui devait embraser la bouche de sa souffrance atroce.

La machine était déjà prête, solide et menaçante, n'attendant plus que son occupant. La jeune fille savait qu'on pouvait mourir de rester ainsi exposé dans le vent et sous la pluie. La posture vous interdisait de dormir, et dès qu'on fléchissait le jarret, le carcan vous étranglait, vous arrachant à demi la tête des épaules. Il fallait rester courbé jusqu'à en avoir l'échine rompue, se soulager sur place en se souillant, à la grande joie des badauds qui se rassemblaient généralement autour de l'échafaud. Les enfant, eux, s'empressaient de lapider le condamné avec tout ce qui leur tombait sous la main : fruits pourris, mottes de glaise, pierres pointues. Il n'était pas rare que le malheureux perde un œil et la plupart de ses dents au cours des festivités.

Céline frissonna, la faim lui donnait froid et entamait sa résistance physique. Au moment où elle croisait son châle sur sa poitrine, les soldats réapparurent, tirant Fornicotin qui essayait à la fois de leur échapper et de les mordre. Ils firent grimper l'idiot sur l'échafaud, lui passèrent la tête et les mains dans les trous du carcan et verrouillèrent celui-ci. Le benêt aboya de plus belle, imitant à la perfection un chien en colère, mais les archers n'y prirent pas garde. Sans réfléchir Céline s'élança vers eux.

« Pourquoi ? cria-t-elle. Pourquoi l'attachez-vous ? Vous ne voyez donc pas que c'est un innocent ? Il ne sait pas ce qu'il fait, on ne peut pas le punir comme un homme normal... »

Mais les soudards, fidèles à la consigne de silence qu'on leur avait donnée, ne lui répondirent pas.

« J'irai voir Jôme, leur cracha Céline au comble de la colère. Il faudra bien qu'il s'explique. »

Comme elle tournait les talons, elle fut rattrapée par Odile qui roulait des yeux terrifiés.

« Tu es folle, lui jeta celle-ci, se mettre dans les ennuis pour un imbécile, un demeuré qui ne sait même pas dire son nom. Si Aubin l'apprend il te rossera, et je ne lui donnerai pas tort ! »

Céline se dégagea d'une secousse. Une rage froide l'animait, une sorte de folie qu'elle ne maîtrisait plus, l'envie d'en finir, de provoquer un éclat terrible et dévastateur. Elle se sentait prête à hurler, comme ces bêtes paisibles que l'approche d'un orage rend tout à coup dangereuses.

Elle se mit à courir vers le pré aux corbeaux. À mi-chemin elle eut un étourdissement et dut s'appuyer contre un arbre pour reprendre son souffle. Les gardes qu'elle croisa ne firent rien pour l'arrêter, et elle eut l'impression curieuse qu'on les avait prévenus de son arrivée... que tout cela obéissait à un plan précis, arrêté d'avance.

Elle eut un éblouissement : C'était un piège... Un piège dans lequel elle était en train de tomber la tête la première.

Jôme se tenait agenouillé devant le grand retable dont les pluies avaient gonflé et noirci le bois. Il priait et ne tourna pas la tête lorsque les pieds de la jeune fille se mirent à patauger dans les flaques avec de grands bruits de succion.

« Pourquoi Fornicotin ? attaqua-t-elle aussitôt. Vous savez bien qu'il a la tête vide...

— On l'a pris en train de se gaver de pommes sauvages, dit doucement le moine. Or les pommes ne figuraient pas dans la ration de jeûne qu'on vous a distribuée ce matin.

— Mais il n'est pas capable de comprendre ce que le mot jeûne signifie ! explosa Céline. Il se prend pour un chien. Et vous allez lui brûler la langue ?

— La règle est la même pour tous, énonça Jôme sans cesser de prier.

— Vous... vous saviez qu'il serait le premier à l'enfreindre, haleta Céline. Je suis certaine que vous l'avez fait surveiller pour le prendre en flagrant délit. Avec lui c'était facile. »

Le moine se signa et se redressa vivement, dominant la jeune fille de toute sa stature.

« Tu me prêtes des desseins honteux, dit-il, des machinations de politique, alors qu'il y a simplement eu faute. Que viens-tu faire ici ? Tu veux implorer ma clémence ? Laisse-moi te dire que tu t'y prends bien mal. Tu aurais besoin d'apprendre l'humilité, la docilité. Tu devrais t'habituer à marcher la nuque courbée et à ne jamais regarder les hommes en face quand tu t'adresses à eux. Tu viens demander pitié avec des mots de haine plein la bouche. Tu es bien maladroite, ma fille. »

Céline recula, le souffle coupé comme si on venait de la gifler. Elle savait que Jôme avait raison et qu'elle venait de se conduire comme une idiote.

« Tu me crois mauvais, reprit le moine. Je vais te donner une preuve du contraire. Nous allons faire un pacte. »

Céline retint sa respiration. Elle était si tendue que ses jarrets lui faisaient mal.

« Quel pacte ? souffla-t-elle, le cœur cognant contre les côtes.

— Si tu peux apprendre à cet idiot à parler comme un homme avant la nouvelle lune, je le libérerai sans lui faire le moindre mal.

— À parler ? balbutia Céline. Et que devra-t-il savoir dire ? Son nom ? Cela suffirait-il ? »

Elle se sentait soudain emplie d'un fol espoir. Fornicotin serait bien capable d'ânonner quatre syllabes puisqu'il savait aboyer. Si elle pouvait l'en convaincre, il était sauvé.

« Son nom ? ricana Jôme. Tu te moques ? Un nom qui n'a rien de chrétien et qui évoque le stupre ? Il n'en est pas question. Dire un mot, même un oiseau peut le faire. Un merle ou un geai en serait capable. Non, si tu veux me convaincre qu'il n'est pas possédé tu devras lui apprendre le *Pater noster*... »

Céline serra les mâchoires, se maudissant une fois de plus de sa naïveté.

« Et s'il échoue ? interrogea-t-elle.

— Je lui ferai brûler la langue par la Tite, dit le moine. Cela ne lui causera pas d'ailleurs un grand dommage puisqu'elle ne lui sert à rien. »

Céline fronça le nez, plissa les yeux pour retenir sa colère, devinant que Jôme n'allait pas s'en tenir là.

« Et ensuite ? siffla-t-elle.

— Ensuite, fit lentement le moine, comme tu auras définitivement fait la preuve de sa nature bestiale, je demanderai à la Tite de lui ouvrir le crâne afin que tout le monde puisse constater qu'il ne possède pas de cervelle. Ainsi ils apprendront ce qu'il en coûte de forniquer avec le démon. »

Céline recula, secouée de frissons.

« Vous voulez le tuer ? hoqueta-t-elle.

— Le moyen de faire autrement, puisque tu auras prouvé qu'il n'a rien d'un humain ? rétorqua le moine. Pourquoi devrais-je laisser vivre une créature qui tôt ou tard se changera en loup ? »

Comme la jeune fille allait répliquer, la main sèche du prêtre tomba sur son épaule.

« C'est faire preuve d'un grand courage que de vouloir arracher cette bête à ses ténèbres intérieures, murmura-t-il en approchant son visage de celui de l'adolescente. Mais c'est aussi une grande responsabilité. Y as-tu réfléchi ? Penses-tu être déjà assez bonne chrétienne pour réussir cette gageure ? C'est presque là un travail d'exorciste. »

Céline se dégagea, mais le moine resta la main tendue, comme s'il voulait l'attraper à la gorge et la retenir pour continuer à respirer son haleine.

« Le Notre Père, répéta-t-il. Je n'exigerai pas le latin

et me contenterai même de la langue vulgaire. Après cela, tu diras encore que je suis cruel ? »

Céline respirait difficilement. Elle prit conscience qu'elle n'était même pas certaine de connaître cette prière en entier. Le plus souvent, lorsque Jôme disait la messe, elle se contentait de remuer les lèvres au hasard.

« Tu as jusqu'à la nouvelle lune, dit le moine. C'est-à-dire quatre jours. Je donnerai des consignes aux soldats pour qu'ils te laissent approcher l'idiot. »

La rage au ventre, Céline esquissa une génuflexion avant de prendre la fuite.

Elle se haïssait de s'être laissé enfermer dans la nasse ; désormais elle était condamnée à réussir car Jôme irait jusqu'au bout, elle n'avait aucun doute sur ce dernier point. D'ailleurs, c'était peut-être elle qui lui avait soufflé l'idée de piéger le benêt en le défendant avec trop d'ardeur lors de leur discussion sur la colline. Tout se tenait : le pain de pierre, le jeûne, la gourmandise de Fornicotin... C'étaient comme les rouages d'un moulin s'entraînant les uns les autres pour faire tourner la meule. Mais qui voulait-on broyer en définitive ?

Une peur affreuse l'obligea à vomir derrière un arbre en bordure du chemin. Comme elle n'avait rien dans l'estomac, elle fut secouée de longs spasmes douloureux qui l'épuisèrent. Quand elle eut retrouvé son calme, elle s'aspergea le visage avec un peu d'eau qui stagnait au creux d'une pierre et se rinça la bouche.

Lorsqu'elle arriva au hameau, elle comprit au regard des commères que la nouvelle du défi l'avait déjà précédée. Odile l'attendait sur le pas de la porte, donnant tous les signes d'une grande agitation.

« Dans quel pétrin t'es-tu encore fourrée ? » chuinta-t-elle d'une voix qu'elle essayait d'étouffer et qui sifflait comme un jet de vapeur soulevant un couvercle. « De quoi te mêles-tu ? Tu vas condamner ce pauvre crétin au pire des supplices ! Même sa mère n'a jamais réussi à lui apprendre un mot. Sa bouche n'est bonne qu'à aboyer, et toi... et toi... »

Elle étouffait de peur et de colère, mais Céline n'avait pas le temps d'y prêter attention. Traversant la place, elle grimpa les trois marches qui menaient au pilori. Les soldats qui jouaient aux dés à l'écart ne firent pas mine de s'y opposer. Fornicotin la regarda venir d'un œil interrogateur, et Céline se demanda s'il la reconnaissait. Elle prenait subitement conscience qu'elle n'avait jamais entretenu le moindre lien avec lui alors que la communauté les avait toujours considérés comme des exclus. En allant tout au fond des choses, elle était même forcée de s'avouer qu'elle avait souvent éprouvé du mépris, du dégoût pour ce grand imbécile qui gambadait au cul des vaches et des moutons en aboyant comme un chien de berger. « Et lui ? songea-t-elle. Peut-être a-t-il peur de moi ? Peut-être lui a-t-on fait comprendre que j'étais dangereuse, et qu'il ne fallait pas m'approcher ? »

Elle l'observa, soudain pleine de gêne, découvrant qu'elle l'avait rarement regardé en face. Sa longue figure aux yeux battus, à la bouche pendante et toujours humide avait, il est vrai, quelque chose de canin. À force d'étudier les chiens du voisinage, Fornicotin avait fini par leur ressembler. Il les imitait à la perfection, copiant leur port de tête, leurs brusques claquements de mâchoire, retroussant comme eux les babines lorsqu'il était en colère. Les mauvaises langues prétendaient qu'il reniflait le bas des arbres et levait la jambe pour pisser, mais Céline n'avait jamais cherché à vérifier cette allégation. Pour elle, jusqu'à aujourd'hui, Fornicotin n'avait été en fait qu'une silhouette familière et grotesque, entr'aperçue chaque jour du coin de l'œil, et aussitôt oubliée.

Elle eut un geste instinctif qu'elle retint au dernier moment, mais qui lui fit honte : une seconde elle avait tendu la main pour lui gratter la tête, comme l'on fait aux molosses qu'on veut amadouer. La honte se changea en colère, et comme l'idiot recommençait à japper, elle lui cria : « Arrête ! Arrête ça immédiatement ! »

Il la regarda sans comprendre, tirant la langue et haletant à la manière d'un chien attendant de son maître un ordre simple et clair. Céline le détesta pour son air bonasse et fidèle, cet œil débordant d'une bêtise pleine de dévotion. Il était grotesque et désarmant. Trop simplet pour songer à se rebeller. Sans doute, en ce moment même, acceptait-il sa punition avec une résignation confiante. Il avait été un mauvais chien, on l'avait mis à l'attache pour le punir, c'était la règle, l'homme avait tous les droits.

« Dieu ! songea la jeune fille en fermant les paupières. Je n'y arriverai jamais. »

Le temps passant, Céline sentit monter dans son dos la curiosité du village. Quelques gamins s'étaient rassemblés au pied de l'échafaud, chuchotant des moqueries qui s'achevaient en rires aigus. Leurs parents auraient de toute évidence aimé se joindre à eux, mais la présence des soldats les dissuadait de venir s'agglutiner autour du pilori. La jeune fille imaginait sans mal leurs pensées : Qu'avait donc encore inventé cette folle de Céline ? La voilà à présent qui s'agenouillait devant le crétin pour lui parler à voix basse en le fixant dans les yeux. Qu'espérait-elle ? Personne n'avait pu arracher un mot compréhensible au benêt depuis le jour de sa naissance, pas même sa mère, qui avait d'ailleurs rapidement cessé de s'occuper de son rejeton pour lui laisser mener l'existence d'un chiot errant. Le gosse avait peu à peu refusé de s'asseoir à une table pour manger, et n'avait plus consenti à prendre ses repas que dans une écuelle posée sur le sol. D'ailleurs, tous ceux qui avaient employé Fornicotin à un moment ou à un autre étaient d'accord entre eux : il n'avait pas même assez de cervelle pour faire un bon chien...

Les mioches avaient formé une ronde autour du pilori. Se tenant par la main, ils tournaient de plus en plus vite en chantant :

« Fornicotin, tête de chien, finira dans le crottin... »

Les soldats chassèrent les garnements qui les éclaboussaient en sautant dans les flaques, et le silence retomba, seulement troublé par le roulement des dés de corne. La jeune fille, essayant d'oublier les regards de la populace qui pesaient sur ses épaules, commença à ânonner la prière qu'elle connaissait du reste imparfaitement. Fornicotin la regardait, l'œil rond et inquiet, en chien qui s'inquiète d'un ordre trop long et trop compliqué qu'il ne parvient pas à déchiffrer dans sa totalité. Que lui demandait donc cette fille ? De rassembler les moutons, de ne pas les mordre, de ne pas aboyer trop fort ? C'était généralement cela qu'on lui réclamait à grand renfort de menaces, mais il ne parvenait pas aujourd'hui à reconnaître les sons qui sortaient de la bouche de la « marquée ». On ne s'adressait guère à lui qu'en employant des mots brefs, des onomatopées, voire des gestes, et c'était ce qu'il préférait. Des ordres simples, qui ne s'embrouillaient pas aussitôt dans sa tête. Et puis il n'avait jamais travaillé pour la « marquée », il n'était pas sûr de pouvoir identifier son troupeau...

Céline avait choisi de faire porter tout ses efforts sur la première phrase qu'elle murmurait au ralenti, détachant les syllabes comme elle aurait décortiqué le corps segmenté d'un insecte. La répétition donnait à la psalmodie l'allure d'une berceuse et elle ne tarda pas à s'apercevoir que Fornicotin s'endormait, sa grosse tête hirsute dodelinant au centre du carcan au rythme de la mélopée. Elle lui pinça le nez pour le réveiller, et reprit la leçon.

Une heure passa, Céline sentant sa gorge s'enrouer, le benêt se laissant doucement glisser dans la somnolence. Ainsi agenouillée aux pieds du prisonnier, la jeune fille souffrait du froid et de l'humidité. Le découragement s'emparait d'elle. Elle songea qu'elle s'y prenait mal, qu'il aurait peut-être fallu agir avec l'innocent comme avec une bête : en lui faisant miroiter la récompense d'un bout de viande s'il se montrait studieux dans le dressage ; mais les rigueurs du jeûne lui interdisaient ce subterfuge. Chaque fois qu'elle voyait le simple d'esprit fermer les paupières pour se mettre à ronfler, elle était envahie par une bouffée de colère et se sentait proche de le haïr. Des pensées mauvaises déferlaient soudain dans son esprit. Pourquoi s'obstinait-elle, après tout ? Pourquoi avoir pris la défense de cet imbécile qui ne lui était rien ? D'où lui venait ce subit désir de jouer les saintes ? N'était-elle pas déjà assez occupée à sauver sa propre peau ?

En l'espace d'une heure, elle maudit mille fois son

initiative et faillit se détourner en haussant les épaules, abandonnant le prisonnier à son sort. Cependant, quelque chose d'obscur l'empêcha de suivre son impulsion. C'était peut-être l'expression contrite de ce visage mou, tout hérissé de barbe, cette expression de bête désolée, soucieuse de bien faire et gémissant d'angoisse devant la volonté énigmatique d'un maître trop exigeant. Cette face suppliante — qui semblait dire : « Pitié, ne me demandez pas des choses trop compliquées, n'oubliez pas que je suis un idiot de village » — la révulsait et l'attendrissait tout à la fois. Lorsqu'elle l'encourageait à remuer la bouche à sa manière, une lueur de joie traversait l'œil du benêt, et il se mettait alors à pousser ses plus beaux aboiements, allant jusqu'à imiter le loup hurlant à la lune. Ces imitations avaient quelque chose de saisissant qui effrayait un peu car elles ne semblaient pas contrefaites, mais bel et bien lancées par une gorge de bête fauve.

« Tais-toi ! finit par crier Céline pour dominer le tumulte, mais tais-toi donc ! Tu veux donc qu'on te brûle, c'est ça ? »

Elle ne savait plus si elle le détestait au point de souhaiter le voir mort, ou si elle luttait pour ne pas fondre en larmes.

Elle descendit de l'échafaud, traversa la place pour entrer chez sa sœur. Le froid la transperçait et elle grelottait sans pouvoir empêcher ses dents de claquer. À peine réfugiée dans la maison, elle se laissa tomber au coin du feu, s'approchant si près des flammes que l'étoffe de sa robe se mit à roussir.

« Ma pauvre fille, tu es complètement folle », soupira Odile en lui glissant entre les mains un gobelet empli de tisane brûlante. « Bois, ça te réchauffera, c'est tout ce qu'ont laissé les soldats : de la verveine, de la salsepareille, des queues de cerises. »

Céline but en fermant les yeux. Elle avait mal à la gorge et sa voix sortait de sa bouche bizarrement rauque. Les paroles du Notre Père tournaient dans sa tête comme des oiseaux fous, volant aile contre aile en un tourbillon de plumes froissées, et ne cessant de décrire un cercle de plus en plus étroit.

« Prête-moi une couverture, murmura-t-elle à l'adresse d'Odile. Il fait trop froid dehors. »

Odile se laissa tomber à côté d'elle et la prit dans ses bras comme elle avait l'habitude de le faire encore six ans plus tôt.

« Tête de bois, souffla-t-elle avec lassitude. Tu ne comprends donc pas que c'est un piège que le moine t'a tendu ? Il tourne autour de toi, les babines retroussées, depuis son arrivée. C'est toi qu'il veut. Il tisse lentement sa toile, et toi, bêtasse, tu t'y englues un peu plus à chaque provocation.

— Tu veux dire qu'il espère me brûler ? demanda la jeune fille. Qu'il tente de prouver que je suis une sorcière ? »

Odile secoua négativement la tête.

« Non, je pense qu'il essaie de t'embrouiller la cervelle, et que si tu t'y laisses prendre il fera de toi une bonne sœur, une de ces folles de religion qui se font emmurer vives et se laissent mourir de faim en souriant.

— Prête-moi une couverture », répondit Céline avec un haussement d'épaules.

Odile grommela une injure et la repoussa. Un instant plus tard, Céline sortait de la chaumière, portant une vieille couverture trouée sous le bras. C'était une guenille empestant la sueur de cheval, mais qui suffirait à improviser une sorte de tente sous laquelle régnerait un semblant de chaleur. Dès qu'elle fut sur l'échafaud, elle jeta le haillon sur Fornicotin et se glissa sous ce chapiteau sans que les sentinelles fassent mine d'intervenir.

En retenant la chaleur des corps et la buée des respirations, la couverture retenait aussi les odeurs d'urine car le simple d'esprit prisonnier du carcan avait dû se soulager dans ses chausses. Céline se pinça le nez, respira à pleins poumons, et décida de s'y habituer le plus rapidement possible sans faire la mijaurée.

La leçon reprit.

Peu de temps après, il se mit à pleuvoir et le benêt tendit l'oreille, plus attentif aux bruits de la nature qu'aux mots répétés par la jeune fille. Maintenant Céline avait pris les lèvres de l'idiot entre ses doigts et tentait de les modeler comme elle l'aurait fait d'une boule de glaise, pour lui faire comprendre qu'il devait s'efforcer de reproduire les mouvements qu'elle-même accomplissait avec la bouche, mais le benêt se contentait de lui baver sur les doigts et retroussait les babines pour montrer les dents lorsqu'il en avait assez d'être malaxé. Au bout d'une autre heure, il parut comprendre qu'il devait imiter les mimiques de Céline, car il commença à faire des grimaces qu'il ponctuait d'un petit rire imbécile, signifiant par là qu'il trouvait le jeu à son goût. Alors que Céline se mettait à espérer, il lui tira la langue et contrefit un bruit de pet en soufflant fortement entre ses lèvres jointes. Cette fois, la jeune fille céda à la colère et le gifla. Elle comprit tout de suite son erreur, car dès lors le crétin refusa de la regarder en face et s'abîma dans une bouderie obstinée. Malgré la répugnance qu'elle éprouvait à agir ainsi, elle dut fourrager dans sa crinière crépue, le caressant comme on flatte un molosse pour regagner ses bonnes grâces.

Un peu plus tard, Fornicotin déféqua dans ses braies en ahanant comme un bûcheron, et l'odeur, sous la couverture, devint insoutenable.

Le temps passait. L'idiot, lassé de l'attention que lui portait la marquée, entama une longue série d'aboiements et finit par montrer les crocs comme s'il était décidé à mordre sa tourmenteuse. Céline renonça, elle mourait de faim, elle était épuisée. Elle replia la couverture et se redressa, les genoux douloureux d'être restée si longtemps prosternée devant l'abruti.

Elle était si fatiguée qu'en rentrant chez elle elle ne prêta même pas attention aux quolibets d'Aubin. La famille s'était rassemblée, morose, autour de la table vide. Les enfants pleurnichaient en repoussant les gobelets de tisane qu'Odile continuait à distribuer. Le jeûne n'interdisait pas de boire, mais les décoctions d'herbes ne trompaient pas une faim qui devenait de plus en plus exigeante. Odile, comme les autres villageois, tenait bien quelques salaisons enterrées dans une jarre, mais la peur d'une brusque inspection des soldats interdisait à la famille de céder à la gourmandise.

« Et puis il faut attendre, répétait la jeune femme. Garder les réserves le plus longtemps possible. Dieu sait combien de temps encore ce moine compte nous affamer... Je crois qu'il ne suspendra le jeûne qu'une fois la moitié du village morte de faim. »

Aubin se récria, mais il y avait de l'inquiétude au fond de ses yeux. La tentation de la terrine enfouie était insupportable ; il suffisait d'y songer pour que le goût vous en vienne sur les lèvres. On fit bien, toutefois, de ne point y céder, car les archers poussèrent la porte un peu plus tard dans la soirée pour inspecter une nouvelle fois coffres et placards.

La famille se mit au lit, espérant oublier dans le sommeil les tortures de la privation. Seule Céline resta recroquevillée au coin de la cheminée dont le feu mourait doucement, essayant de rassembler ses forces pour ressortir. L'idée de perdre conscience, s'offrant du même coup à la curiosité de Jôme qui, d'ici une heure, viendrait la regarder dormir, lui était odieuse. Elle imaginait sans peine le moine se glissant comme une ombre dans la maison, soulevant la couette de plume pour inspecter du regard son corps nu... Non, il n'était pas question qu'elle aille rejoindre Odile et les autres sur la paillasse commune, elle préférait encore dormir debout, comme une sentinelle.

Elle quitta la maison, la couverture sous le bras, et grimpa sur l'échafaud. Elle n'avait plus que trois jours pour enseigner la parole à Fornicotin et désespérait d'y parvenir. Son impuissance la terrassait mais elle voulait croire au miracle. Sans le jeûne elle aurait eu sans doute plus de chance de réussir, mais la faim accaparait l'esprit de l'idiot, détournant son attention de tout ce qui n'était pas lié à la nourriture. Si seulement elle avait pu lui jeter des bouts de viande, comme l'on fait aux chiens à qui l'on essaie d'apprendre des tours...

Une fois sur le pilori, elle voulut de nouveau installer la couverture, mais Fornicotin grogna car l'étoffe lui dissimulait le ciel au milieu duquel se levait la lune. Il semblait à peine se rendre compte de la présence de Céline et conservait l'œil fixé sur le croissant argenté avec une obstination de chien de garde.

Lorsqu'un nuage venait à le masquer, il s'agitait, tapait des pieds et jappait plaintivement, réclamant le retour de la lueur blême accrochée à la voûte céleste.

Céline reprit sa psalmodie, le tirant par les oreilles pour l'obliger à la fixer. Elle avait recommencé à lui modeler les lèvres du bout des doigts en scandant exagérément les syllabes du Notre Père, mais à trois reprises Fornicotin tenta de la mordre et elle retira sa main de justesse.

À bout d'imagination, au bord des larmes et décidée à forcer le sort, elle lui prit la tête entre les paumes, le regarda droit dans les yeux, puis posa sa bouche sur la bouche du crétin pour qu'il puisse sentir directement ses lèvres former les syllabes. Elle ne savait plus qu'inventer et l'épuisement endormait son dégoût. Dans cette position, elle égrena lentement les mots, et sa voix s'engouffrait en vibrant dans la bouche béante du demeuré. Pendant un moment il se laissa faire, inerte, ne cherchant nullement à accompagner le mouvement des lèvres de Céline, puis il se jeta, la tête en avant, et mordit la jeune fille au menton. La seconde suivante, il leva les yeux au ciel et ulula comme un chien rendu fou par la lune. Céline était tombée sur le flanc, palpant la meurtrissure qui flambait au bas de son visage. Si elle n'avait pas eu la présence d'esprit de se dérober d'un coup de reins, le crétin lui aurait arraché la lèvre inférieure. Elle s'écarta, le cœur battant.

Au moment où elle se redressait, elle distingua une longue silhouette sombre embusquée de l'autre côté de la place. Elle comprit que c'était celle de Jôme, et qu'il avait tout vu. Elle se leva, prête à se défendre, mais le moine se coula comme une ombre le long des façades, échappant à son regard.

N'en pouvant plus, mal à l'aise et pleine d'un secret dégoût, elle alla se bassiner le visage avec l'eau glacée de la fontaine. Les dents de Fornicotin avaient laissé un arc de cercle gonflé sur la chair de son menton. Elle crut entendre la voix de Jôme résonner dans sa tête : « Voilà ce qui arrive quand on tente de s'unir aux bêtes. »

Elle s'ébroua pour chasser l'illusion, et rentra dormir.

Une fois déshabillée, glissée sous l'édredon, elle ne put toutefois trouver le sommeil. La bouche du demeuré la poursuivait de son contact déplaisant, s'attardant sur ses lèvres.

« Il fallait que j'essaie, se dit-elle en se cachant le visage derrière son bras replié. Il fallait que je retienne son attention. » Elle finit par s'endormir, et rêva bientôt que Jôme entrait comme un fantôme dans la maison sans serrure pour lui asperger la bouche d'eau bénite. « Il faut laver l'empreinte de la bête, disait-il. Effacer le baiser du démon. » Les lèvres de Céline s'enflammaient alors, brûlant comme si on les avait aspergées de poix, et la blessure hideuse lui laissait les dents découvertes, installant au bas de son visage un affreux sourire de squelette.

Le lendemain, après la messe de prime, le moine fit distribuer à chacun une nouvelle poignée de fèves et l'équivalent d'un gobelet de farine. Céline eut l'impression qu'on rognait sur sa part de manière manifeste, mais n'eut pas le temps de protester, car l'impatience gagnait la foule. Chacun brûlait de s'en retourner chez lui et de confectionner, à l'aide de ces maigres ingrédients, une soupe qu'il étendrait largement d'eau pour se donner l'illusion d'une nourriture abondante. Quelques-uns essayèrent de protester mais on les frappa à coups de verges en plein visage, et leur part fut aussitôt confisquée.

Dès qu'on fut rentré à la maison, Odile suspendit la marmite dans l'âtre et mit les fèves à cuire. Délayées dans l'eau, les quelques « mains » de farine engendrèrent une bouillie fluide qui avait bien du mal à épaissir. On y jeta les dernières feuilles d'un bouquet d'herbes aromatiques que les gosses passaient la journée à sucer pour tromper la faim. Aubin, qui travaillait dur aux champs, avait déjà maigri. Il racontait chaque soir que les soldats surveillaient toutes les besognes, toutes les cueillettes, veillant à ce que les paysans ne dérobent rien et ne se goinfrent pas en cachette.

On dut faire un effort pour se restreindre et parvenir à ne pas liquider le restant de soupe qui stagnait au fond de la marmite. Les gosses protestèrent, alléguant « qu'il y en avait encore ! ». Il était difficile de leur faire comprendre que cette petite flaque de brouet devrait durer jusqu'au soir si l'on voulait se donner l'illusion de ne pas se coucher le ventre vide.

Céline quitta la chaumière dès que le jour fut levé, cachant dans un chiffon une poignée de fèves cuites qu'elle avait prélevée sur sa propre ration car personne ne se souciait de nourrir Fornicotin. En se privant, elle voulait se punir de sa réaction de dégoût de la veille. De plus, elle espérait que cette monnaie d'échange lui donnerait prise sur l'idiot, et qu'il aurait à cœur de gagner sa nourriture en apprenant à prier.

Hélas, les choses n'allèrent pas mieux. Et si le demeuré remuait les lèvres avec ardeur, c'est parce qu'il avait compris qu'en feignant d'être sur le point de parler il était sûr d'extorquer une fève à son professeur.

Dans le village, deux clans se dessinaient : ceux qui considéraient Céline comme une redoutable idiote se mêlant de ce qui ne la regardait pas, et ceux chez qui commençait à poindre une certaine admiration pour les efforts dérisoires de la marquée. Certes, Fornicotin ne valait pas la salive qu'elle gaspillait, mais il fallait un certain courage pour se compromettre ainsi en s'opposant aux arrêts du moine noir.

La seconde journée ne donna pas plus de résultats que la première. Le crétin ne cessait de s'endormir, calé contre le carcan, les genoux verrouillés à la façon des chevaux, il somnolait jusqu'à ce qu'une brusque perte d'équilibre le tire de son engourdissement. Lorsque la jeune fille lui montrait les fèves, il agitait la bouche en tous sens, en une suite de grimaces grotesques dépourvues de signification. Céline fut gagnée par le sentiment que ses efforts n'avaient contribué qu'à dégrader un peu plus le simple d'esprit, le transformant en une sorte d'animal dressé prêt à toutes les pitreries pour obtenir une gourmandise. Elle en fut malheureuse.

Les échecs et les déceptions se multipliant, elle laissa cependant monter son irritation avec une certaine complaisance, sans doute parce qu'en lui permettant de détester son élève, ce revirement soulageait heureusement son cœur.

Comme elle venait de se faire mordre pour la troisième fois à la main gauche, un gosse fit irruption sur la place, le souffle court, un doigt pointé en direction des champs.

« Médard, haleta-t-il enfin. Médard est mort !

L'ermite, il est raide comme la pierre où il était couché ! »

Céline sentit un grand froid tomber sur ses épaules et serra les paupières à s'en faire mal pour ne pas pleurer.

« Maintenant, plus personne ne me protège », songea-t-elle.

XXVIII

Les villageois se rassemblèrent sur la place, non parce qu'ils éprouvaient une quelconque tristesse, mais parce qu'ils pressentaient tous que cette mort allait avoir des conséquences funestes sur leur vie. Ils ne se trompaient pas. Jôme fit bientôt irruption, fendant la foule avec impatience. La peau de son visage paraissait avoir encore rétréci, et chacune de ses expressions prenait désormais l'allure d'une grimace.

« Les forces du mal contre-attaquent ! cria-t-il au comble de l'agitation. Elles tentent de reconquérir leur fief, mais je ne me laisserai pas intimider. La bataille qui s'annonce sera terrible, j'espère que vous saurez choisir votre camp. Sachez seulement que je serai sans pitié pour tous ceux qui auront décidé de servir le clan des ténèbres ! »

Il parla longtemps, avec cette emphase des prêcheurs, ses bras maigres jaillissant de ses manches retroussées et brassant l'air comme pour griffer quelque chose d'invisible. Céline n'aima pas la lueur folle qui brillait dans ses yeux, et cette fièvre soudaine qui colorait sa physionomie ivoirine. Le sang rosissait ses pommettes de cuir, les tachetant de marbrures violacées. Comme à l'accoutumée, il semblait ne redevenir humain que pour faire le mal, sa chair ne se réveillait qu'à l'heure de l'affrontement, perdant enfin sa texture de parchemin trop sec.

Il annonça que personne parmi les habitants du village ne serait admis aux funérailles de l'ermite, car aucun d'entre eux n'était assez bon chrétien pour prétendre accompagner le saint homme à sa dernière demeure.

« Vous ferez pénitence, siffla-t-il. Pendant l'inhumation vous vous tiendrez nus sur cette place, et l'on vous administrera les verges. Ainsi je serai certain que vous éprouvez une véritable souffrance au moment où l'on descendra la dépouille de frère Médard en terre ! »

Céline pensa que l'ermite n'aurait pas voulu cela, et même qu'il aurait été révolté d'une telle décision. Par-dessus tout, elle souffrait de ne pouvoir dire adieu à son vieil ami. Leurs relations avaient été étranges et pudiques, toujours empreintes d'un certain recul, mais elle comprenait tout à coup combien, malgré la distance qu'elle avait toujours eu souci d'établir entre eux, le moine au crâne fendu avait tenu une place importante dans sa vie. Oubliant Fornicotin, elle descendit de l'échafaud. Tandis que Jôme s'éloignait, les soldats rudoyèrent les villageois. À l'annonce des verges les enfants avaient commencé à pleurer et s'étaient cachés derrière leurs mères. « Tous, avait dit Jôme selon sa formule habituelle. Tous sans exception. »

Un début de panique courut dans les rangs des paysans. Les villageois devinaient que la mort de l'ermite ne tarderait pas à leur être reprochée. Céline savait que la cérémonie d'inhumation serait brève.

Médard lui avait jadis expliqué que son ordre ne tolérait aucun faste funéraire. Pour l'enterrer, il suffirait de dénuder son grand corps, de lui glisser un crucifix entre les mains et de le couler ainsi dans la glaise, sans suaire ni caisse, afin qu'il puisse communier avec la terre dans le dénuement le plus absolu et s'en retourner rapidement à la poussière originelle. Les funérailles se réduiraient à cette fosse, qu'on creuserait sûrement au milieu du pré aux corbeaux, dans cet endroit sinistre où Médard aurait détesté dormir de son dernier sommeil. Sa sépulture ne serait marquée d'aucun signe particulier, ni croix ni dalle, afin que l'anonymat en fût préservé.

« Je ne saurai même pas où il est enterré, pensa Céline en se laissant entraîner par la foule. Je ne pourrai même pas aller me recueillir sur sa tombe. »

Les paysans refluaient en désordre car la Tite venait d'apparaître, les verges glissées dans la ceinture de son casaquin de cuir. Roulant des épaules, elle se frayait un chemin dans la cohue. De ses grosses mains, elle attrapait au passage les vêtements de tous ceux qui se trouvaient à sa portée, et les déchirait d'un geste sec pour leur faire comprendre qu'ils devaient au plus vite se déshabiller. Les soldats se faisaient menaçants et distribuaient les coups de lance pointe en bas, sans se soucier de blesser ceux qui se trouvaient sur leur chemin. Quatre cavaliers suffirent à boucler la place et à contenir la foule autour de la fontaine. Le porcher qui avait été égratigné par une pique saignait d'une coupure au front, un garçon de ferme qui avait essayé de repousser le fer aiguisé à l'aide de sa main tendue s'était sectionné deux doigts.

La Tite n'accorda aucune attention à ces blessures. Elle continuait à saisir les villageois par la peau du dos, les épluchant comme des lapins qu'on dépiaute. On comprit que les choses risquaient de mal tourner et qu'il valait mieux obéir. Tout le monde se dévêtit et fit le dos rond, les mains croisées sur le ventre, Céline comme les autres. La peur faisait oublier le froid, et la jeune fille se surprit à transpirer dans la bise. Des gouttes de sueur coulaient de ses aisselles sur ses flancs. Pendant que l'un des archers sonnait le glas au moyen de la cloche pendue au gibet, les cavaliers disposaient le troupeau en rangées rectilignes entre lesquelles l'exécutrice pourrait circuler à sa guise. Du plat de la lance, ils claquaient les fesses des hommes et des femmes, les obligeant à rentrer dans l'alignement. Quand la cloche se tut, la Tite saisit ses verges et commença son travail, allant et venant dans les travées, abattant son ballet de brindilles noueuses sur les dos et les croupes. Si les adultes se contentaient d'émettre des cris sourds ou de se mordre les lèvres en pleurant, les enfants, eux, hurlaient de douleur et tentaient de s'enfuir, ne comprenant pas pourquoi leur mère les offrait en pâture à la méchanceté de cette grosse femme. Odile et Aubin retenaient chacun deux gosses par le poignet. Si l'un des gamins s'échappait il y avait fort à parier que les soldats n'hésiteraient pas une seconde à le clouer au sol d'une flèche bien ajustée. Odile, tour à tour grondeuse et rassurante, tentait, malgré la souffrance de son dos fustigé, de faire tenir les garnements en place.

La morsure des verges fit se cabrer Céline, et, le temps d'un battement de cœur, elle eut l'impression qu'on lui arrachait la peau depuis les omoplates jusqu'en haut des cuisses. Elle eut également la conviction que la Tite lui administrait plus de coups qu'aux autres, et avec plus de force. À la cinquième fustigation elle ne put retenir son cri et ses larmes. Les brindilles avaient tracé des sillons de feu sur ses reins. Enfin la matrone s'éloigna, la laissant pantelante et les ongles fichés au creux des paumes. La punition parut durer une éternité, puis les soldats dont les chevaux avaient piétiné les vêtements posés sur le sol, commandèrent aux paysans de se vêtir. On le fit avec précaution, essayant d'effleurer le moins possible les stries douloureuses imprimées par le redoutable ballet. Quand tout le monde fut rhabillé, il fallut s'agenouiller et réciter la prière des morts. Jôme fit alors son apparition. Il annonça qu'il avait enseveli le frère Médard et se préparait à livrer bataille car il considérait cette mort comme un signe d'hostilité. Les puissances du Mal avaient choisi de s'en prendre à un homme diminué, déjà moribond, pour frapper un grand coup, mais lui, Jôme le Noir, ne serait pas une proie aussi facile.

« Vous avez essayé de m'endormir, cria-t-il tout à coup, mais je vous sens coupables, complices des ténèbres. Dès que j'aurai découvert le corps du baron Gilles que vous avez assassiné — j'en suis certain ! — je ferai périr les coupables dans les flammes, sans les étrangler au préalable, de manière qu'ils brûlent le plus lentement possible, et je puis vous jurer que cela sera bien fait car la Tite s'y connaît en matière de rôtissage. Que ceux qui se savent condamnés, et qui jouissent encore d'un reste de conscience, occupent donc leurs dernières heures à faire amende honorable. »

Il allait et venait dans les rangs des paysans agenouillés, les bousculant quand le passage devenait trop étroit. Il s'arrêta soudain devant Céline, lui prit le menton entre ses doigts osseux et la força à relever la tête. Céline ne put résister, la nuque à demi rompue, elle dut laisser les petits yeux brûlants du moine descendre en elle.

« Quant à toi, siffla-t-il, j'ai assisté aux attouchements que tu dispensais cette nuit au simple d'esprit. J'ai vu ta bouche sur la sienne. Tu es trop chaude, ma fille. Il est grand temps qu'on te trouve un mari. Comme nous sommes pressés par les échéances j'en tirerai un au sort parmi les garçons célibataires du village, je te marierai ce soir, et la Tite veillera sur ta première nuit d'épousailles. »

Cette fois, les villageois relevèrent la tête, épouvantés. Marier la marquée, c'était condamner Hurlemort à l'engloutissement. Le prêtre était fou, il voulait donc rayer le pays de la carte ? Un murmure courut dans les rangs des paysans, on se regardait, les yeux écarquillés, oubliant en une seconde la douleur cuisante de la flagellation et la promesse des bûchers. La vieille peur ancestrale balayait tout. Les bûchers, quelques-uns en réchapperaient, mais l'engloutissement... mais la fin du monde... ?

Jôme ricana, satisfait de la stupeur causée par son annonce. Céline était comme assommée. Elle n'avait pas vu venir le coup et demeurait la bouche ouverte, incapable d'émettre une protestation.

« Tu connaîtras le nom de ton fiancé dès que j'aurai procédé au tirage au sort, répéta le moine avec une insistance maligne. Hélas, je puis déjà t'annoncer que Fornicotin sera exclu de la loterie, tu le regretteras puisque j'ai cru comprendre que c'était vers lui qu'allaient tes préférences. »

Il y avait une flamme un peu folle au fond de son regard, une de ces expressions égarées qu'on n'aperçoit guère que dans les yeux des bêtes effrayées par un incendie. Il s'agenouilla tout à coup devant la jeune fille, dans la boue, et lui meurtrit les épaules entre ses doigts maigres.

« Toi, lui dit-il comme s'ils étaient seuls en confession. Toi, que j'espérais sauver... Toi dont j'espérais consacrer la pureté à des causes plus hautes. Les bas appétits t'ont rattrapée, les échauffements du ventre, ne te défends pas, je t'ai vue, cette nuit, sur l'échafaud... Ta bouche sur la bouche de cette demi-bête, comment as-tu pu ? »

Céline aurait voulu lui demander de se calmer.

« Taisez-vous, murmura-t-elle, vous ne parlez plus comme un prêtre. »

Jôme émit un râle de colère et se redressa. La peau de son visage était si tendue qu'elle semblait près de se fendre pour dévoiler les os de la face.

« Tu seras mariée, haleta-t-il. Ce soir même, et demain la Tite exposera à la fenêtre de votre maison le drap taché de sang de ton hyménée. »

Il rejeta la tête en arrière, toisant la foule à ses pieds.

« Vous entendez bien, clama-t-il, demain vous pourrez constater qu'il n'y a plus de marquée. La fille aura été couverte, et la terre ne vous aura pas avalés pour autant. Inutile de lever vers moi ces trognes effrayées. La bénédiction nuptiale que j'accorderai au couple annulera l'ancien enchantement, car pour parler votre langage de barbares je dirai que la magie de Notre Seigneur est plus puissante que celle des créatures que vous vénérez en secret. Dieu aura raison de votre malédiction, elle vous rendra la liberté de l'esprit. J'espère que vous embrasserez alors la religion chrétienne sans la moindre retenue, de toute votre âme, et non parce que la peur du fouet vous y aura obligés. »

Ces paroles prononcées, il fit signe aux soldats de disperser le rassemblement et tourna les talons pour prendre la direction du pré aux corbeaux. Les paysans se relevèrent, indécis, crottés. La surprise était telle qu'on en oubliait jusqu'à la cuisson des verges. D'instinct on guettait la réaction de Bastine Méloir, dépositaire de la sagesse de la communauté, mais la vieille s'était laissée tomber sur le bord de la fontaine, une expression hébétée sur le visage. Quand on sollicita son avis, elle murmura : « La petite a raison, cet homme ne parle pas comme un prêtre... Pour le reste c'est une affaire de puissance magique. Si les Proscrits sont plus forts que le Crucifié nous mourrons tous. »

On ne put en obtenir davantage, elle paraissait anéantie et grandement effrayée. Pour une fois elle ne chercha pas à caqueter et s'enfuit presque, courbée, essayant de rassembler sur son torse ses hardes déchirées par les mains de la Tite.

Seule Céline demeura agenouillée dans la boue, foudroyée, ne songeant même pas à se redresser, l'esprit plein d'un grand tumulte qui évoquait le bruit du vent chassant les feuilles racornies de l'automne. Ce fut Odile qui vint la saisir sous les aisselles pour l'aider à se relever.

« Ma pauvre petite, murmura-t-elle tout le temps qu'elles mirent pour rentrer à la maison. Ma pauvre petite. »

Dans les ruelles, les soldats s'acharnaient à disperser les bavards qui s'assemblaient pour chuchoter. Les jeunes gens allaient, la mine basse, tremblant d'être choisis par le sort. Celui qui dépucellerait la marquée serait le premier englouti, on savait cela. Entrer dans le ventre de la maudite c'était tomber tout droit dans le grand chaudron des enfers. Les flammes vous consumaient à l'instant même où vous vous glissiez entre ses cuisses, s'insinuant en vous par le canal du membre viril, vous cuisant de l'intérieur, et l'on roulait sur le flanc, crachant de la fumée par la bouche, les entrailles plus charbonneuses qu'un rôti oublié sur une broche... On avait le temps de souffrir mille morts avant que la terre ne s'ouvre pour avaler le reste des vivants, et personne n'avait envie de tenter l'expérience maintenant que l'occasion s'en présentait. D'un seul coup toutes les vieilles tentations s'évanouissaient, les concupiscences d'avant le sommeil, les images interdites des rêveries solitaires. C'étaient les flammes de l'enfer qui grondaient dans le ventre de la marquée, un feu que rien ne pouvait éteindre et qui consumait tout, faisant fondre jusqu'aux pierres les plus dures.

Odile avait installé sa sœur au coin de la cheminée et lui nettoyait le visage avec une charpie trempée d'eau tiède. Aubin avait perdu toute jactance. Assis au bout de la table, les mains mortes, il avait l'air d'une statue taillée dans le bois. Dans tout le village, le mot terrible courait de bouche en bouche : marier... on allait marier la Céline avec un pauvre gars tiré au sort, et si la magie du moine noir n'était pas plus forte que celle des Proscrits tout le monde rôtirait dès ce soir au centre du monde. La terreur rendait muets les plus bavards, faisait parler les taciturnes, et plaquait sur tous les visages un masque d'hébétude rappelant l'expression ordinaire du pauvre Fornicotin.

« Faut plus que tu sortes, murmura Odile à l'oreille de sa sœur. C'est trop dangereux pour toi maintenant, y en a bien un qui va se mettre en tête de te donner un coup de couteau avant la tombée du jour. Tu comprends ? Si tu mourais y aurait plus de fin du monde... »

Céline hocha la tête. En voyant ciller les yeux d'Aubin, elle comprit que celui-ci était justement en train d'envisager cette solution.

« Je vais demander aux archers de monter la garde devant la porte, dit précipitamment Odile qui avait elle aussi surpris la réaction de son mari. Comme ça tu seras en sécurité. »

Elle sortit sur le seuil pour appeler la garde et obtint sans difficulté qu'un homme d'armes s'adosse à la façade, appuyé sur son arbalète.

Céline avait l'illusion d'être en train de se noyer. Elle était au fond d'un marais et les plantes gluantes jaillissant de la vase s'étaient nouées autour de ses chevilles, l'empêchant de remonter. D'ici peu l'air allait lui manquer et elle s'abattrait, le visage noirci par l'étouffement. Serait-ce plus mal ?

Au début de l'après-midi le bruit courut que Jôme faisait éventrer le cimetière, rouvrant les vieilles tombes pour tirer au jour les cercueils de fortune assemblés par le charpentier du village. On s'alarma, était-ce vraiment là une pratique d'homme d'Église ? Le moine était-il en train de perdre la tête ?

Cette nouvelle sortit Céline de sa prostration. Retrouvant sa combativité, elle entreprit de passer des vêtements propres et de se coiffer. Odile la regardait faire, l'œil rond.

« Et dire que tu n'as même pas une belle robe à te mettre pour ton mariage, se désespérait-elle. Si au moins je l'avais su plus tôt, j'aurais pu essayer d'arranger quelque chose avec tes loques. »

Elle ne savait plus ce qu'elle racontait. Céline lui toucha doucement la joue pour la tirer de son somnambulisme et lui sourit. « Ça ne fait rien, murmura-t-elle. C'est pas grave, va. »

Son manteau sur les épaules, la jeune fille quitta la chaumière, l'arbalétrier préposé à sa sécurité la suivait, dans le cliquetis de ferraille de sa cuirasse. Céline prit la direction du cimetière, rencontrant à chaque croisement le regard chargé de haine des garçons. Ils suaient tous de peur, point n'était besoin de s'approcher d'eux pour flairer cette odeur aigrelette et reconnaissable entre toutes. Lorsqu'elle atteignit le cimetière, elle put constater que les commères n'avaient pas exagéré. Jôme, debout sur un tertre de terre fraîchement retournée, faisait systématiquement éventrer les tombes disséminées entre les quatre murets de l'enclos. Les paysans réquisitionnés pour cette corvée pelletaient en échangeant des regards inquiets, et avec une répugnance manifeste. Céline se dirigea droit vers le moine. La colère la faisait transpirer et la sueur irritait les meurtrissures de ses omoplates, lui rappelant que Jôme l'avait fait fouetter le matin même.

« Pourquoi ? dit-elle en s'immobilisant au pied du tertre. Pourquoi troubler le repos des morts ? Il n'y a là que de pauvres gens tués par les épidémies et la famine. Ne pouvez-vous pas les laisser en paix ?

— Chez les zélateurs du Malin l'examen des dépouilles est toujours révélateur », fit le moine sans accorder un coup d'œil à son interlocutrice, et sur un ton magistral. « Les croyances impies les poussent à pratiquer toutes sortes d'aberrations : cadavres cloués au fond des cercueils pour empêcher qu'ils ne se relèvent, pieds coupés ou liés afin que le revenant ne puisse marcher à sa guise. Les cimetières trahissent les superstitions des vivants. Ils fournissent de bons indices à l'enquêteur. Ici, je suis certain de découvrir mille détails blasphématoires. Les corps profanés me désigneront les familles qui se sont vouées au démon... Tu vois, même un mort peut témoigner au tribunal de Dieu. »

Descendant de son perchoir, il vint se planter devant Céline. Il parlait, les mâchoires serrées, sans presque bouger les lèvres, comme s'il retenait ses hurlements, et sa bouche étrécie faisait chuinter les mots de manière disgracieuse.

« Toi, dit-il si bas que Céline avait du mal à comprendre ses paroles. Toi, que je comptais sortir de cette terre oubliée... Céline, moi aussi je puis te demander "pourquoi ?". Je voulais te faire découvrir les béatitudes du couvent. Je voulais te convertir, te vouer à la blancheur... Tu es de celles qui se font emmurer en souriant, il y a tant en force en toi, mais une force mal employée... Je te croyais sage, préservée des pensées impures, presque sainte malgré tes croyances barbares, et puis je t'ai vue. Tu es comme les autres, chaude, moite, comme ces vaches et ces juments qui suintent aux périodes de rut. Tu désires la saillie, tu l'auras, et je bénirai tes épousailles, c'est dit. Que viens-tu faire ici ? Me demander le nom de ton futur mari ? Tu ne le sauras qu'au moment de la cérémonie, ce soir. Je vous donnerai le sacrement et vous pourrez vous unir.

— Vous vous trompez, siffla Céline. Personne ne voudra prendre le risque.

— L'un d'eux y sera forcé, ou je le ferai mettre à mort par la Tite, répliqua le prêtre. Si tu es toujours vierge au matin, je ferai décapiter ton époux... puis je te marierai de nouveau le soir même. Et il en ira ainsi jusqu'à ce que l'un des jeunes coqs de Hurlemort se décide à faire de toi sa femme. La Tite sera là pour vous surveiller, pour s'assurer que les choses se passent sans supercherie. »

Céline rompit d'un pas. Il y avait tant de venin dans les paroles du moine qu'elle redoutait soudain d'être éclaboussée par sa salive.

« Allez, ricana-t-il, file donc te faire belle. Il faut que tu fasses bonne impression à ton fiancé si tu veux qu'il soit en état de te donner du plaisir. »

Céline s'éloigna, vaincue. Lorsqu'elle quitta l'enceinte du cimetière, les paysans commençaient à déclouer le couvercle des cercueils qu'ils venaient d'exhumer. Elle s'enfuit, ne désirant pas en voir davantage.

Sentant qu'il n'était guère prudent de traîner dans les rues, elle regagna la maison. Quand elle entra, elle surprit Odile qui, une aiguille à la main, tentait de rafraîchir une robe blanche toute jaunie par l'usure.

La jeune femme rougit et murmura en guise d'excuse : « Je n'ai pas pu m'en empêcher, que veux-tu ? Un mariage c'est toujours un mariage. »

Les deux sœurs tombèrent dans les bras l'une de l'autre et sanglotèrent au milieu des guenilles en se traitant mutuellement d'idiote.

Tandis que la lumière baissait à l'horizon les rumeurs allaient bon train. On disait que Jôme, après avoir retourné le cimetière, arpentait la campagne précédé d'une demi-douzaine de gros chiens dressés à rechercher les cadavres enfouis sous la terre. On disait que le tirage au sort avait eu lieu, et qu'un tel ou un tel avait été désigné. Des noms couraient sur les lèvres, amenant chaque fois l'angoisse ou le soulagement. C'était tantôt le fils des Meuliot, tantôt celui des

Fanier, tantôt le bon à rien qui leur servait de valet de ferme, tantôt... On ne savait rien, on inventait.

Des hommes jurèrent, en se signant, avoir entendu le sol gronder du côté du vallon de Trembleterre. C'était un mauvais présage, le signe d'une apocalypse imminente. À présent c'était sûr : le moine, dans sa folie, allait tuer tout le monde. Bastine Méloir s'était cloîtrée chez elle et priait les Proscrits selon des rites anciens. Chacun sentait presque la terre se fendiller sous ses pieds, et l'on se surprenait à surveiller les lézardes des murs pour s'assurer qu'elles ne s'agrandissaient pas. On envisagea de forcer le barrage de la corde, de foncer tous en même temps vers la forêt, mais l'on savait les ravages qu'une douzaine de bons archers peuvent faire pourvu qu'ils aient le carquois bien garni.

« Ils nous épingleront tous avant que nous ayons parcouru la moitié du chemin, soupira Aubin. Ils sont rapides et précis. Ce sera un miracle si trois survivants parviennent à se glisser dans les bois. »

La nuit fut longue à venir. Assise au coin de l'âtre, Céline ne savait si elle avait hâte d'en finir ou envie que ce moment n'arrive jamais. Odile trompait sa nervosité en ravaudant avec un soin maniaque la robe blanche qu'elle avait ramenée aux mesures de sa sœur.

En vérité, ce serait une sombre noce, sans vin ni victuailles, une noce de jeûne peuplée de visages gris aux yeux cernés par l'angoisse. Une noce sinistre, qui risquait de s'achever dans un bruit de fin du monde. Parmi les garçons, certains — écartant les conseils de prudence des adultes — avaient nourri tout au long de la journée la tentation de s'enfuir. Pour cela il fallait passer sous la corde ceinturant Hurlemort, puis dévaler le chemin jusqu'au carrefour des routes, puis courir encore, de toute la force de ses jambes pour mettre le plus de distance possible entre le cataclysme et celui qui s'enfuyait. On ne savait jusqu'où s'étendrait l'effondrement. L'abîme avalerait le village et les champs, c'était certain, mais la forêt ? La forêt repaire des dieux ? Peut-être était-ce là qu'il fallait chercher refuge, le plus près possible des Proscrits ?

Quand l'obscurité eut envahi les ruelles du hameau, des torches s'allumèrent, et l'on vit les soldats s'avancer en bon ordre. Odile se signa.

« Mon Dieu ! haleta-t-elle, cette fois c'est pour nous, et tu n'es même pas prête. »

Elle s'activa, brossant la robe, essayant de rafraîchir sa vieille couronne de mariée qu'elle était allée chercher au fond d'un coffre.

« Arrête, dit doucement Céline. Ce n'est pas un mariage, c'est un traquenard. J'irai comme je suis. »

Odile hocha la tête pour signifier qu'elle comprenait et se mit à pleurer en silence, plantée dans un coin de la pièce que l'obscurité envahissait.

Les soldats ouvrirent la porte et firent signe à Céline de les suivre. La jeune fille obéit. Elle avait usé la journée à chercher une parade. Elle était partagée entre des sentiments contraires. Se pouvait-il vraiment que la survie du village dépende à ce point de son insignifiante personne ? À certains moments cela lui paraissait impossible, à d'autres, le poids de la superstition paralysait ses engrenages logiques, et elle ne tentait plus de contester la prédiction.

Les archers l'escortèrent jusqu'au pré aux corbeaux. Ils paraissaient sur le qui-vive, redoutant une intervention de dernière minute, un coup de main visant la marquée. Tout le temps qu'on mit pour rejoindre l'endroit où se trouvait planté le retable de guerre, Céline s'attendit à être lapidée ou à recevoir une flèche dans la poitrine. C'était là un moyen radical pour empêcher ses épousailles, et plus d'un y avait songé au cours des dernières heures, elle était prête à le parier. Celui qui tuerait la marquée, sauvant Hurlemort de la destruction, serait à coup sûr considéré comme un héros.

Jôme attendait, figé entre deux torchères de fer qui dispensaient une lumière dansante de bûcher. Le vent rabattait par instants les flammes avec un ronflement de bête en colère. Des étincelles pleuvaient alors en tous sens, piquetant la bure du moine qui charbonnait sans qu'il fasse mine de se brosser d'un revers de main.

Jôme semblait pressé de conclure. Il fit un geste, et l'on poussa dans le cercle de lumière un jeune homme apeuré aux cheveux blond filasse. Céline reconnut Valère, le plus jeune des fils du charpentier. Ce garçon mince et souple, célèbre pour ses prouesses de nageur, et qui l'avait si souvent moquée au cours des dernières années. C'était donc lui que le sort avait désigné parmi tous les autres ? Quelle ironie !

Il s'approcha de Céline avec réticence, en prenant garde de ne pas la toucher. Son regard fuyait, ne sachant où se poser. Jôme fit un bref sermon pour rappeler que la bénédiction nuptiale effaçait la malédiction païenne, et que le village n'avait par conséquent rien à redouter de cette union. Peu de gens s'étaient déplacés pour assister à la cérémonie, et seules quelques silhouettes mouvantes, à la lisière de la nuit, trahissaient la présence des rares curieux.

Jôme parlait vite. À aucun moment il ne regarda Céline, et ses bénédictions avaient quelque chose d'hostile qui donnait envie de se protéger le visage. Les formules en latin bourdonnaient aux oreilles de la jeune fille qui ne cessait de se répéter : « C'est une farce, c'est juste une farce. » Pourtant elle ne pouvait se retenir d'être émue, comme si cette parodie d'union avait quelque importance. Le contact glacé de l'anneau qu'on glissait à son doigt la fit frissonner.

« À présent, la Tite va vous conduire chez vous, dit Jôme qui avait rabattu son capuchon sur sa tête pour dissimuler ses traits. Dès demain, vous entamerez la vie commune et vous vous conduirez en bons chrétiens. »

La matrone s'interposa aussitôt, désignant d'un doigt boudiné le chemin qu'il fallait suivre. Valère regarda autour de lui d'un air désespéré, telle une bête acculée au fond d'un piège.

« Ne craignez rien, fit encore la voix de Jôme, quelque part derrière eux. En vous unissant vous délivrez vos concitoyens de la tyrannie de la superstition. Demain, le jour se lèvera sur un paysage inchangé, et tous seront bien forcés d'admettre que la malédiction de Trembleterre n'était qu'un leurre. »

Céline se laissait pousser par la Tite. À son doigt, l'anneau de cuivre ne parvenait pas à se réchauffer, cercle trop étroit qui paraissait taillé dans un morceau de glace. Elle eut l'impression de marcher interminablement dans les ténèbres, puis un brasero surgit devant elle, éclairant la façade d'une masure couverte de chaume. Personne n'avait osé les suivre en raison de la présence de la sage-femme, et l'écho de leurs pas s'envolait à travers la campagne, aussi sonore que s'ils s'étaient déplacés au bord d'un gouffre. La Tite ouvrit la porte de la maison, les fit entrer dans une salle qu'éclairait un grand feu. On avait balayé à la hâte, se contentant de repousser les ordures dans les coins. Au milieu, juste devant l'âtre, trônait un grand lit couvert d'un drap rapiécé mais propre. Des cordes avaient été fixées aux quatre montants, et Céline comprit qu'on allait l'attacher pour qu'elle ne se débatte point. En découvrant ce dispositif, le fils du charpentier blêmit un peu plus. La Tite arracha le manteau de Céline, lui signifiant de se dévêtir entièrement, puis elle adressa la même mimique à Valère, qui parut se recroqueviller sur place.

Céline était lasse. Comme chaque fois qu'il lui fallait attendre le dénouement d'une crise, la peur se changeait en engourdissement des sens. Elle délaça ses habits, les laissant tomber à ses pieds sans se soucier de protéger sa pudeur. Elle en avait soudain assez, et n'aspirait plus qu'au sommeil. Que ce grand pendard de Valère la couvre vite, qu'elle puisse enfin dormir ! Elle posa un genou sur le lit. Ce n'est qu'en entendant crisser la paillasse qu'elle prit conscience de ce qui était en train de se passer. Elle eut froid et chaud tout à la fois. Ainsi ça y était ? La chose allait enfin arriver ? Elle y avait songé bien des fois, repoussant de toutes ses forces cette idée qui lui mettait la fièvre aux joues ; elle avait même imaginé des visages, des corps... mais c'étaient d'autres visages et d'autres corps que ceux de Valère l'Anguille...

La Tite s'impatientant, elle s'allongea sur le dos, et la matrone lui attacha aussitôt poignets et chevilles au moyen de la corde passée sous la paillasse. Céline rougit en découvrant le regard du garçon fixé entre ses cuisses, mais elle fut désarçonnée en remarquant qu'aucune lubricité ne faisait luire l'œil de Valère. D'une blancheur de cierge, le fils du charpentier scrutait son ventre comme s'il s'attendait à en voir jaillir des flammes. En le voyant si benêt, Céline fut prise de l'envie de l'insulter et de le traiter de chapon. Pourtant elle n'avait aucun désir de le prendre en elle, pas lui, pas cette grande chandelle qui, l'été, faisait le faraud au bord de la rivière, assurant à tous qu'il faisait l'amour avec les sirènes au fond des torrents.

Comme le garçon ne faisait pas mine de bouger, la Tite le houspilla, lui arrachant ses braies et ses chausses. Secoué, il finit par se décider à se dévêtir. Couvert de chair de poule, la main en coquille sur le pubis, il demeura figé au pied du lit. Cette fois la matrone le saisit par la nuque et le jeta sur Céline qui reçut contre elle ce corps glacé, lourd. C'était la première fois qu'un garçon se couchait sur elle. Elle se fit la réflexion que cela vous empêchait de respirer et ne vous réchauffait nullement. Et puis elle n'aimait pas le contact des poils du garçon sur ses cuisses... et cette chose désespérément molle qui pendait contre son ventre.

La Tite s'était installée sur un tabouret, à leur chevet, dans l'intention évidente de suivre le déroulement des opérations. Elle tapa plusieurs fois dans ses mains pour réclamer qu'on s'active, et expédia une bourrade dans les côtes de Valère qui restait immobile, abattu sur Céline comme un pendu qu'on vient de décrocher du gibet.

« Il n'a même pas l'air vivant ! » songea la jeune fille avec un vague dégoût. Le poids de ce corps inerte la révulsait, et cette odeur fade, cette peau trop sèche. Pourtant Valère passait aux yeux des filles pour joli garçon, et elle se rappela avoir éprouvé un réel soulagement en découvrant que c'était lui l'élu du sort. Ç'aurait pu être Bertho, le fils du porcher, ce vicieux plus velu qu'un sanglier, et dont la barbe était toujours graisseuse, ç'aurait pu être...

La main boudinée de la sage-femme claqua sur le postérieur de Valère, y laissant une empreinte écarlate. Cette fois le jeune homme s'activa entre les jambes de Céline, allant et venant, mais son sexe restait plus inoffensif qu'une limace endormie. Levant les yeux, Céline rencontra le regard du garçon. Il la fixait avec une haine terrifiée, presque respectueuse. Elle eut envie de lui dire : « Ce n'est pas ma faute », mais la Tite se leva à ce moment et posa un genou en terre pour vérifier la réalité de la pénétration. Son gros visage frôlait le drap, les yeux plissés. Valère poussa un cri, se rejeta en arrière comme le faisait Aubin quand il se satisfaisait d'Odile, et sauta du lit. La Tite eut une seconde d'incompréhension, mais c'était une seconde de trop. Elle sentit venir l'attaque mais son poids l'empêcha de réagir avec assez de rapidité. Déjà Valère avait saisi l'escabeau et l'abattait sur son crâne de toutes ses forces. La géante se redressa, l'air hagard, battit des bras, puis s'effondra.

« J't'ai pas percée, la Céline, balbutia Valère en enfilant précipitamment ses vêtements. Tu peux rien me reprocher... J't'ai pas enfilée. Tu le diras aux autres que j't'ai laissée intacte, hein ? »

Il bafouillait tant, que les mots sortaient de sa bouche comme une bouillie.

« Qu'est-ce que tu vas faire ? interrogea Céline toujours écartelée sur la paillasse.

— Passer sous la corde et m'cacher dans la forêt, sinon le ratichon me fera couper la tête, il l'a dit avant la cérémonie.

— Détache-moi, haleta Céline. Nous filerons ensemble, je connais mieux la forêt que toi.

— Non, s'entêta Valère. T'es qu'une fille, tu me

retarderais, et puis avec tes jupes tu fais un bruit qu'on entend venir de loin, j'tiens pas à prendre une flèche dans le dos. De toute manière, tu risques plus rien puisque t'es mariée avec moi. Jôme pourra pas te faire coucher avec un autre, ce serait un adultère.

— Idiot, souffla la jeune fille. Le mariage est blanc puisque non consommé, il lui suffira de le dissoudre et de me remarier à son gré !

— M'en fous, fit Valère en se dirigeant vers la porte. Dès que j'aurai passé sous la corde, je vais galoper plus vite qu'un cheval pour mettre le plus de lieues possible entre moi et cette pourriture de village. La suite ça te regarde, t'as qu'à te jeter dans la rivière si tu veux pas causer la mort des autres. C'est le destin des marquées. »

Il avait entrouvert la porte et scrutait l'obscurité, aucun homme d'armes ne gardait la masure, Jôme avait cru que la Tite suffirait à écarter toute menace de rébellion. Il s'était trompé. Céline supplia le garçon, mais il était déjà dehors. Elle l'entendait courir sur le gravier du chemin, cet imbécile faisait un vacarme qui devait s'entendre de l'autre côté du pré aux corbeaux. Elle tira sur les liens qui la maintenaient sur le dos, mais ne réussit qu'à s'éplucher la chair des poignets et des chevilles car la Tite n'avait rien à apprendre en matière de nœuds. Elle finit par se laisser retomber, à bout de forces, sur la couche nuptiale à peine froissée.

Ce fut Jôme lui-même qui vint la délivrer une heure plus tard. Il flambait de colère et lui jeta ses vêtements au visage. Quant à la Tite, malgré le sang qui coulait de son front fendu, il la réveilla d'un coup de pied dans les côtes. Céline se recroquevilla, hérissée d'avoir senti les yeux du moine inspecter le drap entre ses cuisses à la recherche d'une tache révélatrice. Il n'avait pu s'empêcher de le faire, espérant malgré tout. L'échec de sa manipulation lui mettait le sang en ébullition. Elle se leva, se tenant loin de lui, redoutant qu'il ne cède à la tentation de la violence. Les hommes d'armes entouraient la maison, brandissant des torches résineuses dont la fumée rabattue par le vent envahissait peu à peu la salle.

« Viens donc voir une dernière fois ton mari », dit le moine en saisissant Céline par le bras. Sans se soucier de la meurtrir, il la tira sur le seuil de la baraque. Valère se tenait là, étendu sur le sol. Une longue flèche de guerre lui avait traversé la nuque pour ressortir à la hauteur de sa pomme d'Adam. Ses yeux, agrandis par la surprise, installaient sur son visage une expression d'effarement presque comique.

« Les gardes l'ont surpris alors qu'il essayait de se glisser sous la corde, commenta Jôme. Il faisait tant de bruit qu'ils ont d'abord cru avoir affaire à un sanglier égaré. Te voilà donc veuve. Ce n'est qu'un contretemps, je te choisirai demain un mari d'une autre trempe, et celui-là ne te laissera pas vierge, tu peux m'en croire. »

XXIX

La colère de Jôme soufflait sur le village, bise coupante qui gelait les visages et crevassait les bouches. Deux fois vaincu, le moine n'aspirait plus qu'au sang. La terre et les champs se rétractaient autour du hameau comme le corps d'un prisonnier se raidit dans l'attente des coups. Les laboureurs prétendaient avoir surpris les lièvres, les taupes, les musaraignes, fuyant au long des sillons pour s'en aller chercher refuge dans la forêt. Cet exode des bêtes faisait peur car c'était le présage d'une catastrophe imminente. Le cerveau rudimentaire des bestioles avait su capter le message des profondeurs. Du fond des terriers les lapins avaient senti bouger l'écorce terrestre, ils avaient vu s'ébouler les tunnels labyrinthiques des repaires enfouis dans le sol. La crevasse de Trembleterre bougeait doucement, faisant soudain courir mille lézardes minuscules sur les roches environnantes. Le glacis de pierre qui l'entourait se fissurait, et ces crevasses, sans cesse plus nombreuses, buvaient l'eau des mares et des torrents. Les ruisseaux s'asséchaient, avalés par les profondeurs. Des grenouilles mortes en tapissaient le fond vaseux. Bientôt les hommes resteraient seuls au milieu du piège, écoutant les bruits inquiétants du sous-sol, ces grondements annonciateurs d'apocalypse, ces éboulements sans fin qui semblaient rouler jusqu'au cœur de la planète, ces avalanches sourdes qui amincissaient chaque jour la fragile croûte sur laquelle on posait les pieds.

Déjà on hésitait à labourer trop profond, de crainte de crever la pellicule fragile qui soutenait encore Hurlemort. En arrachant les légumes, on ne pouvait se retenir de jeter un bref regard dans le trou ainsi ouvert, et chaque fois l'on tremblait d'apercevoir au milieu de cette noirceur l'éclat d'un feu lointain. Les gosses, qui écoutaient s'interroger leurs parents, se rassemblaient ainsi autour du minuscule cratère laissé par l'extraction d'une carotte et collaient à tour de rôle leur œil à ce trou de serrure qui leur permettait soudain de lorgner de l'autre côté de la grande porte des enfers.

On observait les arbres pour s'assurer qu'ils ne penchaient pas plus que la veille. On tendait le fil à plomb le long des façades, on jetait des cailloux dans les puits pour vérifier qu'ils possédaient encore un fond et ne s'étaient pas changés en de simples tunnels verticaux.

Certains assuraient que la forêt elle-même reculait, désertant le lieu de la future catastrophe. Elle fuyait comme les cheveux sur le front d'un chauve, et la tonsure ouverte par Hurlemort s'agrandissait un peu plus chaque matin, installant autour des champs une auréole de terres incultes farcies de souches et de pierres.

Le lendemain de la mort de Valère l'Anguille, Jôme décida que l'heure avait sonné d'exécuter Fornicotin.

La guerre contre les forces du mal avait commencé et la contre-offensive ne souffrait aucun retard.

« De toute manière, avait-il déclaré à Céline, il vaut mieux que tu rompes avec ton passé avant de prendre un nouvel époux. La mort de ton ancien amoureux te laissera l'esprit libre. »

Une fois de plus on se rassembla sur la place, autour du pilori, mais le cœur n'y était pas, et seuls les enfants trépignaient de joie. Personne ne songea à cuire des beignets ou des rissoles pour tromper l'attente, et il ne se trouva aucun petit malin pour égayer les préparatifs de quolibets bien troussés comme cela arrivait d'ordinaire. La vue de l'échafaud glaçait les plus rustauds. Fornicotin avait mauvaise allure dans ses vêtements tour à tour trempés par les averses et raidis par les précoces gelées matinales. La pisse et la merde avaient amidonné ses chausses, lui gainant les jambes d'une croûte brune évoquant la bouse de vache. À demi réveillé, et ne comprenant pas pourquoi tant de gens le regardaient, il adressait de grands sourires à la foule et faisait des grimaces pour faire rire les enfants. À son œil réjoui, on comprenait qu'il tirait une grande fierté d'être devenu le centre de tous les intérêts. Il faisait le pitre, déployant tout son répertoire de grimaces, et riait bientôt plus que les gosses qui l'observaient en se tenant les côtes.

À le voir ainsi, dans toute sa bêtise, l'attendrissement fugitif qui s'était emparé de l'assemblée avait déserté les cœurs. C'était trop ! Comment pouvait-on être aussi crétin ? Ah ! ce ne serait vraiment pas une grosse perte, et il n'y avait pas là de quoi gaspiller une larme.

Céline était demeurée en arrière, encadrée par Aubin et Odile qui lui avaient interdit de s'approcher davantage, redoutant sans doute qu'elle ne fasse un éclat.

Enfin la Tite grimpa sur l'échafaud. Une grosse croûte barrait son front, là où Valère avait abattu le tabouret la veille au soir. Tout de suite, elle tisonna le brasero pour raviver les braises et y planta un fer en forme de croix. Des connaisseurs expliquèrent ce qui allait se passer : quand l'acier serait blanc, elle saisirait la langue de l'idiot avec des tenailles, la tirerait hors de sa bouche, et y imprimerait la marque devenue incandescente. Il fallait un certain coup de main pour accomplir cette besogne, mais la géante ne manquait pas de dextérité. On se demandait toutefois si le moine irait jusqu'au bout de ses menaces, s'il ferait ouvrir la tête de Fornicotin pour prouver qu'elle était vide, et que seuls des esprits malins agitaient cette marionnette humaine. De mauvais plaisants ricanèrent, soulignant que les termes « esprits malins » ne s'appliquaient guère au cas du demeuré, mais on les fit taire car on n'avait pas le cœur à rire ce matin. La mort de Valère, ce joli cœur à la belle figure, avait fâcheusement impressionné les villageois. Tous avaient pu observer son cadavre à loisir, puisque Jôme l'avait fait suspendre au gibet soutenant la cloche, et l'on avait frissonné en examinant la grande flèche de guerre toute vernissée de sang noir qui lui transperçait le cou comme une broche de rôtisseur.

Jôme apparut soudain, précédé des hommes d'armes qui repoussaient la foule. Il se hissa sur l'échafaud et, se plantant devant Fornicotin, le fixa droit dans les yeux.

« Je te donne une dernière chance de prouver que tu es une créature de Dieu, déclara-t-il. Si tu peux réciter le Notre Père en langue vulgaire, je te ferai grâce des tourments qui t'attendent. Dans le cas contraire tu seras livré aux mains du bourreau qui te marquera pour te purifier. J'attendrai le temps que mettra à s'écouler ce sablier. »

Il avait tiré de la manche de sa bure un minuscule sablier constitué d'une double bulle de verre sertie dans un châssis d'ivoire. « Ça fait pas long, observa Bastine Méloir. À peine le temps de se vider la vessie. » Il y eut des rires étouffés. Planté au centre du brasero, dans la croûte d'or des braises, le fer avait rougi jusqu'à mi-manche. Céline voulut faire un pas en avant, mais Aubin la ceintura aussitôt. Le sable filait, fine poussière noire qui paraissait presque liquide, passant d'une ampoule dans l'autre. Fornicotin avait cessé de rire. Les sourcils froncés, il essayait de comprendre ce qui se passait. Le fer planté dans le feu l'inquiétait car il avait déjà vu marquer des bêtes, et, ne repérant aucune vache aux alentours, commençait à se demander si cet appareil n'était pas là à son intention.

« Tu as eu ta chance, annonça Jôme, et j'ai respecté mon pacte. La preuve est désormais faite que tu n'es qu'une bête. Je te livre donc à l'exécutrice qui va te libérer des diables qui t'animent. Tu ne seras pas enterré dans le cimetière du village, car on n'ensevelit pas les chiens avec les hommes, mais jeté dans un trou en bordure de la forêt. Pour la même raison je ne dirai aucune messe pour le repos de ton âme, puisque tu n'en possèdes point. »

D'un geste nerveux, le moine rafla le sablier qu'il fit disparaître dans sa manche, et recula de quelques pas pour laisser la place à la Tite.

« Menteur, voulut crier Céline, vous aviez dit

jusqu'à la lune pleine, cela lui laissait encore deux jours ! », mais Aubin la bâillonna.

La Tite avait saisi le fer sans même s'envelopper la paume d'un chiffon. Elle fourrageait dans les braises pour nettoyer les contours de la marque des scories y adhérant. De sa main libre, elle s'était emparée de la tenaille qui lui servirait à extraire la langue du condamné de la cavité buccale.

Fornicotin la regarda avancer. Sentant le danger, il se débattit en piétinant, secouant le carcan pour s'en libérer. Ses yeux affolés parcouraient la foule massée autour de l'échafaud, allant et venant sans parvenir à se fixer, puis soudain ils s'arrêtèrent sur Céline, et un déclic parut se faire dans son cerveau. Un bruit étrange s'échappa de sa gorge, un son qui, pour une fois, ne ressemblait pas à un aboiement mais à une chanson malhabile, une sorte de fredonnement scandé qui ne voulait rien dire mais trahissait le rythme d'un dévidement monotone et presque chuchoté. Céline se figea, elle venait de reconnaître « l'air » du Notre Père. Fornicotin n'en avait pas retenu les paroles, seulement le fredonnement régulier et répétitif. Incapable de parler, il « bourdonnait » la prière imposée par Jôme, imitant à la perfection le marmonnement incompréhensible d'une vieille femme pressée de s'acquitter de ses devoirs religieux.

Un mouvement se fit dans la foule et des cris de surprise jaillirent. « Il a réussi ! » lança quelqu'un, et d'autres voix, plus timides, l'approuvèrent. Mais Jôme secoua négativement la tête et se planta au bord de l'échafaud, face à l'assemblée.

« Non, décréta-t-il sans l'ombre d'une hésitation. Il ne parle pas. Il se contente d'imiter un bruit, comme le font certains oiseaux. Ce n'est qu'une contrefaçon de psaume, une ridicule et détestable caricature. Que l'exécution se poursuive ! »

On protesta un instant, mais les hommes d'armes encochèrent chacun unc flèchc sur la corde de leur grand arc de bois d'if, et le silence se fit. La Tite s'avança vers le condamné, les outils brandis. Odile attira le visage de sa sœur contre sa poitrine, afin qu'elle ne puisse voir ce qui allait se produire, et lui plaqua les paumes sur les oreilles. En dépit de cette précaution Céline perçut le long hurlement du simple d'esprit et l'affreuse odeur de viande grillée rabattue par le vent. Tout de suite la plainte du benêt se changea en une série de jappements pitoyables, comme peut en émettre un chiot malade ou battu.

« Partons ! jeta Odile à son mari. Il ne faut pas qu'elle voie la suite. Emmenons-la ! »

Alors qu'Aubin la tirait déjà en arrière pour la ramener à la maison, la place s'emplit d'un bruit de galop. C'était l'un des soldats qui remontait la rue principale pour porter un message au moine. Sa monture renversa plusieurs spectateurs et vint se cabrer au pied de l'échafaud.

« Les chiens, mon père, cria l'homme à l'adresse de Jôme. Les chiens, ils viennent de découvrir un cadavre dans la plaine... Un homme revêtu d'une armure, il était enterré. Ce pourrait bien être celui que vous cherchez.

— Le baron ? interrogea Jôme, le visage déformé par l'avidité.

— Oui, dit le soldat. Un gentilhomme en cuirasse. Et il a été assassiné. »

Cette fois la panique souffla sur la foule. C'était la pire nouvelle qu'on pouvait apprendre. Le baron assassiné c'était la décimation assurée, le village rasé, les hommes pendus ou brûlés, les femmes embrochées sur des pieux taillés en pointe, quelques rares enfants épargnés, peut-être. Le baron assassiné, c'était la fin du hameau et de ses habitants...

Les soldats tirèrent leurs épées et adoptèrent instinctivement une formation de combat. Une muraille mouvante de boucliers dressés repoussa la foule dans un grand cliquetis de fer.

Jôme signifia à la Tite d'abandonner Fornicotin et de le suivre au plus vite. Ses sandales claquant dans la boue, il prit le chemin indiqué par le cavalier. Il ne se pressait pas outre mesure et marchait droit, les mains cachées dans les manches. Seuls ses yeux luisaient et semblaient crier : « Je l'ai toujours su, maintenant j'en ai la preuve, et vous allez payer pour vos crimes. »

Céline haletait, ne comprenant plus rien à ce qui arrivait. Le baron, enterré dans la plaine ? C'était impossible puisque le dieu ladre lui avait assuré que Gilles de Hurlemort était enfermé dans les geôles de la léproserie divine. Il ne pouvait s'agir que d'une erreur.

On atteignit enfin l'endroit où se tenaient les chiens. Un soudard les retenait à l'écart, car les bêtes, rendues folles par leur trouvaille, grattaient la terre molle avec frénésie, projetant aux alentours de grandes éclaboussures boueuses. Tout le village s'était lancé à la suite du moine, et même les mères avaient planté leurs enfants sur la place pour marcher aussi vite que les hommes.

Ainsi ce qu'on redoutait depuis des semaines s'était produit... Le baron était là, couché dans la tourbe, et quelqu'un lui avait ôté la vie... Mais qui ? Qui ? Personne n'aurait trouvé profit à perpétrer un tel crime...

On était au bord du trou, se bousculant pour voir, et

les soldats avaient tendu leurs lances à l'horizontale pour constituer une barrière. Quand elle se pencha au-dessus de la fosse, Céline faillit laisser échapper un rire de soulagement. C'était pour cela qu'on les dérangeait ? C'était pour cette pauvre dépouille qu'on leur avait fait si peur ? Mon Dieu ! Que les soldats étaient bêtes !

Au fond de l'excavation reposait un squelette prisonnier d'une armure tellement rongée par la rouille qu'elle se réduisait par endroits à une dentelle rougeâtre. Le mort était couché sur le dos, une hachette avait fendu son heaume, lui brisant les os du crâne. Le coup avait été appliqué avec tant de puissance qu'on n'avait pu ensuite dégager l'arme du casque bosselé, et que les différents métaux s'étaient oxydés de concert, ne formant plus qu'une seule masse indissociable.

« Une armure de seigneur, murmura Jôme, c'est bien cela. Et là, un bouclier où étaient sans doute peintes les armes des Hurlemort... »

Céline haussa les sourcils, incrédule. Jôme était-il en train de perdre la tête ? Il fallait être fou, ou de bien mauvaise foi, pour feindre de croire que les ossements exhumés par les chiens pouvaient être ceux de Gilles. C'était là le très vieux squelette d'un combattant tombé au cours d'un affrontement cinquante années auparavant. La plaine devait être truffée de semblables dépouilles. Des soldats, des paladins, abattus là, au milieu des sillons, par une flèche, une hache ou un coup de lance. On les avait inhumés à la hâte pour éviter la peste, et l'on avait oublié jusqu'à l'emplacement de leur sépulture. Des morts corsetés de fer rouillé, des heaumes ne contenant plus qu'une bille d'os nettoyée par les vers. Les chiens du moine pouvaient en déterrer une dizaine s'ils se donnaient la peine de flairer la boue aux quatre coins de la campagne.

« Allons, faillit dire Céline en se tournant vers Jôme, vous n'êtes pas sérieux ? Vous ne pouvez pas faire semblant de croire qu'il s'agit là du corps du baron Gilles ? Vous ne pouvez pas être retors à ce point ? »

Mais le moine s'était agenouillé au bord du trou et hochait la tête en se signant. « C'est bien cela », répétait-il. Céline se rappela ce qu'avait révélé Lorel à propos des anciennes occupations de Jôme : la quête des reliques, l'authentification des cadavres de saints... Un homme à ce point familier des tombeaux et de leurs occupants ne pouvait commettre une telle erreur d'appréciation.

« Il sait, songea-t-elle. Il sait qu'il s'agit d'un mort anonyme dormant là depuis un demi-siècle, mais il n'en dira rien parce qu'il a décidé d'en finir avec nous. Il lui fallait une preuve, le hasard vient de la lui fournir. »

Elle devina qu'argumenter ne servirait à rien, Jôme avait déjà arrêté sa décision. Il ferait un exemple, et ne s'en irait qu'en laissant derrière lui un monceau de ruines fumantes et des corps livrés en pâture aux corbeaux. Elle recula, comprenant qu'elle devait filer tandis que les paysans comme les soldats regardaient en direction de la fosse. Il fallait courir au château pour prévenir Hugues, Lorel et Bénin, car c'était à eux qu'on allait demander de reconnaître le mort. Elle devait les mettre au courant de la fourberie de Jôme. Eux seuls pouvaient faire échec aux manigances du moine noir en affirmant haut et fort que le cadavre tiré de la boue n'était pas celui de Gilles de Hurlemort.

Elle se détacha du groupe compact des curieux et s'éloigna à reculons. Comme personne ne faisait attention à elle, elle se coula dans les buissons et dévala le talus pour rejoindre la route. Elle courait à perdre haleine, la poitrine prise dans un étau, s'attendant à recevoir une flèche entre les omoplates. Par bonheur le brouillard stagnait en nuages épais dans les déclivités du plateau, et elle fut très vite dissimulée aux regards par cet écran humide qui sentait si fort la terre et le champignon écrasé.

Quand elle atteignit le vieux pont dormant du château, elle ne tenait plus sur ses jambes. Le jeûne avait eu raison de ses forces, et à plusieurs reprises elle avait été proche de s'évanouir au cours du trajet.

Elle fit irruption dans la cour en appelant Hugues, mais sa voix affaiblie ne portait pas. Ce fut Lorel qui la saisit dans ses bras au moment où elle s'écroulait.

Elle reprit conscience dans la salle du bas. Elle était étendue devant la cheminée où brûlait un feu de pommes de pin. Trois visages amaigris se penchaient sur elle. Tout de suite, à coups de phrases embrouillées, elle raconta Jôme et ses manigances... Jôme menteur ou dupe de sa haine. Hugues l'interrompit, il n'avait qu'une interrogation à la bouche, toujours la même : « Tu es bien sûre ? Tu es bien sûre que ce n'était pas Monseigneur Gilles ? » Céline dut le rassurer, décrire le vieux squelette aux os déjà poudreux, émiettés.

« Il faut que vous descendiez au village, martelait-elle. Vous direz que ce n'est pas le baron. Après tout vous le connaissiez mieux que quiconque. »

Lorel émit un ricanement amer.

« Ma pauvre petite, soupira-t-il. Ce sera notre parole contre celle de l'inquisiteur. La parole de trois valets : un palefrenier, un maître d'armes, un troubadour. Jôme est déjà venu ici, il ne nous a pas laissé ignorer qu'ils nous tenait en suspicion. Si nous le contredisons, il nous accusera de complicité. »

La jeune fille sentait la peur du vieux trouvère. Il était comme ces chiens d'apparat qui se mettent à trembler à l'approche du sanglier. Ses doigts maigres se mélangeaient en d'inextricables nœuds. Hugues, quant à lui, n'arrêtait pas de se passer la main sur le visage comme pour essuyer une sueur inexistante.

« La cause est déjà jugée, fit Lorel d'une voix qui grinçait. Nous sommes perdus. Il faut fuir sans attendre, gagner la forêt... »

Bénin haussa les épaules, signifiant par ce moyen ce qu'il pensait des chances de survie d'un vieillard dans les bois.

« Je vais descendre, annonça Hugues en se redressant. Après tout je suis l'écuyer du baron, c'est moi qui l'approchais au plus près. Je connais le moindre de ses vêtements, ses armes, ses cuirasses, ses heaumes que j'ai astiqués tant de fois. Je suis le seul à pouvoir identifier son corps.

— Imbécile, siffla Lorel. Tu n'es qu'un palefrenier, un croquant tout juste bon à balayer le crottin des chevaux. Ta parole ne vaut pas plus que le pet d'une jument ! »

Ils s'empoignèrent, le jeune secouant le vieux sans égard pour son âge, le vieillard cherchant à griffer le garçon et à lui donner des coups de pied dans les jambes. C'était une bataille pitoyable, et Céline eut le plus grand mal à les séparer. Ils retombèrent chacun dans leur coin, haletants et hébétés. À cet instant,

Bénin, qui s'était éclipsé pendant l'empoignade, revint en grommelant.

Dans son langage rudimentaire il expliqua que personne ne sortirait du château car l'entrée en était désormais gardée par deux soldats en armes. Les soudards lui avaient notifié que les habitants du manoir étaient consignés à l'intérieur de la bâtisse et qu'ils devaient se considérer comme prisonniers. Quiconque tenterait une sortie serait aussitôt abattu.

Céline songea que Jôme l'avait sans doute vue fuir en direction du château et qu'il avait aussitôt lancé ses hommes sur ses talons. Cela signifiait qu'il n'avait aucunement l'intention d'écouter les serviteurs du baron, et qu'il écartait même d'emblée leur éventuel témoignage.

L'angoisse s'installa à l'intérieur de la citadelle branlante, épaississant le pénible silence des vieillards absorbés dans leur bouderie. Ne tenant plus en place, la jeune fille finit par décider Hugues à monter jusqu'au chemin de ronde. Le brouillard s'était dissipé et l'on distinguait à présent la plaine sur laquelle allaient et venaient des paysans occupés à quelque corvée. Il fallut un moment à Céline pour comprendre ce qu'ils faisaient réellement. Ils ramassaient du bois mort dont ils rassemblaient les brindilles en fagots, avant d'entasser ces ramées en tas réguliers sur toute la longueur du pré aux corbeaux. Elle eut un éblouissement et dut s'appuyer à la pierre du créneau pour ne pas défaillir.

« Qu'as-tu ? interrogea Hugues en essayant de la soutenir. Tu te sens mal ?

— Tu ne vois pas ? murmura-t-elle. Des bûchers... Ils préparent des bûchers. Et si nous avions de meilleurs yeux nous verrions sans doute des pieux plantés de place en place, pour les femmes et les petites filles. »

Hugues grimaça. La peur, en creusant ses traits, lui faisait perdre sa joliesse d'adolescent, ses grâces de page minaudant. Il regarda et blêmit, lui aussi avait vu les fagots disposés en cônes, à intervalles réguliers, autour des poteaux fichés en terre.

« Nous sommes perdus, bégaya-t-il. Le moine n'épargnera personne. Peut-être ferions-nous mieux de nous jeter dans les douves pour mourir d'une manière moins horrible...

— Ce n'est pas possible, souffla Céline. Il y a sûrement un moyen d'entrer en contact avec les dieux proscrits. Ils doivent venir à notre secours, après tout c'est à cause d'eux que nous sommes aujourd'hui en danger. S'ils n'avaient pas capturé le baron nous n'en serions pas là... »

Hugues la regardait, indécis. Elle savait qu'il avait toujours considéré avec méfiance le récit qu'elle avait fait de ses aventures dans la forêt, mettant ces imaginations sur le compte de l'épuisement et de la peur, pourtant, en ce moment même, il était prêt à tout admettre, les hypothèses les plus folles, les révélations les plus aberrantes, pourvu qu'elles lui épargnent la morsure des flammes. Il parut hésiter, se racla la gorge, et dit enfin : « Il y a bien quelque chose... Oh ! ce n'est qu'une légende, mais enfin, on ne sait jamais...

— Oui ? l'encouragea Céline. Quoi donc ?

— Le cor..., chuchota l'écuyer. L'olifant du vieux Guillaume, celui qui lui servait à appeler la meute, jadis. On dit qu'il suffit de l'emboucher pour rappeler la horde, pour faire revenir les loups de guerre... On dit que les mâles qui portent toujours le collier de fer aux armes des Hurlemort sortiront de la forêt dès qu'ils entendront l'appel et monteront à l'assaut des ennemis du village. »

Le garçon avala sa salive, il avait malgré tout honte de colporter une telle fable et son regard était devenu fuyant.

« Le cor est ici, dit-il d'une voix mourante, au fond d'un coffre. Peut-être pourrions-nous... ? »

Ils descendirent chercher l'instrument, titubant de fatigue et de peur, se raccrochant à cet espoir absurde. Céline, qui s'était attendue à découvrir un olifant pesant, ouvragé, magnifique et mystérieux, fut déçue de n'apercevoir au fond d'un coffre qu'une corne jaune, évidée de manière rustique, suspendue au bout d'une lanière de cuir graissé par l'usure. L'objet, de facture vulgaire, aurait pu appartenir au premier berger venu.

« On dirait une corne de vache », pensa-t-elle soudain au bord des larmes. Comment un cor aussi peu reluisant pouvait-il receler un si grand pouvoir ? Elle se rassura en se répétant que les dieux sont malins qui ont souvent recours aux travestissements les plus incongrus pour dissimuler aux simples mortels la puissance réelle des choses. Comme Hugues ne se décidait pas à tirer la corne du coffre, elle s'en empara. Sans échanger un mot ils regagnèrent les remparts. Le vent s'était levé, leur coupant la respiration. Ils s'immobilisèrent face à la forêt et Céline tendit l'olifant au jeune homme. Celui-ci eut un recul effrayé.

« Non, dit-il. Toi. » Elle comprit qu'il avait peur de manipuler cette relique entachée de malédiction, qu'il redoutait de poser ses lèvres là où le meneur de loups avait jadis posé les siennes pour appeler la meute. Elle eut un mouvement d'humeur, gonfla ses poumons, porta la corne à la bouche, et souffla...

Une plainte modulée s'envola dans les bourrasques, aiguë et lancinante, filant loin au-dessus des frondaisons. En bas, les gardes qui bloquaient l'entrée du château levèrent la tête et frissonnèrent, surpris par ce ululement étrange qui tombait du ciel pour épouser les mouvements des rafales. C'était comme une grande bête invisible tapie derrière les nuages et rassemblant sa horde à longs coups de glotte. Ce chant vous râpait l'échine et vous hérissait le poil sur les bras, tant il était lugubre et plein d'une bizarre ardeur.

« Un cri de guerre, dit l'un des soldats en se signant. Un cri de ralliement... »

Son instinct de guerrier lui commandait soudain de se tenir sur ses gardes, et il cramponna sa pique à deux mains, l'œil sondant les fourrés qui entouraient les douves.

Sur les remparts Hugues grimaça. D'un geste nerveux il arracha la corne de la bouche de Céline, comme s'il regrettait de s'être laissé aller à employer un tel moyen.

« Ça suffit ! déclara-t-il de façon péremptoire. Nous avons eu tort. Les diableries, ça ne porte jamais chance. »

Céline haussa les épaules, sans un mot elle essuya une goutte de sang qui perlait au coin de sa bouche, là où le garçon l'avait blessée en lui confisquant le cor.

Malheureux, ne sachant plus que faire, ils trouvèrent refuge à l'intérieur d'une échauguette et se pelotonnèrent dans cette guérite de pierre fissurée, attendant on ne sait quoi. Céline ferma les yeux. Le jeûne, les émotions, avaient usé sa résistance et un fatalisme de mauvais aloi s'insinuait en elle. Elle se glissa contre l'écuyer et s'abandonna à la somnolence, s'imprégnant de la chaleur du garçon.

Elle rêva...

Elle rêva que les loups se rassemblaient dans la forêt, bondissant, leurs yeux rouges volant comme des lucioles. Ils étaient dix, vingt, cent, et leurs pattes levaient la poussière d'humus recouvrant le sol en un battement scandé. Ils chargeaient, flanc contre flanc, et leurs fourrures se brossaient les unes les autres avec un bruit de crin. Ils couraient, poitrail contre poitrail, le collier de fer de la vassalité brillant autour du col. Ils avançaient, trouant les buissons, formant maintenant un front uni où luisaient des centaines de crocs découverts, prêts à la bataille. L'ordre magique répété par le vieux Guillaume avait retenti dans leur crâne, explosant en échos infinis : « Tue ! Tue et mange ! » Alors ils avaient retrouvé la route du village et les ruses, les manœuvres enseignées jadis par le meneur de loups. Ils allaient jaillir des bois comme une armée grise et rousse pressée d'en découdre, ils danseraient leur ballet de mort autour des hommes empêtrés dans leurs cuirasses, ils leur casseraient la nuque, ils leur mangeraient le visage, ne laissant qu'un trou rouge et sanglant au fond des casques. Ils venaient, ils venaient, du fond des âges, obéissant par-delà la mort à celui qui avait su les dompter. Ils montaient une dernière fois au combat en un galop fulgurant et silencieux. Ils ne hurleraient qu'ensuite, une fois les soudards éventrés, l'entrejambe confisqué d'un coup de dents. Oui, c'est alors qu'ils chanteraient leur chanson de mort avant de s'en repartir dans les profondeurs de la forêt, dans les profondeurs du temps.

Ils arrivaient, Céline entendait le tambour de leurs pattes feutrées sur le tapis de feuilles sèches. Et leurs échines ondulaient comme les vagues d'une mer de fourrure. Elle allait déferler, cette vague mortelle que rien ne pouvait plus arrêter ni ralentir, elle couvrirait la campagne, et son reflux laisserait sur l'herbe une écume de sang et d'épaves humaines, démembrées, ferrailles et chairs mêlées...

Ils arrivaient, et Céline sentait leur odeur, si forte, d'urine et de poil. L'haleine de leurs gueules aussi, de ces gueules hérissées de crocs auxquels s'accrochaient toujours les débris pourrissants du dernier festin, de la dernière tuerie.

Ils arrivaient... Ils se rapprochaient de la lisière, et rien ne leur ferait peur, ni les pointes des flèches, ni l'acier des armes, ni les flammes des torches. Ils arrivaient pour tuer tout ce qui portait cuirasse et ne se retireraient que le poil teint en rouge, fils de la nuit qu'aucune course n'épuisait jamais...

Céline se réveilla en sursaut, tremblante, les vêtements trempés de rosée. Les ténèbres avaient englouti les remparts, gommant tout point de repère. Soudain elle eut peur et chercha à tâtons l'épaule de l'écuyer pour le secouer. Le garçon se réveilla en battant des bras, comme un oiseau pris au piège.

« J'ai fait un rêve... », dit-il d'une voix sourde, mais Céline ne lui demanda rien, elle n'aspirait qu'à retrouver un peu de lumière.

XXX

Le lendemain, en traversant la cour du château, les deux jeunes gens surprirent le bavardage des gardes. Ils ne parlaient plus que d'un événement étrange survenu au cours de la nuit. L'un des leurs, Bérould, un fameux piquier capable de traverser un cheval de part en part avec son fer, avait été attaqué par un loup... Un loup, un seul, qui avait soudain jailli du bois et couru vers lui pour le prendre à la gorge alors que la lune venait à peine de se lever.

« C'était une vieille bête, expliquait l'homme de garde. Un mâle tout gris, presque blanc, et qui tenait à peine sur ses pattes... Un éclopé, sûrement centenaire. »

Le vieux loup s'était jeté sur le soldat qui n'avait eu aucun mal à le clouer au sol avec sa lance. En examinant la dépouille, on s'était rendu compte que l'animal portait autour du cou un collier de fer recouvert de rouille comme s'il avait été jadis domestiqué. Une drôle d'histoire, oui, qui avait inquiété les archers, et pourtant la carcasse de la bête n'avait rien d'impressionnant. C'était sans aucun doute celle d'un ancien chef de meute écarté depuis longtemps par les jeunes mâles. La fourrure pelée avait la plus grande difficulté à dissimuler les côtes saillantes, ainsi que les pattes grêles aux griffes usées au ras des orteils. Quelle folie s'était donc emparée de l'esprit de cet ancêtre aux reins verrouillés par les rhumatismes, à la gueule en grande partie édentée ? On ne comprenait pas, et cette attaque dérisoire installait un climat de perplexité.

Hugues et Céline avaient écouté le récit, plaqués contre les pierres froides de la muraille. Aussitôt les yeux des deux jeunes gens s'étaient pris pour ne plus se lâcher, ceux de la fille luisant d'excitation, ceux du garçon vacillant de crainte. La légende du cor était donc vraie, même si elle n'avait éveillé de souvenirs que dans le crâne d'une bête arrivée au terme de sa vie. Malgré l'échec de la tentative, Céline reprenait courage. Brusquement, elle croyait de nouveau aux Proscrits, sa foi — un instant entamée par l'incrédulité générale — lui revenait intacte. Elle était maintenant certaine de n'avoir pas rêvé lors de son incursion dans la forêt. Elle avait vu les dieux ladres, elle avait parlé à l'un d'entre eux. Tout cela était réel, elle n'en était pas revenue folle, comme on avait essayé de le lui faire croire. C'était de ce côté qu'il fallait quêter de l'aide. Elle devait retourner dans les bois, au plus vite, et tenter de négocier la libération du baron avec les puissances retranchées derrière les remparts de la léproserie.

Elle fit part de sa décision à l'écuyer qui l'écouta, les yeux écarquillés, ne sachant plus ce qu'il devait croire.

Quand les brouillards du matin se furent dissipés, ils grimpèrent sur les remparts. Le pré aux corbeaux se trouvait maintenant jalonné de bûchers aux fagots soigneusement imbriqués. Les villageois étaient invisibles, et la jeune fille comprit qu'on les avait sans aucun doute consignés chez eux. Céline n'avait pas de mal à imaginer les familles attendant, recroquevillées dans un coin, que Jôme fasse procéder à l'appel des premiers condamnés. Car il n'y aurait pas de procès, rien qu'une exécution collective rapidement menée. La liquidation d'un village rebelle ayant assassiné son seigneur au cours d'une jacquerie. Ce serait là le motif invoqué par le moine lorsqu'il devrait rendre compte de sa mission à ses supérieurs. Et qui lui donnerait tort ? Il n'était point besoin de convoquer une cour de justice pour réprimer un soulèvement de gueux et punir des parricides ayant porté atteinte aux fondements mêmes de la société. Dans de telles circonstances, on rasait le nid de la révolte au plus vite, avant que l'épidémie ne s'étende de hameau en hameau.

Penchée aux créneaux, Céline pouvait suivre les évolutions de la patrouille entre les maisons. Le vent apportait jusqu'ici le cliquetis métallique des cuirasses qu'entrechoquait la marche cadencée. Mais sans cesse son regard revenait aux bûchers et à leur agencement conique de fagots noirs. Elle en dénombra treize, un mauvais chiffre. Elle comprit que Jôme voulait faire vite, et qu'il ordonnerait qu'on attache des familles entières aux poteaux d'exécution, économisant ainsi du temps et de la peine. Pour lui la cause était entendue, et c'est tout juste s'il épargnerait quelques enfants en bas âge pour se donner bonne conscience et faire valoir qu'il n'était pas un monstre. Sa besogne accomplie, il plierait bagage, abandonnant les orphelins au milieu des ruines et des cendres encore chaudes de leurs parents.

Elle trembla à cette évocation, mais elle se ressaisit, car elle n'avait plus le temps de haïr le moine, il fallait en effet qu'elle quitte le château et s'enfonce dans la forêt à la recherche du dieu ladre avant que la Tite ne commence à courir d'un bûcher à l'autre pour les allumer du bout de sa torche.

« Il y a bien un moyen de sortir d'ici, martela-t-elle en saisissant le poignet de l'écuyer. Ne mens pas, tous les châteaux possèdent des issues secrètes, des souterrains qui serpentent sous les champs et débouchent dans les bois, là où il est facile de se cacher des assiégeants... »

Hugues détourna la tête, comme si on lui demandait de livrer un secret capital. Empêtré dans ses principes d'écuyer, il n'osait parler.

« C'est un acte de trahison, bégaya-t-il. C'est comme si tu me demandais de livrer la place à l'ennemi.

— Ne sois pas idiot, s'emporta Céline. Nous sommes les assiégés. Crois-tu vraiment que Jôme va nous gracier ? Nous y passerons comme les autres. Je n'ai pas envie de brûler avec toi, pas plus qu'avec un autre. Et l'idée qu'on nous attachera au même poteau ne m'est d'aucune consolation. Secoue-toi, le temps file ! »

Au bout d'un long moment de réflexion, le garçon se décida enfin à évoquer l'existence d'un tunnel passant sous les douves et communiquant avec la forêt. Mais personne ne l'avait emprunté depuis bien des années, et l'eau noire des fossés l'avait sans doute en partie envahi. En outre, ce n'était pas à pied qu'il faudrait le parcourir, mais en barque ! Et cela en admettant qu'il ne se fût pas effondré en un quelconque point de son itinéraire, ce qui, dans ce cas, rendrait toute évasion impossible.

Céline se fit la réflexion que c'était mieux que rien,

et pressa l'écuyer de lui montrer le chemin du passage.

Le souterrain, au demeurant, n'était guère dissimulé de manière très savante. Il suffisait de faire basculer une grosse pierre montée sur pivot à l'angle d'une cheminée pour démasquer une volée de marches plongeant dans une obscurité empestant l'eau croupie.

« Tu vois, fit le garçon avec fatalisme, c'est noyé. »

Elle le rabroua, réclama une torche, et s'engagea la première dans l'escalier. Au fur et à mesure qu'elle s'enfonçait l'odeur de marécage devenait plus violente. Il était évident que l'eau pourrie des douves s'était infiltrée là comme ailleurs, transformant le tunnel en un canal souterrain. Arrivée au bas des marches, elle leva haut son flambeau. La voûte suintait de manière inquiétante, et à certains endroits on avait l'impression qu'une pluie drue criblait les dalles. Le souterrain se révéla noyé jusqu'à mi-hauteur, mais l'on pouvait encore s'y déplacer couché sur un radeau de fortune, il suffirait de propulser l'embarcation en prenant appui à l'aide des pieds et des mains sur les pierres de la voûte. Hugues haletait, comme si les ténèbres l'étouffaient déjà. Il répéta plusieurs fois qu'il s'agissait là d'une idée folle et complètement irréalisable, mais céda aux pressions de la jeune fille.

Avec une vieille table et trois tonnelets, qu'on calfata au moyen de mousse et de glaise mêlées à de la résine de pin, Bénin et l'écuyer improvisèrent un étroit radeau sur lequel on installa une grosse lampe à huile, une corde et quelques outils. L'embarcation n'était stable qu'à la condition qu'on demeurât parfaitement étendu sur le dos, côte à côte. Pendant tout le temps que durèrent ces préparatifs, Céline sentit peser sur elle le regard à la fois intrigué et admiratif du vieux maître d'armes. Hugues, quant à lui, ne cessait de lever sa torche en direction du tunnel, éclairant la perspective du souterrain envahi par les marécages.

Quand le radeau fut achevé, on le mit à l'eau, et les deux jeunes gens s'y installèrent. Jambes levées, ils posaient les pieds sur la voûte et poussaient de tous leurs muscles. L'embarcation s'enfonça dans le boyau dont elle râpait parfois les parois. Il fallut bientôt se protéger le visage car les racines qui avaient transpercé le plafond pendaient en une forêt de longs filaments terreux vous chatouillant la face. De temps à autre, une grenouille sautait, vous giflant de ses pieds palmés, ou tombait sur votre front, petit paquet gluant et froid cherchant à s'orienter. Il fallait subir ces mésaventures avec stoïcisme, en se gardant de remuer pour conserver au radeau une relative stabilité.

À plusieurs reprises ils durent s'arrêter pour reposer leurs jambes gagnées par les crampes. Céline, bien qu'elle ne voulût pas l'avouer, tremblait de voir s'éteindre la lampe ficelée à l'avant de l'embarcation. Cette lampe devint d'ailleurs bientôt une source d'inquiétude, car Hugues s'aperçut que l'odeur de l'huile chaude attirait les rats qui plongeaient dans le courant et tentaient de se hisser sur les planches pour se repaître de cette gourmandise.

Enfin, alors qu'on commençait à se croire perdus dans les profondeurs de la nuit, une tache de lumière blanche se dessina au bout du tunnel. À cet endroit, un escalier sortait de l'eau, grimpant vers une sorte de terrier empierré s'ouvrant au ras du sol. Céline quitta le radeau, prit appui sur les marches et monta vers la surface.

« Je vais t'attendre ici, souffla Hugues. Il vaut mieux que tu ailles seule à la rencontre des Proscrits, après tout tu as déjà eu affaire à eux, ma présence risquerait de les effrayer... »

Les deux jeunes gens rampèrent au long du terrier pour atteindre la sortie que masquaient des ronces. Céline seule sortit du trou aménagé au ras du sol et perdu dans les hautes herbes bordant la lisière de la forêt. Elle vit qu'elle avait émergé à un jet de pierre de la corde, et qu'il lui faudrait aller jusque-là sans se faire voir des soldats. Alors qu'elle progressait sur le ventre, elle se trouva nez à nez avec le cadavre d'un villageois qu'une flèche avait percé de part en part. L'homme s'était abattu, la bouche ouverte sur un dernier cri, et le froid de la mort l'avait figé ainsi. Des insectes allaient et venaient, entrant et sortant de sa bouche, occupés à quelque festin méthodique.

Céline contourna le corps, mais ce fut pour en trouver un second, un peu plus loin, lui aussi cloué au sol par deux traits crêtés de fer. Celui-là, elle le connaissait, c'était celui du charpentier, le père de Valère l'Anguille. La peur du bûcher avait jeté les paysans vers la forêt, en une course absurde. Les archers avaient probablement joué à les laisser s'approcher le plus possible de la corde, les fléchant au dernier moment, à l'instant même où tous s'étaient crus sauvés.

Céline se coucha près du mort pour reprendre son souffle et attendre que le vent agite les hautes herbes pour masquer ses déplacements. Si elle voulait arriver vivante, elle ne devait pas se presser.

Au bout d'un siècle de reptation elle passa enfin

sous la corde et plongea dans les buissons. Dès qu'elle fut devenue invisible aux yeux des sentinelles, elle se redressa. Elle était de nouveau dans la forêt.

Sans regarder en arrière, elle s'enfonça entre les arbres, cherchant l'endroit où elle avait quitté le ladre au terme du voyage de retour. Un instinct puissant la poussait en avant. Si le vieux loup avait entendu l'appel du cor, il en allait de même pour les Proscrits. Elle misait sur leur curiosité, ce besoin maladif d'épier les mortels dont lui avait parlé Millot le charbonnier.

Elle n'eut pas à aller très loin. Elle distingua la silhouette du ladre entre les troncs, à l'endroit même où il avait disparu la première fois. Il était assis sur une pierre, le capuchon rabattu sur la tête, le visage noyé dans l'ombre, ses mains bandées nouées autour d'un long bâton de pèlerin. Il ne bougea pas. Il y avait quelque chose de pétrifié dans son attitude, comme s'il était là depuis des siècles et que les rochers avaient fini par faire de lui l'un des leurs.

« C'est toi qui as fait résonner le cor, dit-il alors que Céline s'approchait. La corne du meneur de loups, ce vieux fou de Guillaume. J'ai reconnu sa chanson. Je savais que c'était toi... Pas Hugues, jamais il n'aurait osé. »

Il semblait de mauvaise humeur et traçait des dessins compliqué sur le sol de la pointe de son bâton.

« Que veux-tu ? aboya-t-il. Me passer commande d'un miracle ? J'en ai assez de te trouver sur mon chemin.

— Vous seul pouvez nous sauver, dit Céline. Je vous répéterai la même chose que la dernière fois. Vous retenez le baron Gilles prisonnier, il faut que vous le libériez... »

Et elle raconta tout sans reprendre respiration : Jôme, les persécutions, la dépouille du paladin exhumé de la boue, la folie du moine décidé à faire un exemple, les bûchers...

« Je les vois parfaitement, tes bûchers, coupa le ladre. C'est même pour cela que je me suis installé sur cette pierre haute, pour mieux jouir du spectacle.

— Vous n'êtes pas si mauvais, plaida Céline.

— Ton Gilles de Hurlemort l'est, lui, je peux te l'assurer, rétorqua le lépreux. Il regarderait griller ces croquants en bâillant d'ennui. Peut-être même qu'au bout d'un moment l'odeur de la viande grillée finirait par lui donner faim. Et c'est cet homme que tu veux voir de nouveau libre ?

— Vous voulez me décourager, murmura la jeune fille qui retenait ses larmes et se mordait les lèvres pour les empêcher de trembler.

— Pas du tout, fit le lépreux. Je te mets en garde car tu me demandes de libérer une mauvaise bête qui se trouvait hors d'état de nuire. » Il parut réfléchir, puis ajouta : « Gilles se moque qu'on rase le village, qu'on brûle les hommes et qu'on empale les femmes. Il regrettera simplement de n'avoir pas pu le faire lui-même, parce que cela l'aurait peut-être amusé une heure. Ça ne paraît pas, mais ça compte, une heure gagnée sur l'ennui. Une heure de bonne et honnête distraction. »

Céline avait décidé de rester sourde aux provocations, pourtant elle commençait à avoir peur. Des cris, des ordres montaient de la plaine, dans son dos, trahissant une soudaine agitation autour des bûchers.

« Oh ! oh ! fit le ladre, brusquement intéressé. On dirait que la fricassée se prépare, je vois s'avancer la volaille et les cuisiniers. Je me demande qui répandra l'odeur la plus appétissante : les femmes ou les enfants ? »

Céline serra les paupières. Malgré l'épaisseur du couvert elle entendait les cris déchirants des mères qu'on séparait de leurs gosses, les malédictions étranglées des hommes qu'on hissait au sommet des pyramides de fagots.

« On ne rôtira pas tout le monde aujourd'hui, observa le ladre, ton ratichon n'a pas su voir assez grand : il manquera de bois, cela nous laisse le temps de discuter. As-tu seulement apporté à manger ? Il faut toujours prendre un panier de victuailles quand on assiste à un beau spectacle. »

Céline s'était redressée, se haussant sur la pointe des pieds, elle essayait de voir entre les feuilles ce qui se passait dans la plaine. Elle sentait le ladre indifférent, ignorant à la fois peur et dégoût. Elle n'était même pas certaine qu'il éprouvât une quelconque excitation à la vue de ce qui se préparait. C'était comme si on lui avait retiré du corps le cœur et tous les nerfs... comme s'il était mort depuis longtemps.

Tout à coup elle en eut assez de son jeu, et céda au besoin de l'insulter, ce qu'elle fit sans provoquer chez lui la moindre réaction. « Qu'il me foudroie, songeait-elle, j'aurai eu la satisfaction de lui dire ses quatre vérités ! » Mais il ne la foudroya pas. Étouffant un bâillement, il se contenta de lever son bâton pour réclamer une trêve.

« Parlons sérieusement, dit-il. Tu veux le baron, soit, je te le vends. Que peux-tu offrir pour son rachat ? »

Céline s'immobilisa, la bouche entrouverte sur une insulte inachevée.

« Le racheter ? répéta-t-elle.

— Oui, comme on rachète un chevalier prisonnier des infidèles. Je te propose de discuter la rançon de ce gentilhomme auquel tu sembles tellement tenir.

— Mais... je ne possède rien, chuchota la jeune fille frappée de stupeur, l'esprit soudain plus épais qu'une soupe qui fige.

— Allons, ricana le ladre, n'ergote pas, tu perds du temps et des amis. D'où je me tiens, je vois une grosse femme vêtue de cuir rouge qui court de bûcher en bûcher une torche à la main.

— La Tite, haleta Céline tandis que ses cheveux se hérissaient sur sa nuque.

— Dès que le vent va souffler dans la bonne direction tu vas pouvoir te remplir les narines, dit encore le lépreux. Peut-être cela te décidera-t-il à parler sérieusement.

— Mais je suis pauvre, bégaya Céline. Au château il y a paraît-il un coffre plein d'or. Si vous voulez...

— Je me moque de l'or, coupa le ladre. À quoi me servirait-il ? Crois-tu que je pourrais l'employer à mouler de nouveaux membres pour remplacer ceux que je possédais et qui vont bientôt s'émietter ?

— Alors... je ne sais pas, murmura la jeune fille, vaincue.

— Toi, dit durement l'inconnu. Toi, tu peux te vendre. Tu as tout ce qu'il faut pour réjouir le regard d'un homme lassé de contempler la pourriture de ses semblables. Un corps intact, une chair élastique et rose, sans macules, sans chancres ni bubons. Des mains parfaites, auxquelles ne manque aucun doigt. Dix doigts... tu n'as pas idée de ce que cela représente pour quelqu'un qui chaque matin découvre des morceaux de son anatomie éparpillés dans les plis de ses draps. Une femme entière ! Avec ses deux oreilles, son nez... Comme c'est reposant, distrayant... On pourrait passer des heures à la regarder, comme une belle statuette, à tourner autour.

— Vous voulez..., dit Céline, vous voulez que j'aille habiter avec vous à la léproserie ? Et en échange vous libérerez le baron ?

— Le troc te paraît acceptable ? »

Céline baissa la tête. Elle avait du mal à respirer.

« Et... vous ne me toucherez pas ? dit-elle dans un souffle. Vous... vous vous contenterez de me regarder ?

— Ah ! explosa soudain le ladre. *Tu dirais oui !* Tu es déjà en train de dire oui ! Comment peux-tu être aussi bête ? Devenir la compagne d'un lépreux pour sauver une poignée d'imbéciles qui te détestent, qui t'ont même toujours détestée ? »

Il agitait son bâton comme s'il voulait en frapper la jeune fille. Au même moment, le vent rabattit sur eux une épouvantable odeur de chair grillée.

« Oh ! murmura Céline, je vous en supplie...

— Bien, dit méchamment le ladre. Tu veux ton baron, tu l'auras. Tu es donc prête à devenir ma femme pour égayer mes derniers instants, pour distraire mes yeux, pour me donner spectacle de ton corps quand je le désirerai, en n'importe quel endroit et à n'importe quelle heure ?

— Oui, fit Céline d'une voix qu'on entendait à peine.

— Bien, ragea le ladre. Tu l'auras voulu. Le pacte est donc signé, je libère Gilles de Hurlemort des geôles du dernier royaume et le ramène chez les vivants pour leur plus grand malheur. C'est à toi qu'ils devront ce détestable cadeau.

— Vous le libérez ? haleta Céline. Mais combien de temps mettra-t-il pour...

— Pour être ici ? dit le lépreux. Oh, il suffira d'une minute. »

Rabattant son capuchon sur ses épaules, il entreprit alors d'arracher les pansements graisseux qui couvraient son visage. Céline recula, les mains pressées sur la poitrine. Elle savait tout à coup ce qu'elle allait voir, il lui semblait même qu'elle l'avait toujours su au fond d'elle-même. Un visage émacié apparut, couronné de cheveux ras comme en portaient les paladins afin de n'être point gênés sous le casque par les mèches d'une chevelure trop abondante. Cette tête, elle l'avait contemplée des dizaines de fois au château, sur le bois d'un mauvais portrait cloqué d'humidité. Il lui semblait la voir encore, émergeant de la carapace du casque. Un visage qui frappait par sa pâleur et le brasillement de ses prunelles. Combien de fois en l'observant avait-elle eu l'impression de contempler l'image d'un chevalier dont les blessures saignaient sous le fer de la cuirasse et qui, pourtant, s'efforçait de n'en laisser rien paraître ? Aujourd'hui l'illusion la reprenait.

Comme jadis devant le tableau, Céline retenait son souffle, frappée par cette mince figure où la chair semblait coulée sur l'acier d'un heaume. Pourtant Gilles de Hurlemort était encore beau. Malgré ses yeux trop enfoncés, malgré sa bouche aux lèvres livides, il émanait toujours de sa personne la même avidité presque douloureuse, et cette gourmandise sensuelle et exaltée, condamnée d'avance à la déception perpétuelle, qui donnait envie de lui tendre la main et de lui dire : « Donne-moi un peu de ta fièvre. » Cet homme avait l'air d'un brûlé qui vient de toucher le soleil. Céline, devant lui, était saisie d'un sentiment étrange de peur et d'effarement qu'elle ne pouvait maîtriser.

« Tu n'as besoin que de la tête, fit le baron d'un ton acerbe, et c'est tant mieux, car le reste n'est plus de la première fraîcheur, je préfère te prévenir. »

Comme Céline avait tendu la main vers lui, il se recula.

« Idiote ! siffla-t-il. Ne me touche pas ! Je suis vraiment impur. Que crois-tu que je faisais chez les ladres ?

— Mais pourquoi ne pas l'avoir dit ? interrogea la jeune fille. Tout le monde vous croyait mort, dévoré par les loups, éventré par un sanglier...

— C'est ce que je voulais. C'est ce que j'ai essayé d'obtenir du hasard, mais les loups n'ont jamais voulu de moi. C'est à croire que la chair putréfiée ne les intéresse pas. »

Il se secoua, fit une boule des pansements qu'il jeta à terre.

« Et voilà, deux années de tranquillité perdues, rêva-t-il. Je pensais qu'on m'avait oublié, et puis tu es venue, avec tes histoires de dieux proscrits, si bête que tu en devenais attendrissante. En te raccompagnant, j'ai pensé à dix reprises : “Celle-là tu devrais lui couper la gorge pour ne pas être tenté de la revoir.” Et j'ai failli le faire. Oui, j'ai bien failli. Surtout quand tu te tenais d'une certaine manière, la tête relevée, le cou bien dégagé... »

Céline était muette, plus raide que le tronc du bouleau contre lequel elle s'appuyait pour ne pas tomber. Gilles haussa les épaules et disparut derrière le rocher. Un instant elle crut qu'il s'était ravisé, qu'il s'était enfoncé au cœur des buissons, mais il réapparut, tenant son cheval par la bride. Rejetant son manteau de ladre, il avait passé son haubert aux mailles de fer luisantes, ses jambières d'acier et ses solerets. Ses armes pendaient de part et d'autre de sa selle : une grande épée à deux mains et une hache de combat. Céline reconnut la monture qui l'avait portée durant son voyage de retour.

Gilles mit le pied à l'étrier et se hissa en selle avec une grimace de souffrance. Il resta un moment penché sur le pommeau, les mâchoires crispées. Quand il se redressa, la sueur faisait luire son front. Tâtonnant de la main gauche, il essaya de décrocher l'écu qui battait contre le flanc du cheval.

« Aide-moi », souffla-t-il à l'adresse de Céline. La jeune fille se précipita, lui passa le large bouclier aux armes des Hurlemort et que soulignait la devise latine calligraphiée en lettres noires.

« Tu es vraiment sûre de le vouloir ? demanda-t-il encore. Pourquoi ne pas les laisser griller, ces croquants tous plus sales que le cul d'un porc sauvage ? Oublie-les. Je te donnerai une bourse d'or et je t'emmènerai de l'autre côté de la forêt, là où les routes mènent à des villes, de vraies villes...

— Non, supplia Céline. Vous devez les sauver, ce sont vos gens.

— Idiote, ils ne m'aiment pas plus qu'ils ne t'ont aimée, toi, la sorcière de Trembleterre. Faisons-leur une bonne farce : laissons-les rôtir.

— Non, dit encore une fois la jeune fille. Par pitié.

— Eh bien, sauvons-les, alors ! fit Gilles, exaspéré. Ce sera après tout une autre manière de farce. Espérons simplement que je ne tomberai pas en morceaux en sortant de la forêt. »

Il éperonna le cheval, le poussant vers la lisière du

couvert. De sa main libre, il avait saisi l'épée suspendue à sa selle.

« Elle n'était pas si lourde il y a deux ans, grommela-t-il comme pour lui-même. Je dirai que tu m'as sauvé des Proscrits, ajouta-t-il en regardant droit devant lui. J'accréditerai les fables que tu leur as déjà racontées, mais personne ne devra jamais apprendre que je suis malade, tu entends ? Ce sera notre secret. Si tu ne peux retenir ta langue, je te prendrai de force, et je coulerai ma pourriture dans ton ventre, pour te punir de ta trahison. Dis que tu as compris...

— J'ai compris, soupira Céline. Je tiendrai parole.

— Tu y as intérêt, gronda Gilles. Un ladre ne peut revenir parmi les vivants, je suis mort aux autres hommes. En sortant de la forêt, j'enfreins la loi. Un exalté comme ton Jôme aurait le droit de me faire brûler sur l'heure. N'oublie jamais cela : le pacte devra être respecté. Si tu parles, je dirai que tu savais tout, que tu as tout manigancé, que tu es ma complice et que tu dois être purifiée par le feu, comme moi... Je pense que tu ne te rends pas bien compte de ce que tu fais, tu es trop jeune, tu te crois encore très forte, cela te passera vite, surtout en ma compagnie. »

Il eut un rire amer et leva son épée. Éperonnant sa monture, il galopa vers la plaine. Il jaillit de la forêt, la lame haute, et trancha d'un seul coup la corde qui ceinturait le village. Les soldats surpris, croyant à une attaque, se portèrent à sa rencontre, mais il les frappa le premier, envoyant leurs têtes rouler dans l'herbe. Céline, qui courait dans son sillage, tomba à genoux à la lisière du bois. Deux bûchers ronflaient sur le pré, leurs flammes se tordant dans les bourrasques. Malgré la distance, la chaleur qui s'en dégageait était épouvantable. Céline lutta pour se redresser. Elle voyait des silhouettes attachées au sommet des autres pyramides de fagots. Pour aller plus vite et pour économiser du bois, on avait lié là des familles entières, tous ces malheureux criaient sans qu'on puisse comprendre ce qu'ils disaient. Leurs bouches se distendaient, béantes, jusqu'à ce que la fumée des bûchers voisins les submerge, changeant leurs cris en d'interminables quintes de toux.

Gilles avait atteint le champ d'exécution. En y pénétrant, il abattit encore deux cavaliers qui avaient tenté de s'interposer, et, au passage, abattit le plat de sa lame sur la tête de la Tite qui roula, assommée. La torche qu'elle brandissait tomba dans l'herbe humide et charbonna.

Gilles, crânement, fit se cabrer sa monture devant Jôme, et, lorsque les deux sabots de la bête furent retombés, pointa sa lame rougie vers le prêtre qui paraissait statufié. L'épée heurta la poitrine osseuse de l'inquisiteur, déchirant la bure et entaillant la chair.

« Je suis Gilles de Hurlemort, dit le baron d'une voix sourde et querelleuse. Seigneur de ce château et maître de ce repaire de culs-terreux, et je trouve que tu mets bien du désordre chez moi dès que j'ai le dos tourné, petit curé... »

Épilogue

On ne put éteindre les deux bûchers allumés par la Tite, d'ailleurs il était trop tard puisque dans la torsade vrombissante des flammes les suppliciés se réduisaient déjà à de frêles silhouettes s'émiettant chaque minute un peu plus.

Jôme paraissait statufié ; Céline crut un moment qu'il allait rester là, comme ces bergers foudroyés par l'orage qui semblent intacts mais tombent en cendres dès qu'on s'avise de les toucher. Les yeux du moine allaient du baron à la jeune fille, en un mouvement pendulaire qui finissait par donner le vertige. Gilles avait rengainé son arme, sans doute pour ne pas laisser voir qu'il avait le plus grand mal à la brandir sans que tous ses muscles se mettent à trembler. Il parlait avec aisance, improvisant une fable à l'usage du prêtre : Tout cela était très simple et il aurait été stupide d'entacher son absence prolongée d'un quelconque mystère. Il avait été victime d'un accident de chasse au cours duquel un sanglier avait fait se cabrer sa monture. Oui, un banal accident de chasse qui avait bouleversé en un instant le cours de sa vie. Avant d'avoir pu se rendre compte de ce qui lui arrivait, il avait été désarçonné et projeté au fond d'une ravine où il s'était écrasé, demeurant fort dolent et presque navré... Il racontait, négligemment, sur le ton du bavardage, ne prêtant aucune attention aux bûchers qui crépitaient toujours. Il racontait l'accident, le sanglier, la chute au fond de la fosse. Le reste était tout aussi plausible, mais ne parvint pas à éteindre l'étincelle de méfiance qui brasillait dans les pupilles du moine.

Gravement blessé, les membres rompus, en grand danger d'être dévoré par les loups, Gilles avait été recueilli par des charbonniers qui l'avaient soigné. Une fois guéri, pour remercier Dieu de l'avoir secouru au bord du trépas, il avait fait le vœu de travailler durant deux années pour les boisilleurs, dans la plus stricte humilité, partageant leur peine et leur maigre pitance. Il voyait arriver l'échéance de son serment, quand Céline l'avait retrouvé et averti du drame engendré par son absence inexpliquée.

Il débitait cette fable sans se donner la peine de jouer la comédie et avec une irritation non déguisée, comme s'il n'appartenait pas à un baron de se justifier aux yeux d'un moine.

« Vous auriez dû prévenir vos gens, siffla Jôme. Je vous croyais assassiné. Cette simple précaution nous aurait empêchés de brûler des innocents. »

Il désigna les bûchers d'un geste grandiloquent, essayant déjà d'en attribuer la responsabilité au baron, mais celui-ci haussa les épaules.

« Ne te mets pas martel en tête pour quelques croquants passés au gril, curé, répliqua-t-il avec légèreté. Ces gens-là se reproduisent comme des lapins. Il en naîtra toujours plus que tu ne pourras en faire rôtir. Je te pardonne sans t'imposer la moindre pénitence. »

Jôme frissonna sous l'outrage et grimaça un sourire

en courbant l'échine. La haine, l'impuissance, le rendaient tout à coup affreusement laid, et l'on devinait sans peine qu'il enfouissait les mains au fond de ses manches pour dissimuler des tremblements de rage. L'arrivée du baron le privait de tout pouvoir, d'un seul coup il n'était plus rien, la justice lui échappait, le laissant plus démuni qu'un enfant. La morgue de Gilles lui faisait horreur et son mépris l'écrasait. Il haïssait déjà ce baron qui s'adressait à lui du haut de son cheval sans daigner mettre pied à terre pour réclamer sa bénédiction, lui signifiant par là qu'il ne le considérait pas mieux qu'un palefrenier. Les soldats eux-mêmes paraissaient tout à coup désarmés face à la puissance guerrière du maître de Hurlemort. Une expression inquiète s'était plaquée sur leurs trognes et leurs doigts transpiraient sur la hampe des piques. Foutre ! Le drôle avait un sacré coup d'épée !

« Libère mes gens, ordonna Gilles en étouffant un bâillement, ramène les bêtes à leurs enclos, et n'oublie pas de restituer les barriques de vin confisquées, si tu ne les as pas toutes bues, du moins... Ce soir, je me marie, je veux qu'on se réjouisse. »

Alors Céline comprit que le baron entendait respecter le pacte dans ses moindres implications. Il allait faire d'elle sa femme devant Dieu, sans se soucier de ce qu'on pourrait dire autour de lui. Elle fut prise d'une subite terreur et faillit crier comme une petite fille : « Ce n'est pas du jeu ! Arrêtons ! »

La nouvelle foudroya Jôme qui bredouilla quelque chose à propos d'une mésalliance intolérable et d'une gourgandine qu'on ferait mieux d'expédier dans un couvent régi par une règle impitoyable.

« Allons, curé, ricana Gilles, tu te laisses emporter. À t'écouter j'ai l'impression que tu serais prêt à l'envoyer dans une maladrerie pour soigner les lépreux. Crois-tu vraiment qu'elle mérite une telle punition ? Ta religion ne prêche-t-elle pas l'amour et le pardon des fautes ? »

Il avait mis son cheval au pas, prenant la direction du château. Céline marchait dans son sillage, posant ses pas dans les traces de sabots laissées par la bête. Elle était engourdie comme une malade s'éveillant au terme d'une interminable nuit de fièvre. Le regard de Jôme lui faisait peur, elle le sentait avide et brûlant, fouillant les apparences, cherchant la faille, le mensonge qui lui permettrait de revenir à l'assaut. Mais Gilles tourna le dos au moine avec la plus grande indifférence, le laissant planté au milieu de la plaine boueuse dans la fumée grasse des bûchers qui charbonnaient.

« Tu as raison, murmura-t-il lorsqu'ils furent loin des oreilles indiscrètes. C'est un illuminé, mais un illuminé aux dents longues. Il sait que nous venons de le rouler dans la farine, il ne nous lâchera pas de sitôt. Il va tourner inlassablement au-dessus de nos têtes comme un busard qui chasse la musaraigne. Il faudra être prudents. »

Dans les heures qui suivirent, on délivra les prisonniers, on ramena le bétail aux enclos. Personne cependant n'osa aller quérir au milieu des brandons fumants des bûchers les cendres des malheureux dévorés par les flammes. Ceux qu'on avait descendus intacts des montagnes de fagots demeuraient muets, la langue collée au fond de la bouche, n'en revenant pas d'être encore vivants. Fornicotin, qu'on avait oublié sur le pilori, vivait toujours malgré une forte fièvre. Il s'enfuit à quatre pattes dès qu'on le libéra et partit se cacher au fond d'une grange. Certains prétendirent qu'il était devenu muet.

La fin du jeûne fut saluée par de curieuses ripailles silencieuses pendant lesquelles on s'empiffra sans chanter ni rire. Les mots du baron tournaient dans toutes les têtes : « Je me marierai ce soir... » Ainsi tout allait recommencer ? Une menace à peine éloignée, une autre se profilait déjà à l'horizon. Bastine Méloir marmonna qu'on n'avait peut-être échappé au bûcher que pour mieux s'en aller rôtir dans le grand chaudron qui bouillonnait au centre du monde. Le retour du maître laissait les villageois perplexes. C'était bien lui, à n'en pas douter, et pourtant il avait quelque chose de différent, de changé, d'inquiétant...

« Vous avez vu comme il a repoussé son écuyer d'un coup de pied quand le petit gars s'est précipité vers lui pour lui baiser la main ? » dit Bastine Méloir en hochant la tête. Oui, tout le monde avait remarqué. L'incident avait eu lieu alors que le baron venait juste d'abandonner le ratichon au pied des fagots. On avait pensé que c'était là une curieuse manière de récompenser la fidélité d'un serviteur.

Avant que la nuit tombe, Jôme revint à l'assaut pour essayer de dissuader Gilles de l'alliance précipitée qu'il comptait conclure : Céline ne lui convenait pas, du moins dans l'immédiat, elle avait la tête farcie de fariboles païennes... peut-être plus tard, lorsqu'on l'aurait dégrossie et purifiée au sein de quelque couvent ?

« Arrête, avait ricané Gilles. Tu y mets tant d'empressement que je vais finir par te croire jaloux. Va donc plutôt astiquer tes outils sacrés pour me marier au lever de la lune. »

Jôme s'en était allé, de la rage au fond des yeux, la bouche réduite à une mince cicatrice.

Ce fut une étrange cérémonie qui se déroula dans la grande salle du château, au milieu des échos et des courants d'air. Quelques torches plantées le long de la muraille charbonnaient en grésillant tandis qu'une bûche trop verte, jetée dans l'âtre de l'immense cheminée, fumait sans parvenir à répandre la moindre chaleur. Céline avait l'illusion de flotter au-dessus du sol. Elle n'avait pas ouvert la bouche de tout l'après-midi, pas même lorsque le baron lui avait désigné un coffre dans le recoin d'une chambre poussiéreuse.

« Ce sont les vêtements de ma mère, avait-il murmuré. Fouille donc, tu trouveras sûrement quelque chose qui fera illusion dans la pénombre. Elle était à peine plus âgée que toi quand elle est morte. Tu sais que les femmes ne durent jamais bien longtemps au château de Hurlemort. La plupart de ces chiffons ont à peine eu le temps d'être portés, s'ils ne sont plus à la mode, sans doute sont-ils encore en bon état. Tu t'en arrangeras, tu es femme après tout. »

Il parlait en prenant toujours soin de laisser une large distance entre ses interlocuteurs et lui. Dès qu'on ébauchait un pas dans sa direction, il rompait aussitôt, comme si on l'avait brusquement menacé d'une dague. Hugues, Lorel et Bénin avaient été désarçonnés par ce refus du contact qui leur interdisait de mettre un genou en terre pour baiser la main de leur seigneur. D'ailleurs, Gilles était, de manière incompréhensible, demeuré en costume de guerre, le corps gainé de métal. Même ses mains disparaissaient sous la carapace de fer des gantelets articulés.

On eût dit qu'il se préparait à mettre le château en défense pour soutenir un siège. Tout cela avait quelque chose de bien mystérieux. Hugues aurait voulu s'en ouvrir à Céline, mais l'annonce du mariage l'avait consterné. Quel pacte avait donc conclu la jeune fille, là-bas, au fond des bois ? Cette histoire de Proscrits était donc vraie ?

Lorsque Lorel avait émis l'idée de chanter pour égayer la cérémonie, Gilles l'avait rabroué. On ne chanterait pas, on ne se réjouirait pas, et l'on ne ferait pas davantage ripaille au manoir. Si les valets voulaient s'amuser, ils n'avaient qu'à descendre au village et s'attabler avec les croquants.

Jôme vint à la tombée de la nuit, sombre et colérique, les yeux plus rouges que ceux d'un loup aux aguets. Il dressa un autel devant la cheminée, sur le grand bouclier du père de Gilles qu'on avait posé sur deux tréteaux. Il siffla sa bénédiction comme un animal qui se prépare au combat, en plantant son regard au fond de celui de Céline.

Chacune de ses expressions semblait dire : « Je sais que vous essayez de me duper, mais vous ne vous débarrasserez pas de moi aussi facilement. S'il y a faute je saurai vous surprendre et vous punir. »

Céline, prise d'un fou rire nerveux, songea que c'était la troisième fois qu'on faisait semblant de la marier : il y avait d'abord eu les charbonniers, puis Valère l'Anguille, et maintenant Gilles de Hurlemort... Ce n'était qu'en s'habillant, un moment plus tôt, qu'elle avait pris conscience qu'elle portait toujours au doigt l'anneau de cuivre de Valère. Elle s'en était séparée avec un curieux frisson, le métal en était déjà oxydé.

Elle dit « oui » en essayant d'affermir sa voix, et

écouta la syllabe résonner bizarrement sous la voûte de la salle. Tout de suite, les mains de fer de Gilles tentèrent maladroitement de lui passer une alliance au doigt. L'anneau était trop grand et les gantelets lui pincèrent la peau, mais elle s'efforça de faire bonne figure. Avec un certain agacement, elle constata que son cœur battait beaucoup plus vite que lors de son premier mariage. Elle se traita d'idiote et mobilisa toute son énergie pour conserver les yeux secs. Tout cela n'était qu'une farce, après tout.

Jôme se retira aussitôt son étole enlevée. Personne ne tenta de le retenir.

« Il va nous mener la vie dure, soupira Gilles en écoutant les sandales du moine claquer dans l'escalier de la tour. Il faudra être prudent, c'est un homme qui pourrait allumer des fagots rien qu'en les regardant. »

Hugues, Lorel et Bénin avaient battu en retraite, ne sachant quelle contenance adopter. L'austérité de la cérémonie les étranglait, tout cela évoquait davantage des funérailles qu'une véritable noce. Malheureux, se sentant de trop, ils descendirent au village où régnait la même atmosphère de veillée funèbre, à la seule différence qu'on s'y enivrait sombrement.

Céline et Gilles se retrouvèrent seuls au château, avec pour unique compagnon l'écho de leurs pas au long des corridors déserts. Saisissant une torche, le baron accompagna la jeune épousée jusqu'à ses appartements : une chambre dans une tour d'angle qu'il avait fait arranger par Bénin au cours de l'après-midi. Une couche s'y dressait, recouverte de quelques fourrures pelées qui sentaient fort le loup. Un maigre feu crépitait dans la cheminée, s'épuisant à installer un peu de chaleur entre les parois de pierre nue.

« Voilà votre domaine, dit le jeune homme. Nous

essaierons au fur et à mesure de le rendre plus confortable. J'ai pour ma part élu domicile dans la tour sud, à l'autre bout du manoir. Je ne viendrai ici que de temps en temps, afin que vous remplissiez votre part du contrat qui nous lie. On supposera, je pense, que je me rends dans vos appartements pour vous honorer, et il serait bon que nous laissions s'installer cette fable, ne serait-ce que pour tromper Jôme. »

Il resta un moment figé, la torche grésillant au-dessus de sa tête, fixant Céline avec une avidité que ses cillements de paupières avaient du mal à dissimuler.

« Vous avez tenu à me ramener chez les vivants, murmura-t-il, j'espère que vous n'aurez pas à le regretter. Pour l'heure vous voici baronne, c'est déjà un premier acompte, lorsqu'il me faudra de nouveau disparaître je vous laisserai ce manoir où vous grelotterez toujours de froid. Je ne suis pas certain qu'en tout cela vous fassiez une très bonne affaire. »

Il se retira, et Céline, debout au centre de la pièce, écouta décroître le bruit métallique de ses solerets sur les dalles du couloir.

Le lendemain le vent se leva, soufflant sur le village la cendre des bûchers qui vint se mêler aux aliments. On s'essuyait les lèvres en frissonnant, sachant que c'était là la poussière des suppliciés qu'on avalait avec sa salive. La nuit s'était écoulée sans que la terre s'ouvre pour engloutir Hurlemort. Certains proclamaient déjà que la magie du moine était plus puissante que celle des Proscrits. Sa bénédiction avait gommé la malédiction de Trembleterre, on était enfin délivré de ce fardeau d'apocalypse. Bastine Méloir, elle, ricanait en prenant des airs entendus.

« Si la terre ne s'est pas ouverte, c'est que la Céline est toujours intacte, marmonnait-elle. Le baron ne l'a pas touchée. Ma tête à couper que le drap de leurs épousailles est encore immaculé... Il y a quelque chose de bizarre dans ce mariage, et je ne suis pas la seule à penser ainsi ! »

De son menton couronné de poils drus, elle désignait alors la silhouette de Jôme qui, nerveusement, arpentait le pré aux corbeaux en s'infligeant la discipline.

« On en reparlera, caquetait-elle. Mais la marquée nous réserve d'autres surprises, vous verrez, et pas des meilleures... »

Peu à peu la vie reprenait son cours, allant d'un pas hésitant de cheval blessé. Jôme, qui faisait de fréquentes visites au château, s'était radouci. Il annonça un beau matin qu'il avait obtenu de l'évêque de s'attarder quelque temps à Hurlemort car la superstition de ses habitants nécessitait une reprise en main spirituelle. Bien sûr, la Tite lui prêterait main-forte dans cette tâche exaltante.

Il souriait en disant cela, dardant sur Céline un œil à la prunelle rétrécie à l'extrême. Chaque fois qu'il venait, Gilles faisait dire qu'il était à la chasse, et le prêtre en était réduit à se promener en compagnie de la jeune fille sur les remparts. Il lui apportait de petits livres de prières destinés à faire son éducation, et lui racontait la vie des saints. Ces récits, qui souvent s'achevaient par des souffrances et des tortures, excitaient sa verve poétique et le rendaient intarissable.

Céline feignait l'attention. Mal à l'aise dans ses vêtements de châtelaine, elle avait perdu son aisance de sauvageonne et se sentait empruntée. L'œil de Jôme, qu'elle rencontrait fréquemment braqué sur son ventre, la gênait de plus en plus.

Quand le moine se décidait enfin à partir, elle se retrouvait en compagnie d'Hugues et de Lorel. L'écuyer qui l'avait connue paysanne ne savait pas lui non plus quelle contenance adopter en sa présence, et ne lui adressait la parole qu'en regardant ses pieds. Seul Lorel se réjouissait de son changement de situation, car sa métamorphose lui permettait de nouveau de chanter pour une châtelaine, ce qui ne lui était pas arrivé depuis une éternité. Charmant vieil épouvantail, il faisait le fou, se croyant revenu au temps de sa jeunesse. Sans lui, Céline aurait sombré dans le plus noir des abattements.

Gilles restait la plupart du temps invisible, retranché dans l'exil de sa tour d'angle ou déambulant à travers la forêt. Il mangeait seul, buvait dans un gobelet qu'il cachait, ne se laissait voir nu par personne et s'habillait sans aucune aide dans le secret de sa chambre, ce qui plongeait Hugues dans la perplexité. Lorsqu'il daignait se montrer, c'était toujours sanglé jusqu'au col, ganté ou en partie recouvert d'acier. Le visage mis à part, on aurait été bien en peine de surprendre le moindre pouce de peau nue sur le reste de son corps. Coquetterie surprenante chez un homme jadis si austère, il abusait maintenant des parfums, intimant à l'écuyer d'en acheter aux colporteurs qui commençaient à revenir au village depuis qu'on avait rouvert la route.

Quand la pluie cessait de tomber, Céline allait sur les remparts, Lorel sur ses talons. Elle contemplait alors la forêt le cœur vibrant d'un frisson douloureux. Il lui semblait qu'avec le retour du baron quelque chose s'était fêlé, qu'une page venait de se tourner. Jamais plus désormais elle ne grimperait sur la colline de l'Heaumière, jamais plus elle ne guetterait le rire des lutins dans les fourrés. Elle se surprenait à ne plus croire aux Proscrits et à pleurer sa naïveté morte. Elle demandait alors au vieux trouvère de lui parler d'Obéron et de Merlin, des fées, des chevaliers du Graal...

Parfois, le soir, Gilles entrait dans sa chambre, rajoutait du bois dans la cheminée, et lui demandait de se dévêtir pour la contempler dans les reflets du feu. Il ne la touchait jamais, ne s'approchait même pas, et restait planté le dos contre la muraille. Elle obéissait, se retournant quand il lui demandait de se retourner, s'asseyant quand il lui commandait de s'asseoir. Ces séances duraient une éternité mais jamais le baron n'exigeait autre chose que cette simple mise à nu. Quand Céline frissonnait ou éternuait, il se secouait, sortait de son rêve et disait : « Couvrez-vous, vous allez attraper la mort. » Puis il s'en allait, disparaissant pour des jours entiers.

Une fois cependant, il émit le désir d'éprouver l'élasticité des chairs de sa femme, mais il le fit par l'entremise de la dague de Bénin que la jeune fille avait posée sur la cheminée. Tenant le poignard par la lame, il en fit courir le pommeau sur la hanche de Céline, puis sur son ventre. Sur ses seins enfin, qu'il pressa doucement. Peu à peu le fer se réchauffait au contact de la peau tendre.

Quand le baron rompit, il avait le souffle plus court qu'à l'accoutumée. Pour masquer sa gêne il éleva la dague devant ses yeux et dit : « Dire que c'est à cause de cette arme que je vous ai sauvée des charbonniers. Je l'avais vue passée à votre ceinture et j'avais reconnu le travail de Bénin. C'est cela qui m'a permis de comprendre que vous veniez du château... Je me suis dit que vous n'étiez pas comme les autres car jamais Bénin n'aurait confié une de ses lames à une péronnelle... Sans elle vous seriez à l'heure qu'il est l'épouse des boisilleurs. Peut-être cela aurait-il mieux valu ? Ils étaient sains et bien constitués, ces croquants, ils auraient pu vous satisfaire sans danger. »

Il flottait toujours autour de lui une odeur étrange que les parfums n'arrivaient pas totalement à masquer, et Céline songeait qu'il s'agissait sans doute de ce baume résineux dont les ladres faisaient grand usage. Ce relent la poussait à s'interroger sur ce corps dissimulé par les vêtements, les cottes de mailles, ce corps invisible qu'elle n'avait jamais touché. Était-il déjà terriblement abîmé par la maladie ? Elle n'osait poser la question car elle se doutait que le baron l'accueillerait avec colère.

Certains soirs, il se présentait sur le seuil de sa chambre les joues empourprées par le vin. Il soufflait fort en la regardant alors tourner nue dans la lumière, et ces nuits-là la peur s'insinuait en elle. La peur qu'il ne perde le contrôle de lui-même, qu'il ne cède soudain à une pulsion d'homme frustré.

« Je ferai sculpter une main d'ivoire, rêvait-il. Une main avec un long manche qui me permettra de vous caresser à distance, ainsi j'aurai l'illusion de vous toucher. »

« C'est mon mari », songeait Céline en essayant de combattre le sentiment d'irréalité qui s'emparait peu à peu de son esprit. « C'est mon mari... et nous ne partagerons jamais le même lit. »

Une fois, cédant à l'échauffement que ces caresses distantes allumaient en elle, elle avait demandé à Gilles pourquoi il ne mettait pas tout simplement des gants au lieu d'user de cette dague dont le fer finissait par lui écorcher la peau. Le baron s'était vivement écarté comme s'il venait d'être aspergé par une goutte de métal en fusion.

« Idiote, avait-il craché, ne me tentez pas ! *Ne me tentez jamais !* Le gant me renverrait votre chaleur, le grain de votre chair, l'appétit me viendrait... l'appétit de contacts plus étroits. Comprenez-vous ? La dague c'est mieux. Si je me sens un jour sur le point de céder à la tentation je n'aurai qu'à la faire sauter dans ma main pour la retourner contre vous, et vous poignarder, vous épargnant ainsi la souillure de mes approches. C'est ce que je me suis promis : vous égorger avant que le désir ne me submerge ; peut-on rêver plus belle preuve de galanterie ? En attendant je me contiens en me disant que vous êtes pucelle, inexperte, et que vous seriez probablement décevante dans l'étreinte. Ne faites donc rien qui pourrait me pousser à revoir ce jugement. »

Ainsi passaient les jours et les nuits au château des Hurlemort tandis que Jôme disait des messes et initiait les villageois aux joies de la confession.

Souvent, le soir, lorsque la nuit stagnait au-dessus des bois en une grosse tache violette, Céline se sentait prise d'étouffements et l'avenir lui faisait peur.

« Si le moine découvre la vérité, répétait Gilles, il fera murer le manoir et y mettra le feu. Vous mourrez tous, toi, Hugues, Lorel, Bénin...

— Et vous, remarquait la jeune fille. Vous oubliez de rajouter votre nom à la liste des condamnés.

— Non, sifflait alors Gilles. Moi, je suis déjà mort. »

L'auteur tient à remercier ici :
Jacques Chambon,
qui s'est chargé de traduire
la devise des barons de Hurlemort,
et Annick Labbé,
pour sa contribution documentaire.

DU MÊME AUTEUR

Aux Éditions Denoël

3, PLACE DE BYZANCE

LA MAISON DE L'AIGLE

LA MOISSON D'HIVER *(Folio n° 2861)*

LES OMBRES DU JARDIN

Collection Présences

MA VIE CHEZ LES MORTS

COLLECTION FOLIO

Dernières parutions

2771. Arto Paasilinna — *Le fils du dieu de l'Orage.*
2772. Gilbert Sinoué — *La fille du Nil.*
2773. Charles Williams — *Bye-bye, bayou !.*
2774. Avraham B. Yehoshua — *Monsieur Mani.*
2775. Anonyme — *Les Milles et Une Nuits III (conte choisis).*
2776. Jean-Jacques Rousseau — *Les confessions.*
2777. Pascal — *Les Pensées.*
2778. Lesage — *Gil Blas.*
2779. Victor Hugo — *Les Misérables I.*
2780. Victor Hugo — *Les Misérables II.*
2781. Dostoïevski — *Les Démons (Les Possédés).*
2782. Guy de Maupassant — *Boule de suif et autres nouvelles.*
2783. Guy de Maupassant — *La Maison Tellier. Une partie de campagne et autres nouvelles.*
2784. Witold Gombrowicz — *La pornographie.*
2785. Marcel Aymé — *Le vaurien.*
2786. Louis-Ferdinand Céline — *Entretiens avec le Professeur Y.*
2787. Didier Daeninckx — *Le bourreau et son double.*
2788. Guy Debord — *La Société du Spectacle.*
2789. William Faulkner — *Les larrons.*
2790. Élisabeth Gille — *Le crabe sur la banquette arrière.*
2791. Louis Martin-Chauffier — *L'homme et la bête.*
2792. Kenzaburô Oé — *Dites-nous comment survivre à notre folie.*
2793. Jacques Réda — *L'herbe des talus.*
2794. Roger Vrigny — *Accident de parcours.*
2795. Blaise Cendrars — *Le Lotissement du ciel.*
2796. Alexandre Pouchkine — *Eugène Onéguine.*
2797. Pierre Assouline — *Simenon.*
2798. Frédéric H. Fajardie — *Bleu de méthylène.*

2799. Diane de Margerie — *La volière suivi de Duplicités.*
2800. François Nourissier — *Mauvais genre.*
2801. Jean d'Ormesson — *La Douane de mer.*
2802. Amo Oz — *Un juste repos.*
2803. Philip Roth — *Tromperie.*
2804. Jean-Paul Sartre — *L'Engrenage.*
2805. Jean-Paul Sartre — *Les jeux sont faits.*
2806. Charles Sorel — *Histoire comique de Francion.*
2807. Chico Buarque — *Embrouille.*
2808. Ya Ding — *La jeune fille Tong.*
2809. Hervé Guibert — *Le Paradis.*
2810. Martin Luis Guzman — *L'ombre du caudillo.*
2811. Peter Handke — *Essai sur la fatigue.*
2812. Philippe Labro — *Un début à Paris.*
2813. Michel Mohrt — *L'ours des Adirondacks.*
2814. N. Scott Momaday — *La maison de L'aube.*
2815. Banana Yoshimoto — *Kitchen.*
2816. Virginia Woolf — *Vers le phare.*
2817. Honoré de Balzac — *Sarrasine.*
2818. Alexandre Dumas — *Vingt ans après.*
2819. Christian Bobin — *L'inespérée.*
2820. Christian Bobin — *Isabelle Bruges.*
2821. Louis Calaferte — *C'est la guerre.*
2822. Louis Calaferte — *Rosa mystica.*
2823. Jean-Paul Demure — *Découpe sombre.*
2824. Lawrence Durrell — *L'ombre infinie de César.*
2825. Mircea Eliade — *Les dix-neuf roses.*
2826. Roger Grenier — *Le Pierrot noir.*
2827. David McNeil — *Tous les bars de Zanzibar.*
2828. René Frégni — *Le voleur d'innocence.*
2829. Louvet de Couvray — *Les Amours de chevalier de Faublas.*
2830. James Joyce — *Ulysse.*
2831. François-Régis Bastide — *L'homme au désir d'amour lointain.*
2832. Thomas Bernhard — *L'origine.*
2833. Daniel Boulanger — *Les noces du merle.*
2834. Michel del Castillo — *Rue des Archives.*
2835. Pierre Drieu la Rochelle — *Une femme à sa fenêtre.*
2836. Joseph Kesel — *Dames de Californie.*

2837. Patrick Mosconi — *La nuit apache.*
2838. Marguerite Yourcenar — *Conte bleu.*
2839. Pascal Quignard — *Le sexe et l'effroi.*
2840. Guy de Maupassant — *L'inutile beauté.*
2841. Kôbô Abe — *Rendez-vous secret.*
2842. Nicolas Bouvier — *Le poisson-scorpion.*
2843. Patrick Chamoiseau — *Chemin-d'école.*
2844. Patrick Chamoiseau — *Antan d'enfance.*
2845. Philippe Djian — *Assassins.*
2846. Lawrence Durrell — *Le carrousel sicilien.*
2847. Jean-Marie Laclavetine — *Le Rouge et le Blanc.*
2848. D.H. Lawrence — *Kangourou.*
2849. Francine Prose — *Les petits miracles.*
2850. Jean-Jacques Sempé — *Insondables mystères.*
2851. Béatrix Beck — *Accommodements avec le ciel.*
2852. Herman Melville — *Moby Dick.*
2853. Jean-Claude Brisville — *Beaumarchais, l'insolent.*
2854. James Baldwin — *Face à l'homme blanc.*
2855. James Baldwin — *La prochaine fois, le feu.*
2856. W. R. Burnett — *Rien dans les manches.*
2857. Michel Déon — *Un déjeuner de soleil.*
2858. Michel Déon — *Le jeune homme vert.*
2859. Philippe Le Guillou — *Le passage de l'Aulne.*
2860. Claude Brami — *Mon amie d'enfance.*
2861. Serge Brussolo — *La moisson d'hiver.*
2862. René de Ceccatty — *L'accompagnement.*
2863. Jerome Charyn — *Les filles de Maria.*
2864. Paule Constant — *La fille du Gobernator.*
2865. Didier Daeninckx — *Un château en Bohême.*
2866. Christian Giudicelli — *Quartiers d'Italie.*
2867. Isabelle Jarry — *L'archange perdu.*
2868. Marie Nimier — *La caresse.*
2869. Arto Paasilinna — *La forêt des renards pendus.*
2870. Jorge Semprun — *L'écriture ou la vie.*
2871. Tito Topin — *Piano barjo.*
2872. Michel Del Castillo — *Tanguy.*
2873. Huysmans — *En route.*
2874. James M. Cain — *Le bluffeur*
2875. Réjean Ducharme — *Va savoir.*
2876. Matthieu Lindon — *Champion du monde.*

2877. Robert Littell — *Le sphinx de Sibérie.*
2878. Claude Roy — *Les rencontres des jours 1992-1993.*
2879. Danièle Sallenave — *Les trois minutes du diable.*
2880. Philippe Sollers — *La guerre du goût.*
2881. Michel Tournier — *Le pied de la lettre.*
2882. Michel Tournier — *Le miroir des idées.*
2883. Andreï Makine — *La confession d'un porte-drapeau déchu.*
2884. Andreï Makine — *La fille d'un héros de l'Union Soviétique*
2885. Andreï Makine — *Au temps du fleuve Amour.*
2886. John Updike — *La parfaite épouse.*
2887. Defoe — *Robinson Crusoé.*
2888. Philippe Beaussant — *L'archéologue.*
2889. Pierre Bergounioux — *Miette.*
2890. Pierre Fleutiaux — *Allons-nous être heureux ?*
2891. Remo Forlani — *La déglingue*
2892. Joe Gores — *Inconnue au bataillon*
2893. Félicien Marceau — *Les ingénus*
2894. Ian McEwan — *Les chiens noirs*
2895. Pierre Michon — *Vies minuscules*
2896. Susan Minot — *La vie secrète de Lilian Eliot*
2897. Orhan Pamuk — *Le livre noir*
2898. William Styron — *Un matin de Virginie*
2899. Claudine Vegh — *Je ne lui ai pas dit au revoir*
2900. Robert Walser — *Le brigand*
2901. Grimm — *Nouveaux contes*
2902. Chrétien de Troyes — *Lancelot ou le chevalier de la charrette*
2903. Herman Melville — *Bartleby, le scribe*
2904. Jerome Charyn — *Isaac le mystérieux*
2905. Guy Debord — *Commentaires sur la société du spectacle*
2906. Guy Debord — *Potlatch.*
2907. Karen Blixen — *Les chevaux fantômes et autres contes.*
2908. Emmanuel Carrère — *La classe de neige.*
2909. James Crumley — *Un pour marquer la cadence.*
2910. Anne Cuneo — *Le trajet d'une rivière.*

2911.	John Dos Passos	*L'initiation d'un homme.*
2912.	Alexandre Jardin	*L'île des Gauchers.*
2913.	Jean Rolin	*Zones.*
2914.	Jorge Semprun	*L'Algarabie.*
2915.	Junichirô Tanizaki	*Le chat, son maître et ses deux maîtresses.*
2916.	Bernard Tirtiaux	*Les sept couleurs du vent.*
2917.	H.G. Wells	*L'île du docteur Moreau.*
2918.	Alphonse Daudet	*Tartarin sur les Alpes.*
2919.	Albert Camus	*Discours de Suède.*
2921.	Chester Himes	*Regrets sans repentir.*
2922.	Paula Jacques	*La descente au paradis.*
2923.	Sibylle Lacan	*Un père.*
2924.	Kenzaburô Oé	*Une existence tranquille.*
2925.	Jean-Noël Pancrazi	*Madame Arnoul.*
2926.	Ernest Pépin	*L'Homme-au-Bâton.*
2927.	Antoine de St-Exupéry	*Lettres à sa mère.*
2928.	Mario Vargas Llosa	*Le poisson dans l'eau.*
2929.	Arthur de Gobineau	*Les Pléiades.*
2930.	Alex Abella	*Le massacre des saints.*
2932.	Thomas Bernhard	*Oui.*
2933.	Gérard Macé	*Le dernier des Égyptiens.*
2934.	Andreï Makine	*Le testament français.*
2935.	N. Scott Momaday	*Le chemin de la montagne de pluie.*
2936.	Maurice Rheims	*Les forêts d'argent.*
2937.	Philip Roth	*Opération Shylock.*
2938.	Philippe Sollers	*Le Cavalier du Louvre. Vivant Denon.*
2939.	Giovanni Verga	*Les Malavoglia.*
2941.	Christophe Bourdin	*Le fil.*
2942.	Guy de Maupassant	*Yvette.*
2943.	Simone de Beauvoir	*L'Amérique.*
2944.	Victor Hugo	*Choses vues I.*
2945.	Victor Hugo	*Choses vues II.*
2946.	Carlos Fuentes	*L'oranger.*
2947.	Roger Grenier	*Regardez la neige qui tombe.*
2948.	Charles Juliet	*Lambeaux.*
2949.	J.M.G. Le Clezio	*Voyage à Rodrigues.*
2950.	Pierre Magnan	*La Folie Forcalquier.*

Composition Jouve.
Impression Société Nouvelle Firmin-Didot
le 30 avril 1997.
Dépôt légal : avril 1997.
Numéro d'imprimeur : 38456.

ISBN 2-07-040224-X/Imprimé en France.

80740